TOD AN DER GOLDKÜSTE

SILVIA GÖTSCHI

TOD AN DER GOLDKÜSTE

Kriminalroman

emons:

Bibliografische Information der Deutschen Nationalbibliothek
Die Deutsche Nationalbibliothek verzeichnet diese Publikation in der Deutschen Nationalbibliografie; detaillierte bibliografische Daten sind im Internet über http://dnb.d-nb.de abrufbar.

FSC
www.fsc.org
MIX
Papier aus verantwortungsvollen Quellen
FSC® C083411

Umschlagmotiv: Andrea Merten/Pixabay.com
Umschlaggestaltung: Nina Schäfer, nach einem Konzept von Leonardo Magrelli und Nina Schäfer
Umsetzung: Tobias Doetsch
Gestaltung Innenteil: DÜDE Satz und Grafik, Odenthal
Druck und Bindung: CPI – Clausen & Bosse, Leck
Printed in Germany 2022
ISBN 978-3-7408-1407-6
Originalausgabe

Wenn wir bedenken, dass wir alle verrückt sind,
ist das Leben erklärt.
Mark Twain, 1835–1910

Monogamie ist die reinste Form der Liebe.
Federica Hardegger

«Du verdammte Schlampe!»

Der Mann, dem sie vertraut hatte, schlug mit der Schuhspitze auf sie ein. Immer schneller wurden seine Tritte dorthin, wo sich ihre rechte Niere befand. Entweder verstand er etwas von Anatomie, oder er machte es willkürlich. Sie vermutete Letzteres. «Wie lautet der Code für den Safe? Los! Sag schon! Rück heraus damit!»

Sie lag auf dem Rücken, der Rollstuhl war gekippt. Neben ihr ein Spiegel, in dem sie sich sah. Ausgestellt wie eine Gekreuzigte, mit gespreizten Beinen und Armen. Zerbrechlich irgendwie. Der Rock war über die Knie gerutscht. Sie schämte sich für ihr Gebrechen, noch mehr wegen ihres Exponiertseins, hätte gern die Augen geschlossen. Doch sie schaute hin. Schaute genau hin. In die Fratze ihres Angreifers, den geifernden Mund. Wie hatte sie sich dermassen in ihm täuschen können?

Sie war unfähig, sich zur Wehr zu setzen. Ihr Körper gehorchte ihr nicht. Nur Tränen der Schmerzen rannen über die Wangen und vernebelten den Blick. Sie hatte Mühe mit dem Sprechen, kam nicht darum herum, zu reden, wollte sie am Leben bleiben. Er hatte ihr gedroht, sie zu töten, sollte sie auf seine Forderung nicht eingehen. «Siebzehn … elf … zweiundvierzig.» Gregorys Geburtsdatum. Zahlen, die sie nicht vergass. Niemals.

«Na also, geht doch.»

Der Mann kickte mit seinem rechten Fuss erneut in ihre Seite, als wär's ein Dank für die Zahlenkombination. Endlich. Nach einer gefühlten Ewigkeit. Sie zuckte heftig, biss die Zähne zusammen. Es war der falsche Moment, in Selbstmitleid zu ertrinken.

Er ging zum Tresor, gab mit der einen Hand den Code ein, mit der andern hielt er die Champagnerflasche aus der Minibar an die Lippen. Zweihundert Euro im Verkauf. Er trank wie ein

Pferd Wasser. Schwankend öffnete er den Safe, griff hinein. Er schien überwältigt und überrascht zugleich, hielt inne und rief: «Lili, komm her. Schau, was die Alte mitgebracht hat. Ich wette, das sind über den Daumen gepeilt fünfzig Riesen, Schwarzgeld, wer weiss.» Er lachte gekünstelt. «Exklusiver Schmuck. Die Klunker werden uns über die nächsten Jahre bringen.»

«Bitte ...» Das dürfen Sie nicht. Nehmen Sie das Geld, aber lassen Sie mir die Ketten und Ringe. Sie sind ein Andenken an meinen Gatten. Sie brachte keinen Laut heraus, versuchte, möglichst flach zu atmen. Ihr Körper stand rechtsseitig in Flammen. Links spürte sie wenig bis gar nichts. Ihr Hirnschlag vor drei Jahren hatte ihr das Gefühl genommen, es aufgefressen wie ein hungriger Löwe.

«Bitte? Bitte ... Hast du das gehört?» Der Mann, den sie bezahlt hatte, grölte: «Jetzt wird sie sentimental.» Wieder trat er in ihre Seite, diesmal heftiger. Ein Tritt in die rechten Rippen.

Sie stöhnte auf. Der Schmerz stellte ihr den Atem ab. Sie schnappte nach Luft und schloss die Augen. Irgendwann würde sie aus diesem Alptraum aufwachen.

«Wenn du schreist, reisse ich dir die Zunge eigenhändig heraus.» Der Mann mit dem jungenhaften Gesicht, welches diabolische Züge angenommen hatte. Die sanften Augen waren bösen gewichen. Der Teufel persönlich gaffte sie an.

Seine Komplizin betrat den Wohnbereich. Auf ihren Armen trug sie Designerkleider. Das türkisfarbene Versace-Kleid aus Rom, der bestickte Seidensari aus Bangladesch. Obwohl sie die elegante Garderobe nur noch selten trug, hatte sie sie mitgenommen. Ihre Erinnerungen. Das schwarze Kleine hatte sie in Monte Carlo getragen, zum Diner im Hôtel de Paris. Am Abend vor dem Grand Prix. Es war das einzige Mal gewesen, als sie sich deplatziert vorkam. Dabei zusehen, wie die Formel-1-Piloten ihr Leben riskierten – das war nicht ihre Welt.

Was wollen Sie mit meinen «... Kleidern?» Das Reden fiel ihr schwer. Die Sätze waren da, doch strengte es sie an, sie laut auszusprechen. «Die ... passen ... Ihnen nicht.»

«Halt die Fresse!» Der Mann räumte mit beiden Händen den

Safe aus, nachdem er die fast leere Champagnerflasche auf den Boden geknallt hatte. Der Schaumwein ergoss sich in den Teppich. Er schaufelte sämtliche Schmuckstücke in einen Waschbeutel und zählte das Geld gierig durch. «Lili, das sind mehr als sechzigtausend. Der Kuckuck weiss, warum die Alte so viele Scheine dabeihat. Unser Glück.» Seine glasigen Augen blitzten eine Sekunde lang auf, bevor er sich an sie wandte. «Wolltest du damit eine Insel kaufen?» Er hob den Finger. «Keine Polizei, du Schlampe. Wir werden dich finden, wo immer du bist. Dann werden wir Kleinholz aus dir machen.» Er wollte den Fuss einmal mehr in ihre Seite kicken, hielt jedoch auf halbem Weg inne. «Sie hat in die Hose gepisst. Hast du das gesehen? Eingenässt wie ein kleines Kind. Hast du Angst, hä? Solche wie dich sollte man eliminieren. Hast du nie gelernt, wie man sich beherrscht? Nein? Mit Geld um sich werfen, das kannst du … Jetzt ist es vorbei. Fertig lustig. Weisst du eigentlich, wie es uns genervt hat? Mich und Lili? Dir deinen Arsch abzuwischen? Deine alte Haut zu berühren und dein Geschwafel-Stakkato zu ertragen?» Er wühlte in den Banknoten. «Das ist nicht genug für unsere Arbeit. Wir werden wiederkommen. Deinen Hausschlüssel haben wir. Dich werden wir quälen, bis du den hintersten und letzten Rappen herausgerückt hast.»

Nein, sie wollte nicht weinen. Nicht vor diesem Gesinde. Sie unterdrückte die Tränen, die in ihren Augen brannten. «Lieber Gott, lass mich diese Demütigung überstehen.» Zum ersten Mal in ihrem Leben nahm sie den Namen des Schöpfers in den Mund.

Vier Jahre, neun Monate und siebenundzwanzig Tage bis zum Mord

«Der Himmel sieht düster aus.» Gregory Vonlanthen erhob sich von der Sonnenliege am Rand seiner Villa in Herrliberg. Er legte den Kopf in den Nacken und streckte seine Arme und Hände aus, als würde er eine unsichtbare Kugel tragen. Sein tägliches Ritual, das er in seinem Garten vollzog. Einatmen. Ausatmen. Das hatte allerdings weniger mit einer Geste der Dankbarkeit zu tun als mit der Überzeugung, einmal am Tag die Lungen mit Luft zu füllen, verlängere das Leben.

Vielleicht trägt er die Erde, dachte Merlinde. Ihm gehörte sie. Eine Weile blieb sie hinter ihrem Mann stehen und amüsierte sich über ihn. «Die Wetter-App kündigt kein Unwetter in unmittelbarer Nähe an», sagte sie. «Das Gewitter zieht über die Innerschweiz. Wir werden Glück haben, wie so oft in unserem Leben.»

Das entfernte Donnergrollen hörte sich dennoch unheimlich an. Über den Alpen zuckten vereinzelt Blitze, rissen entfernte Wolkenfetzen auf. Am Horizont drohte die Welt unterzugehen, während an der Goldküste die Sonne den Boden küsste.

Gregory drehte sich zu Merlinde um. «Und wenn schon. Wir haben unser Zelt. Das ist wasserdicht. Zweihundert Liter Wasser pro Stunde auf einen Quadratmeter Stoff hält es aus. Dazu die Erdanker und Spezialheringe aus der Fabrik …» Er nagte an seiner Unterlippe. «Heute werde ich mich entscheiden, wie es mit meiner Firma weitergehen soll.»

Seine Firma! Als hätte Merlinde dafür nie nur einen Finger gekrümmt. Zur Hälfte gehörte sie auch ihr. Aber das schien Gregory vergessen zu haben. Ebenso ihren Job, den sie gewissenhaft bis zu ihrer Pensionierung ausgeführt hatte. Kunden- und Mitarbeiterbetreuung.

«Ausgerechnet heute? Wir haben Gäste. Vielleicht solltest du dir für sie Zeit nehmen.»

Gregory erwiderte nichts darauf, und beiläufig fragte er, ob die Küche Bescheid wisse.

«Selbstverständlich. Unser Störkoch ist angekommen und bereitet alles vor.»

«Und das Servicepersonal?»

Merlinde wunderte sich. Alles, was mit ihrer Villa, dem Haushalt und geladenen Gästen zu tun hatte, überliess Gregory in der Regel ihr. Sie hatte ihm nie einen Grund gegeben, ihre Fähigkeiten anzuzweifeln, wenn es darum ging, sich und ihren Besitz ins beste Licht zu rücken. «Du kennst mich. Es ist bis aufs Letzte organisiert. Ich habe alles im Griff.»

«Du weisst, dass heute Nationalrat Meierhans mit seiner Frau kommt.»

«Ich habe ihn ja selbst eingeladen.» Merlinde sah hinunter auf den Zürichsee, der ihnen seit Jahr und Tag vor den Füssen lag. Glitzernd im nachmittäglichen Sonnenlicht. Als sie vor zweiundvierzig Jahren mit dem Bau der Villa begonnen hatten, hatten sie das angrenzende Grundstück gleich mitgekauft. Eine Fläche von einem halben Hektar gehörte ihnen, mit einem kleinen Stück Wald, entstanden aus den Jungbäumen, die sie damals gepflanzt hatten. Es war ein Anwesen, das keine Wünsche offenliess. Die Grenze zum Nachbarn markierte eine alte Trauerweide. Darunter stand ein runder Marmortisch mit acht Stühlen aus dunklem Eisen, mit üppigen Kissen bestückt. Ein lauschiges Plätzchen, das in jeder Jahreszeit seinen Reiz hatte. Was hatten sie dort schon Feste gefeiert oder bis spät in die Nacht hinein philosophiert. Im Sommer fanden dort Apéros im kleinen Freundeskreis statt, im Winter lud Merlinde zum Raclette oder Käsefondue ein. Sie mochte es, ihren Status quo zu inszenieren und allen zu zeigen, welches Faible sie für schöne Dekorationen hatte. Und sie verabscheute den Käsegeruch in ihrem Haus.

«Er sollte nicht neben Matys sitzen. Die können sich nicht ausstehen.»

«Ich weiss. Fernand und seine Begleitung werden ihm Gesellschaft leisten.»

«Wenn das bloss gut geht.»

«Du zweifelst plötzlich?» Merlinde hängte sich bei ihm ein, als sie am Zelt vorbei zum Haus zurückschritten. Sie schmiegte sich an ihn. Auch nach vielen Ehejahren fühlte sie sich in seiner Nähe wohl. Gregory, ihr Knuddelbär, gross und mächtig. Ihr Beschützer, in dessen Armen sie sich geborgen fühlte. Seine einst dunklen Haare waren schlohweissen gewichen. In sein Gesicht hatten sich Spuren gelebten Lebens eingemeisselt, tiefe Falten zwischen den hellgrauen Augen, die wach und intelligent blickten. Gregory, Geschäftsmann und Patron, von seinen Freunden verehrt, von den Feinden respektiert.

«Ich habe da so ein Grollen im Bauch.» Gregory drückte sie an sich. «Machen wir uns einen schönen Abend.» Er küsste sie auf die Schläfe.

Am Vormittag waren die Leute von der Eventfirma hier gewesen, um Tische und Stühle für zweihundert Gäste aufzustellen und mit einer Überdachung zu versehen. Nun war der Gärtner daran, Blumenschalen und auf dem Pool schwimmende Kerzen zu platzieren, die bei anbrechender Dunkelheit angezündet würden. Die Haushälterin tischte im Zeltinnern schön auf, inklusive der Platzkärtchen. Allein für die Planung der Sitzordnung hatte Merlinde mehr als zwei Stunden investiert. Zwei Nationalräte mit Begleitung waren eingeladen, leider nicht aus derselben Partei. Merlinde konnte sie unmöglich zusammensetzen. Ihr Finanzberater, der Bankier Josef Nitzsche, hatte sich im letzten Augenblick angemeldet. Seine Frau war Chefärztin einer Privatklinik. Der Schönheitschirurg Dr. Vincenzo Bernasconi würde sich ebenfalls ein Stelldichein geben, zusammen mit seiner Frau Cinzia, die der wandelnde Beweis für seine chirurgischen Fähigkeiten war. Bernasconi hatte aus dem einst hässlichen Entlein einen prachtvollen Schwan kreiert. Nichts an ihr war natürlich, und als unterstützende Massnahmen schluckte sie täglich Nahrungsergänzungsmittel auf biologischer Basis. Sie war überzeugt, den Alterungsprozess damit überlisten zu können. Dr. Claus mit Gemahlin stand ebenfalls auf der Liste, Gregorys Hausarzt. Auch Leute, ohne die die Schickeria nur halbwegs interessant gewesen wäre. Die Partygänger von der Goldküste, die an jedem Fest dabei waren. Anwälte, Führungskräfte namhafter Modehäuser sowie die üblichen Verdächtigen aus Kunst, Kultur und Sport. Natürlich passend dazu zwei Frauen von dem Escortservice. Rein prophylaktisch. Es war Gregorys Idee gewesen. Merlinde befürchtete dahinter einen Eigennutz, sagte jedoch nichts. Er umgab sich gern mit schönen Frauen. Platonisch eben.

Merlinde und Gregory. Ein ungleiches Paar. Sie hätten nicht widersprüchlicher sein können. Dass sich Gegensätze anziehen, stimmte bei ihnen. Er, der distinguierte Mann, der seine besten Jahre hinter sich hatte. Patron in einem Generationenbetrieb. Leider ohne Nachkommen, weshalb er in seinem Alter von fünfundsiebzig Jahren noch immer das Zepter schwang. Sie, zehn Jahre jünger und eine unternehmungslustige Frau, der nichts zu viel war. Sie war sein Anker, sein Kompass. Er ihr unterhaltsamer und humorvoller Partner. Für die Zukunft war gesorgt.

«Ich habe dieses Getue langsam satt.» Gregory wurde von einem Husten heimgesucht, dass es Merlinde angst und bang wurde. «Ich bin zu alt, um mir Diskussionen über die Börsenkurse anzuhören, die immer gleichen Geschichten unserer Politiker, die sich in ihrem Narzissmus überbieten. Trotzdem kann ich mir gerade jetzt keine Blösse geben. Fernand Carron bringt einen potenziellen Interessenten für meine Firma mit. Wenn ich sie ihm verkaufen kann, sind wir für den Rest unseres Lebens abgesichert. Dann werden wir wieder reisen, nicht mehr für das Geschäft, sondern als Geniesser.» Er hielt abrupt inne, griff nach seinem Taschentuch und schnäuzte sich.

Merlinde sah ihn besorgt an. «Vielleicht solltest du dich hinlegen, bis die Gäste kommen.»

Als ihr Mann vor vier Wochen den Wunsch geäussert hatte, zum Mittsommer eine Party steigen zu lassen und ihre Freunde und Bekannten einzuladen, war ihr nicht geheuer gewesen. Gregory war ein grosszügiger Mensch und liebte die Gesellschaft. Doch je älter er wurde, umso seltsamere Ansichten in Bezug auf ihre Bekannten vertrat er. Und augenscheinlich wurde ihm alles zu viel.

«Das ist lieb von dir. Ich werde durchhalten. Aber es wird wohl das letzte Fest in diesem Ausmass sein. Lass uns in die Küche gehen. Ich möchte mich vergewissern, dass unser Koch nichts vergessen hat. Auch wenn wir seine Dienste seit Jahren sehr schätzen, mich dünkt, er ist in letzter Zeit etwas nachlässig geworden.»

«Er wird älter, wie wir.» Es sollte aufmunternd klingen. In ihrem Innern sah es anders aus. Seit sie die fünfzig überschritten hatte, kämpfte sie gegen ihren eigenen Zerfall an. Bis sechzig hatte sie ihrem persönlichen äusseren Niedergang jedoch erfolgreich gegengesteuert. Mal ein Operatiönchen hier, mal eines dort. Merlinde profitierte von den Errungenschaften in der plastischen Chirurgie der letzten Jahre. Sie hatte sich ihre Hängelider straffen lassen. Ihre Wangen waren sanft unterspritzt und ihre Brüste vergrössert. Natürlich so, dass es niemandem auffiel. Nicht einmal Gregory hatte etwas gemerkt.

«Das ist es nicht», sagte Gregory. «Ich habe kein gutes Gefühl, was seine Zutaten betrifft.»

«Jetzt siehst du Gespenster.»

«Sein Blick gefällt mir auch nicht.»

«Gregory, geht es dir gut?» Was war bloss mit ihrem Mann los? «Ich kann unsere Gäste allein empfangen. Sie werden es verstehen. Ruhe dich einen Moment aus.»

«Das kommt nicht in Frage.» Wieder wurde Gregory von einem heftigen Husten durchgeschüttelt.

«Ich glaube, es wäre besser, du würdest dir von unserem Hausarzt mal das Herz und die Lunge untersuchen lassen», sagte Merlinde. «Deine Anfälle gefallen mir nicht.» Es war nicht zum ersten Mal, dass Gregory so hustete. Ein Warnzeichen, fand sie. Er aber sah darüber hinweg, während sein Spruch «Unkraut vergeht nicht» einen morbiden Anstrich bekommen hatte. Es war Gregorys ewige Ausrede, seinen gesundheitlichen Zustand nicht checken lassen zu müssen.

Über dem Zürichsee hing die Sonne mittlerweile wie ein milchiger Lampion. Linienschiffe und Motorboote durchpflügten das

Wasser, das innert Stundenfrist eine bleierne Farbe angenommen hatte. Wind kam auf. Nach dem freundlichen Tag hatte die Wetterküche zur wilden Nachspeise geladen. Merlinde glaubte nicht mehr an einen trockenen Sommerabend, und als sie ihre ersten Gäste in Empfang nahm, tröpfelte es bereits.

Nicht gerade passend zur Stimmung lief «Long As I Can See The Light» von CCR über vier Boxen. Gregorys Wunsch. Creedence Clearwater Revival war einst seine Lieblingsband gewesen. Merlinde erinnerte sich an die erotischen Nächte, in denen Gregory von CCR nie genug bekommen hatte.

Es war schwierig gewesen, einen passenden DJ zu finden, der nicht bloss aktuelle Songs, sondern aus den verstaubten Kisten der sechziger Jahre auflegte.

Wie üblich waren Vera und Justus Matys vor allen anderen da. Sie brachten ein überdimensioniertes Blumenarrangement mit, voller Sonnenblumen, gelber Gladiolen und Astern, das farblich zu Veras Robe passte. Inès de la Fressange – Haute Couture. Merlinde hatte ein Auge für die Designerin. Beides musste ein Vermögen gekostet haben. Merlinde mochte Schnittblumen nicht. Ihr Garten war ein Blumenparadies. Heuer blühten vor allem die Hortensien sehr schön. Zudem hatte sie nie die passende Vase. Sie übergab die Blumen ihrer Haushälterin und hatte sie im nächsten Moment vergessen. Auch die Matys, die ungeniert das Gelände auskundschafteten.

Nacheinander trafen die Gäste ein. Auch alt Bundesrätin Frau Dr. Winter mit ihrem jungen Gemahl. Sie bestand darauf, mit Doktor angesprochen zu werden. Es wurden Champagner und Fruchtsäfte serviert, Kaviar-Canapés herumgereicht und Small Talks geführt. Merlinde bewegte sich zwischen den Gästen und beteiligte sich höflich an den Floskeln, die ausgetauscht wurden. Ihre Villa diente als Bühne, ihre Besucher waren Hauptdarsteller oder Statisten im Theater der Zürcher Upperclass. Die Damen überboten sich mit teuren Roben, die Herren mit saloppen Anzügen. Hosenträger waren en vogue, Sneakers ohne Socken.

«Merlinde? Kann ich dich einen Moment sprechen?» Fernand Carron.

Der Anwalt hatte sich an ihrer Seite aufgebaut. In der Hand hielt er ein Cüpli. Die Krawatte hatte er gelockert, den Hemdkragen geöffnet. Eine grobgliedrige Kette schimmerte auf seinem Brusthaar. Er war ein Mann der alten Schule, glich seinem verstorbenen Vater, je älter er wurde, desto mehr. Obwohl er erst vierzig war, lebte er die Werte von Fernand Carron senior, der einst als Sonnyboy die Damenwelt zum Kochen gebracht hatte, aber auch ein Gentleman gewesen war. Anwalt wie sein Sohn. Leider zu früh von dieser Welt gegangen.

Merlinde blieb stehen. Sie verabscheute diesen Mann, diese Mischung aus Cleverness und Selbstüberschätzung. «Amüsierst du dich?», fragte sie.

«Du weisst, wie ich die Partys bei euch mag. Sie sind legendär. Musik und Tanz, Schwimmen um Mitternacht und der Absacker in eurem Weinkeller. Bei euch lernt man, was Leben heisst.» Carron setzte ein Lächeln auf, liess dabei ein Zahnpiercing aufblitzen. Das Einzige, was ihn von seinem Erzeuger unterschied. Dieser hatte einen Goldeckzahn zur Schau getragen. «Eigentlich wollte ich Gregory sprechen. Ich habe ihn aus den Augen verloren.»

«Er wird müde sein …», sagte Merlinde und schaute Carron eindringlich an. Sie kannte den Grund für dessen Anwesenheit. Vergeblich hielt sie Ausschau nach seiner Begleitung, dem Interessenten, den Gregory angekündigt hatte. «… und hat sich zurückgezogen. Du kennst ihn. Er will immer grosse Feste, aber wenn es so weit ist, verkriecht er sich. Er ist der stille Beobachter.» Sie sah an die Fassade zum Schlafzimmerfenster, in der Meinung, ihren Mann dort zu sehen. «Vielleicht hat er sich hingelegt. Kann ich dir helfen?» Sie wusste ganz genau, dass einer wie Carron sich mit ihr niemals über Geschäftliches unterhalten würde. Für ihn war sie die Unternehmergattin, die ihrem Mann zwar den Rücken freihielt, indem sie sich um Lappalien wie den Haushalt kümmerte, aber nicht imstande war, unternehmerisch zu denken, geschweige denn, eine Ahnung davon zu haben. In den letzten Jahren hatte er sich ihr gegenüber oft herablassend gezeigt, was Merlinde nicht davon abhielt, mit ihm

ausnahmslos nett zu sein. Als er jetzt so vor ihr stand, hätte sie ihm jedoch gern ein paar unschöne Dinge an den Kopf geworfen, zum Beispiel die Art und Weise, wie er seine zweite Frau behandelt hatte. Die schöne Begleiterin bei ihm heute war eine andere. «Du hast eine Nachfolgeregelung für *unsere* Firma?» Sie betonte das Wort absichtlich.

Carron sah sie mit diesem Blick an, bei dem sie nie wusste, ob er sie wahrnahm. «Es geht um weit mehr als die Firma», fuhr er nach einem Moment des Zögerns fort. «Am besten wäre es, Gregory würde sie gewinnbringend abstossen. Noch ist es nicht zu spät, mit meinem Interessenten in ein faires Geschäft zu kommen. Er stellt aber Forderungen. Und über diese hätte ich mich mit deinem Göttergatten gern unterhalten.»

Eine penetrante Frauenstimme brach ihre Unterhaltung abrupt ab. Sie schrillte wie der Klang einer Sirene quer durch das Zelt, in dem sich einige Gäste bereits niedergelassen hatten. Carrons Gerede verlor an Bedeutung. Geschockt und überrascht liess Merlinde ihn stehen und hetzte Richtung Gartenterrasse. Sie erreichte die Treppe, die ins Haus führte. Unter normalen Umständen hätte sie niemals so heftig reagiert. Für solche Fälle stand ihr das Personal zur Verfügung. Sogar ein Türsteher, der checkte, wer über die Schwelle der Vonlanthen'schen Villa trat. Bereits vor dem schmiedeeisernen Tor zum Grundstück wurden die Gäste einer Identitätsprüfung unterzogen. Gregory überliess nichts dem Zufall.

Eine Menschentraube versperrte Merlinde die Sicht auf die obersten beiden Stufen.

Etwas musste passiert sein, was Frau Dr. Winter zum Hyperventilieren gebracht hatte. «Gregory … er ist hingefallen, einfach auf den Boden geplumpst», sagte sie stockend. «Ich habe nichts getan, ihn nicht einmal berührt.»

«Lasst mich durch.» Merlinde stiess die Winter aus dem Weg. Ihr Vorzeigeangetrauter mit dem Jungengesicht stand daneben wie ein begossener Pudel.

Die Gäste bildeten endlich eine Gasse. Gregory auf der Treppe liegen zu sehen, kam einem Alptraum gleich. Der stattli-

che Mann, der stets mit erhobenem Haupt durch die Welt schritt, lag da, zusammengerollt wie ein Embryo. Sein heller Anzug war zerknittert und mit dunklen Flecken übersät. Gregory musste beim Sturz die Sangria ausgeschüttet haben. Etliche Fruchtstücke lagen um seinen Körper herum verteilt, die rosafarbene Flüssigkeit ergoss sich über die Stufen und vermischte sich mit den Glasscherben.

Gregorys Gesicht glich einem weissen Laken. Die Augen waren halb geschlossen, der Mund stand offen. Wie im Delirium. Merlinde kannte diesen Ausdruck. Sie hatte ihn vor gefühlt hundert Jahren zum letzten Mal an ihm gesehen. Aber da war der Ort ein anderer gewesen, von Kerzenschein umrahmt. Und auf der Ablage neben dem Bett hatten zwei Champagner-Flûtes gestanden.

Dr. Claus kauerte vor dem Gestürzten, hielt dessen Hände und redete auf ihn ein. «Gregory, hörst du mich?» Gregory verzog seinen Mund, verdrehte die Augen. Es war das Letzte, bevor er das Bewusstsein verlor.

Merlinde fiel auf die Knie, egal, was das mit ihrem nachtblauen Cocktailkleid machte. «Was ist mit ihm?»

«Er muss gestolpert sein», sagte jemand.

«Die Ambulanz ist unterwegs», ein anderer.

«Dr. Claus?» Merlinde wandte sich dem Arzt zu. Im Gegensatz zu ihrem Mann war sie per Sie mit ihm. «Was ist passiert? Sagen Sie es mir.»

Alles spielte sich vor ihrem geistigen Auge ab. Ein Blitzgewitter fürchterlicher Bilder. Ihr Mann war tot. Womöglich vergiftet, was er geahnt haben musste. Der Koch. Merlinde verdächtigte ihn. Er musste es gewesen sein.

Was wurde aus ihr? Aus der Villa? Der Firma?

Merlinde schnappte nach Luft.

«Er muss sofort in die Klinik. Danach kann ich Ihnen mehr sagen.» Dr. Claus erhob sich, als wenig später der Notfallarzt mit seiner Equipe eintraf. «Sie müssen jetzt stark sein.»

«Muss nicht die Polizei her?» Merlinde krächzte. «Das war ein Mordanschlag.»

EINS

Die Stadt verschwand am Horizont hinter der weissen Gischt. Durch den Schiffsrumpf ging ein eigenartiges Vibrieren. Der Motorenlärm hing in der Luft. Es roch nach Schweröl und warmer Küche.

Sie sass auf dem obersten Deck. Vor ihr eine fast unbegrenzte Weite. Die Sonne war im Westen gesunken. Die letzten Strahlen schimmerten über dem Band zwischen Himmel und Meer in rötlichem Glast. Es war ein grosser Moment. Ein Augenblick innerer Stille. Er gehörte ihr allein.

Merlinde Vonlanthen sah den Möwen zu, die das Kreuzfahrtschiff begleiteten, seit sie Genua verlassen hatten. Ihr lautes Gekreische vermischte sich mit einem entfernten Kinderlachen.

«Madame, es ist halb zehn. Das Diner wird bald serviert.»

Sie drehte sich um. Nach Essen war ihr nicht zumute, noch weniger nach der Unterhaltung ihres Begleiters Matteo, der neben sie trat und sie von oben herab ansah, aus einer Perspektive, an die sie sich in den letzten dreieinhalb Jahren gewöhnt hatte. Mit ihrer Grösse von eins fünfundsiebzig hatte sie manchen Mann überragt. In der Vergangenheit. «Ich werde darauf verzichten. Zudem ist es zu spät zum Essen.»

«Aber», kam es postwendend zurück, «das ist nur heute so, weil wir Genua zwei Stunden später als angekündigt verlassen haben. Zudem ist es Ihr erster Abend auf dem Schiff. Es wird kühler. Sie sollten auf sich achtgeben, damit Sie sich nicht erkälten.» Seine Stimme klang sanft.

Merlinde hob den Kopf, nicht gewillt, mit Matteo eine Diskussion anzuzetteln darüber, was ihr guttat und was nicht. Sie war zwar beeinträchtigt, aber nicht dumm. Und er? Sie hatte ihn für viel Geld gebucht. Er sollte ihr zur Verfügung stehen, wenn sie sich ausserhalb ihrer Kabine aufhielt. Er würde sie zum Frühstück und zum Mittagessen begleiten, am Abend zum

Theater, Film, zu Modeschauen oder sonstigen Unterhaltungen an Bord. Er würde mit ihr an der Bar sitzen und mit ihr einen Small Talk führen, falls sie es wünschte. Matteo war ihr Gesellschafter.

Obwohl er ihr von einer Agentur empfohlen worden war, passte ihr der junge Mann nicht recht. Das ambivalente Gefühl war stets präsent, ob sie zu mutig oder naiv gewesen war, nach allem, was ihr widerfahren war. Matteo sah gut aus, war gerade fünfunddreissig geworden. Er hätte sich seine Zeit anders vertreiben können, als einer behinderten Frau den Hof zu machen. Neben ihm fühlte sich Merlinde wie eine Greisin. Er sagte wenig, hielt sich auf Distanz. Aber er beobachtete sie. Unheimlich war das.

Ein Gedanke an ihren Mann. Es war das zweite Mal, dass sie ohne ihn verreiste. Sie vermisste ihn. Den Menschen, an dessen Seite sie siebenundvierzig glückliche Jahre verbracht hatte. Fragmente von Bildern schoben sich in ihr Gedächtnis, und sie wünschte sich, er stünde neben ihr, berührte ihre Schultern und legte eine Nerzstola darüber. Kurz meinte sie, seinen Atem auf ihrem Nacken zu spüren.

«Lassen Sie mich ein paar Minuten hier sitzen.» Sie sah auf ihre Armbanduhr, eine Ebel Beluga, mit Brillanten eingefasst – das Hochzeitsgeschenk.

Halb zehn. Die Dämmerung legte sich über das Meer. Der rote Streifen am Horizont verblasste, bis er ganz verschwand. Die violette Nacht brach vom Osten her über den Himmel und das Wasser wie eine Welle, die verschluckte, was eben noch gewesen war. Auf dem Deck gingen die Lichter an. Langsam flackerten die Solarlampen auf.

Genua, Civitavecchia, Palermo, Cagliari, Palma, Valencia, Marseille, Genua. Acht Tage und Nächte auf dem westlichen Mittelmeer. Mehr als eine Woche Vergessen. Merlinde hatte die schönste und teuerste Suite gebucht. Ihre Tränen würden auf einen flauschigen Teppich tropfen. Sie würde in ein Seidenkissen weinen, Blinis mit Kaviar essen und in der Vergangenheit schwelgen; als sie jung und schön gewesen war und die Welt ihr zu Füssen gelegen hatte. Sie seufzte. «Lassen Sie mir eine Flasche Dom Pérignon Vintage in die Kabine bringen. Mit *zwei* Gläsern», setzte sie stockend nach. In der Minibar stand eine Schale salziger Naschereien bereit, daran erinnerte sie sich. Beides würde über den gröbsten Hunger hinweghelfen. Hunger. Ein Gefühl, das ihr geblieben war.

Matteo räusperte sich. «Ja, Madame, ich werde Ihren Wunsch ans Bordpersonal weiterleiten. Soll ich Sie vor Ihre Suite bringen?»

Er hatte es wohl eilig. Wollte seinerseits das Diner nicht verpassen. Sie verübelte es ihm nicht. Hier ass man vorzüglich, auch ausserhalb des Salons.

«Meinetwegen.» Sie liess sich über das Deck stossen. Ein letzter Blick auf das Meer. Die Nacht war abrupt hereingebrochen. Ausserhalb der Lichterketten war es tiefschwarz, die Weite des Universums bloss zu erahnen. «Warten Sie.» Merlinde legte den Kopf in den Nacken. Sie mochte die Unendlichkeit über ihr. Sie gab ihr das Gefühl, dass nicht alles vorbei war. Dass dort oben jemand existierte, der ein Auge auf sie hielt und sie beschützte. Trotz etlicher Niederlagen, zuweilen auch schrecklichen, hatte sie den Glauben an das Gute nicht verloren.

Die undurchdringliche Schwärze war mit feinen Lichtpunkten durchwoben. Ein vierdimensionales Gemälde, von einem nihilistischen Künstler gemalt. Es waren die unsichtbaren Dinge, die der Realität den Stempel aufsetzten. Der Blick dahinter, der im Nirgendwo endete und sie weiter denken liess. Über eine Grenze hinaus, die womöglich erst im Tod Gestalt annahm.

Der Blitz hinter ihren Augen liess sie ins Hier und Jetzt zurückkehren. Nein, sie empfand keine Angst. Das Schicksal hatte sie stark gemacht. Sie war gefeit gegen die brutale Kälte, mit der Menschen einander begegneten. Abgehärtet gegen den schrecklichen Mob, der ihr in jüngster Zeit über den Weg lief. Sie war reich. Besass mehr, als erlaubt war. Fühlte sich sicher im Überfluss. Konnte sich einen Bodyguard leisten. Matteo. Er würde auf sie aufpassen.

«Sie dürfen mich in die Suite bringen», stammelte sie. Ihre Stimme wollte ihr nicht gehorchen. Sie drehte den Kopf zu ihm.

Matteo lächelte ihr zu. Vielleicht hatte sie trotz allem eine gute Wahl getroffen.

Über sechzig Quadratmeter Wohnraum. Die nächsten Tage würde sie leben wie Gott in Frankreich. Fast halb so gross war der Balkon, mit einem privaten Whirlpool sowie zwei bequemen Sonnenliegen. Sanft wie ein Glockenklöppel bewegte sich eine Schaukel aus geflochtener Schnur unter der Decke. Ein maritimes Ambiente. Merlinde liebte es.

Drinnen wurde sie von Luisa erwartet. Sie war die zweite Begleitung, sorgte sich um ihr körperliches Wohl und all die Dinge, die einen Mann nun mal nichts angingen. Luisa war dreissig, verheiratet und kinderlos. Sie hatte die Ausbildung einer Krankenpflegerin. Sie war von der gleichen Agentur empfohlen worden wie Matteo. Bei Luisa hatte Merlinde ein besseres Gefühl. Die Frau konnte gut anpacken und zierte sich nicht. Merlinde kannte anderes, hatte lange überlegt, auf welche Eigenschaften sie achten musste, welche Informationen zwischen den Zeilen im Zeugnis zu lesen waren.

Eine Woche vor ihrer Abreise war Luisa bei ihr in Herrliberg gewesen. Merlinde hatte sie anhand eines digitalen Angebots ausgesucht. Jung, stark und gesund, was ihre Physis betraf. Das war die Voraussetzung gewesen. Luisa war eine bodenständige Frau. Und sie war hübsch. Ihre langen dunklen Haare hatte sie stets zusammengebunden, wobei ihr schönes Gesicht zur Geltung kam. Honigbraune Augen, schmal und lieblich, eine gerade Nase und geschwungene, volle Lippen. Hoch angesetzte Wangenknochen. Etwas an ihr erinnerte Merlinde an eine Latina. Wenn sie sie ansah, kam die Sehnsucht. Nach Peru, nach Machu Picchu, dem Amazonas. Nach einer der letzten gemeinsamen Reisen mit ihrem Mann.

«Möchten Sie sich für die Nacht bereit machen?» Luisa hatte die Koffer ausgepackt und die Kleider in den Schrank geräumt. Das Seidennachthemd lag auf dem Bett.

«Nein, ich habe es mir überlegt. Ich werde doch zum Diner gehen.»

***

Die Tür im Flur schlug zu.

«Fede, bist du das?» Max von Wirth erhob sich aus seinem Sessel, in den er vor einer halben Stunde gesunken war, müde vom Tag, von der zermürbenden Auseinandersetzung mit dem aktuellen Auftraggeber. Ein Arzt, der ihn mit einer heiklen Mission betraut hatte. Die Aufträge wurden je länger, desto kurioser.

Unter dem Türrahmen zum Wohnzimmer stand Fede. Die Arme hatte sie in die Seiten gestemmt. Es war lange her, seit sie ihn in Hergiswil besucht hatte. In der Regel trafen sie sich im Drachenried auf ihrem Bauernhof, wo Max oft drei-, viermal nacheinander übernachtete. Er hatte sich kontinuierlich an das Landleben gewöhnt, an die Gerüche nach Kuhdung und warmer Milch. Nach Heu und nassen Katzenhaaren. Und an seine Geliebte mit den drei Gesichtern. Fede, die Femme fatale, Fede, die Bäuerin mit dem Faible für Tattoos, Fede, die Hackerin, die vor nichts zurückschreckte ausser vor Spinnen. Aber das war eine andere Geschichte. Bislang hatte sie ihm das Jawort verweigert, obwohl er im sprichwörtlichen Sinn bereits dreimal vor ihr auf die Knie gegangen war. Heiraten sei ein alter Zopf, war ihre Meinung, die es zu akzeptieren galt.

«Hi.» Fede küsste ihn auf den Mund. «Du siehst abgekämpft aus. Ist es wegen des Falls?»

Fall nannte sie es. «Nicht zu glauben, was da gerade passiert.»

Fede schwang sich auf das Sofa, zog ihre Beine an. «Komm, erzähl.»

«Ich habe nicht damit gerechnet, je einmal in eine so brandgefährliche Situation zu geraten.»

«Im Übertreiben warst du schon immer Weltmeister.» Sie schmunzelte. «Oder sprichst du von deinem Undercoverauftrag für Dr. Mahler?»

«Sein Kollege ist, wie Mahler vermutet hat, dem Pharmakonzern Luxapharm zuträglich. Gefälschte Patientenakten und falsche Informationen, was das neue Medikament im Kampf gegen Rheuma betrifft. Ich befürchte, was dort im Kleinen abgeht, wird auch im grossen Stil durchgeführt. Es geht nicht um den Patienten, denn vielmehr um ein profitables Geschäft. Mahler hat nicht genügend Beweise gegen seinen Berufskollegen. Aber er vermutet, dass da sehr viel Geld im Spiel ist.»

«Der Arzt wurde gekauft?»

«Mahler befürchtet es.»

«Sind das nicht blosse Spekulationen?»

«Ich habe zwei Patientinnen gesprochen, die ins Programm einer klinischen Studie eingestiegen sind, welche unter anderen von Mahlers Kontrahent beaufsichtigt werden.»

Fede starrte ihn mit weit aufgerissenen Augen an. «Das verstehe ich jetzt nicht. Warum werden die Probanden nicht direkt von der Pharma betreut?»

«Diese Frage habe ich mir auch gestellt.»

«Du sagst Patientinnen? Ich dachte, für solche Tests werden ausschliesslich männliche Probanden gesucht.»

«Bei den Gesunden ist das die Regel. Die zwei Frauen sind bereits krank. Sie gelten nicht als Probandinnen, sondern als Studienteilnehmerinnen.»

«Und wie bist du an sie gekommen?»

Max schob auf dem Tisch eine Mappe mit Dokumenten von einer zur anderen Hand. «Durch eine Anzeige über das Internet. Sie waren für ein schriftliches Statement bereit, unabhängig voneinander. Sie fühlen sich als Versuchskaninchen. Kann ich verstehen. Anscheinend haben die Medikamente erhebliche Nebenwirkungen. Keine schöne Sache. Ich werde den Auftrag abgeben.»

«Ach so ...» Fede warf den Kopf nach hinten, schüttelte die rote Mähne durch. «Ich dachte schon, ich könnte dir behilflich sein.» Und nach einer Weile: «Du musst ja echt in der Kohle schwimmen, wenn du einen solchen Auftrag abweist.»

«Würdest du dich für meine Arbeit interessieren und dich

engagieren, fiele mir alles leichter.» Es war ein heikles Thema. Seit bald zwei Jahren versuchte Max, seine Detektei allein in Schuss zu halten. Fede galt zwar als Miteigentümerin, selbst war sie aber kaum mehr aktiv. Mittlerweile hatte Max sich einen Wiedereinstieg in eine Anwaltskanzlei abgeschminkt. Er war der Meinung, seine Firma doch noch in eine erfolgreiche Zukunft führen zu können. Er nahm nebst spannenden Aufträgen auch weniger erbauliche an. Personenobservierungen gehörten zum Alltag, obwohl er diese längst hatte streichen wollen. Sie sorgten jedoch für ein gutes Grundeinkommen. Mit seiner Seriosität hatte Max sich einen Namen gemacht. Man schätzte seine ruhige dezidierte Art. «Was in der Pharmabranche läuft, ist eine Nummer zu gross für mich.»

«Das glaube ich dir nicht. Du mit deinem juristischen Wissen ...»

Max winkte ab. «Es steht mir oft im Weg. Es gibt Dinge, die kann ich mit meinem Gewissen nicht vereinbaren.»

Fede hob ihre Augenbrauen. «Ach ja? Warum plötzlich so ethisch?» Fede musterte ihn mit grossen Augen. «Das heisst, dass Anwalt der falsche Job für dich war.»

«Das Leben ist ein einziger Lernprozess.»

«Heute folgst du deinem Herzen mehr als einstudierten Paragrafen.» Fedes Blick wurde zärtlich. «Soll ich uns etwas zum Nachtessen kochen?» Sie schwang ihre Beine vom Sofa, erhob sich und kam auf ihn zu. Sie beugte sich über ihn und küsste ihn. «Vielleicht sind wir beide nicht geschaffen für diese Welt. Je älter wir werden, umso mehr bin ich überzeugt davon.»

«Dies aus deinem Mund zu hören, überrascht mich.» Max erwiderte den Kuss. Er schlang seine Arme um Fedes Körper. Sie roch wunderbar, nach Sommer und einem blumigen Parfum. Beides erregte ihn.

«Kannst du es dir leisten, diesen Auftrag abzulehnen? Bist du nicht bereits zu weit gegangen?»

«Ich habe eine Anzahlung erhalten. Diese deckt meine bisherigen Unkosten ab. Wenn ich aussteige, sind wir quitt.»

Fede zog Max auf das Sofa und liess ihre Hand über seinen

Hosenbund tiefer wandern. «Hast du Aussicht auf neue Aufträge?» Sie öffnete den Gurt.

Max konnte ein Stöhnen nicht unterdrücken. «Das Übliche … heute Morgen hat es mir die Observation für eine Vierzigjährige, die in Trennung lebt, reingeschneit. Ihr Mann vermutet, dass seine Noch-Ehefrau, die ihn finanziell schröpft, seit Langem einen reichen Geliebten hat. Er soll bereits bei ihr wohnen … im Haus, das *er* abbezahlt. Zudem sei ihm verboten, seine Kinder zu sehen.» Max richtete sich auf und schob seine Hose über das Gesäss. «Ich kenne genug arme Schweine, die sich von ihren Ex-Frauen ausnehmen lassen. Manchmal bis an den Rand ihrer Existenz.»

«Frauen sind böse.» Fede half ihm mit ernstem Gesicht bei den Boxershorts.

«So habe ich das nicht gesagt.»

«Es gibt welche –»

«Was sich … gewisse Frauen erlauben, ist kaum je ein Gesprächsthema.» Max' Verstand rutschte weg.

«Es wäre an der Zeit, dass sich die Männer emanzipieren.» Fede fuhr mit ihrer Hand in den Hosenbund. «Möchtest du es vor oder nach dem Diner?»

«Was?»

Fede glitt mit ihrem Mund abwärts. «Das.»

***

Merlinde sass im Rampenlicht. Die Gäste im Restaurant drehten dezent ihre Köpfe, als Luisa den Rollstuhl zum Tisch schob. Merlinde kam sich ausgestellt vor. Natürlich hatte sie den besten Platz bekommen. Den hatte sie bei der Reservation für die Kreuzfahrt mit ein paar zusätzlichen Geldscheinen ergattert. Derselbe Platz, der ihr im Februar schon gehört hatte. Mittendrin, unter dem Lüster, in dem die Glastränen das warme Licht reflektierten. Die hochwertige Atmosphäre erinnerte sie an «Titanic», an den Film notabene, den sie sich zum Zeitvertreib x-mal angesehen hatte. Schliesslich war es zu einem

Hobby geworden, die Zeit totzuschlagen und zu hoffen, dass ihre körperlichen Fähigkeiten in absehbarer Zeit auf dem gleichen Stand sein würden wie vor der Apoplexie. Sie ergötzte sich an dem schön eingedeckten Tisch mit dem Damasttuch, dem edlen Porzellan aus der Bone-China-Kollektion und den Kristallgläsern, von denen behauptet wurde, Napoleon Bonaparte habe schon aus ihnen getrunken. Allein die Vorstellung, der einstige französische Kaiser und General könnte mit seinem Mund den Glasrand berührt haben, liess Merlinde erzittern. Er hatte wie kaum ein anderer die Weltgeschichte beeinflusst. Das Servicepersonal bewegte sich im Slow-Modus. Man bemerkte es kaum. Merlinde beobachtete die schwarz befrackten Kellner, die behandschuht Teller unter glänzenden Messingglocken an die Tische brachten. Über allem lag etwas Königliches. In dieses Luxusrestaurant durften nur diejenigen Gäste rein, die sich der vorgeschriebenen Kleideretikette beugten. Der Dresscode für Damen: Abendrobe, für den Mann: Frack und Fliege.

Es hatte Merlinde grosse Überwindung gekostet, fünf Monate nach dem Überfall auf sie erneut eine Kreuzfahrt zu buchen. Aber es war ihres Erachtens die einzige Möglichkeit, die Schreckensnacht zu verarbeiten und letztlich zu vergessen. Der Arzt ihres Vertrauens hatte zwar davon abgeraten. Es sei zu riskant. Aufgrund ihrer Beeinträchtigung seien solche Reisen zu vermeiden. Merlinde hatte ihre Psychiaterin nach deren Meinung gefragt. Sie dagegen hatte sie ermuntert.

Merlinde war aufgeregt.

In Gesellschaft mit Freunden hätte es ihr kaum etwas ausgemacht, ruhig hier zu sitzen. Das Alleinsein machte sie nervös. Sie fühlte sich einsam, trotz ihrer zwei Lakaien. Sie traute ihnen keine tiefgründigen Gespräche zu. Sie waren einfach gestrickt.

Durchatmen. Die Scham ging vorüber. Nach dem ersten Glas Wein würde sie lockerer werden.

Echte Freunde, dachte sie, diese konnte sie an einer Hand abzählen. Seit ihrem Hirnschlag hatten sie sich zurückgezogen. Dachten sicher, sie sei geistig nicht mehr zurechnungsfähig und so beeinträchtigt, wie ihr Körper es war. Halbseitig gelähmt. Im linken Bein hatte sie keine Kraft mehr, spürte wenig bis gar nichts. Doch ihr Vorstellungsvermögen hatte nicht gelitten, wohl aber das Artikulieren. Wenn sie sprach, musste sie es langsam angehen, die Sätze überlegen. Die Gedanken waren schneller, als sie sie verlautbaren konnte. Dies brachte sie oft in Erklärungsnot. Es war, als müsste sie wieder von vorn beginnen, wie ein Kind, welches seine ersten Schritte tat und Sprechen lernte.

Um die Sprache zurückzugewinnen, hatte sie hart gearbeitet. Sie hatte alles verstanden, aber nicht schnell reagieren und antworten können. Und die Nerven spielten ihr noch immer einen Streich.

An die Stelle ihrer ehemaligen Freunde waren die Bettler getreten. Frauen und Männer aus einem entfernten Bekanntenkreis, die sie ungeniert um Almosen anfragten. Merlinde hatte schon Kredite vergeben, bei denen sie wusste, dass sie niemals zurückbezahlt würden, ihrem Nachbarn Hermann vor einem halben Jahr ein neues Auto finanziert, weil dieser gerade nicht liquid war. Aber zur selben Zeit hatte er sich einen neuen Pool angeschafft. Es hatte keinen Zweck, sich deswegen zu hinterfragen. Merlinde musste den Blick nach vorn richten, in eine Zukunft, die ihr die Normalität zurückbrachte.

Die Leute hatten ihr nur kurz Aufmerksamkeit geschenkt und ihre teure Garderobe begutachtet. Begutachtet, nicht bewundert. Die zusammengesteckten Köpfe, vor allem die der Frauen, das Flüstern hinter vorgehaltener Hand – das Übliche, wenn Merlinde ihren grossen Auftritt zelebrierte. Sie trug trotz des Hochsommers ihr schwarzes Chanel-Kostüm und eine hochgeschlossene Bluse, wegen der Aircondition, die fühlbar auf achtzehn Grad heruntergekühlt war. Über der Seidenbluse klimperten drei Perlenstränge – echte Südseeperlen. Sie waren von unschätzbarem Wert und ein Geschenk von ihrem Mann gewesen, während ihrer Reise nach Bora Bora.

Merlinde mochte es, zu zeigen, was sie hatte. Es war momentan die einzige Art, zu leben. Sie gab ihr das Gefühl, doch noch jemand zu sein, und wenn sie bloss auffiel. Ob negativ oder positiv.

Ein Sommelier brachte die Weinkarte und beriet sie über die verschiedenen Flaschen und den Offenausschank. Merlinde entschied sich für einen Gaja Barbaresco DOP aus dem Jahr 2017. Sie wechselte langsam ein paar Worte mit dem Mann, obwohl sie zum Reden keine Lust verspürte. Je nach Verfassung bereitete ihr das Artikulieren von Sätzen manchmal grosse Mühe. Sie tauschte ihre Kenntnisse über Rotweine aus und fühlte sich nicht besser. Der Kellner, er war derselbe wie im Februar, kannte ihr Gebrechen und nahm sich Zeit.

Die Vorspeise wurde aufgetragen. Eine «Foie gras» mit frischen Mangostücken und Honigbrot. Eine Sünde, dass es dies überhaupt noch gab, nachdem die Qual, die die Enten und Gänse vor ihrer Schlachtung erlitten, seit Langem bekannt war. Italienische Anhänger des Tierschutzes hatten im Hafen von Genua deswegen Transparente geschwenkt. Merlinde hatte jedoch keinen Augenblick gezögert. Für Entenleber oder Froschschenkel, im Bierteig gebacken, wäre sie gestorben, wie damals die echte Lady Curzon für ihre Schildkrötensuppe.

«Nobel geht die Welt zugrunde.»

Merlinde nahm in ihrem rechten Augenwinkel einen Schatten wahr. Sie drehte den Kopf dahin. Ihr kleines Hütchen drohte sich zu verschieben. Sie griff danach, positionierte es neu. Sie hatte sich lange überlegt, ob sie es zum Nachtessen aufsetzen wollte. Neben ihrem Tisch hatte sich eine Dame aufgebaut, wenig jünger als sie, wahrscheinlich die sechzig überschritten.

«Mit Bedauern stelle ich fest, dass Sie allein dinieren. Und ich wurde in eine Ecke gedrängt, weil ich vergessen hatte, den Sitzplatz zu reservieren. Vielleicht darf ich Ihnen Gesellschaft leisten.» Sie zeigte auf die Gänseleber. «Wenn Sie gestatten, könnten wir gemeinsam dem Sündigen frönen.»

Merlinde brachte vor Verblüffung keinen Ton heraus. Sie wies auf den Stuhl vis-à-vis.

«Soll das ein Ja sein?»

«Bitte.» Merlinde tat so, als hätte sie einen Bissen im Mund.

Sie hatte weiss Gott mit ihren bald siebzig Jahren manche Überraschung erlebt, zu ihrem Leidwesen nicht nur die erfreulichsten. Aber so etwas war ihr bislang noch nie passiert. Vielleicht war dies der Unterschied zwischen ihr und der jüngeren Generation. Frauen in ihrem Alter wurden höchstens von ihresgleichen wahrgenommen. Plötzlich war der Stich unter ihrer Brust da. Ihre alternde Hülle vermochte nicht, die Sehnsucht nach Zuwendung zu kaschieren. Sie hatte nur einmal geliebt. Ihren Mann. Er war ihr Leben gewesen, ihre Inspiration, ihr Alles. An seinem Todestag hatte Dunkelheit sie umhüllt, welche all die Monate danach nie ganz verschwunden war. Die Tristesse war zwar weniger geworden, doch manchmal ummantelte sie sie wie ein zu enger Anzug, in dem sie kaum zu atmen imstande war.

Ein Kellner half der Dame, sich zu setzen. Merlinde nutzte die Zeit, sie zu betrachten. Sie trug ein Taftkleid mit halblangen Ärmeln und hatte ein gleichfarbiges Jäckchen über die Schultern gelegt, bordeaux mit zarten schwarzen Rosen. Ihrer Physiognomie nach zu urteilen musste sie eine Italienerin sein, oder sie stammte aus den südlichen Gefilden Europas. Dunkles Haar mit grauen Strähnen, schwarze Augen und ein bronzener Teint – eine explosive Mischung, auch in ihrem Alter. Sie war eine gepflegte Erscheinung, und als sie sich gesetzt hatte, wogte der diskrete Duft eines pudrigen Parfums zu ihr herüber. Keines dieser billigen Sprays, welche den Geruchssinn misshandelten. Merlinde wartete, bis man ihrem Gegenüber die Vorspeise gebracht hatte und auf die Erwähnung des Namens. Sich vorzustellen hatte die Fremde bis anhin nicht für nötig befunden. Ob sie etwas zu verbergen hatte? Nein, so schätzte sie sie nicht ein. Es hatte sich noch nicht ergeben.

Der Sommelier kam mit dem Rotwein. Merlinde degustierte ihn. Sie war zufrieden mit dem edlen Tropfen, der die Sonne der Toskana offenbarte und die Lebensfreude der Südländer. Merlinde hatte plötzlich keine Zweifel mehr, dass dieser Abend auf dem Mittelmeer nicht ein gelungener werden könnte.

«Darf ich Sie einladen?» Merlinde spürte, wie ihre innere

Eiseskälte zu tauen begann. Sie hoffte auf eine geistreiche Unterhaltung und war froh, die Einsamkeit in der Suite gegen das Gesellige eingetauscht zu haben. Unterhaltung. Nichts mehr als das fehlte ihr im Moment.

«Gerne.» Die Dame hatte etwas Aristokratisches an sich.

«Ich bin Merlinde Vonlanthen.» Sie hob das Glas.

«Angenehm.» Die Frau lächelte ihr aufrichtig zu. Kein Wort über ihr langsames Sprechen. Keine peinlichen Fragen. Sie musste begriffen haben, was los war mit ihr. «Milagros von Wirth.»

***

Mit einiger Verspätung und nach dem Duschen hatten sich Max und Fede eine Pizza beim Kurier bestellt und sie genüsslich verspeist. Dazu hatten sie eine Flasche Rotwein getrunken, zur Feier des Tages, wie Fede fand. Für sie gab es oft genug Gründe, um miteinander anzustossen.

«Ich bin voll. Ich bringe keinen Bissen mehr hinunter.» Fede erhob sich und tupfte ihre Mundwinkel mit einer Papierserviette ab. Es hielt sie nicht davon ab, aus dem Kühlschrank eine Schachtel Pralinen zu holen und sie aufzutischen. Zwei Stücke verschwanden subito zwischen ihren Zähnen.

«Du hast ja auch ein paar Kalorien verbraucht.» Max hatte sich seit Langem nicht mehr so wohl gefühlt. Seine Gedanken segelten weg. Er war entspannt und zufrieden. Die Zärtlichkeiten wirkten noch lange in ihm nach.

«Wie geht es eigentlich Milagros?»

Der Hammer fuhr in diesem Moment über ihn. «Du möchtest jetzt über meine Mutter reden? Ist das dein Ernst?» Max ging zur Kaffeemaschine, stellte eine Tasse unter den Kolben und liess kolumbianischen Kaffee hineintröpfeln. Die wohligen Erinnerungen waren mit einem Schlag weg. «Okay. Sie hat mich vor zwei Tagen angerufen, um mir zu sagen, dass sie eine Kreuzfahrt auf dem Mittelmeer gebucht habe.»

«Mit einer Dreckschleuder auf hoher See?» Fede rümpfte

die Nase. «Das hätte ich ihr nicht zugetraut. Hast du gewusst, dass die Schifffahrt weltweit für den Ausstoss von etwa einer Milliarde Tonnen Kohlendioxid verantwortlich ist? Dies entspricht drei Prozent der gesamten von Menschen verursachten CO_2-Emissionen.»

«Kann ich etwas dafür?»

«Du hättest es ihr ausreden können.»

«Der CO_2-Ausstoss aller Serverfarmen ist höher als der aller weltweiten Fluggesellschaften. Also ...»

«Also was?»

«Jedem das Seine.»

«Eine Kreuzfahrt ist *nicht* lebensnotwendig.»

Max schwieg. Fede hatte mit wenigen Ausnahmen immer das letzte Wort. Dann fragte er sich, ob es nebst dem guten Sex noch etwas anderes gab, was ihn an sie band. War es die Erwartungshaltung seiner Mutter? Sie sah in Fede bereits die Schwiegertochter. Fede war fester Bestandteil der Familie von Wirth geworden, und sie zeigte Stil in Milagros' Anwesenheit. Fede kannte sich damit aus, wie sie Empathie-Punkte sammeln konnte. Sollte Max sich von Fede trennen, wäre dies für Milagros der Weltuntergang.

«Sorry.» Fede nahm den Kaffee entgegen. «Es sind keine Themen, über die wir uns streiten sollten. Du hast recht ... Ich werde sowieso kürzertreten und mich mehr um Haus und Hof kümmern. Seit Anfang Sommer beherbergen wir zwei Gastfamilien. Chrigi ist eindeutig überfordert. Er kann gut mit Tieren umgehen, aber wenn es um Menschen geht, macht er dicht. Er spricht kaum mit den Leuten.»

«Das heisst, dass du von der IT-Firma weggehst?» An dieser Schwelle hatte Max schon einmal gestanden. Bloss war die Ausgangslage eine andere gewesen.

«Ich habe auf Ende Juli gekündigt und ziehe gerade meine Ferien ein. Ich werde wieder so arbeiten wie vor meiner Anstellung. Sporadisch als Freelancer für die Firma von zu Hause aus.» Sie nippte an ihrer Tasse. «Zudem möchte ich wieder vermehrt für unsere Detektei unterwegs sein.»

Max vergass zu atmen.

«Du kannst den Mund wieder schliessen.» Sie hielt ihre Tasse mit beiden Händen fest. «Das heisst, dass wir Aufträge wie den von Dr. Mahler nicht einfach zur Seite legen, sondern uns dafür einsetzen sollten, solche Ungeheuerlichkeiten aufzudecken. Es ist unsere ethische Verpflichtung.»

Fede hatte sich also bereits Gedanken darüber gemacht.

«Wie gesagt, es ist schwierig.» Max hatte nicht vor, in Teufels Küche zu kommen. Allein mit der Zusage für dieses Mandat hatte er sich die Finger verbrannt.

Fede trank den Kaffee aus. Sie brachte die leere Tasse zur Kochnische. «Ich gebe dir zuliebe meinen Job auf, aber ich tendiere auf eine echte neue Herausforderung.»

«Christian braucht dich, hast du soeben gesagt.»

«Du hast es noch immer nicht begriffen.»

«Dann klär mich auf.» Max nervte es zunehmend.

«Du holst die Aufträge. Aber halte dich in Zukunft von Observationen vor den Schlafzimmerfenstern fern.»

***

Unter anderen Umständen hätte das monotone Motorengeräusch sie in den Schlaf geschaukelt. Obwohl Merlinde ganz oben eine Kabine besass, glaubte sie, das leise Vibrieren im Schiffsrumpf zu spüren, je ruhiger es um sie herum wurde, umso mehr. Sie war zu müde, um gleich einzuschlafen. Die Begegnung mit Milagros hatte sie zudem aufgekratzt.

Milagros war gebürtige Spanierin, verwitwet, Mutter eines einundvierzigjährigen Sohnes und allein auf der Mittelmeerreise. Die Frau hatte ein Temperament, von dem Merlinde nicht mal zu träumen wagte. Trotzdem hatten sie sich nach anfänglichen Schwierigkeiten gut verstanden. Milagros verfügte über einen Wortwitz, der Merlinde fehlte. Andererseits durfte Merlinde mit vielen Reisen auftrumpfen, die bei Milagros auf der Wunschliste standen. Und wahrscheinlich verfügte Merlinde über sehr viel mehr Eigenkapital. Denn als die Gesprächsthemen aus unerfindlichen Gründen auf das Vermögen geschwenkt hatten, war Milagros sprachlos geworden.

Später hatte Milagros sie im Rollstuhl durch die endlosen Gänge und Säle geführt. Sie waren in der Ladenmeile gelandet, wo sie wie selbstverständlich die teuren Geschäfte besuchten, die bis spät in die Nacht hinein geöffnet hatten. Vielleicht war der Alkohol schuld gewesen, dass sie beide eine Louis-Vuitton-Tasche gekauft hatten, oder seniler Leichtsinn. Merlinde vermochte nicht, es sich zu erklären. Aber sie war glücklich gewesen, hatte sogar herzhaft lachen können. Milagros nahm sie so, wie sie war.

Einer der Glasaufzüge hatte sie über mehrere Etagen bis zum Oberdeck gefahren, wo sie einen letzten Atemzug lang die Nacht über dem Meer genossen. Trotz des Fahrtwindes war es erstaunlich mild gewesen. Weit draussen hatten Lichtpunkte den Horizont berührt – Fischerboote auf dem nächtlichen Fang. Merlinde hatte sich mit Milagros fürs Frühstück um neun verabredet. Vor der Tür zur Kabine hatte Luisa gewartet. Danach war Milagros den Korridor entlang zu ihrer Suite geschritten. Auf der Höhe zur Tür hatte sie sich noch einmal umgedreht und ihr zugewinkt.

Merlinde war sich sicher, sie hatte heute Nacht eine neue Freundin gewonnen.

Luisa hatte sie ins Badezimmer gefahren, wo sie ihr half, sich für die Nacht bereit zu machen. Merlinde hatte sich in den letzten Monaten daran gewöhnen müssen, sich wie ein kleines unbeholfenes Kind pflegen zu lassen. Ihr fehlte es an Kraft. Ihre linke Körperseite fühlte sich taub an. Es kam ihr vor, als hingen der Arm und das Bein wie etwas Fremdes an ihr. Ein Blutgerinnsel hatte die Sauerstoffzufuhr im Gehirn verstopft, und Nervenzellen waren abgestorben. Es gelang ihr seither nicht mehr, die Reize vom Gehirn an diese Muskeln weiterzuleiten und diese zu steuern. Sie war viele Wochen in der Rehabilitationsklinik gewesen, wo sie Schritt für Schritt die Bewegungsabläufe und das Sprechen wiedererlernt hatte. Sie verdankte es ihrem eisernen Willen, dass man sie nach dem Aufenthalt in der Residenz nach Hause hatte gehen lassen.

Das Schnappschloss verursachte ein klickendes Geräusch. Die Vorstellung, von nun an in der Kabine eingeschlossen zu sein, löste ein mulmiges Gefühl in Merlinde aus. Es war mitunter ein Grund, dass sie eine Suite gebucht hatte. Sie nahm ihr den Eindruck, auf hoher See zu sein. Als Kind hatte sie sich vor dem Meer gefürchtet. Vor den wilden Wassern bei Sturm und den Wellen, die meterhoch über das Land hinweggespült wurden. Aber das war eine andere Geschichte, die sie seit Jahren verdrängte. Eine Vergangenheit, die kaum mehr Platz in ihrem Leben fand.

Etwas knackte. Ein Laut, der hier nicht hingehörte. Fast neben ihrem rechten Ohr. Merlinde fuhr zusammen, denn der Schlaf hatte sie beinahe endlich überwältigt. Doch jetzt war sie hellwach. Durch die Fenster schimmerte die Nacht, ein Sternenhimmel, der bloss in der Karoo-Wüste in Südafrika noch eindrücklicher war. Eine kaum wahrnehmbare Lichtspur ergoss sich von dem Balkon in die Kabine. Der Schatten an ihrem Rand gehörte weder zum Tisch noch zu den Sesseln. Diese standen in entgegengesetzter Richtung.

Merlinde hielt den Atem an.

Es war ein Déjà-vu. Ein spitzes Fragment, das in ihre Erinnerungen stiess wie die Spitze einer Lanze. Der Schreck kam so unvermittelt, dass sie wiederholt vergass zu atmen.

Ja, sie hatte viel Wein getrunken am vergangenen Abend. Eine Flasche hatte nicht gereicht. Milagros hatte sie zu ihrem Lieblingschampagner eingeladen, einem Louis Roederer. Zum Käse hatten sie zudem je ein Glas Muskateller bestellt. Süss und verlockend war er gewesen. Zuletzt einen Grappa. Viva Italia! Milagros hatte ein paar passende Zitate zum Besten gegeben und damit verraten, dass auch sie eine einsame, von Sehnsüchten geplagte Frau war. Sie hatte von ihrem verstorbenen Mann Kaspar erzählt und wie er bei einem Flugzeugunglück ums Leben gekommen sei, von ihrem Jungbrunnen, dem Cellisten aus Luzern, mit dem sie eine platonische Liaison eingegangen sei.

Der Schatten blieb. Reglos. Starr.

Wahrscheinlich spielten ihr die Lichtreflexionen von draussen einen Streich.

Merlinde legte ihren Kopf wieder auf das Kissen, das nach einem einschläfernden Elixier duftete. Luisa hatte bestimmt die Bettwäsche mit Lavendel besprüht.

Wie damals, schoss es Merlinde durch den Kopf. Ihr olfaktorisches Gedächtnis liess sie auch heute nicht im Stich. Mit Gerüchen brachte Merlinde Bilder in Verbindung. Sequenzen mit zum Teil schrecklichen Erlebnissen, die ihr seit Anbeginn ihrer Beeinträchtigung widerfahren waren.

Die erste Reise auf dem Mittelmeer.

ZWEI

Möwengekreische vor dem Fenster. Land in Sicht, in Milagros' Erinnerungen. Valencia vor fünfzig Jahren. Papaíto hatte ein kleines Fischerboot sein Eigen genannt. Als kleines Mädchen hatte Milagros ihn oft begleitet. Manchmal waren sie weit auf das Meer hinausgefahren, bis die Stadt in ihrer Grösse schmolz und der Horizont in der Weite zunahm. Eine Nussschale, angetrieben durch einen Aussenbordmotor, das knatternde Geräusch, altersschwach und kurz davor, den Geist aufzugeben. Sie hatten ein kleines Netz ausgeworfen oder mit der Rute geangelt. Sie hatten immer Glück gehabt. Jedes Mal hatten sie zwei oder mehrere Fische gefangen. Ihre Ausbeute hatte abends auf dem Teller gelegen, mit Tortilla oder in einer Paella verarbeitet.

Da hatte ihr der Vater von den Kämpfen zwischen den maurischen und den christlichen Truppen erzählt, von den Rückeroberungen zwischen dem 8. und 15. Jahrhundert, derer man bei den Fiestas in Valencia gedachte. Auf dem Meeresgrund lägen die Skelette der Gefallenen und Wracks ihrer Schiffe. Milagros war im Nachhinein nie mehr in diesem Teil des Meeres geschwommen. Zu sehr hatte sie sich davor gefürchtet, dass die Geister der Verstorbenen aus den Wellen steigen würden, weil sie sich in ihrer Totenruhe gestört fühlten.

Sie liess ihren Blick zu den Stadtmauern wandern und fühlte sich ein wenig wie in ihrem alten Zuhause in Spanien.

Der Morgen brach mit überwältigender Schönheit über das Meer herein. Die ersten Strahlen der aufgehenden Sonne kitzelten die Wasseroberfläche und küssten ihre Wellen. Es war wie Poesie an diesem beginnenden Tag.

Noch lag die Renaissance-Burg von Civitavecchia im Schatten. Der Hafen mit dem «Fortino di San Pietro», der Ruine des antiken Leuchtturms. Der Damm, an dessen gegenüberliegenden Seite die grossen Passagierschiffe ankerten. Ein Feriengefühl wie ein Heimkommen.

Als das Schiff anlegte, war Milagros bereit für den Auftritt bei ihrer neu gewonnenen Freundin. Sie freute sich auf das Frühstück auf dem Mitteldeck mit Blick auf die alte Stadt. Später würde sie in den Gassen flanieren und die Italianità auf sich wirken lassen. Sie entsann sich verflossener Sommertage, als ihr Mann Kaspar noch gelebt hatte. Civitavecchia aus einer anderen Sicht. Im morgendlichen Dunst. Fensterläden, die aufgestossen wurden, eine Signora, die zwischen den Häusern eine Wäscheleine spannte, verhaltener Gesang italienischer Lieder. Die alte Stadt am Tyrrhenischen Meer. Und im Hintergrund die flachen Berge wie hingezeichnet, als hätte ein Maler seine Leidenschaft daran ausgelebt. Worte in Milagros' Ohren, von dem, was ihr Vater ihr mit auf den Weg gegeben hatte. «Heimat, mein Kind, ist wie ein Baum. Man kann die Blätter abschütteln, die Zweige brechen, den Stamm ansägen. Die Wurzeln bleiben und schlagen neu aus. Ausser man reisst auch diese aus, dann verkümmert der Baum. Auch wenn man ihn umpflanzte, würde er sich nie mehr zu der vollen Pracht entfalten.» Die Panetteria und die heisse Schokolade, in der der Löffel stecken blieb. Der Wind hatte die Gerüche häppchenweise herangetragen. Lange war es her.

Milagros verliess ihre Suite und zog die Tür hinter sich zu. Im Korridor hielten sich ein paar Passagiere auf, bereit für den Landgang. Eine ältere Frau im hellen Leinenanzug, mit Strohhut und ebensolcher Umhängetasche sah aus, als hätte sie sich für eine Altstadtsafari bereit gemacht. Ihre Begleiterinnen sahen ähnlich aufgetakelt aus. Milagros war nicht in Eile. Sie würden den ganzen Tag hier ankern und erst am späten Nachmittag Richtung Palermo aufbrechen. Nach Sizilien. Wieder Bilder voll schwermütiger Emotionen. Die italienischen Nächte. Für Milagros waren es nicht bloss Erinnerungen. Als sie vor zwei Jahren die Insel besucht hatte, war ihr alles wie ein Traum vorgekommen. Der Besuch im Amphitheater in Segesta und in den Tempelruinen von Agrigento. Das glasklare Wasser und die tiefblauen Buchten. Das Wiegen der Zypressen, wenn der Wind in sie fuhr, die würzigen Düfte nach Olivenbäumen. Wie es ihrem Ex-Freund wohl ging?

Milagros seufzte und schritt über den flauschigen Teppich, den es nur auf dieser Etage gab. In diesem Jahr würde sie vierundsechzig werden. Theoretisch ging sie in Rente. Der Beginn des dritten Lebensabschnitts. Eine Ohrfeige für ihre Lebenseinstellung. Sie fühlte sich jung und geistig fit. Es waren diese zwei Zahlen, sechs und vier, die wie ein Damoklesschwert über ihr schwebten. Bald würde sie die nächste Grenze überschreiten und endgültig zum alten Eisen gehören. Wenn sie doch bloss eine Aufgabe bekommen hätte – ein Enkelkind vielleicht, dem sie all ihre überbordende Liebe würde geben können. Max hatte sie in letzter Zeit links liegen lassen. Er, der sie früher jeden Tag angerufen hatte, machte sich in letzter Zeit rar. Wenn sie sich trafen, war es etwas Geschäftliches. Deshalb kämpfte sie jeweils so verbissen darum, dass er Mandate annahm, die sie ihm zukommen liess. Es war ein Weg, um ihm nahe zu sein. Ihm und Fede, denn diese Frau mochte sie sehr.

Milagros blieb vor Merlindes Kabinentür stehen, streckte sich und zog den Bauch ein. Sie hatte sich ein halblangärmliges grünes Sommerkleid angezogen, das ihre Knie bedeckte, und einen edlen Strohhut aufgesetzt. Dazu trug sie Sandaletten und ein passendes Täschchen von Armani. Ihre Garderobe hatte sie sich vor Reisebeginn akribisch zusammengestellt, was sich jetzt zu lohnen schien. Milagros würde vor Merlinde eine gute Figur machen.

Sie klopfte und bemerkte, dass sich die Tür aufstossen liess. «Merlinde, bist du da?» Sie hatten wie selbstverständlich zum Du gewechselt. Und nach dem Dessertwein waren sie sich in die Arme gefallen, als würden sie sich seit einer Ewigkeit kennen. Vielleicht verband sie so etwas wie eine Seelenverwandtschaft. Milagros stiess die Tür ganz auf. «Merlinde, ich bin's. Erinnerst du dich?» Waren sie wirklich so beschwipst gewesen?

Auf den ersten Blick schien alles normal. Die Luxussuite, wie sie im Prospekt präsentiert wurde. Sie war um einiges grösser als die von Milagros, war rollstuhlgängig. Die Möbel wirkten hell und freundlich. Durch die blank polierten Fenster zeichnete sich das Meer ab, Sonnenstrahlen liessen es wie einen Teppich aus Diamanten glitzern. Ein kitschiges Bild, das die Natur entstehen liess. Es veränderte sich mit jeder Sekunde.

Milagros sah auf den geöffneten Schrank und darin auf den Safe, der offen stand. «Merlinde?» Es schien, als hätte Merlinde nach ihrem Schmuck gesucht, denn eine Schatulle lag ausserhalb des Schranks. Sie war leer. Milagros ging weiter bis zum Bett, auf dem zerwühlten Laken lag ein Seidennachthemd achtlos hingeworfen, und bemerkte den Rollstuhl auf dem Weg zum Badezimmer. Die Tür war zu. Milagros drosch mit der Faust auf das Türblatt. Sie rief abermals nach Merlinde. Als sie keine Antwort bekam, drückte sie die Klinke hinunter.

Ihr Schrei blieb ihr im Hals stecken.

Merlinde lag auf den Fliesen, mit blutverschmiertem Gesicht und vollkommen nackt. Sie musste sich gestossen haben, in ihrem Zustand. Am rechten Bein klaffte eine Wunde. Daraus sickerte Blut. Blaue Flecke zeugten von älteren Verletzungen. Hatte sie versucht, allein ins Badezimmer zu gehen? Wo war ihre Zofe?

Milagros sah sekundenlang ungeniert hin. Einen Moment lang, um ihre konfusen Gedanken zu ordnen. Was war hier passiert?

Merlinde wirkte alterslos, was Milagros schon gestern aufgefallen war. Eine No-Age-Woman, die ihres jugendlichen Aussehens wegen schwer zu schätzen war. Neunundsechzig und zehn Monate, hatte sie verraten. Vielleicht war sie geliftet. Ihre Brüste hatte sie sich bestimmt machen lassen. Sie wirkten unnatürlich wie halbe Tennisbälle. Ihr Bauch war straff.

«Um Gottes willen!» Milagros unterdrückte einen weiteren Schrei. Sie kauerte nieder und tastete an Merlindes Hals, suchte nach dem Puls, nach einem Lebenszeichen. Sie nahm ihre rechte Hand und legte sie in ihre.

Merlinde atmete oberflächlich. Langsam schlug sie die Augen auf. Ihre Pupillen wanderten von einem zum andern Winkel, unstet flackerten sie, als hätte sie Mühe, etwas zu fokussieren und sich darauf zu konzentrieren, wo sie sich befand.

«Was ist los?» Milagros hätte nicht zu fragen brauchen. Das

Bild vor ihr war Antwort genug. Sie holte einen Waschlappen, hielt ihn unter den laufenden Wasserhahn und wrang ihn aus. Sie bettete Merlindes Kopf auf die eine Hand. Mit der anderen wusch sie ihr Gesicht ab, betupfte die Wunde, die sich als nicht sehr tief erwies, und deckte sie mit einem grossen Badetuch zu. «Kannst du sprechen?»

«Ja ... geht schon.» Merlindes Stimme klang fremd, ein wenig blechern. Es musste der Schock sein.

«Bist du ausgerutscht?» Es sah nicht danach aus.

«Ich wurde überfallen. Ich glaube, der Schmuck und das Geld ...» Sie musste sich sichtbar anstrengen. «... sind weg.» Merlinde versuchte, sich aufzurichten, und verzog schmerzverzerrt ihren Mund.

«Du solltest besser liegen bleiben. Hast du gesehen, wer es war?»

«Nein.»

«Ich rufe die Bordpolizei.»

«Nein, bitte nicht. Keine Polizei.»

«Der Übeltäter könnte sich noch auf dem Schiff befinden. Kannst du dich bewegen? Wo genau spürst du Schmerzen?» Milagros befürchtete, ob der Aufregung zu hyperventilieren.

Merlinde zeigte auf ihren Unterleib.

Milagros bekundete Mühe, mit dieser Situation umgehen zu können. «Man hat dich nicht nur bestohlen. Man hat dich misshandelt, nicht wahr?» Allein der Gedanke daran stiess ihr übel auf.

«Bist du immer so direkt?» Merlinde stützte sich mit dem rechten Arm ab, versuchte, ihren Körper aufzurichten.

Milagros zog ihr das Nachtkleid über und half ihr sachte auf den Rollstuhl. «Du solltest zum Arzt.»

«Ich mag keinen italienischen Arzt. Ich möchte nach Hause fahren.»

«Wir befinden uns gerade tausend Kilometer von zu Hause entfernt. Wie willst du das anstellen?»

«Ich bin gut versichert. Man wird mir einen Privatjet schicken.» Merlinde wies auf das Tischchen neben dem Schrank.

«Dort muss meine Tasche liegen. Die Nummer sollte im Portemonnaie sein, sofern dieser Typ es nicht auch gestohlen hat.»

Milagros stand ratlos neben dem Rollstuhl. Sie ahnte, dass hier auch ihre Ferien endeten. Sie konnte Merlinde unmöglich allein lassen. Sie hätte es sich nie verziehen. Jetzt war es faktisch ihre Geschichte. «Ist deine Kammerzofe nicht da?» Sie suchte nach der Tasche, demselben Modell, das Milagros auch in der Bord-Boutique gekauft hatte.

«Heute noch nicht gesehen.»

«Und dein Bodyguard?» Milagros fand die Tasche auf dem Boden.

«Der hat frei.» Merlinde wandte ihr Gesicht ab.

Milagros ahnte, dass sie nicht die ganze Wahrheit sagte. «Wie kannst du deinen Leuten freigeben, obwohl sie noch keine vierundzwanzig Stunden auf dem Schiff sind?»

Merlinde schluckte leer. «Ich dachte, dass du vielleicht …» Sie griff an ihren Bauch.

«Ich kann es nicht verantworten.» Milagros begab sich zum Fenster, sah über den Balkon, direkt auf das glitzernde Meer. Frachter verliessen den Hafen, kleine Fischerboote kehrten zurück. Weit draussen glitt ein weiterer Luxusdampfer über das Wasser, würde bald in Civitavecchia anlegen und Hunderte von Touristen ausspucken. «Ich werde jetzt einen Arzt rufen.»

***

«Dr. Mahler.» Max reichte dem Arzt die Hand. «Danke, dass Sie meiner Einladung gefolgt sind. Ich glaube, wir sollten uns noch einmal über Ihren Auftrag unterhalten, nachdem unsere gestrige Besprechung alles andere als befriedigend ausgefallen ist.»

«Ich kann es nicht nachvollziehen.» Mahler setzte sich auf den ihm angebotenen Stuhl in Max' Büro. Vor der östlich gelegenen Fensterfront schimmerte der Vierwaldstättersee, als liefe ein Film im Flimmermodus. Segelboote verteilten sich wie weisse Sprenkel darauf. Ein Linienschiff steuerte den Landesteg in Hergiswil an. In der Ferne zeichnete sich der Bürgenstock ab. Alles wirkte idyllisch und klein wie in der Swissminiature in Melide. «Wenn es stimmt, dass sich Dr. Friedrich durch gefälschte Akten den Goodwill von Luxapharm erschlichen hat, haben wir es mit kriminellen Machenschaften zu tun.»

«Ein vertracktes Thema», insistierte Max. «Ich verstehe wenig bis gar nichts von Mikrobiologie.»

«Es geht allein um die Probanden, nennen Sie sie Studienteilnehmer, meinetwegen. Aber solange Sie mir deren Namen verschweigen, sind mir die Hände gebunden.» Mahler kratzte sich an der Nase, die wie ein Fremdkörper von seinem Gesicht abstand. Auf seinem eierförmigen Kopf sprossen keine Haare, dafür wucherten die Augenbrauen ungezähmt auf allen Seiten.

«Es war von vornherein klar, dass ich keine Namen nenne, solange ich nicht klare Beweise habe. Mir ging es allein darum, Fakten zu sammeln, wie wir es am Anfang unserer Zusammenarbeit besprochen hatten.» Max entnahm seinem Schnellhefter ein Dokument. «Plötzlich reden Sie von Forschungsschritten, welche Luxapharm unterlassen haben soll.» Max wies auf einzelne Wörter. «Ich kann mit diesem Fachjargon nichts anfangen», log er. «Zudem möchte ich mich nicht in etwas hineinreiten, was meiner Detektei schadet.» Max versuchte, eine gleichbleibend ruhige Stimme zu wahren. «Wenn Sie behaupten, dass im Verlaufe der Medikamentenentwicklung die Experimente mit Hunden und Affen ausgelassen und gleich mit den Probanden begonnen wurde, können Sie nicht von mir verlangen, dies zu überprüfen. Ich müsste mit anderem Geschütz auffahren. Ich stütze mich auf Ihre Informationen. Doch langsam glaube ich, dass diese aus der Luft gegriffen sind.»

«Unterstehen Sie sich.» Mahler lief rot an. «Eine der letzten Testreihen von Luxapharm nahm einen verheerenden Verlauf. Junge gesunde Männer fielen ins Koma, einer davon starb. Luxapharm hat sich gut aus der Situation geredet. Für solche Fälle gibt es firmeneigene Anwälte und Medienleute … Zudem unterschreibt jeder Proband, dass er über die Risiken im Bild ist und diese in Kauf nimmt. Und er verdient sich dumm und dämlich mit der Teilnahme an solchen Studien. Manche

Probanden finanzieren sich damit ihr Studium. Jetzt zeichnet sich etwas Ähnliches ab, und ich hätte die Gelegenheit, diese Kriminellen ans Messer zu liefern.» Dr. Mahler machte eine Pause. «Mit Ihrer Hilfe. Die Zeit rennt uns davon –»

«Luxapharm oder Dr. Friedrich?», unterbrach Max den Arzt. Er hatte plötzlich das Gefühl, es ginge Mahler nicht um das Medikament und dessen Nebenwirkungen, denn vielmehr um eine persönliche Abrechnung mit Dr. Friedrich. In der Vergangenheit musste etwas vorgefallen sein, was eine solche Aktion rechtfertigte. Sollte er den Fall trotz Widerstrebens weiterverfolgen, müsste er sich zuerst auf die beiden Ärzte konzentrieren. Im Moment hatte er keinen Bedarf.

Als sein Mobiltelefon summte, kam es Max gelegen. Er musste das hier abbrechen. Mit Mahlers Hartnäckigkeit hatte er nicht gerechnet. Sich dümmer zu stellen, als er war, behagte ihm nicht. Gut möglich, dass Mahler ihn längst durchschaut hatte. «Sie entschuldigen mich.» Max wandte sich ab, griff nach dem Handy und meldete sich.

«Maximilian, wie lange muss ich läuten lassen, bis es dir einfällt, meinen Anruf entgegenzunehmen.»

Seine Mutter!

War klar, dass Vorwürfe nicht ausblieben. Wahrscheinlich sass sie gerade auf dem Sonnendeck und frühstückte ausgiebig, genoss eine tolle Aussicht und wollte es ihm jetzt mitteilen. «Ja, bei uns ist es auch schön.» Er vermochte nicht, sich die Bemerkung zu verkneifen. Er sah Mahler nach, der sich erhoben hatte und zum Fenster schritt. Das ungute Gefühl blieb.

«Ich habe die Reise abgebrochen.»

«Was hast du?» Es brauchte viel, um Milagros von etwas abzubringen, was sie sich in den Kopf gesetzt hatte. Von diesem Schiffstrip auf dem Mittelmeer hatte sie seit Langem geschwärmt. Es musste demzufolge etwas Gravierendes geschehen sein, dass sie ihre Pläne umgekrempelt hatte.

«Meine neue Freundin Merlinde Vonlanthen wurde überfallen und ausgeraubt. Sie ist die Witwe des vor acht Monaten verstorbenen Gregory Vonlanthen. Ihm gehörte die Firma Vonlanthen AG. Sie stellte Stanzwerkzeuge her. Ich weiss nicht, ob es sie noch gibt. Ich habe nicht gefragt.» Sie holte tief Luft. «Ich befürchte, dass sie schwer misshandelt wurde.»

«Wer? Die Aktiengesellschaft?»

«Maximilian!» Ihr Redefluss war nicht zu stoppen. «Ich bin in Zürich, wo uns die Rega hingeflogen hat, auf das Dach des Unispitals.»

Mahler stand auf einmal neben ihm. «Ich möchte Sie darauf aufmerksam machen, dass Zeit Geld ist. Sind wir noch im Geschäft?»

«Wer ist das?», fragte Milagros.

«Ich habe Kundschaft.»

«Wimmle ihn ab, wer immer es ist. Das hier hat oberste Priorität.»

Max hielt die Hand über sein iPhone. Er wandte sich an Mahler. «Tut mir leid, es ist dringend. Sie müssen sich gedulden, oder wir vereinbaren einen neuen Termin.» Max verwies ihn an Fede.

Mahler machte sich daran, den Raum zu verlassen. «Das wird ein Nachspiel haben.»

«Du vergreifst dich gerade im Ton!», sagte Max ins iPhone. Er renkte sich kaum mehr ein. Seine Mutter trug ihr Herz auf der Zunge. Aber so vehement und unanständig hatte er sie selten erlebt. «Ich arbeite an einem Fall. Der Auftraggeber –»

«Ich kenne deine Fälle», fuhr Milagros ihm ins Wort, ungeachtet dessen, dass sie ihn damit beleidigte. «Die lukrativsten waren noch immer die, welche ich dir zugehalten hatte. Hör zu. Merlinde Vonlanthen möchte nicht, dass die Polizei eingeschaltet wird. Aber was auf dem Kreuzfahrtschiff passiert ist, muss nachverfolgt werden. Kannst du an den Zürichsee fahren? In etwa drei Stunden sind wir in Herrliberg, wo Merlinde wohnt. Sie wird jetzt untersucht. Nachher möchte sie umgehend nach Hause. Ich sende dir die Adresse per SMS … Du, ich muss auflegen.»

Max betrachtete konsterniert sein Handy, das im Piepton versank. Im Flur hörte er die Tür ins Schloss fallen.

«Er ist weg», sagte Fede, die in diesem Augenblick das Büro betrat. «Er war sehr wütend.»

Wütend war auch Max. Nicht auf Milagros, sondern auf sich selbst. Immer wieder liess er sich von seiner Mutter unterkriegen. Eine Kreuzfahrt auf dem Mittelmeer hätte Max endlich ein Durchatmen gebracht. Aber von wegen. Kaum in den Ferien, belästigte sie ihn von Neuem.

Milagros auf der einen, Dr. Mahler auf der anderen Seite. Max hatte die Wahl zwischen dem grossen und dem sehr grossen Übel.

«Milagros hat einen neuen Fall für uns.» Er kam nicht umhin, von Mahler abzulenken. Er wusste, dass es noch nicht ausgestanden war. Er brauchte Zeit. Mahler würde es nicht auf sich beruhen lassen, dass man ihn auf diese Art abservierte. Schon gar nicht von Max. Er halte grosse Stücke auf ihn, hatte er ihm geschmeichelt. «Merlinde Vonlanthen. Die Witwe des Stanztycoons Gregory Vonlanthen, der im letzten November starb. Er muss seiner Frau ein immenses Erbe hinterlassen haben. Dazu gehörte auch ein Familienunternehmen. Ich erinnere mich, dass Merlinde Vonlanthen die Firma verkauft hat. Könntest du mal ein paar Informationen über die beiden einholen?»

«Was ist denn passiert?» Fede setzte sich an den Bürotisch und klappte ihren Laptop auf.

«Merlinde Vonlanthen sei überfallen und ausgeraubt worden, und sie will die Polizei nicht einschalten.»

«Der klassische Fall.» Fedes Finger flogen über die Tastatur, augenscheinlich froh darüber, dass sie sich nützlich machen konnte. «Da haben wir etwas. Eine Polizeinotiz, gleich zuoberst. Anfang April dieses Jahres hat man Merlinde Vonlanthen festgenommen. Sie galt als Hauptverdächtige in einem Mordfall.»

Max' Interesse war geweckt. «Und?»

«Sie wurde auf Kaution freigelassen.»

«Steht, wer ihr Anwalt war?»

«Ein Dr. Fernand Carron.» Fede wandte ihr Gesicht Max zu. «Kennst du ihn?»

«Ja, der Name sagt mir etwas», wich er aus. Der Name sagte ihm sogar sehr viel. «Bei welcher Anwaltskanzlei arbeitet er?»

«Züger & Brenner. Er ist Partner.»

«Klar, wusste ich es doch. Ich brauche einen Termin bei ihm. Könntest du in der Kanzlei anrufen?»

«Bin ich jetzt deine Sekretärin?» Fede entsetzte sich, rollte den zweiten Bürostuhl in die Nähe des Pults und nahm Platz. «Er wird nicht reden. Schmink dir das gleich ab.»

«Und ob er es tun wird. Er ist mir etwas schuldig.»

«Das wäre?» Fede stützte die Ellenbogen auf dem Tisch ab und das Kinn auf ihre Hände. Ihre roten Locken fielen in ihr Gesicht wie ein zerknitterter Vorhang.

«Er hätte einmal fast seine Zulassung verloren. Ich habe ihn aus der Misere geholt.»

«Du hast für ihn gelogen?» Fede sah ihn eindringlich an.

«Die Wahrheit nicht zu sagen, heisst nicht unbedingt lügen.» Max erhob sich. Fernand Carron hatte es also geschafft. Nachdem die Anwaltskanzlei, in der auch Max angestellt gewesen war, geschlossen wurde, stand die ganze Belegschaft auf der Strasse. Im Gegensatz zu Max war es Carron gelungen, bei einer der ganz grossen Kanzleien unterzukommen und sich in absehbarer Zeit zum Partner emporzuarbeiten. Max ging um den Tisch herum, nicht ohne einen Anflug von Neid. Hätte er sich damals, als es noch möglich gewesen war, um eine neue Anwaltsstelle bemüht, wäre sein Lebensweg ein feudalerer geworden. Sein Erspartes war in den letzten Jahren geschrumpft. Aber es lag daran, dass er seinen einstigen Lebensstandard nicht aufgeben konnte. Dass Milagros ihm unter die Arme greifen würde, bevor er seinen persönlichen Bankrott erlebte, liess ihn zumindest gut schlafen. «Lass mich mal an den Laptop.»

Fede sprang vom Stuhl auf. «Hast du's dir anders überlegt? Möchtest *du* ihn anrufen?»

Max setzte sich. Fedes Bemerkung ignorierte er. Er gab «Fernand Carron» in der Suchmaschine ein. Ein Foto erschien. Carron als mittlerweile gereifter Mann. Fünfundvierzig Jahre alt. Seine einst schwarzen Haare waren durchzogen von Silbersträhnen wie Lametta an einem Weihnachtsbaum. Und er hatte sich eine beachtliche Wampe angefressen. Sein einst feingeschnittenes Gesicht war voller geworden, seinen klaren Blick, der auf den Betrachter sympathisch wirkte oder arrogant, je nachdem, aus welcher Perspektive man ihn betrachtete, hatte er noch immer. «Ich möchte mir ein Bild von ihm machen.» Max scrollte nach unten. Über Carron gab es ein paar Sätze, die seine Arbeit und beruflichen Erfahrungen beschrieben. Carron, einstiger Spezialist im Strafrecht, war heute stark engagiert bei nationalen und internationalen Fusionen und Übernahmen in verschiedenen Branchen sowie spezialisiert auf Gesellschafts- und Vertragsrecht. Den Verkauf von Vonlanthens Firma hatte er bestimmt selbst begleitet. Max vermutete, Carron war dadurch Merlinde Vonlanthens Vertrauensanwalt geworden. In einen Top-Job hineingeschlittert. Max seufzte. Carron hatte bereits früher nicht bloss ein Händchen dafür gehabt, wie man an lukrative Mandate kam, sondern auch an wohlhabende Frauen. Zweimal verheiratet, zweimal rentabel geschieden. Carron wusste, wie man sein Vermögen anhäufte. Ob er den Aston Martin noch hatte? Seine Garage mit den sechs Oldtimern? Sein Hobby, hatte Carron oft geprahlt.

Max griff nach seinem Handy, gab die Nummer der Anwaltskanzlei ein und liess es viermal läuten. Dabei sah er Fede an, die eines ihrer Tattoos auf dem Unterarm betrachtete, als langweilte sie sich.

«Anwaltskanzlei Züger & Brenner. Sie sind mit dem Büro von Dr. Carron verbunden. Sie sprechen mit Beverly Carron.»

Auf den Namen war Max nicht gefasst. Eine Flut von Bildern überspülte ihn – die letzten, die er von ihr in Erinnerung hatte. Beverly Miles, Miss Schweiz, Studentin aus reichem Haus, unverschämt lange, platinblond getönte Haare, dunkelgraue Augen. Eine zweimonatige Amour fou. Ein Ende, so dramatisch wie in einer Hollywood-Soap. Aber er hatte sie wirklich geliebt. Bereits nach dem ersten Kuss war alles klar gewesen. Nun war Beverly also Carrons Frau geworden. Die dritte. Und seine persönliche Sekretärin.

«Max von Wirth.»

«Max!» Sie war gleichermassen überrascht. «Das gibt's ja nicht. Erst noch haben Fernand und ich uns über dich unterhalten.»

«Hoffentlich nicht im negativen Sinn.»

«Absolut nicht. Du bist Detektiv.» Wie sie es sagte, machte sie sich lustig über ihn. «Ein Top-Agent, wenn man der Presse glauben darf», was die Wucht ihrer Worte etwas abschwächte. «Der Polizei immer eine Nasenlänge voraus. Der Hercule Poirot, der Philip Marlowe.» Beverly liess ein Lachen vernehmen, das sich wie ein Gackern anhörte. «Kann ich etwas für dich tun?»

«Ist Fernand in der Kanzlei?» Max war es nicht recht. Mit Beverly hatte ihn mehr verbunden als eine blosse Liebschaft. Sie waren ein Paar gewesen. Kurz und heftig. Sie hatten sich geliebt und zerfleischt, begehrt und gehasst, bis Fernand Carron ihm die Frau ausspannte. Max hatte keine Chance gehabt. Obwohl Carron verheiratet gewesen war, hatte er sich in Beverly verguckt. Später war sie seine Affäre geworden. Dass Beverly sich nicht damit zufriedengeben würde, hatte sich längst abgezeichnet. Das Letzte, was Max von ihr wusste, war der Wutausbruch vor Carrons zweiter Frau. Danach hatte er sie nie mehr gesehen.

«Er hat Besuch. Kann ich ihm etwas ausrichten?» Offenbar hatte Beverly nicht das geringste Bedürfnis, sich weiter mit Max zu unterhalten. Oder es war ihr, wie ihm, sehr unangenehm.

«Max?»

«Hast du Zugriff zu Fernands Akten?» Max sah sie vor sich, wie sie ob der Unverschämtheit seiner Frage ihre Augen verdrehte, ihre Lippen verzog, wie sie es früher immer getan hatte. Halb Spitz-, halb Schmollmund. Eine Eigenart von ihr.

«Welche Akte brauchst du?»

«Die von Merlinde Vonlanthen.» Max zögerte. «Es sollte unter uns bleiben.» In letzter Sekunde hatte er sich dagegen entschieden, Carron danach zu fragen. Er war der Anwalt von Merlinde Vonlanthen. Er würde, wie Fede vermutet hatte, nicht damit herausrücken.

«Das kann ich nicht, und das weisst du. Hast du etwa vor, mich gegen Fernand aufzuhetzen? Die Geschichte mit dir ist längst vorbei. Sechs Jahre, wenn ich mich nicht irre. Und ich täusche mich auch nicht in dir. Du warst schon immer ein Kindskopf. *Das*, mein Lieber, bleibt unter uns.»

Max sah sich um, in der Meinung, Fede würde seinem Gespräch lauschen. Auch wenn sie Beverly nicht hörte, würde sie aus Max' Antworten herauslesen können, worum es ging. Sie hatte nie nach seiner Vergangenheit gefragt, wenn es um Frauen ging. Entweder interessierte es sie nicht, oder sie ersparte sich damit Gefühle der Eifersucht.

Fede hantierte jetzt in der Küche, die Tür war geschlossen.

«Du kannst ihn gleich selbst fragen.» Beverlys Stimme hatte an Resonanz verloren. «Fernand steht neben mir. Er ist früher als erwartet fertig geworden.»

In der Leitung knackte es. Dann Carrons Stimme mit dem unverwechselbaren welschen Akzent. «Max, wie geht es dir, *jeune homme*? Detektiv von Wirth. Wer hätte das gedacht!»

Diese Bemerkung kapitelte Max in eine untere Liga. Carron gab ihm zu verstehen, wie tief er gefallen war und wie unmöglich er es fand.

Eine mögliche Zusammenarbeit war zum Scheitern verurteilt, bevor sie nur ansatzweise begonnen hatte. Zu viel Geschirr war zerbrochen. Carrons letzte Worte hallten nach, von damals, als Max sich entschlossen hatte, einen anderen Weg einzuschlagen. Er sei nicht bei Trost, war das Netteste, was Carron von sich gegeben hatte. Wenn er jetzt aufgäbe, werde seine Ausbildung wertlos. Max hatte damals nicht auf ihn gehört, zu sehr war er mit dem Tod seines Vaters beschäftigt gewesen. Und ein Freund, der ihm die Geliebte nahm, hatte es nicht mehr verdient, Freund genannt zu werden. Andererseits hatte Beverlys Reaktion ihren wahren Charakter offenbart. Es war ihr nie um Max gegangen, denn vielmehr darum, ihren Vorteil aus der Verbindung zu ihm auszuschöpfen. Als etwas Besseres als er in Aussicht gewesen war, fiel es ihr leicht, die Beziehung zu beenden.

«Sorry», kam es aus dem Handy, «das war nicht fair. Wir

freuen uns alle, dass es dir gut geht und du Erfolg hast. Ich weiss, wie dich Kaspars Tod aus der Bahn geworfen hat.»

«Das hat sich in der Zwischenzeit gelegt.» Sein Vater war für Max nach wie vor sehr präsent, aber das musste Carron nicht wissen.

«Der Täter wurde überführt. Stand gross in der Zeitung.» Carron liess ein paar Sekunden verstreichen, in denen er schwieg. «Du brauchst eine Auskunft? Beverly hat etwas angedeutet.»

«Es geht um Merlinde Vonlanthen.» Nun hatte er doch gefragt. «Soweit ich im Bild bin, bist du ihr Rechtsvertreter.»

«Ich *war* ihr Rechtsvertreter. Man konnte ihr nichts richtig machen. Nachdem ich die Firma verkauft hatte und mich darum bemühte, auch ihre Villa zu veräussern, hat sie mich mit Schimpf und Schande weggejagt.»

«Sie wollte die Villa verkaufen?» Max wunderte sich. Hatte Milagros nicht gesagt, er solle nach Herrliberg zur Villa fahren? Max griff nach dem Zettel, auf dem er die Adresse notiert hatte.

«Kein leichtes Unterfangen. Der Architekt, der sie 1977 erbaut hatte, hat Einsprache erhoben. Die Villa darf nicht abgerissen werden. Es gab Interessenten für den Hauskauf. Doch keiner von ihnen war bereit, die Villa in ihrem baulichen Zustand zu belassen. Ausnahmslos wollte man etwas Neues erstellen. Die beiden Grundstücke an dieser Lage sind ein Vermögen wert.» Carron schob nach: «Aber nur, wenn sie rentabel genutzt werden.» Er runzelte die Stirn. «Worum geht es konkret?»

Max wog ab, ob er auf die Verurteilung zu sprechen kommen sollte, liess es jedoch sein. «Frau Vonlanthen wurde auf einer Kreuzfahrt überfallen und ausgeraubt.»

«Das liegt knapp ein halbes Jahr zurück», entgegnete Carron, hörbar baff.

«Du meinst, sie wurde schon einmal überfallen?»

«Reden wir von der gleichen?»

«Anscheinend nicht. Der Überfall auf sie passierte gestern vor Civitavecchia.»

«Gestern? Ich spreche von Mitte Februar.»

«Was zur Folge hatte, dass sie jemanden tötete?»

«Pass auf, was du sagst. Man hat sie in Untersuchungshaft genommen, aber ihr konnte nichts nachgewiesen werden.»

«Sie wurde auf Kaution freigelassen ... also wird es wohl dramatischer gewesen sein, als du mich glauben lassen willst. Ist der Fall noch hängig?»

«Die Frau ist im Rollstuhl.» Carrons Stimme war eine Oktave höher geklettert. Er schien hörbar wütend. «Hast du mich deswegen angerufen?»

«Merlinde Vonlanthen hat ausdrücklich verlangt, keine Polizei einzuschalten, auch wenn man sie ...» Max überlegte, ob seine Erklärung angebracht war. Es sich vorzustellen, fiel ihm nicht leicht. «Man hat sie auch körperlich misshandelt.»

«Verdammt!» Carrons Ausruf klang ehrlich. «Demnach bereits zum zweiten Mal.»

«Gibt es etwas, das ich wissen sollte?»

Carron zögerte. «Das kann ich dir nicht am Telefon mitteilen.»

«Dann sollten wir uns so schnell wie möglich treffen.» Max, sonst nicht der Spontanste, entschied sich, Carron und Beverly zum Nachtessen bei sich einzuladen. «Morgen Abend bei mir in Hergiswil? Dann lernst du auch meine Freundin kennen.»

Vier Jahre, zwei Monate und fünfundzwanzig Tage bis zum Mord

Jedes Mal, wenn Merlinde über die Schwelle der Klinik schritt, kostete es sie eine ungeheure Überwindung. Dann war ihr, als verliesse sie ihr autarkes Leben und würde in eine unwirkliche, von Not und Leid dominierte Welt hineinfallen. Ihr Verstand sagte ihr, dass dem nicht so sei. Den Patienten der «Seeresidenz Nina Rosso» fehlte es auf den ersten Blick an nichts. Man behandelte sie mit dem nötigen Respekt, was nicht nur dem exorbitanten Preis geschuldet war, den sie für einen Aufenthalt zahlten. Dennoch schauderte es Merlinde, wenn sich die Eingangstür hinter ihr automatisch schloss und sie von dem seltsamen Gefühl übermannt wurde, in Gefangenschaft zu sein. Es mochte daran liegen, dass hier seit ein paar Tagen eine Baustelle war. Die Residenz im Stil eines viktorianischen Hotels hatte in den über hundert Jahren seit ihrer Aufrichtung viel von ihrem einstigen Glanz eingebüsst. Wind und Wetter hatten vor allem den Fassaden zugesetzt, ein kürzlich entstandener Wasserschaden hatte eine Renovation unumgänglich gemacht. Vielerorts blätterte die Farbe ab. Der pompöse Eingang mit den Marmorsäulen hatte sich gesenkt und war wegen Einsturzgefahr behelfsmässig mit Streben versehen worden.

Beim Durchgang zum Speisesaal sassen wie üblich die dementen Zwillinge Anna und Brida und diskutierten über die Zeit, als sie aufgrund eines Austauschjahres auf dem Postschiff der Hurtigruten angestellt gewesen waren. Mittlerweile konnte sich Merlinde aus den Wortfetzen ihr eigenes Puzzle zusammensetzen. Dass sie von den Schwestern als «Kapitän Richard With», der Gründer der Hurtigruten, angesprochen wurde, war ihr am Anfang seltsam vorgekommen. In der Zwischenzeit machte es ihr Spass, das Spiel mitzumachen, ganz zur Belustigung einer Pflegerin, die Merlinde über den gesundheitlichen Zustand der Frauen aufgeklärt hatte. Die Demenz habe beide Frauen zur gleichen Zeit eingeholt. Die eine Schwester habe einen vermögenden Architekten geheiratet und die andere als Mitgift in die Ehe gebracht. Dies sei die Voraussetzung für die Hochzeit gewesen, die allerdings über fünfzig Jahre zurückliege. Merlinde unterliess es, ihre wüsten Gedanken weiterzuspinnen. Wer in der Residenz am Zürichsee ankerte, gehörte mitnichten den unscheinbaren Zeitgenossen an. Nirgends sonst prallten so viele Gegensätze aufeinander. Sobald aber ehemalige Politiker, einflussreiche Fabrikanten, Verleger, Manager – kurz, die Leute aus der High Society – durch das Nadelöhr der Seeresidenz traten, gab es keinen Unterschied mehr zwischen ihnen und den andern Patienten. Sie waren hilfsbedürftige Menschen, denen man die letzten Tage im Leben erträglich machte.

«Sturm ist gemeldet», sagte Anna, wobei Merlinde nicht genau wusste, ob es nicht doch Brida war. Die Schwestern glichen sich wie ein Ei dem andern, hatten dieselbe altbackene Frisur und waren immer gleich angezogen. «Verteilen Sie die Schwimmwesten.»

Merlinde wischte sich verstohlen Tränen ab, die sich aus den Augen gelöst hatten. Salzige Tropfen liefen über ihre Fingerkuppen. Dass das Leben so enden konnte, traf selbst die gefühlsresistente Sechsundsechzigjährige wie ein Hammer. Wer hier landete, wusste, dass er den letzten Weg in seinem Leben beschritt. Oder er wusste es nicht – wie zum Beispiel der ehemalige Bankdirektor, der mit Anzug und Krawatte darauf wartete, von seinem Chauffeur abgeholt und zum Flughafen gefahren zu werden. Jeden Tag stand er da und hielt Ausschau nach ihm. Er erinnere sich gut an seine Vergangenheit, hatte Merlinde erfahren. Sein Leben, wie es vor seiner Demenz gewesen war, sei ihm geblieben, habe sich in seinem löchrigen Gehirn manifestiert.

Merlinde war ausserstande, sich von den Schwestern loszureissen. Eine Weile tauschte sie Worte mit ihnen und entlockte ein verzerrtes Lächeln auf ihren Gesichtern. Bis vor sieben Monaten war ihr die Klinik fremd gewesen. Sie hatte sich nicht vorstellen können, ein Haus wie dieses von innen zu sehen, geschweige denn, es regelmässig zu betreten. Es wäre die selbstverständlichste Sache der Welt gewesen, mit ihrem Mann in der Villa alt zu werden, wenn nötig, mit dem erforderlichen Personal.

Die neue Situation wollte auch jetzt nicht in ihr Weltbild passen.

Bis vor sieben Monaten war alles in Ordnung gewesen, mit den üblichen Kinkerlitzchen, die es in einem Eheleben zu bewältigen galt. Mit Zänkereien, viel Liebe und gegenseitigem Respekt, dann wieder mit lautstarken Diskussionen, wenn es um Kleinigkeiten ging. Wer wann wie viel zur persönlichen Zufriedenheit beitragen müsse, oder wenn Merlindes Masslosigkeit ein Thema war.

Mit einem Schlag, im wahrsten Sinn des Wortes, war alles vorbei gewesen. Noch hatte Merlinde das Donnern im Ohr, welches kurz nach dem Blitz sie fast zu Tode erschreckt hatte. Heute vermochte sie nicht zu sagen, was schlimmer gewesen war: der Donner oder die Nachricht von Dr. Claus, der sie im selben Moment am Telefon darüber informierte, dass Gregory einen Schlaganfall erlitten habe, auf der Treppe vor ihrer Villa. Manchmal fragte sie sich, weshalb Dr. Claus die Diagnose nicht unmittelbar nach Gregorys Sturz hatte stellen können.

Später war sie für jegliche Hilfe dankbar gewesen. Fernand Carron hatte sich um die Formalitäten gekümmert und war stets in ihrer Nähe geblieben, wie ein Fuchs vor dem Hühnerstall, der auf seine Beute lauerte.

Merlinde setzte sich endlich in Bewegung. Sie eilte zum Aufzug, der sie in den zweiten Stock fuhr, auf die Etage, in der das Zimmer ihres Mannes lag. Links und rechts standen Rollstühle vor den Türen, moderne Fahrgestelle mit Motor und Lenkung, ausgestattet mit weichen Lederpolstern. Die Mercedes für Gehbeeinträchtigte, Ersatz für ihre Luxuswagen, die sie früher gefahren hatten. Die Türen waren mit seltsamen Augen bemalt, wahrscheinlich Werke eines Künstlers. Sie vermittelten etwas Unruhiges.

Merlinde klopfte, atmete tief ein, bevor sie den Griff niederdrückte und die Tür aufstiess.

«Ihr Mann wird nie mehr so sein wie vor der Apoplexie, ausser es geschieht ein Wunder.»

Der Satz schwebte vor ihr wie die abgestandene Luft, die ihr beim Eintreten entgegenkam. Ein Gemisch aus Küchengerüchen und Fäkalien. Merlinde befürchtete das Schlimmste.

Gregory sass im Rollstuhl neben dem Panoramafenster mit Blick auf den Park. Durch die blätterlosen Bäume schimmerte der See, erstarrt in hellem Grau.

Merlinde schob einen Stuhl an Gregorys Seite und setzte sich. In den letzten sechs Monaten hatte sie ihn fast täglich besucht, mit der Hoffnung auf das Wunder. Es war ein Schock gewesen, als sie ihren Mann nach seinem Schlaganfall im Krankenhaus gesehen hatte. Dr. Claus hatte sie zwar darauf vorbereitet. Doch mit diesem Anblick hatte sie nicht gerechnet.

Die einseitige Lähmung zeichnete sich insbesondere auf seiner rechten Gesichtshälfte ab. Augen und Mundpartie zog es willkürlich nach unten, als hätte er einen unsichtbaren Gegenstand daran gehängt. Er spüre nichts, hatte Dr. Claus erklärt. Der Schlag habe die linke Hirnhälfte getroffen. Ein Blutgerinnsel habe ihn ausgelöst. Und man hätte es verhindern können, wäre Gregory rechtzeitig zu einem Generalcheck bereit gewesen. Er, Dr. Claus, habe ihn ein paarmal darauf angesprochen. Schon seines Übergewichts und der fehlenden Bewegung wegen. Er habe ihm bei seiner letzten Routineuntersuchung zwar den Blutdruck gemessen, festgestellt, dass er zu hoch war, und ihm darauf ein Medikament verschrieben. Anscheinend habe es wenig genützt. Aber er habe Gregory nicht bevormunden, nur beratschlagen wollen.

Merlinde ahnte, dass Gregory das Medikament nie eingenommen hatte. Er hatte sich wohl zu stolz und zu sicher gefühlt. Sie war wütend auf Dr. Claus, der sich nicht durchgesetzt und seinen Patienten besser im Auge behalten hatte. Gregory konnte sie nicht böse sein. Es war Schicksal, und die Chance bestand, dass er sich erholte. Sie brauchte einfach Geduld und viel Verständnis.

«Es wird alles gut. Wir werden das schaffen. Wir haben bis-

lang jedem Sturm getrotzt. Erinnerst du dich an Afrika? Der Angriff der Löwen im Krugerpark? Oder die Schifffahrt zu den Niagarafällen, als du über Bord gingst. Mein Liebling, ich bin damals fast gestorben vor Angst. Aber man hat dich rausgeholt aus dem eisigen Wasser ...»

Gregory neigte den Kopf etwas zur Seite. Das Sprechen fiel ihm nach wie vor schwer, er lallte, hatte Mühe mit dem Formulieren. Tagein, tagaus sass oder lag er da, mit diesem wässrigen Blick, der an einen in die Jahre gekommenen Bernhardinerhund erinnerte. Der einstige stolze Stanzkönig war ein Häufchen Elend.

«Wir werden die Reise mit der Transsibirischen Bahn von Sankt Petersburg nach Irkutsk nachholen, versprochen. Das hatten wir doch vor. Vor der Mittsommernachtsparty war es, als wir diesen Plan schmiedeten.» Merlinde war erfüllt von Liebe, aber sie spürte auch eine unsägliche Wut in sich aufsteigen. Bis anhin hatten die therapeutischen Massnahmen kaum angeschlagen, obwohl Merlinde ihrem Mann einen starken Willen attestierte.

Oder Gregory wollte nicht, was sie eher vermutete. Noch hoffte sie auf Besserung.

Merlinde schnüffelte. «Niemand hier merkt, dass du die Hose voll hast.» Sie erhob sich, schritt zum Bett, wo ein Triangel befestigt war, und drückte die Glocke. «Für den Preis von dreissigtausend Franken pro Monat ist das nicht meine Aufgabe.»

Gregory sah sie traurig an. Vielleicht spürte er ja, wie sie mit dem Schicksal haderte, wie sie nachts nicht zu schlafen vermochte und alle Möglichkeiten durchging, wie sie Gregory helfen könnte.

«Wenn du mir bloss ein Zeichen geben könntest, dass du mich tatsächlich verstehst. Ich bin sicher, du wärst in der Lage, es zu tun.» Merlinde seufzte. Sie lebte jetzt allein in ihrer Villa. Den Koch bestellte sie nur noch sporadisch, dann, wenn ihr nach einem guten Essen war. Die Haushälterin kam einmal pro Woche zu ihr, den Gärtner hatte sie abbestellt. Merlinde brauchte kein Personal, dafür viel Zeit, um über sich und die katastrophale Situation nachzudenken. Ihr Leben lag in Scherben. Der Gla-

mour der Vonlanthens war am Erlöschen. Wie hatten sie das verdient?

Es klopfte. Kurz darauf ging die Tür auf. Ein Pfleger kam ins Zimmer. Merlinde sah ihm an, dass er das Lachen erst kurz nach seinem Auftritt aufgesetzt hatte.

Sie wandte sich ab.

Sieben Monate. Daraus würden vielleicht sieben Jahre und mehr werden.

DREI

Die Fassade war bestimmt einmal weiss, der Eingang mit einer Sinfonie leuchtender Blumentöpfe geschmückt, und die Efeuranken waren frisch und grün gewesen. Heute wirkte alles wie eine vergilbte Sepiafotografie, ein verblasstes, von der Witterung und dem fehlenden Unterhalt dominiertes Bild, was die einstige Schönheit der Villa nur erahnen liess. Mit Vonlanthens Tod und Merlindes Gebrechen hatte sich die Seele verflüchtigt oder sich in den hintersten Winkel zurückgezogen, wo sie vergebens darauf wartete, wiedererweckt zu werden.

Die Mauern schimmelten, an den Blumentöpfen war die Farbe weg, und die Ranken hingen lädiert vom Dachkännel. Neben der Garage dehnte sich ein von Unkraut überwucherter Spickel aus, wo einst Hortensien geblüht haben mussten. Von den Ziersträuchern waren bloss vertrocknete Blütenstände und verholzte Stiele übrig geblieben. Zwei bronzene Löwen bewachten den vergangenen Prunk einer futuristischen Villa, die von der Strasse aus gesehen an ein unbekanntes Flugobjekt erinnerte, mit einem runden Innenhof.

Was für ein Unterschied zwischen Max' Vorstellungsvermögen und der Realität.

Trostlos das alles, dachte er, schickte sich an, den Klingelknopf zu drücken, als ihm ein altes Emailleschild über dem Türrahmen auffiel.

Mit viel Phantasie vermochte er, den Namen darauf zu entziffern: «Kahului». Eine Stadt auf der hawaiianischen Insel Maui, dort, wo sich der Flughafen befand. Ausserdem bekannt als Ausgangsort des Highways, «Road to Hana», der zum Koolau-Forest-Reservat führte. «Kahului». Ausgerechnet. Eine Metapher für eine unbeschwerte Zeit auf Hawaii, wo Max seine einzigen Ferien mit Beverly verbracht hatte, ein Name, welcher der Villa eine geheimnisvolle Note verlieh. Ob die Wortwahl aus einer Sehnsucht entstanden war?

Er läutete.

Etwas knisterte in seiner Nähe, und aus der Gegensprechanlage erhob sich eine krächzende Stimme, die eines technischen Defekts wegen nicht klarer rüberkam, wie ein Kratzer auf einer Schellackplatte. Es war Milagros, die kurz darauf den Türöffner betätigte. Wie es schien, hatte sie sich im Haus der Vonlanthens breitgemacht.

«Auf dich kann man sich nicht verlassen.» Milagros sah demonstrativ auf ihre Armbanduhr. «Eine Stunde zu spät.» Ihr Gesicht hatte die Farbe einer nicht ganz ausgereiften Tomate angenommen, was weniger von einem Sonnenbrand herrührte als von ihrem aufgesetzten Ärger.

«Ich wollte dir genügend Zeit einräumen, um dich hier umzusehen.» Max hielt sich zurück. Ihm war das Ganze nicht geheuer. Milagros hatte das Treffen mit Merlinde Vonlanthen eingefädelt. Er wusste nicht, was er davon halten sollte.

«Auf den Mund gefallen bist du nicht.» Milagros verzog ihre Lippen zu einem spöttischen Grinsen. «Komm rein.» Sie hielt die Tür weit auf und schaltete auf Nett um.

Das Entrée wirkte unwesentlich einladender. Die Vergangenheit hatte ihre Spuren hinterlassen. Sauber war es, ausser Zweifel. Doch fehlte es an Wärme. Vielerorts waren die Gemälde abgehängt, was die hellen Flächen bezeugten. Auch standen nicht mehr überall Möbel. In diesem Haus herrschte Aufbruchstimmung oder eine Art Lethargie. Max vermutete Letzteres und schloss Ersteres nicht aus.

Auf Merlinde Vonlanthen war er neugierig. Er hatte sie noch nie gesehen. Und die Fotos, die er von ihr in den Medien gefunden hatte, zeigten sie bloss als junge Frau, als hätte sie sich später dagegen gesträubt, ihr fortgeschrittenes Alter aller Welt zu präsentieren. Gross und schlank war sie gewesen, mit kurzen blonden Haaren und Augen in der Form von Halbmonden. Eine Schönheit mit aristokratischer Blässe.

Sie sass im Rollstuhl und sah ihm mit jener Skepsis entgegen, die Max von seinen Mandanten kannte. Nichts an ihr glich den Bildern in den Hochglanzmagazinen, in denen sie einst erschienen war. Sie habe einen Hirnschlag gehabt, hatte Milagros ihn aufgeklärt. Sie artikuliere langsam.

Überfallen, ausgeraubt und misshandelt.

Was war das für ein Mensch, der eine körperlich beeinträchtigte Frau missbrauchte? Hatte es dem Täter nicht genügt, sie auszurauben? Musste er sie auch noch physisch angreifen, sie erniedrigen, ihr wehtun?

Offenbar war es aus purem Hass geschehen. Aus Geldgier. Aus beidem. Oder aus einem Grund, den Max noch nicht kannte.

Er kauerte sich auf Augenhöhe mit der Frau nieder. Nie zuvor war er einem älteren Missbrauchsopfer so nah gewesen, nie nur ansatzweise auf Tuchfühlung gegangen wie jetzt, als er Merlinde Vonlanthens Hand nahm, sie grüsste und sich vorstellte. Empfindungen zwischen Mitgefühl und Mitleid wechselten sich ab. Ihre Physis jagte ihm ein Schauern über den Rücken. Ihr hängendes linkes Augenlid und ein nach unten verselbstständigter Mundwinkel, durch den zwei Zähne aufblitzten, liessen ihn weiter frösteln. Ebenso der stechende Blick, in dem ein unbeherrschter Wille aufflackerte und Max in ein ambivalentes Gefühlschaos stürzte. War sie bereit, ihm alles zu erzählen, was er über sie wissen musste, oder würde sie sich von ihm abwenden? Würde sie offen über alles reden können? Max bezweifelte es, nach dem, was ihr widerfahren war. Vielleicht war sein Besuch sogar verfrüht oder nicht erwünscht.

Für sie war er ein Fremder. Auch wenn er sich selbst als feinfühlig sah, würde es für ihn schwierig werden, ihr Vertrauen zu gewinnen. Fede hätte ihn begleiten sollen. Aber sie hatte anderes vorgehabt.

«Was wollen Sie?»

Endlich eine Reaktion.

Max bedachte Milagros mit einem Seitenblick. Hatte sie die Frau nicht eingeweiht? Hatte sie den Entschluss, ihn mit einzubeziehen, ohne ihre Einwilligung gefasst?

Milagros bestärkte ihn darin, sich Merlinde Vonlanthens anzunehmen. «Sie wird sich schon wehren, sollten deine Fragen zu penetrant sein. Sie kann nicht schneller sprechen.» Milagros verschwand in der angrenzenden Küche und kam wenig später mit einem Tablett, einer Wasserkaraffe und drei Gläsern zurück.

Es war ihm nicht recht. Merlinde Vonlanthen musste noch unter Schock stehen. Es war der falsche Zeitpunkt, sie zu befragen. Er suchte nach einem bequemen Stuhl, setzte sich auf einen olivfarbenen Ohrensessel, dem man den hohen Preis trotz der abgewetzten Sitzfläche noch immer ansah, keine zwei Meter von Merlinde Vonlanthen entfernt. Gleichzeitig fragte er sich, ob es nicht doch besser gewesen wäre, er hätte sich Carrons Version zuerst angehört. Andererseits würde er so die Aussagen später vergleichen können.

Er sah seine Aufgabe darin, den aktuellen kriminellen Übergriff auf dem Luxusdampfer zu klären und herauszufinden, ob es eine Chance gab, den Übeltäter zur Strecke zu bringen. Und er wollte ergründen, warum Merlinde Vonlanthen nicht gewillt war, die Polizei einzuschalten. Ob es mit ihrer Verhaftung zu tun hatte?

Fast siebzig Jahre Lebensgeschichte machte die Sache nicht einfacher. Noch weniger die Apathie des Opfers.

Merlinde Vonlanthens Stimme klang wie automatisiert, als sie zu sprechen begann. «Lassen Sie mich einfach in Ruhe.»

«Aber …», intervenierte Milagros. «Wir waren uns einig, dass mein Sohn die Sache an die Hand nimmt.»

Von Merlinde Vonlanthen kam nichts mehr. Max fühlte sich fehl am Platz.

«Jetzt erzähl schon», sagte Milagros zu Merlinde.

Max hätte sie gern in die Schranken gewiesen. Was erlaubte sich Milagros?

Durch Merlinde Vonlanthens Körper ging ein Zittern. Es war, als kippte ein Schalter um, als sie langsam zu sprechen begann. «Am zwölften Dezember 1975 heirateten wir in Las Vegas, mein Mann und ich.» Sie setzte ein Lächeln auf, welches sich nur auf der rechten Gesichtshälfte erkennen liess. Sie schien den Überfall völlig auszublenden.

«Und die Flitterwochen verbrachten Sie sicher auf Hawaii.»

Max hätte sich im gleichen Moment die Zunge abbeissen mögen. Auf ihre Aussage war er nicht vorbereitet gewesen. Aber was hätte er sonst sagen sollen? Er musste den Faden dort aufnehmen, wo ihn Merlinde Vonlanthen hingeworfen hatte.

«Wie kommen Sie darauf?» Schon waren die Zweifel da.

«Für das Schild über Ihrer Haustür muss es einen Grund geben.»

«Sie sind aufmerksam.»

«Aufmerksamkeit gehört zu meinem Job.»

«Vielleicht sind Sie doch der Richtige.»

Max wusste nicht, wie er diese Bemerkung auffassen sollte. Hatte Merlinde Vonlanthen soeben einen Anflug von Humor gezeigt?

«Max.» Milagros riss ihn aus seinen Gedanken.

Ihm war nicht recht, dass Milagros dieses Gespräch mitverfolgte. Ihre Gegenwart erdrückte ihn. Sie füllte mit ihrer Anwesenheit den ganzen Raum aus.

«Wie haben Sie sich kennengelernt?» Vielleicht konnte er mit einer einfachen Frage ihr Vertrauen gewinnen, sie von dem Ungeheuerlichen ablenken. Er würde zu einem späteren Zeitpunkt darauf zu sprechen kommen.

«1974 war es. Bei der Fussballweltmeisterschaft in Hamburg. Einem der Austragungsorte. Ich war damals als Hostess im Volksparkstadion tätig. Gregory ... sprach mich an. Eine Woche später kaufte er mir ein Deuxpièces von Christian Dior und machte mir einen Heiratsantrag.» Merlinde Vonlanthen griff sich mit der rechten Hand an den Kopf. «Mein Gedächtnis ist noch intakt.» Das Lächeln auf ihrem Gesicht wirkte verkrampft. «Mit einunddreissig Jahren ... hatte Gregory die Firma seines Vaters übernommen. Er plante, in Namibia eine eigene Fabrik aufzubauen. Zwischen 1975 und 1977 lebten wir in Windhoek. Ich hatte ein Haus in der Nähe der Heinitzburg auf dem Luxushügel und einen Piloten zum Freund. Es war die schönste Zeit meines Lebens. Ich habe die Welt von oben gesehen, die endlosen Steppen ...»

Es schien, als sackte Merlinde Vonlanthen wieder in sich

zusammen, als würden die Erinnerungen an die Vergangenheit sie aufwühlen.

«Nach dem Verkauf der Firma wollten wir für ein paar Monate nach Afrika reisen.»

Max sah ihr an, wie sehr das Sprechen sie anstrengte. Mit dem wenigen, das sie erzählt hatte, konnte er sich noch kein Bild von ihr machen. Eines war jedoch gewiss: Die Vonlanthens hatten von Anfang an ein fürstliches Leben geführt. Max machte sich Notizen. Er war vor dem Besuch in der Villa nicht untätig gewesen und hatte im Internet ein paar Dinge über Gregory Vonlanthen herausgesucht. Er war der letzte Spross des Familienunternehmens Vonlanthen, das seinen Anfang 1946, kurz nach Beendigung des Zweiten Weltkriegs, genommen hatte. Anton Vonlanthen hatte in einer leer stehenden Garage im Glarnerland ein Unternehmen zur Herstellung von Stanzwerkzeugen und Metallwaren gegründet. Begonnen hatte er mit zwei Lehrlingen. Vierzehn Jahre später waren es zehn Angestellte gewesen, und aus der Einzelfirma war eine Aktiengesellschaft geworden. Mit dem Bau des ersten Fabrikgebäudes 1961 in Näfels hatte die zweite Generation die Führung übernommen, Gregory Vonlanthens Vater Hannes. Er hatte die mittlerweile auf achtzig Mitarbeiter herangewachsene Firma zum Erfolg geführt. In dieser Zeit hatte Gregory eine Ausbildung zum Maschinenzeichner und ein nachfolgendes Studium zum Maschineningenieur erfolgreich abgeschlossen. 1973 hatte er die Firma übernommen, da sein Vater schwer krank geworden war.

Max vermutete, dass er, ohne es zu wollen, in eine interessante Familiengeschichte hineingeraten war. Ohne dieses Verbrechen hätte es ihm aber mehr Spass gemacht zu recherchieren. Ob sich der Grund für Merlinde Vonlanthens Schicksal in der Vergangenheit ihres Mannes finden liess, bezweifelte er. Es existierte die andere, für ihn noch unbekannte Geschichte, die der Familie Lücke. Dieser Name war im Zusammenhang mit Vonlanthen erst einmal aufgetaucht, auf der etwas sonderbar gestalteten Todesanzeige von Gregory, welche Max im Internet gefunden hatte.

«Möchten Sie über Ihre Kindheit sprechen?», fragte er und heimste von Milagros einen zerknirschten Blick ein.

«Über meine Kindheit?» Merlinde Vonlanthen sah Max erschrocken an. «Ich hatte keine Kindheit. Ich habe die Erinnerung daran vergessen. Meine Eltern waren einfache Leute …» Sie brach plötzlich ab. Es folgte eine lange Pause. «1968 zog ich nach Hamburg. In der Hansestadt begann mein Leben. Ich machte eine Ausbildung im kaufmännischen Bereich. Ich arbeitete sechs Jahre in verschiedenen Reisebüros und nahm hin und wieder Jobs an Ausstellungen an. Und an Meisterschaften. Ich wollte das Abitur nachholen. Mein Wunsch war es, ein Studium als Erziehungswissenschaftlerin zu beginnen … bis Gregory mein Leben umkrempelte. Ich landete in seiner Werkzeugfabrik. Ich betreute seine Mitarbeiter und die vielen Kunden auf der ganzen Welt. Wir reisten daher sehr viel. Obwohl ich meine beruflichen Pläne an den Nagel hängen musste, bereute ich es nie.»

Mit diesen finanziellen Mitteln kein Wunder, ging es Max durch den Kopf.

«Gregory hätte mich in meinem Bestreben für ein Studium unterstützt. Doch ohne Abi ging es nicht. Nach unserer Vermählung war es kein Thema mehr.»

«Haben Sie Geschwister?»

Mit dieser Frage hatte Merlinde Vonlanthen nicht gerechnet. Ihr Mund klaffte auf. Sie schnappte nach Luft und sah Milagros hilfesuchend an. Diese reagierte nicht.

«Nein.» Merlinde rieb sich eine Träne aus den Augen. «Ich bin müde. Ich möchte mich schlafen legen.»

Max hatte sich gewundert, dass sie das nicht schon längst wollte. Er hatte wenig erfahren. Merlinde Vonlanthen war nicht bereit, über ihre Vergangenheit zu reden, und der Überfall war nicht zur Sprache gekommen. Er würde weitere Gespräche führen müssen, um etwas zum Täter zu erfahren. «Wann soll ich wiederkommen?» Vielleicht in zwei, drei Tagen, wenn sie etwas Distanz gewonnen hatte. Ganz verarbeiten, das würde sie wohl nicht schaffen.

«Wir sollten uns über Ihr Honorar unterhalten», sagte sie auf einmal.

«Das Finanzielle können wir auf später verschieben. Vielleicht haben Sie aber Unterlagen, Notizen, irgendetwas, das für meine Ermittlungen wichtig ist.»

«Greifen Sie mal in meine Handtasche. Dort befindet sich eine Liste mit den gestohlenen Schmuckstücken. In diesem Jahr sind mir bereits zweimal Ringe, Ketten und Broschen abhandengekommen.»

Max betraute Milagros mit der Aufgabe. Fehlte noch, dass er sich an einer fremden Handtasche vergriff. Milagros holte ein Couvert heraus, reichte es Max.

«Darf ich die behalten?»

«Ich habe noch eine Liste im Safe sowie Fotos und Quittungen.» Merlinde Vonlanthen sah Milagros an. «Ich bin so froh, bleibt sie bei mir.»

Max sah zu seiner Mutter hinüber. Diese nickte. Eines musste er ihr lassen: Milagros hatte ein grosses Herz.

«Du kannst beruhigt gehen», sagte Milagros. «Es war bereits vor deiner Ankunft abgemacht, dass ich hierbleibe.»

Es dunkelte ein, als Max die Vonlanthen-Villa verliess. Ausserhalb des Grundstücks waren die Lichter angegangen. Hell schimmerte es über die Hecken, die auf drei Seiten hin bis unter den Himmel zu wachsen schienen. Wild wuchernd hoben sie sich vor dem dämmrigen Hintergrund ab, wie ein Heer ungekämmter Krieger. Merlindes Haus blieb unbeleuchtet. Auf dem Weg zum Parkplatz konnte sich Max in etwa vorstellen, welches Juwel das Anwesen einst gewesen war. Angestrahlt mit den zig heute brachgelegten Beleuchtungskörpern, die bis zum Aussenpool reichten, akkurat aufgestellt, von einem Dekorateur mit viel Liebe zum Detail ausgewählt. Überwachsen jetzt von den einnehmenden Pflanzen, von Unkraut. Die Natur war in ihre Rechte getreten. Im Wasser spiegelte sich geisterhaft die Villa.

Max stieg in seinen Wagen. Er fuhr einen Umweg über die vielen Nebenstrassen. Die Schilder «Privat» liess er ausser Betracht. Mit seinem Ford Mustang fiel Max nicht auf. Am Fuss des Pfannenstiels, die gewundenen Wege entlang, versteckten sich die Villen der Reichen hinter Buchsbaumhecken, Ziersträuchern oder Steinmauern. Manchmal überragte ein Türmchen die Umgebung, oder ein historisches Haus mit selten schön geformten Mansarden und Bogeneingängen stach als Blickfang ins Auge des Betrachters. Max fuhr langsam daran vorbei. Er hatte das Dach heruntergelassen, Kompositionen von Thomas Bergersen berieselten ihn, und er genoss den milden Fahrtwind, der ihm wie eine zärtliche Hand ins Gesicht strich. Nebst den Strassenlampen flammten Laternen oder Halogenleuchten über Bewegungsmelder auf. An schmiedeeisernen Toren hingen Tafeln mit dem Hinweis auf eine Alarmanlage oder bissigen Hund. Von irgendwoher klang Musik. In diesem Sommer feierte man auch an einem gewöhnlichen Mittwoch. Abgeschirmt von allem Störenden, in Gesellschaft unter seinesgleichen, wurde getrunken und gegessen, amüsierte man sich. In Richtung See liess jemand Leuchtraketen steigen. Die Sommernachtsparty hatte begonnen.

Ein lautes Knurren schreckte Max aus seinen sehnsuchtsvollen Gedanken. Neben ihm tauchte ein schwarzer Hund wie aus dem Nichts auf, in der Art, die er nur von Horrorfilmen kannte. Max glaubte, im matten Schein der Strassenlaterne gelbe Augen zu erkennen. Er stoppte abrupt, vergass zu kuppeln, der Motor erstarb. Der Hund war nicht von der Seite gewichen. Ein heiseres Bellen wechselte sich mit dem Knurren ab. Er fletschte dabei mit spitzigen Zähnen, Sabber tropfte auf den Boden, und er war sprungbereit im Angesicht des Feindes.

Max musste handeln, bevor es dem Hund einfallen sollte, über die Tür ins offene Auto zu springen. Er mutete ihm alles zu. Um das Verdeck zu schliessen, war es zu spät. Um weiterzufahren, dazu hätte es des Motorstarts bedurft. Jede Bewegung vermochte aus dem Tier eine Bestie zu machen, die ihrem Instinkt folgend auf Tod aus war. Ein abgerichteter Kampfhund, ein Rottweiler, was Max an dessen kräftigem Körperbau und dem Gebiss zu erkennen glaubte. Bisswütig, das wusste er. Die meisten Hundebisse gingen auf Pitbulls und Rottweiler zurück.

Max hatte keine Erfahrung mit Hunden. Und seine Empathie für sie galt nur, solange sie sich ausser Reichweite befanden. Nachdem jemand Fedes Hündchen Fitzcarraldo überfahren hatte, war er froh gewesen, dass sie kein neues kaufte.

Sollte er wegschauen? Oder doch lieber fest in dessen Augen?

Max versuchte, ruhig Blut zu bewahren. Er sah geradeaus auf die Strasse, wo im Kegel der Scheinwerfer ein Mückenschwarm tanzte. Den lichtfreudigen Insekten schien der Hund nichts anzuhaben. Was in seinem linken Augenwinkel geschah, bekam Max genau mit. Es war wie ein Abwägen zwischen David und Goliath, wobei Max sich nicht entscheiden konnte, in welche Haut er lieber geschlüpft wäre.

«Beelzebub! Bei Fuss!» Aus dem Schatten einer Hecke näherte sich Max ein Mann. «Er hat noch nicht gefressen», sagte dieser. «Und er mag Nidwaldner, das versichere ich Ihnen.» Er deutete auf das Nummernschild.

Der Hund gehorchte und trottete mit hängenden Ohren zu seinem Herrchen.

Max' Anspannung wich. Er amüsierte sich sogar an der zynischen Bemerkung des Fremden. «Beelzebub?»

«Er ist ein Teufel.»

«Daran zweifle ich keinen Moment.» Max rieb sich die schweissnassen Hände an der Hose ab.

«Er verteidigt sein Revier. Sie sind hier widerrechtlich eingedrungen. Haben Sie das Schild am Anfang der Strasse nicht gesehen?»

«Ich war in Gedanken versunken.»

«Suchen Sie jemanden?»

«Ich habe mich verfahren. Ich komme von der Villa Vonlanthen.» Das mochte den Hundehalter sicher beeindrucken.

«Von Merlinde? Tragischer Fall.»

Was wusste er? «Sie kennen sie?»

«Wir sind fast Nachbarn. Ihre Villa steht zwei Häuserzeilen unterhalb meiner. Sind Sie ein Bekannter?»

Beelzebub hatte sich ausgestreckt. Sein Kopf lag auf seinen Vorderpfoten, fast friedlich sah er aus. Max wog ab, ob er dem Fremden seinen Beruf bekanntgeben oder doch besser den Mund halten sollte. «Detektiv» klang nicht in jedem Ohr vertrauensselig und konnte die Absicht seines Herumfahrens verraten. Manchmal musste man die Gegend beschnuppern, in der das Opfer zu Hause war. Das musste der Mann nicht erfahren. «Meine Mutter kennt sie.» Das war nicht gelogen. «Mein Besuch bei Frau Vonlanthen hat sich so ergeben.»

«Ich kannte ihren Mann Gregory sehr gut. Wir hatten oft miteinander zu tun. Ich heisse Renzo Morosini und bin Generaldirektor.» Er nannte den Namen seiner Versicherung. «Gregorys Firma lief über meine Agentur. Leider hat der neue Besitzer die Versicherung gewechselt. Mit Verlust muss man rechnen. Ging mir natürlich in den falschen Hals. Aber was soll man machen?» Wie zum Beweis, dass er diese negative Entwicklung nicht gutheissen konnte, klopfte er sich bedauernd auf die Schultern. «Mit Gregorys Tod hat sich vieles hier verändert. Er war ein ganz Grosser. Neider behaupten, er sei ein Lebemann gewesen, sich und seiner Frau zuträglich, einer, der nur nahm. Aber das stimmt nicht. Er verschenkte genauso viel, unterstützte diverse Stiftungen.»

«Wissen Sie, woran er gestorben ist?»

«Er hatte zwei Schlaganfälle. Doch gestorben ist er an einem Herzinfarkt. Das mit Merlinde ist sehr bedauerlich. Ich lernte sie als eine lebensbejahende Frau kennen. Ihr Schlaganfall hat sie aus der Bahn geworfen. Dabei hätte man es ihr so gegönnt, wenn sie den Rest ihres Lebens aus dem Übervollen hätte schöpfen können. Sie war eine fleissige Frau, die ihrem Mann auch in schweren Zeiten zur Seite stand. Und er hatte sie vergöttert.»

«Hm …» Max überlegte sich die nächste Frage. Er wollte vermeiden, aufdringlich zu sein. Das Gespräch mit dem Hundebesitzer konnte dennoch aufschlussreich und für die weiteren Ermittlungen von Bedeutung sein. «Gab es im Leben des Gregory Vonlanthen Frauengeschichten?»

Beelzebub knurrte.

«Sie sind nicht zufällig hier, nicht wahr? Ihre Frage entlarvt Sie. Sind Sie Detektiv?»

Max nickte.

«Habe ich es mir doch gedacht. Wer hat Sie angeheuert?» Morosini machte einen Schritt vorwärts auf den Mustang zu. Beelzebub folgte ihm. «Merlindes Inhaftierung im April dieses Jahres wirft nach wie vor Fragen auf.» Max' Frage beantwortete er nicht, und seine liess er stehen.

«Sie wurde verhaftet?» Das hörte Max ja nicht zum ersten Mal. Trotzdem stellte er sich unwissend in der Hoffnung, dadurch mehr darüber zu erfahren. «Was ist passiert?»

«Sie soll einen ihrer Angestellten ermordet haben. Das machte hier schnell die Runde. So anonym, wie viele glauben, ist die Goldküste nicht. Das Opfer kam aus dem Umfeld des irischen Tennisstars Dan McCorley. Und Sie wissen sicher, wie es in diesem Clan zu- und hergeht. Die reinste Mafia. Es war Merlindes Idee, diesen Mann anzustellen.»

Max griff nach dem Notizblock auf dem Beifahrersitz. «Sie erlauben, dass ich mir das aufschreibe. Wie hiess er mit Namen?»

«Der Angestellte?»

«Ja.»

«Glen Kelly.»

Das änderte alles. Der Blick auf Merlinde Vonlanthen bekam auf einmal eine andere Bedeutung. Sollte Max sie als Täterin ansehen? Er hatte Mühe damit. Die Frau sass im Rollstuhl, war partiell gelähmt. Hinter ihre Fassade hatte er nicht blicken können. Sie blieb für ihn ein Rätsel. «Wie soll sie ihn denn umgebracht haben?»

«Mit Schlaftabletten.»

***

«Darf ich die Rollläden herunterlassen?» Milagros stand neben dem grossen Fenster mit Sicht auf den See. Nach einem heftigen Knall, der die Scheiben erzittern liess, ergoss sich ein Feuerregen aus dem schwarzen Himmel. Weisse Sterne fielen ins Wasser, sprangen auf wie Diamanten und erloschen, als hätte es sie nie gegeben.

«Ist sicher besser so», sagte Merlinde, «obwohl ich die Markisen immer oben lasse.»

Milagros drehte sich nach ihr um. «Maximilian meinte, dass es noch nicht ausgestanden sei.»

Merlinde versuchte, mit der rechten Hand am Rad des Rollstuhls zu drehen. Es kostete sie viel Kraft.

Das Feuerwerk war vorbei. Draussen herrschte wieder dunkle Nacht.

«Möchtest du mir erzählen, wie es im Spital war?»

«Ich kannte das Prozedere … vom letzten Mal. Eine Gerichtsmedizinerin war da. Die Gynäkologin hat einen Abstrich gemacht. Dieser wird jetzt auf Fremd-DNA untersucht.» Wie sie es sagte. War Merlinde dermassen abgeklärt?

Es musste der Schock sein. Ein normaler Mechanismus, der die seelischen Befindlichkeiten schützte.

«Der Zusammenbruch wird kommen», sagte Merlinde, als hätte sie Gedanken gelesen. «Es war im Februar genauso. Die Aufarbeitung des Erlebten hatte sich damals verzögert. Ich bekam Beruhigungspillen, was alles in weite Ferne rückte. Erst als ich damit aufhörte, begann ich zu realisieren, was mit mir geschehen war. Ich … schlucke nun wieder dieses Teufelszeug. Es macht alles erträglicher.»

«Auch die Misshandlung?» Milagros hatte lange überlegt, ob sie Merlinde überhaupt darauf ansprechen sollte. Das Bild, als sie Merlinde in der Kabine gefunden hatte, wollte nicht aus ihrem Kopf verschwinden. Wie sie da gelegen hatte, wie eine aufgerissene Frucht. Blut auf den Badezimmerfliesen. Es hatte so offensichtlich ausgesehen. Hatte sie das Recht, Merlinde darauf anzusprechen? Würde sie mit diesen Fragen nicht ihr Vertrauen zerstören? «Du weisst, wer es war, oder?»

«Ich habe sein Gesicht nicht gesehen.» Merlinde wandte sich ab. «Zudem: Was soll das? Willst du mich quälen?»

«Ich möchte es verstehen.»

«Dass einer Alten wie mir so etwas passiert?» Merlinde verzog ihren Mund. «Ich möchte nicht darüber sprechen. Im Moment geht es mir den Umständen entsprechend gut. Niemals lasse ich mich in die Dunkelheit ziehen. Ich schätze deinen Sohn so ein, dass er den Täter fassen wird.»

«Die Polizei –»

«Lassen wir die Polizei», fuhr Merlinde ihr ins Wort. «Die wird früh genug auftauchen. Ich habe nicht damit gerechnet, dass die Gynäkologin vom Universitätsspital den Fall melden würde. Sie hat mich nicht gefragt, sondern eigenmächtig gehandelt.»

«Na hör mal, wenn das kein Fall für die Staatsanwaltschaft ist …» Etwas stimmte hier nicht. Merlinde tat so, als würde der Überfall sie nicht tangieren. Als könnte sie die Misshandlung mit einem Augenzwinkern abhaken. Milagros ging mit der Ausrede, sie müsse aufs Klo, ins Badezimmer. Noch im Davongehen rief ihr Merlinde hinterher, dass die Gästetoilette in der Nähe des Eingangs liege. Diese habe sie doch am Nachmittag schon benutzt.

Milagros reagierte nicht. Sie betrat das Badezimmer. Hier hatte Versace Pate gestanden. Alles war in einem Weiss- und Goldton gehalten mit den Verzierungen aus der Hand eines Meisters. Auf dem Wannengrund lag der Kopf der Medusa, der sich in kleineren Ausführungen auch in den beiden Lavabos und auf dem Boden der Duschkabine wiederfand.

Merlinde hatte auf einem Schränkchen eine Plastiktüte abgelegt, die sie aus dem Krankenhaus mitgenommen hatte. Milagros warf einen Blick hinein. Ein rezeptpflichtiges Schlafmittel sowie Schmerztabletten lagen darin. Eine Packung war angebrochen. Zweimal fünfhundert Milligramm von den Paracetamol-Pillen fehlten. Merlinde musste sie während eines unbeaufsichtigten Moments eingenommen haben. Auch von dem Barbiturat war eine Kapsel weg. Waren diese Medikamente so stark, um alles in der nahen Vergangenheit auszublenden?

Merlinde bat sie lautstark zurück ins Zimmer. «Ich möchte jetzt schlafen gehen. Wenn du mir bitte helfen könntest?»

***

Über das Drachenried stieg Bodennebel, was ungewohnt war für die Jahreszeit. Der heisse Tag hatte sich zur Ruhe gelegt. Der Wald dämpfte im Schatten der Westflanke am Stanserhorn. Es roch nach feuchtem Moos.

Max parkte vor der Scheune und liess seinen Blick zu Fedes Haus schweifen. Hinter den zugezogenen Vorhängen schimmerte es. Das rötliche Licht fiel über die Simse und verlor sich auf dem Platz davor. Chérie-Bibi lauerte beim Eingang, als hätte sie auf Max gewartet. Er strich ihr über das Fell. «Na, du kleiner Wildfang. Bist du auf Mäusejagd?» Sie miaute. Er stiess die Tür auf.

Fede und ihr Mitbewohner Christian sassen am Küchentisch, vertieft in Schweigen. Sie schauten gleichzeitig auf, etwas überrascht, als hätten sie nicht mit Max' Besuch gerechnet.

Fede liess die Gabel sinken, mit der sie ein Tortellino in den Mund schieben wollte. «Wo kommst du denn her?»

«Habe ich es dir nicht gesagt? Ich war bei Merlinde Vonlanthen.» Max grüsste Christian. «Aha, wie ich sehe, gibt's heute ein Mitternachtsmenü. Wie geht es dir?»

Dieser erhob sich. «Gut. Willst du mitessen? Heute habe *ich* gekocht.» Er sagte es so dahin, als hätte er es die Tage zuvor nicht auch getan. Seit sie Gäste im Haus hatten, hantierte er täglich am Kochherd und bewies, dass in ihm weit mehr steckte, als zu philosophieren. Christian entpuppte sich als wahrer Kochkünstler.

«Gern. Bitte ohne Käse.» Max setzte sich und verfolgte Christians Handgriffe. Er war schnell in dem, was er tat. «Habt ihr Wein?»

«Ich muss wieder einkaufen», bemerkte Fede. «Der ist alle. Unsere Feriengäste haben den Vorrat leer getrunken.»

«Und wo sind die Gäste jetzt?»

«Sie sind auswärts essen gegangen. Schliesslich haben wir ein paar gute Restaurants in Stans. Sie werden sicher bald zurück sein.»

Christian stellte einen Teller dampfender Tortellini vor Max hin. «Lass es dir schmecken.»

«Ich habe einen Mordshunger.» Max griff nach dem Besteck.

«Wie ist es gelaufen?», fragte Fede.

«Sie ist nicht die Frau, für die ich sie halte.»

«Und wer, bitte schön, soll sie denn sein?» Fede fixierte ihn mit diesem Blick, in dem Max nicht zu lesen vermochte.

«Sie soll einen ihrer Angestellten umgebracht haben. Deswegen war sie in Untersuchungshaft.» Vielleicht bot sich jetzt die Gelegenheit, um Carrons Besuch anzukündigen. «Übrigens habe ich für morgen Abend meinen ehemaligen Kollegen Fernand eingeladen. Zusammen mit seiner Frau.»

Fede schluckte leer. «Ins Drachenried? Merlinde Vonlanthen soll jemanden getötet haben, und im gleichen Atemzug verkündest du, dein Erzfeind Carron komme uns besuchen?»

«Er ist nicht mein Erzfeind.»

«Hierher kommt er auf jeden Fall nicht.» Sie machte eine wegwerfende Handbewegung. «Ich verabscheue deine Inkonsequenz.»

«Ich habe ihn nach Hergiswil eingeladen. Ich hoffe sehr, dass du zu mir kommst. Ich werde etwas vom Catering bestellen.» Max gab sich betont unbeschwert, obwohl es in seinem Innern anders aussah. Fede durfte jetzt nicht gegen ihn sein. Er brauchte ihre Unterstützung.

«Zum Nachtessen also.» Fede räusperte sich. «Das mutet fast intim an, nach dem, was du mir über Carron erzählt hast.»

Max legte die Gabel ab. «Ich brauche Informationen über Merlinde Vonlanthen.»

«Diese kann ich dir auch liefern. Vieles, was vor dem Millennium geschah, ist zwar digital nicht erfasst. Aber ich habe meine Quellen. Ich war heute nicht untätig. Merlinde ist eine geborene Lücke.»

«Ist das alles?» Max griff erneut nach der Gabel und schob sich ein weiteres Tortellino in den Mund. Es schmeckte köstlich.

«Ich habe mit der Recherche erst begonnen. Merlinde Vonlanthen lebte in Hamburg. Doch ich kann bereits jetzt sagen, dass das, was vorher war, im Nebel steckt. Kinder- und Jugendjahre existieren nicht. Ihre Vita beginnt in Hamburg. Vielleicht werde ich anhand ihrer Interviews etwas herausfinden.» Fede verschränkte die Arme. «Wie fühlt sie sich? Ich meine, das, was mit ihr passiert ist, geht nicht spurlos an ihr vorbei. Keine Misshandlung steckt man einfach so weg.»

«Deswegen bin ich skeptisch.» Max zeigte auf den Teller und nickte Christian anerkennend zu.

Dieser starrte ihn bloss an.

«Ihre Reaktion gefällt mir nicht. So schnell, wie sie aus dem Spital gekommen ist, finde ich persönlich überstürzt. Ich meine, die Untersuchungen müssten doch länger dauern. Was sagt Milagros dazu?»

«Sie ist von Merlinde Vonlanthen hingerissen. Es scheint, als klammere sie sich an ihre neue Freundin, was ich nicht nachvollziehen kann. Ich hoffe, dass sie sich nicht in etwas hineinziehen lässt, das ihr schaden könnte.»

«Vielleicht hat sie in Merlinde eine Art Ersatz für dich gefunden», hänselte Fede. «Sei froh. Es lenkt sie von dir ab.»

«Findest du das lustig?» Max griff nach dem Wasserglas. Er hätte jetzt lieber einen Schluck Wein getrunken, um seinen Ärger hinunterzuspülen. So daneben lag Fede mit ihrer Bemerkung nicht, aber sie hätte sie für sich behalten können.

«Vielleicht tut ihr der Dame unrecht», mischte sich Christian ins Gespräch.

Max vergass zu schlucken, und Fede hielt in ihren Bewegungen inne.

Christian war in der Regel wortkarg. An Diskussionen beteiligte er sich kaum. Er galt als zurückhaltend. Der stille Zuhörer und Beobachter. Manchmal wirkte er dadurch fast unheimlich.

«Ein psychischer Schock kann Verschiedenes bewirken», sagte er. «Es ist eine seelische Erschütterung, die durch ein belastendes Ereignis erzeugt wird. Nebst Gefühlsstörungen kann er eine Überreaktion auslösen. Wenn Frau Vonlanthen zudem Medikamente einnimmt, wird sie unter Erinnerungslücken leiden. Sie wird das, was geschehen ist, ausblenden. Bewusst oder unbewusst.»

«Ist uns etwas entgangen?» Fede griff nach ihrem Wasserglas und warf Max einen belustigten Blick zu.

Max erwiderte ihn mit zusammengekniffenen Augen. Fedes Bemerkung stiess ihn ab. Max war sich nie sicher gewesen, ob Fede ihren Mitbewohner ernst nahm. Wenn sie von ihm erzählte, schwang immer ein Unterton von Amüsement mit. Max vermutete, dass sie ihn bloss duldete, weil er ihr zur Hand ging. In ihrer Abwesenheit hielt er den Hof auf Vordermann, melkte Rambo, die Kuh, sowie Noname, die jetzt Mimi hiess, seit sie ihr erstes Kalb geworfen hatte. Leider war es bei der Geburt gestorben. Er mistete den Stall aus, schaute zu den Hühnern und verpflegte die Katze. Er kochte, wusch und machte die Zimmer. Für einen Minimallohn, was Fede hatte durchblicken lassen. Er sei zufrieden so, hatte sie behauptet. Hauptsache, er müsse sich nicht mehr mit Menschen befassen.

Christian hatte den Mund aufgemacht und etwas verlautbart, was Max nicht für möglich gehalten hatte. Er nahm Anteil, fühlte mit.

«Du meinst, es könnte ihr erst bewusst werden, wenn der Schock nachlässt?» Max registrierte Fedes Seitenblick, mit dem sie Christian bedachte.

«Ja, so in etwa. Und jetzt, ihr entschuldigt mich. Ich werde abräumen und den Abwasch machen.»

«Deine Theorie ist nicht abwegig.» Max versuchte, dort nachzuhaken, wo Christian abgebrochen hatte. Dabei sah er Fede an. Er verstand ihr Getue nicht. «Man muss also nicht abgebrüht sein, um ein Ereignis in diesem Ausmass zu ignorieren?»

«Es sind natürliche Schutzmechanismen, welche verhindern, dass man völlig durchdreht. Sie hätte auch anders reagieren können. Zum Beispiel mit einem Nervenzusammenbruch.» Christian erhob sich. «Sorry, ich wollte mich nicht einmischen.»

«Tust du nicht. Es sind interessante Ansätze. Zumindest helfen sie mir, die Frau ernst zu nehmen.»

VIER

Merlinde erwachte. Es fühlte sich alles surreal an. Ihre rechte Körperseite schmerzte. Sie hatte schlecht geträumt und musste sich sammeln, um sich die Ereignisse ins Bewusstsein zu holen, die sich vor mehr als vierundzwanzig Stunden zugetragen hatten. Alles war ein grosser Alptraum.

Matteo. Verdammt. Ihr Bauchgefühl hatte ihr recht gegeben. Er war es, der sie beklaut und niedergeschlagen hatte. Vielleicht war es ein Glück, dass sie nicht wusste, was alles er noch mit ihr gemacht hatte. Nein, sie wollte es vorerst für sich behalten. Sie hatte sein Gesicht nicht gesehen, aber sie hatte ihn gerochen. Sein süssliches Parfum, den Schweiss. Also war es nicht einmal gelogen, wenn sie sagte, dass sie ihn nicht gesehen habe. Wenn die Zeit reif war, würde sie es Max erzählen. Zuerst wollte sie erfahren, ob sie ihm vertrauen konnte.

Matteo musste gewusst haben, wie sie auf seinen Angriff reagieren würde, auch was mit seinem Vorgänger Glen passiert war und dass sie nicht gewillt war, die Polizei einzuschalten.

Von Luisa hatte sie sich täuschen lassen. Ob sie eingeweiht gewesen war? Merlinde hatte sie nicht mehr gesehen. Aber sie war sich sicher, dass die beiden unter einer Decke steckten. Wie damals Mitte Februar. Bonnie und Clyde, die in Wirklichkeit Liliane und Glen hiessen.

Glen war tot. Mausetot. Und es geschah ihm recht. Merlinde hatte nie um ihn getrauert. Das war Karma, das Gesetz von Ursache und Wirkung.

«Merlinde?» Die Tür zu ihrem Schlafzimmer ging auf. Eine Frau erschien. Was hatte sie hier zu suchen?

Der Abend zuvor, die Nacht mit dem Feuerwerk. Die Erinnerung kehrte zurück wie ein Flickwerk aus einzelnen Bildern. Milagros von Wirth, ihre Rettung. Ohne sie wäre sie aufgeschmissen gewesen, wäre sie von jemand anderem entdeckt worden, der wahrscheinlich eine riesengrosse Geschichte daraus gemacht hätte. Die steinreiche Merlinde Vonlanthen war zum zweiten Mal überfallen und gedemütigt worden. Es hätte die Runde gemacht wie damals im Februar. Und sie wäre nicht darum herumgekommen, die Polizei zu rufen. Es war schwierig genug gewesen, auf dem Luxusdampfer auszuchecken, ohne eine Begründung anzugeben. Schliesslich hatten sie und Milagros sich auf einen plötzlichen Todesfall in der Familie geeinigt. Ein paar Scheine hatten die Hände gewechselt. Milagros hatte ihr das Geld vorgeschossen. Der Hubschrauber war auf dem Deck gelandet, was jedwede Schaulustige anzog. Milagros hatte dafür gesorgt, dass sie gewaschen und frisch angezogen war. Sie hatte die Suite geräumt und das Gepäck von Bord gebracht, zusammen mit ihrem eigenen.

«Kann ich dir Kaffee bringen? Mit Ausnahme der Spaghetti gestern habe ich nichts zum Essen gefunden.»

Kein Wunder. Der Kühlschrank war leer. Vor ihrer Abreise war ihre Zugehfrau Raluca in der Villa gewesen, hatte die Schränke und Kästen von Lebensmitteln entrümpelt und sie dankbar mit nach Hause genommen. «Ich habe nicht damit gerechnet, so schnell wieder hier zu sein», sagte Merlinde. Allmählich kehrten die Erinnerungen an die vorletzte Nacht zurück. Sollte sie Milagros davon erzählen? Nein, es war zu früh. Merlinde musste es selbst verarbeiten und wunderte sich, dass sie damit bereits begonnen hatte. Sie war am Leben. Das zählte. Man hätte sie töten können. Als Vonlanthen lebte es sich gefährlich. Hatte ihr verstorbener Mann irgendwelche Leichen im Keller, von denen sie nichts wusste? Sie hatte immer geglaubt, Gregory gut zu kennen. Für sie war er wie ein offenes Buch gewesen, der alles an sie herantrug, was ihn beschäftigte. Merlinde hatte den Part des Blitzableiters übernommen, wenn es Probleme in der Firma gab. Nie hatte er Geheimnisse vor ihr gehabt. Und sie hatte ihm vertraut. Ihre Beziehung war eine Symbiose gewesen, vor allem in der Zeit nach ihrem fünfzigsten Geburtstag. Hatte sich Merlinde darum bemüht, dem Alter ein Schnippchen zu schlagen, war Gregory in Riesenschritten zum erotischen Abstinenzler degradiert. No Sex, no Rock 'n' Roll. Für ihn war gut essen das Mass aller Dinge und die Erotik des Alters gewesen, was seinem einst schlanken Körper sehr schnell ersichtlich zusetzte. Manchmal hatte er sich über den Besuch einer Dame aus dem Escortservice gefreut. Aber mehr als Gucken war da nie gewesen. Trotz dieser Umstände wäre es Merlinde nie in den Sinn gekommen, ihren Mann zu betrügen. Sie hatte ihn geliebt, mit all seinen Makeln, seinen zunehmenden Wehwehchen und wahrscheinlich altersbedingten seltsamen Ansichten vom Leben. Sie hatte sich oft gewundert, wie er die Firma weiterzuführen und mit eisernem Willen an der Tradition festzuhalten vermochte. Sie hatte nie Einblick in seine Buchhaltung und Bankgeschäfte gehabt. Sein Treuhänder sowie langjähriger Bankiersfreund Josef Nitzsche hatte das Vermögen verwaltet. Über Geld war nicht gesprochen worden – man hatte es. Merlinde hatte sich nie Gedanken darüber gemacht, wo alles herkam. Sie hatte sich in ein gemachtes Nest gesetzt und dafür gesorgt, dass es ihr, ihrem Mann und einigen ausgesuchten Menschen gut ging.

Als der Italiener die Werkzeugfabrik zu einem Schnäppchenpreis gekauft und Carron wegen des niederen Preises interveniert hatte, hatte sie sich zum ersten Mal gewundert. Merlinde hatte zwar die Höhe ihres gemeinsamen Vermögens gekannt, aber nicht überlegt, woher das Geld stammte. Wenn sie die Verluste aus der Zweigfirma in Namibia miteinbezog, mussten irgendwo noch andere Quellen existieren, aus denen Gregory geschöpft hatte. Selbst die Einsitze als Verwaltungsrat verschiedener Zulieferfirmen konnten ihm nicht ein so horrendes Vermögen beschert haben. Hatte er ein Doppelleben geführt, von dem sie nichts wusste? Hatten die Übergriffe auf sie mit seiner Vergangenheit zu tun? Holte sich jemand seinen Anteil aus den Geschäften mit Gregory zurück, indem er Lakaien wie Glen und Matteo vorausschickte?

Es musste einen Grund geben, weshalb man sie gleich zweimal überfallen hatte. Eine Warnung an sie? Aber weshalb?

Merlinde sah aus dem Fenster und fühlte sich leer. Doch ihr Lebenswille war ungebremst. Sie würde erst aufgeben, sobald die Gerechtigkeit obsiegte.

«Kaffee ist okay.» Sie versuchte, sich im Bett aufzusetzen. Am Abend hatte Milagros ihr bei der Pflege geholfen. Ob es ihr etwas ausmachte? So, wie Milagros ihr erzählt hatte, kam sie aus sehr guten Verhältnissen, hatte während ihrer Ehe mit Kaspar von Wirth Reinigungskräfte angestellt und, wenn sie selbst nicht mit ihrem Wagen fahren wollte, einen Chauffeur. Die Gute hatte unbestritten eine soziale Ader, was auch daraus ersichtlich war, wie sie mit ihrem Sohn umging. Es lag ihr viel daran, dass es ihre Mitmenschen in ihrem unmittelbaren Umfeld gut hatten.

«Ich habe eine Thermosflasche voll zubereitet.» Milagros öffnete die Fensterflügel bis zum Anschlag und liess das Sonnenlicht herein. «Wenn du möchtest, können wir uns heute in den Garten setzen.» Sie wies Richtung Trauerweide. «Wie ich sehe, habt ihr ein bezauberndes Schattenplätzchen.»

«Es liegt schon lange brach.» Merlinde spürte, wie sich ein grober Kloss in ihrem Hals bemerkbar machte. Seit Gregorys erstem Schlaganfall war sie nie mehr dorthin gegangen.

***

Fede wechselte den Blick zwischen den beiden Bildschirmen und dem Laptop. Es gelang ihr nicht, sich zu konzentrieren. Im Erdgeschoss rumpelte es, als würde eine Herde blindwütiger Rinder über den Boden traben. Dass vier Kinder einen solchen Lärm verursachen konnten, war ihr ein Rätsel. Sie rühmte sich einmal mehr wegen ihres Entscheids, keine Kinder haben zu wollen. Da konnte ihr Milagros noch so viele versteckte Hinweise geben. Sie hätte keine Nerven dafür. Draussen war ein Sommergewitter niedergegangen. Die beiden Gastfamilien, die bis Sonntag im Drachenried ihre Ferien verbringen wollten, waren klatschnass von einer Wanderung zurückgekommen. Entsprechend hatte es danach in der Küche ausgesehen. Während Fede fluchtartig den Raum verlassen hatte, hatte sich Chrigi an den Kochherd gestellt, mit dem Kochen begonnen und den Boden gewischt.

Fede war es zu bunt geworden, und sie hatte sich in ihrem Büro im oberen Stock verschanzt, wo sie mit der Arbeit fortfuhr, die sie gestern spätabends beendet hatte.

Merlinde Lücke. Das Internet vergass nicht. Manchmal musste man die Informationen aus dem weiten Kosmos herausholen. Fede hatte Übung darin.

1994. Die erste digitale Aufzeichnung. Damals hatten Merlinde und Gregory Vonlanthen ein Interview bei einer der grössten Zeitschriften Deutschlands gegeben. Fede war zufrieden. Das war ein guter Anfang für ihre Recherche. Ein Foto des Ehepaares zierte die erste Seite. Obwohl das Bild leicht verschwommen war, zeigte es dennoch den Glamour, der von beiden ausging. Merlinde in einem Kostüm, welches Karen Mulder im gleichen Jahr im Rampenlicht präsentiert hatte, mit schwarz gepolsterten Achseln und Puffärmeln, züchtig hochgeschlossen und mit glänzenden Knöpfen versehen, was an eine Uniform erinnerte. Ein breiter Ledergurt betonte ihre Wespentaille. Sie trug einen Hut mit roten Federn, was zum unverschämt roten Lippenstift passte. Zweiundvierzig Jahre alt war sie gewesen, eine Grande Dame, die alle Blicke auf sich zog, als sie zusammen mit ihrem Gemahl an einer Modenschau abgelichtet wurde. Frau im besten Alter, die ihren um zehn Jahre älteren Mann optisch ausstach. Er, der opulente Herr mit Fliege, solariumgebräuntes Gesicht, grau melierte Haare, schwarz geränderte Brille, die wie Wagenräder wirkte. Sie schauten beide in die Kamera, als würde ihnen die Welt gehören. Okay. Solche Leute hatten Fede noch nie beeindruckt. Doch wenn sie den Text dazu las, was das Ehepaar Vonlanthen in den Jahren ihrer Gemeinsamkeit alles erlebt hatte, hätte man vor Neid erblassen können. Vor allem wegen Merlinde. Aus der unscheinbaren Raupe aus Norddeutschland war ein schillernder Schmetterling in der High Society der Goldküste geworden. Geschätztes Vermögen: fünfhundert Millionen Schweizerfranken, und das vor knapp dreissig Jahren. Ob Merlinde Vonlanthen noch immer über so viel Zaster verfügte? Egal. Aber von diesem Kuchen würden sie und Max auch ein Stück abschneiden können. Fede lächelte vor sich hin. Sie musste Max überzeugen, den Stundenansatz ihrer Arbeit zu verdoppeln. Vielleicht würden sie sich dann endlich einmal Luxusferien leisten können, wie Max es sich vorstellte.

Fede scrollte nach unten. Auf dem nächsten Bild posierten die Vonlanthens in ihrem Bentley. Möglicherweise fuhr ihn ihr Chauffeur, denn dieser stand daneben, schwarz befrackt mit Hut. Tenue-Wechsel auf dem dritten Foto: Vonlanthen im weissen Leinenanzug, sie im kleinen «Leopard». Gregory Vonlanthen hatte das grosse Glück gehabt, eine florierende Firma von seinem Vater zu übernehmen. Eine Fabrik in Namibia, die nach Vonlanthens Rückzug allein nicht hatte überleben können, war kurz nach deren Entstehung dem Untergang geweiht gewesen. Der Patron gab zu, sich verkalkuliert zu haben. Über die Details war nichts bekannt. Auf einem kleineren Bild Merlinde allein vor einer einmotorigen Cessna. Den Piloten konnte man hinter den Scheiben kaum erkennen. Dazu Merlindes Aussage, dass sie in Namibia jeden Tag geflogen sei, auch bei schlechtem Wetter. Die Frage, ob sie mit dem Piloten eine Liaison eingegangen sei, wie der Boulevard es behauptete, dementierte sie. Ihre Kindheit war auch hier kein Thema. Mit sechzehn Jahren sei sie nach Hamburg gezogen, woher, das stand in den Sternen. Die Fussballweltmeisterschaft 1974 sei schicksalhaft gewesen. Sie habe dort ihren Mann kennengelernt. Auf die Frage, ob sie Fussball möge, hatte sie geantwortet: Nein, das sei eine weltumspannende Geisteskrankheit.

Fede konnte sich vorstellen, dass sie mit dieser Aussage viel Goodwill verloren hatte. Sie scrollte weiter und gelangte auf eine Reportage, als die Vonlanthens in Indien reisten. Die Bemühungen für eine Werkzeugfabrik in Mumbai waren im Sand verlaufen. Auf einem Schwarz-Weiss-Foto inszenierte sich Merlinde mit Sari auf dem Rücken eines Elefanten. Der Bildlegende war zu entnehmen, sie ziehe Afrika Indien vor, auf dem Schwarzen Kontinent gefalle es ihr besser.

Zumindest vermochte Fede, sich ein Bild von Merlinde Vonlanthen zu machen. Sie hatte als nicht zimperlich gegolten und ein geöltes Mundwerk gehabt. Je mehr Informationen Fede fand, umso grösser wurde ihr Verdacht, dass Merlinde Vonlanthen nicht bei allen gut angekommen war. Gregory dagegen wurde nie so viel Aufmerksamkeit geschenkt wie seiner Frau. Das war typisch Boulevard. Der schrieb, was seine Leser wollten: Klatsch und Tratsch. Ihm war wichtig, welchen Hut die Queen trug. *Weshalb* sie an einem Anlass war, ging dabei völlig unter.

Fede fand einen Bericht über die Überschreibung der Werkzeugfabrik an einen italienischen Geschäftsmann und dass sie weit unter dem geschätzten Wert verkauft worden war. Der Preis warf die Frage auf, weshalb die Vonlanthens vor knapp dreissig Jahren bereits über ein Vermögen von fünfhundert Millionen verfügt hatten. Die Firma allein konnte unmöglich so viel Kapital abgeworfen haben. Vonlanthen war zwar ein global agierender Lieferant von Bauteilen aus Metall und Kunststoff, welcher Kunden aus den unterschiedlichsten Branchen der Elektro- und Autoindustrie, Maschinen- und Anlagenbau zudiente. Doch die Konkurrenz war gross.

Musste Fede hier graben? Sie fand das Gesuchte.

Vonlanthen hatte in verschiedenen Gremien gesessen, wo er jährliche Provisionen von mehreren Millionen kassierte. Er war Vorsitzender des Poloclubs Lugano gewesen. Vor acht Jahren hatte er sein eigenes Gestüt verkauft. Er hatte ein Weingut in der Toskana sein Eigen genannt und war lange Präsident der Schweizer Winzervereinigung gewesen.

Fede verpasste das Mittagessen, zu dem Chrigi geladen hatte. Sie wollte weitermachen, damit sie bis am Abend durch war.

Mitte November 2021 dann die Todesanzeige. Schlicht und unspektakulär, was nicht zum Leben des Unternehmers passte. Und noch weniger zu Merlinde, welche dieses Leidzirkular gestaltet haben musste. Ein Zweizeiler am oberen linken Rand, welcher die letzten Tage des Verstorbenen oder sein Leben zusammenfasste: «Werden – Sein – Vergehen. Gregory hat es mit aller Konsequenz getan.» Unterschrieben hatte nur Merlinde Vonlanthen-Lücke. Ein Foto, welches Gregory Vonlanthen zeigte, bevor er den ersten Schlaganfall erlitten hatte. Er sah genauso aus, wie Fede ihn sich vorgestellt hatte. Gross und mächtig mit einem beachtlichen Leib.

Keine Angehörigen und damit keine Nachkommen, sinnierte Fede. Sie suchte im Netz erneut nach dem Namen Lücke, der im Zusammenhang mit Vonlanthen stand. Mit Ausnahme auf der Todesanzeige war er nirgends erwähnt.

***

Dr. Mahler hatte ihn mehrmals telefonisch versucht zu erreichen. Max hatte keine Anstalten gemacht, sich zu melden. Es war feige, aber unumgänglich. Max hatte mit dem Fall abgeschlossen. Das hatte er Dr. Mahler unmissverständlich mitgeteilt. Nach dem letzten vergeblichen Anruf erschien der Hinweis auf eine Sprachnachricht auf dem Display. Max wog ab, ob er sie abhören oder übergehen wollte.

Heute Morgen hatte er Fede früh verlassen. Die Gastfamilien mit ihren Kindern waren ihm zu viel gewesen. Er ertrug das Geschrei nicht. Mit ihnen am Morgen am gleichen Tisch zu sitzen, behagte ihm genauso wenig. Er hatte kurz bei der Pizzeria vorbeigeschaut und vier Pizzen bestellt. «Nabucco», fand er, machte die besten.

Nun sass er vor dem Computer und las die Nachrichten, die Fede ihm übermittelt hatte. Die Links zu den Berichten über die Vonlanthens hatte sie angefügt, zusammen mit dem Vermerk, sie würde am Abend mit ihm die Details besprechen und sie freue sich, die Carrons kennenzulernen.

Max druckte die Attachements aus, überflog sie und war enttäuscht, dass nichts über den Tennis-Clan von Dan McCorley dabei war. Hatte Fede nichts gefunden? Für Max war es klar, dass er beim Mordopfer Glen Kelly ansetzen musste. Er brachte den Gedanken nicht los, dass es um Rache ging. Er musste sich diese Tennisfamilie einmal genauer ansehen.

Max sah auf die Armbanduhr. Noch blieben ihm ein paar Stunden bis zu Carrons Ankunft. Diese Zeit wollte er nutzen.

Er holte sich in der Küche einen Kaffee und richtete sich für einen längeren Streifzug durch das Internet ein.

Dan McCorley hatte lange als die Nummer drei der Weltrangliste gegolten, es jedoch nie auf den Spitzenplatz geschafft. In seiner Karriere hatte er dennoch zweiundsechzig Titel im Einzel gewonnen, unter anderem bei den Grand-Slam-Turnieren, den Australian Open, in Wimbledon und bei den French Open. Er war der Schattenmann hinter Novak Đoković und Roger Federer, der ewig Dritte. Frauengeschichten und Orgien säumten sein Leben.

McCorley umgarnten Blogger und Influencer, und es existierte ein Fanclub, der ihm an die verschiedenen Turniere nachreiste. Aber, und da horchte Max auf, seine Tennisfamilie hatte in der Vergangenheit für mehr Schlagzeilen gesorgt als er selbst. McCorleys Bruder Andrew war wegen Zuhälterei zwei Jahre im Knast gewesen, sein ehemaliger Trainer hatte eine Anklage am Hals wegen Vergewaltigung einer Minderjährigen, und der Vater war berühmt-berüchtigt dafür, seine Immobilien weit über den Preis zu verkaufen. Er mischte auch auf dem Schweizer Immobilienmarkt mit. Dan McCorley war seit einem Jahr im Besitz eines Ferienhauses in Gstaad, welches er seiner Ex-Freundin, dem Model Masha Flores, abgekauft hatte. In diesem Haus wurden, wenn Max den Medien glauben wollte, wöchentlich wilde Partys veranstaltet.

Warum hatte Merlinde Vonlanthen ausgerechnet eines dieser Familienmitglieder engagiert? Glen Kelly, ehemaliger Masseur von McCorley. Gab es da Verbindungen?

Vielleicht wusste Fernand Carron Bescheid. Vielleicht sollte Max vorab in Gstaad anrufen.

***

«Sie können noch so lange auf mich einreden. Ich verkaufe nicht.» Masha Flores fand es unverschämt, dass sie vor ihrem eigenen Haus von diesem Immobilienhändler angesprochen wurde. Sie hatte zwar von solch dreisten Typen gehört, die auf interessante Objekte aus waren, es jedoch nicht für möglich gehalten, bis sie diesen Gantenbein kennenlernte. Er hatte eine Agentur im Dorf und verkaufte luxuriöse Häuser an zahlungskräftige Kunden.

«Sie werden das Doppelte, wenn nicht Dreifache des geschätzten Kaufpreises erhalten. Ihr Chalet ist begehrt, liegt es doch an einer hervorragenden Lage.»

Masha legte den Kopf in den Nacken und sah zum Himmel auf, der zwischen den Giebeln ihrer zwei Chalets aufblitzte. Wolken jagten einander wie weisse Schafe. Wind war aufgekommen und kündigte Regen an. «Das weiss ich. Deshalb verkaufe ich nicht.» Sie erhob ihre Stimme und schritt auf den Eingang zu. «Verschwinden Sie jetzt von meinem Grundstück, sonst hole ich meinen Pfefferspray.»

«Sollten Sie es sich doch noch überlegen, Sie wissen, wo ich zu finden bin. Zudem», er hielt inne, «ist das Haus für Sie zu gross. Ich habe hübsche Zwei- und Dreizimmerwohnungen im Sortiment. Mit Lift und allen Annehmlichkeiten und viel Luxus.» Er streckte ihr ein weiteres Mal seine Visitenkarte entgegen. «Man wird schliesslich nicht jünger.»

Unverschämter! Dieser Gantenbein wollte nicht aufgeben, obwohl sie ihn mehrmals nicht nur am Telefon, sondern auch auf der Strasse abgewiesen hatte. Wollte sie das Haus verkaufen, hatte sie ihren eigenen Makler. Sie kramte nach dem Hausschlüssel und wandte sich von dem Mann ab.

«Ich bin mir sicher, unsere Wege werden sich noch einmal kreuzen.»

«Ist das eine Warnung?» Masha spürte, wie Zorn aus ihrem Bauch aufstieg. Was fiel ihm ein? Sie steckte den Schlüssel ins Schloss, öffnete die Tür und huschte hinein.

Sie warf die Tür zu und lehnte mit dem Rücken ans Türblatt. Angewidert stiess sie Atem aus. Der Spiegel vis-à-vis warf ihr ein Bild entgegen, das ihr gefiel. Sie strich ihre schwarzen langen Haare nach hinten und verknotete sie mit einem Haargummi. Sie fand sich schön und begehrenswert, obwohl ihre Auftritte für die Modehäuser eine Ewigkeit her waren. Früher hatte sie das Reisen geliebt, war berufsbedingt in vielen Ländern unterwegs gewesen, hatte an Stränden posiert und war mit interessanten Menschen zusammengekommen. Als ihr Vater schwer krank geworden war, löste sie sämtliche Verträge auf und suchte sich in einem Modehaus in Gstaad eine feste Anstellung. Nach Vaters Tod lebte sie in einem der drei Häuser aus der Hinterlassenschaft. Kein Jahr nach Vaters Hinschied war ihm die Mutter gefolgt. Masha war gezwungen gewesen, eines der Häuser zu veräussern. Es war in der gleichen Zeit, als sie ihren damaligen Freund Dan McCorley kennenlernte, den reichen Tennisprofi aus Irland, der ihr eines der Chalets abkaufte. Masha hatte gehofft, das Haus würde so im Familienbesitz bleiben. Sie hatte sich bereits als Frau McCorley gesehen. Sie hätten ein perfektes Ehepaar abgegeben.

Sie hatte es jedoch nur knapp ein Jahr an seiner Seite ausgehalten. Nicht Dan war das Problem gewesen, denn ihn hatte sie abgöttisch geliebt. Die McCorley-Brut war der Grund, weshalb sie sich von Dan getrennt hatte. Anfänglich hatte sie gute Miene zum bösen Spiel gemacht, bis sie es nicht mehr aushielt. Das war vor zwei Jahren gewesen. Zwischendurch hatten sie sich immer wieder getroffen, wenn Dan allein war. Oder sie hatte ihn an verschiedene Veranstaltungen begleitet, falls er eine Gesellschafterin brauchte. Aus der Beziehung mit ihm waren Affären geworden, kurze heftige Flirts, die sie mit anderen Frauen teilte.

Das zweite Haus hatte sie einer Stiftung vermietet, die beeinträchtigte junge Menschen betreute. Masha hatte es nie bereut, obwohl es nicht in McCorleys Kram passte. Er hatte sich despektierlich über die Hausbewohner geäussert. Doch für Masha war es wichtig, eine Balance zwischen der Dekadenz und der sozialen Gesinnung zu schaffen. Sie schaukelte mal auf die eine, mal auf die andere Seite.

Sie knipste das Licht an. Der warme Schein der romantischen Entrée-Lampe leuchtete ihre Konturen aus. Auch mit fünfunddreissig Jahren konnte sie sich sehen lassen. Sie hatte etwas zugenommen. Diese Kilos standen ihr gut, zumal sie als Model immer auf die Ernährung hatte achten müssen. Sie war nicht der Typ Frau, die essen konnte, was sie wollte. Es hatte eine strikte Diät bedingt, um den gewünschten Körpermassen gerecht zu werden. Masha war froh, gehörte dieses Sich-Malträtieren der Vergangenheit an. Diese Kopfschmerzen, die ewige Plackerei, der Verzicht auf Süsses, wo sie doch so gern Schokolade ass. Der stete Druck der Modelagenten, die herablassenden Bemerkungen ihrer Mitstreiterinnen. Heute fühlte sich Masha wohl in ihrer Haut, und sie selbst fand, sie habe an Ausstrahlung gewonnen.

Warum wollte der Makler sie aus dem Chalet ekeln? Steckte etwa Dans Vater dahinter, der genauso mit Immobilien handelte? Oder Dan selbst? Nach ihrer Trennung hatte er sein Interesse auch an diesem Chalet angemeldet, und als sie nicht darauf eingegangen war, hatte sich sein Trainer eingemischt. Masha war beharrlich geblieben. Das Chalet war ihr Elternhaus, ihr Geburtsort, ihr Zuhause, wo sie aufgewachsen war und eine ungetrübte Kindheit erleben durfte.

Natürlich war dieses Chalet begehrt, schon der vielen Räume und der Bäder wegen. Über Weihnachten und Neujahr beherbergte Masha ihre Freundinnen und Freunde und feierte mit ihnen unvergessliche Feste.

Sie seufzte und streifte ihre Sneakers von den Füssen. Die Arbeit im Modehaus fühlte sich zwiespältig an. Einerseits forderte es sie, täglich acht Stunden im Geschäft zu stehen und nicht selten mühsame Kundschaft zu bedienen, andererseits füllte dieser Job sie überhaupt nicht aus, und es war ihr manchmal so langweilig, dass sie daran dachte, zu kündigen. Sie mochte jedoch die Ladenbesitzerin und wollte sie nicht im Stich lassen. «Warum tust du dir das an?», hatte ihre engste Freundin gefragt. «Das hast du doch nicht nötig. Für dein Leben ist bis zum Ende gesorgt. Du kannst es dir gut gehen lassen, kannst reisen und dein Geld mit beiden Händen ausgeben.» Das hätte sie tatsächlich tun können. Ein Leben in Saus und Braus führen, von einer Party zur anderen fahren. Aber das hätte sie nicht befriedigt. Vielleicht würde sie ein Studium nachholen. Die Matura hatte sie ja.

Masha machte es nichts aus, in ihrem grossen Haus zu leben. Wenn es ihr an Abwechslung mangelte, gestaltete sie die Zimmer neu.

Sie betrat die Küche und öffnete den Kühlschrank. Sie entnahm ihm eine Flasche Multivitaminsaft und schenkte sich ein Glas voll ein. Sie wollte sich an den Tisch setzen, auf dem eine Kristallvase mit dem Bouquet roter Mohnblumen und filigraner Gräser stand, als ihr Smartphone summte. Masha entnahm es ihrer Versace-Ledertasche und meldete sich.

«Max von Wirth.»

Eine angenehme Männerstimme, sonor, nicht zu hoch, mit der Spur eines rauchigen Untertons.

«Entschuldigen Sie die Störung. Spreche ich mit Frau Flores?»

Sie hatte sich mit «Hallo» gemeldet, was nicht zu ihrem Stil passte. Seit der Makler hinter ihr her war, war sie vorsichtig darin geworden, ihren Namen zu nennen. «Ja, ich bin am Telefon.»

«Ich bin Privatdetektiv und ermittle im Fall eines Verbrechens in Herrliberg.»

Masha blieb wie angewurzelt stehen. «Von Wirth haben Sie gesagt?» Der Name sagte ihr nichts.

«Max von Wirth. Mein Büro befindet sich in Hergiswil … im Kanton Nidwalden», setzte er nach.

Masha spürte, wie ihre Hände sich verselbstständigten und zu zittern begannen. Holte die Vergangenheit sie gerade ein? «Sie machen mich neugierig.» Das war nicht gelogen. Doch ihre Neugier fühlte sich eher wie latente Angst an. Die letzte Party, die sie zusammen mit Dan gefeiert hatte, drang mit aller Wucht in ihre Erinnerung ein. Das konnte auch nur Zufall sein. Masha hatte bislang dem Determinismus nichts abringen können. Ihre Freundin behauptete, es gäbe keine Zufälle. Alles sei vorbestimmt. Die Trennung von Dan hatte mit jener Kausalität zu tun, von der Masha nicht viel hielt. Doch wenn sie jetzt zurückdachte an den Abend mit Dan, als sie von Glens Tod erfahren hatten, und was dieser Schicksalsschlag für sie bewirkt hatte, welche Zusammenhänge plötzlich ersichtlich gewesen waren, begann das Konstrukt ihrer Überzeugung zu wackeln.

Die Gedanken schossen wie Blitze durch ihren Kopf. Mitte April dieses Jahrs war es gewesen. Sie hatten sich im Ferienhaus von Dans Bruder versammelt. Zwölf Leute um das runde Cheminée, auf dem Andrew Black Angus Beef grillte. Gleichzeitig war teurer Champagner getrunken und Joints waren herumgereicht worden. Die Stimmung war ausgelassen gewesen und hatte jenen intimen Partys geglichen, die sie viermal im Monat bei Dan feierten. Im Gegensatz zu den anderen Veranstaltungen hatte Glen gefehlt. Dans Masseur sei auf einer Kreuzfahrt, hatte es geheissen, angeheuert von einer gut betuchten Witwe, die ihn über eine Agentur bestellt hatte. Noch in der Nacht war die Zürcher Polizei gekommen und hatte sie bis zum Morgengrauen verhört.

«Ihr Name, Frau Flores, ist im Zusammenhang mit einer Mandantin von mir aufgetaucht.»

Schon war es da. War es möglich, dass dieser von Wirth Merlinde Vonlanthen kannte? Die Mörderin von Glen Kelly, Dans engstem Freund? «Darf ich erfahren, wie die Dame heisst?»

«Das tut hier nichts zur Sache.»

«Dann weiss ich nicht, weshalb Sie mich anrufen.»

«Ich würde Sie gern treffen.»

Masha war eine gebrandmarkte Frau. Seit man in ihrem Bekanntenkreis erfahren hatte, über welches Vermögen sie verfügte, wurde sie ständig bedrängt. War in ihren jüngeren Jahren ihre klassische Schönheit massgeblich gewesen, dass man sie umgarnte, hatte sich das Blatt gewendet. Von jedweden Seiten bekam sie Ratschläge, wie sie ihr Erbe gewinnbringend anlegen konnte. Dabei war es ihr nie ums Geld gegangen. Im Gegenteil: Bis heute unterstützte sie Menschen in Not, was sie jedoch nie an die grosse Glocke hängte. Trotz ihres Erfolgs als internationales Model war sie bescheiden geblieben, dachte sie zumindest. Andere sahen es anders. Es kam immer auf die Perspektive an.

«Frau Flores?»

Diese Stimme. Sie drang angenehm an ihr Ohr. «Entschuldigen Sie. Ich war von etwas abgelenkt. Wann möchten Sie denn zu mir kommen?»

Von Wirth liess ein paar Sekunden verstreichen, bevor er antwortete. «Würde es Ihnen morgen passen?»

«Morgen Freitag?» Am Morgen stand der Besuch bei ihrem Coiffeur an. Am Nachmittag hatte sie sich mit ihrer Freundin im «Le Grand Bellevue» zum Sushi-Essen verabredet. Diesen Termin konnte sie allerdings auf den Abend oder auf einen anderen Tag verschieben. «Morgen Nachmittag um halb zwei passt.» Masha überlegte, ob sie von Wirth ihre Adresse mitteilen sollte. Wahrscheinlich kannte er diese bereits. Er war Detektiv, und für ihn war es ein Klacks, sie aufzuspüren. Man hinterliess immer Spuren, die man nachverfolgen konnte. «Wie sind Sie auf meine Nummer gekommen?», fragte sie dennoch.

«Sie vergessen meinen Beruf.»

«Wie kann ich sicher sein, dass Sie der sind, der Sie vorgeben zu sein?»

Ein leichtes Zögern auf der anderen Seite. Ein Atmen. «Schauen Sie auf meine Website und vergleichen Sie das Bild, das ich Ihnen von mir per Bildnachricht schicken werde.»

«Und wie lautet der Link Ihrer Website?»

Von Wirth buchstabierte, und Masha notierte sie. «Gut, machen Sie das. Bis morgen dann.» Sie beendete den Anruf und wartete mit klopfendem Herzen auf das Porträt. Ein Bling kündigte den Eingang der Nachricht an. Sie öffnete sie und sah sich augenblicklich einem schwarzhaarigen, sympathischen Männergesicht gegenüber. Die grünen Augen taten es ihr sehr an.

FÜNF

Max hatte den Tisch schön gedeckt mit dem edlen Porzellan, das er einst von Milagros erhalten hatte, sowie dem Silberbesteck. Als sogenannten Einstand für seine Wohnung. Dazu stellte er geschliffene Weingläser auf, was in Anbetracht der bestellten Pizzen mehr als eine Übertreibung war. Max ertappte sich bei dem Gedanken, seiner verflossenen Liebe imponieren zu wollen. Im Gegensatz zu Carron war seine Figur sportlich geblieben. Ob Beverly ihren Mann noch genauso attraktiv fand wie damals, als sie die Seiten gewechselt hatte? Max bezweifelte es. Er sah auf die Pendule – auch ein Geschenk seiner Mutter. In letzter Zeit hatte sie einige teure Gegenstände bei ihm abgestellt, was den Verdacht nicht ausschloss, in eine andere Lebensphase eingetreten zu sein. In diejenige des Loslassens. Max verschwendete keine weiteren Gedanken daran.

Sechs Uhr war längst vorbei. Um sechs wollte Fede eintreffen. Ob sie sich im letzten Moment gegen ihre Verabredung entschieden hatte?

Fede steckte in einer Krise, war sich Max sicher. Alles, was sie tat, geschah überstürzt. Oft war sie mit ihren Gedanken abwesend. Ob sie Probleme hatte, über die sie nicht reden wollte? Manchmal ertappte er sich dabei, wie er versuchte, aus ihren Augen zu lesen. Es waren die Momente, in denen sie ihm fremd vorkam. Er kannte ihren Körper, ihre verborgensten Winkel, wie sie auf seine Berührungen reagierte, was sie erregte – an ihre Seele kam er nicht heran, geschweige denn an ihren Geist.

Fede traf zusammen mit dem Pizzakurier ein. Max hatte den besten Rotwein aus dem Keller geholt. Er entkorkte ihn, um ihn in die bereitgestellte Karaffe zu füllen.

«Dein Fünf-Gang-Menü ist da.» Fede brachte vier Pizzaschachteln in die Küche. «Ich habe sie gleich bezahlt.»

«Wie grosszügig von dir. Du kannst sie auf die Spesenabrechnung schreiben.»

«Bist *du* gut drauf.» Sie küsste ihn flüchtig auf die Wange und stellte eine Glasschale und einen kleinen Behälter mit Schokopulver auf den Tisch. «Chrigi hat ein Tiramisù zubereitet.»

«Und ich dachte, es wäre von dir.» Max betrachtete die Schale mit der honiggelben Füllung. Eine Kalorienbombe. Christian war stets der Ansicht, dass sie zu wenig assen.

«Ich fange nichts Neues mehr an.» Endlich schenkte sie ihm ein Lächeln. «Sorry, dass ich mich verspätet habe. Ich hatte die Zeit aus den Augen verloren. Ich stiess auf ein paar weitere Informationen im Internet, denen ich unbedingt nachgehen wollte.» Sie warf einen Blick Richtung Esstisch. «Wie ich sehe, hast du dich bereits ins Zeug gelegt. Kriegen wir so hohen Besuch? Silberbesteck zur Pizza?»

«Du kennst Carron nicht.»

Fede krauste ihre Stirn. Zwischen ihren Augen entstand eine steile Falte. «Erzähl mir von ihm. Was war es, was seinen Job gerettet hat?»

«Ich verstehe deine Frage nicht.»

«Du sagtest letzthin, dass Carron ohne deine Hilfe den Anwalt hätte quittieren müssen.»

Es läutete. Wieder einmal konnte Max Fedes penetranten Fragen ausweichen.

Fernand Carron und Beverly, gebürtige Miles. Einst das Glamourpaar der Pfnüselküste. Was fünf Jahre ausmachten. Carron hatte fast das Doppelte an Volumen zugelegt. Beverly dagegen war spindeldürr.

Max riss sich zusammen. Er durfte sich seine Überraschung nicht anmerken lassen. Carron glich seinem Vater je länger, desto mehr. An diesen erinnerte sich Max gut. Ein einnehmender Mensch, dessen Charakter er seinem Sohn vererbt hatte. Ebenso arrogant wie hartnäckig. «Kommt rein. Habt ihr uns gut gefunden?»

«War keine Kunst», erwiderte Carron mit der angeborenen Überheblichkeit. «Ich hatte mal einen Mandanten in der Nähe.» Er betrat den Eingangsbereich und reichte Max eine Kiste mit sechs Weinflaschen, während er ihm schmunzelnd zuzwinkerte. Offenbar lag ihm viel daran, dass ihr beider Geheimnis auch in Zukunft unter Verschluss blieb. Anders vermochte Max dieses grosszügige Geschenk nicht zu interpretieren. Er besah sich die Etiketten. Ein «Carruades de Lafite», Jahrgang 2016. Geschätzter Wert pro Flasche: vierhundert Schweizerfranken. War bei Carron der Wohlstand explodiert?

«Du erinnerst dich an unsere Männerabende», schmeichelte Carron. «Bordeaux vom Feinsten aus dem Haus Château Lafite Rothschild, dazu eine echte ‹Yamasá›.»

Angeber! «Eine Davidoff-Zigarre.» Max winkte ab. «Lang ist es her. Und wie ich sehe, schöpfst du auch heute aus dem Vollen.»

Carron grinste wider Erwarten und deutete auf seinen Bauch. «Wenn du meine Linie meinst, gebe ich dir recht. Zu viele Mandate und gut situierte Klienten, die einen zum Essen einladen.»

«Das ist der Stress», sagte Beverly.

Max wandte sich ihr zu.

Sie sah ihn eine Spur zu lange an. Erst auf den zweiten Blick erkannte Max ihre einstige Attraktivität wieder. Als er mit ihr zusammen gewesen war, hatte sie an Ausstrahlung alle übertroffen. Dass sie mit kaum zwanzig zur schönsten Frau der Schweiz gekürt worden war, hatte seinen Grund gehabt. Sie war nicht nur schön, auch witzig und schlagfertig gewesen und hatte mit ihrem Charme die Konkurrentinnen ausgestochen. Max hatte sie an einer Veranstaltung auf dem Messegelände in Zürich-Oerlikon kennengelernt, wo sie für die Automarke Ford warb. Er war von ihr schwer beeindruckt gewesen, dass sie sich nicht wie andere Frauen lasziv an die Autos gelehnt hatte, sondern der Presse Rede und Antwort stand und bewies, dass in ihrem schönen Köpfchen Intelligenz steckte. Den Minirock hatte sie gegen eine ölverschmierte Latzhose eingetauscht, die High Heels gegen klobige Lederstiefel. Was ihren Sex-Appeal doppelt unterstrich.

Beverly drückte Max drei Küsse auf die Wangen. Dabei streifte ihn der Duft eines blumigen Parfums, welches Erinnerungen an ihre gemeinsame Zeit wachrief. Hatte Beverly absichtlich die gleiche Duftnote verwendet wie damals? Sie war schon immer ein durchtriebenes Frauenzimmer gewesen.

«Er frisst alles in sich hinein.»

Oder er isst dir das Futter weg, dachte Max, wenn er sich ihre Figur vor Augen führte. Sie war so mager, dass es ihn abstiess.

Fedes Auftritt hinderte Max daran, seine Aufmerksamkeit weiter Beverly zu widmen.

Die Frauen standen sich gegenüber. Fede grüsste gelassen, wohingegen Beverly ihre typische Geste einnahm, wenn sie verlegen war. Sie strich sich ihre blonden Haare aus dem Gesicht und zog die Stirn kraus. Wie früher.

«Hi, ich bin Federica. Freunde nennen mich Fede. Willkommen bei uns.» Mit dem letzten Satz markierte Fede ihre Position, als spürte sie, die um einiges jüngere Beverly könnte ihr gefährlich werden. Sie übernahm einen Bund weisser Lilien mit den Worten «danke» und «wie reizend», wusste augenscheinlich nicht, was sie mit den Blumen sollte, und brachte sie schliesslich in die Küche, wo sie sie fast lieblos in eine Vase stellte. Max wusste, wie wenig Fede den Schnickschnack mochte. Schnittblumen gehörten in dieselbe Kategorie.

Carron und Beverly betraten den Ess-Wohn-Bereich und fanden der Worte des Entzückens nicht genug. Beverly schritt zielstrebig auf ein Fliegermodell zu. «Die hast du noch immer? Die Remos GX. Ich durfte im Original mitfliegen.»

Fede, im Begriff, vier Burgunderkelche auf den Salontisch zu stellen, warf Max einen fragenden Blick zu. «Habe ich etwas verpasst?»

Beverly wandte sich nach Max um. «Hast du es ihr nicht gesagt?»

«Natürlich habe ich es ihr gesagt. Wir haben keine Geheimnisse voreinander.» Max ging in die Küche und holte den Champagner aus dem Kühlschrank. Er ertrug es nicht, Beverly in die Augen sehen zu müssen, und hoffte, Fede würde keine Szene machen. Aber er kannte sie zu gut, als dass sie sich auf Beverlys Anspielungen einliess. Sie hatte ihren Stolz.

Carron war ihm gefolgt. «Deine Einladung hat sicher einen Grund, oder? Wir sind nicht hier, damit Beverly deine Freundin zur Schnecke macht. Oder glaubst du, du könntest mich mit dem, was du über mich weisst, erpressen?»

«Schätzt du mich so ein?»

«Ehrlich gesagt, nein. Ein Restzweifel bleibt, da du gleich zwei Trümpfe gegen mich in der Hand hast.»

«Was ist der zweite Trumpf?», fragte Max, nicht sicher, wohinaus Carron wollte.

«Dass Beverly meine Frau ist, war ihr eigener Entscheid.»

Max winkte ab. Er war sogar froh darüber, war diese Beziehung auseinandergegangen. Er hätte Fede sonst nicht kennengelernt. «Es hat wohl alles seine Richtigkeit, was dieses Thema betrifft.» Er liess zwei Sekunden verstreichen. «Ich brauche Informationen über Merlinde Vonlanthen. Wie war das damals mit dem Verkauf der Firma?»

«Enttäuschend.» Carron nahm Max die Champagnerflasche aus der Hand. Er riss die Schutzhülle weg und entkorkte sie. «Ich hatte damals einen zahlungskräftigen Anwärter aus derselben Branche wie Gregory. Er hatte einen Preisvorschlag unterbreitet, der verhandelbar gewesen wäre. Ich brauchte nur noch das Gespräch mit Gregory. Doch dann kam alles anders.»

«Vonlanthens Hirnschlag.»

«Wir kamen nicht dazu, miteinander zu sprechen. Mein Mandant krebste daraufhin zurück. Ich habe ihn nie mehr gesehen. Merlinde wollte später, nach Gregorys Tod, die Firma möglichst schnell abstossen. Unter allen Bedingungen und unter jedem Hund. Ich habe dadurch eine Summe im sechsstelligen oberen Bereich verloren. Meine Interventionen wegen des Vertrags gerieten Merlinde in den falschen Hals. Sie warf mich hochkant aus dem Geschäft.»

Max ging Richtung Wohnzimmer, wo es sich die Frauen auf der Sitzlandschaft gemütlich gemacht hatten. Die angespannte Stimmung zwischen den beiden schien sich aufgelöst zu haben. «Verstehe ich richtig, dass du Merlinde Vonlanthen nach dem Überfall auf sie nicht vertreten hast?»

«Nein. Ich weiss nicht einmal, ob sie einen juristischen Beistand hatte. Sie ist eigen geworden, das habe ich von verschiedenen Seiten gehört.» Carron füllte die bereitgestellten Gläser, nicht ohne vorher zu fragen, ob diese für den Schaumwein gedacht waren. «Noch bevor Gregory starb, war Merlinde gesundheitlich schwer angeschlagen. Eine Zeit lang lebte sie mit ihrem Mann unter dem gleichen Dach, aber nicht in der Villa ‹Kahului›, sondern in der ‹Seeresidenz Nina Rosso›. Er hatte dort ein Zimmer, sie eine Suite.»

«Sie wollte ihre Villa nicht veräussern?»

«Soviel ich weiss, steht sie unter Denkmalschutz. Na ja, ich weiss nicht, was daran schützenswert sein soll. Du hast die Villa sicher auch gesehen. Am besten würde man sie abreissen und zwei neue Häuser auf die Doppelparzelle stellen.»

Max sah die Villa vor sich. Gepflegt sah anders aus. Doch die Vernachlässigung des Anwesens schrieb er Merlinde Vonlanthens Beeinträchtigung zu. Offenbar hatte sie kein Bedürfnis, Villa und Umgebung in Schuss zu halten.

«Jetzt hockt sie auf dem Haus und dem Umschwung. Irgendeinmal werden ihre finanziellen Ressourcen erschöpft sein.»

Was Max sich schwer vorstellen konnte.

«Es war ein Grund, weshalb sie die Seeresidenz wieder verlassen hatte. Sie war ihr offenbar zu teuer.»

«Du kennst die Umstände? Ich dachte, du hast keinen Kontakt mehr zu ihr.»

«Die Cervelat-Prominenz redet darüber. Ich höre dies und das.»

Max sah ihn skeptisch an. «Was weisst du über den Tennis-Clan von Dan McCorley?» Er rechnete nicht mit einer positiven Antwort. Wie er es verstand, war Carron nicht mehr in Merlinde Vonlanthens Einflussbereich gewesen, als das mit dem Raub und dem Übergriff passierte.

«Ich habe Dan am letzten Fest der Vonlanthens kennengelernt. Charismatisch, von sich selbst sehr eingenommen. Er war auch anwesend.»

«Seine ganze Familie?»

«Nein, nur Dan und sein Masseur … Glen, oder wie der hiess.»

«Glen Kelly», half Max nach. «Er war der, den Merlinde Vonlanthen angeblich umgebracht haben soll.»

«Habe ich auch so gehört.» Carron widmete sich den Frauen, reichte ihnen die Gläser, während er eine Bemerkung aufgrund der Kelche fallen liess. «Ich mute Merlinde viel zu, aber dass sie jemanden umbringt, scheint mir an den Haaren herbeigezogen zu sein. Zudem in ihrem Zustand.»

«Es ist keine grosse Kunst, Schlaftabletten in ein Getränk zu mischen, auch mit einer körperlichen Beeinträchtigung», provozierte Max. Er hatte Merlinde Vonlanthen anders kennengelernt. Trotz ihres Gebrechens war sie eine resolute Frau. Und Angst schien für sie ein Fremdwort zu sein, was auch die Tatsache bewies, dass sie nach dem ersten Übergriff auf sie furchtlos eine neue Kreuzfahrt gebucht hatte.

«Sie kam auf Kaution wieder frei», sagte Carron.

«Weisst du, wer die bezahlt hat?»

«Ich habe keinen blassen Schimmer.»

Max setzte sich auf den einzigen Sessel im Raum. «Gemäss Internet warst *du* der Anwalt, der sie aus der misslichen Situation gerettet hatte. Warum verleugnest du dies?»

Carron nahm einen grossen Schluck Champagner.

«Wir haben noch nicht angestossen», rief Beverly und schlug ihre Beine übereinander.

«Oh, sorry.» Carron hob das Glas. «Es war das einzige Mal, dass ich ihr nach dem Rausschmiss zur Seite stand. Sie hatte niemanden, bekniete mich fast, damit ich sie vertrete. Ein Pflichtverteidiger kam für sie nie in Frage. Sie beteuerte ihre Unschuld. Ich musste ihr glauben. Die Kaution stammte von mir.»

Carrons Lügen waren keine gute Voraussetzung für ein ehrliches Gespräch. Warum hatte er ihm das zuerst verheimlicht? «Hast du sie an der Gerichtsverhandlung vertreten?»

«So weit kam es nicht. Der Fall ist bislang noch immer hängig. Aufgrund mangelhafter Beweislage.»

«Und Merlinde Vonlanthen unschuldig.»

«Es besteht nach wie vor keine Fluchtgefahr.» Carron tönte nicht sehr überzeugt.

«Sie reist um die ganze Welt. Sie könnte überall untertauchen.»

«Das tut sie bestimmt nicht. Sie hängt an ihren Dingen ... an ihrer Villa, dem Schmuck, den teuren Kleidern, Taschen und Schuhen. Auch wenn sie sie nicht mehr trägt, bleiben sie Bestandteil ihres Lebens. Sie vertrat die Ansicht, dass wir in absehbarer Zeit froh um solche Besitztümer sein würden, falls die Wirtschaft endgültig am Boden zerschellt. Trotz ihres frohen Gemüts zeichnet sie gern schwarz.»

«Wollen wir uns an den Esstisch setzen?» Fede, die sich in einem moderaten Ton mit Beverly unterhalten hatte, erhob sich. Ihr knielanges Sommerkleid rauschte. «Darf ich zur Edelpizza einladen? Pizza Quattro Stagioni. Selbst gekauft.» Sie lachte in die Runde. Niemand schien ihren Scherz zu verstehen.

Max war nicht zufrieden. Er wechselte ebenfalls vom Sessel zum Esstisch. Beverly streifte wie zufällig seinen Arm. Wider Erwarten reagierte Max wie elektrisiert auf diese Berührung. Er lenkte sich ab, indem er sich neben Carron setzte. «Ich brauche alles, was du über Glen Kelly weisst.»

«Er ist tot.»

«Fernand, verdammt!» Max klopfte auf den Tisch, was ein schepperndes Geräusch verursachte. «Du hast nichts begriffen. Ich muss erfahren, ob es Selbstmord oder Mord war. Ich bin sicher, der Ursprung allen Übels ist dort zu finden.»

«Okay. Okay.» Carron warf seine Arme hinter den Kopf. «Vielleicht hilft dir das: Merlinde hatte Glen und die Pflegerin Liliane, die sie auf dem Kreuzfahrtschiff begleiteten, über eine Agentur gebucht. Dass Glen aus dem McCorley-Clan stammte, erfuhr sie erst später.»

«Wie heisst die Agentur?» Max bemerkte, dass alle Augen auf ihn gerichtet waren. «Was?»

«Guten Appetit», sagte Fede. Sie schnitt ihre Pizza in acht gleich grosse Teile. «Lasst sie euch munden. Ich will damit sagen, dass euer Gespräch warten kann.»

Max verlor einen Moment lang den Faden. Das Pizzaessen hatte nur einen Grund. Carron möglichst viele Informationen zu entlocken. Das hatte er vorab mit Fede besprochen. Wenn er ihn zudem mit Wein köderte, konnte Max mit einem guten Resultat rechnen. Carron hatte schon früher gern ins Glas geschaut. «Der Name der Agentur?»

«Es ist ein erweiterter Begleitservice, der nicht nur Begleitpersonal, sondern auch Pflegefachkräfte stellt. Im oberen Preissegment, eine noble Agentur.»

«Also kam auch Liliane von dieser Agentur?»

«Liliane Lehner. Sie ist Deutsche und ausgebildete Krankenpflegerin. Zurzeit weiss niemand, wo sie sich aufhält. Ich vermute, sie hat ihren Anteil eingezogen und ist verschwunden.»

«Warum hast du vorhin abgestritten, etwas über Glen und Liliane zu wissen?»

«Das hat persönliche Gründe. Ich wollte nichts mehr mit diesem Fall zu tun haben.»

«Weil er für dich zu gefährlich würde?» Max biss von einem Pizzadreieck ab. «Könnte es dir schaden?»

Carron wandte den Blick ab. «Du wolltest den Namen der Agentur.»

Max nahm sein Smartphone zur Hand und wischte über das Display. Er öffnete «Safari».

«Es ist die Agentur Sanason», sagte Carron.

Max gab den Namen ein. Die Website öffnete sich. «Sie wirbt mit dem Slogan ‹Weder Alter noch Krankheit sind Grund, um nicht zu reisen›.»

Carron lehnte sich zurück und verschränkte die Arme. «Ein passendes Motto. Wer fühlt sich da nicht angesprochen, wenn er aus seinem tristen Leben ausbrechen möchte?»

«Ich gebe zu, dass dieses Konzept aufgeht. Nur frage ich mich, ob es diese Agentur noch gibt, nachdem bekannt wurde, was auf dem Kreuzfahrtschiff geschehen war.»

«Der Inhaber beteuerte natürlich, dass er damit nichts zu tun hatte. Er schickte sogar seine Stellvertretung mit einem Blumenstrauss bei Merlinde vorbei.»

«Mit einem Blumenstrauss zur Wiedergutmachung?» Fede mischte sich ein. «Wirkt etwas billig.»

Carron glotzte sie an. «Mir ist bekannt, dass es diese Agentur noch nicht so lange gibt.»

«Ist sie im Handelsregister eingetragen?», wollte Max wissen und suchte nach dem entsprechenden Vermerk. «Sie wurde Anfang 2020 gegründet. Ein sehr junges Unternehmen. Mich würde interessieren, wie viel Kundschaft sie in den zwei letzten Jahren hatte. Und ja, sie existiert nach wie vor.»

«Steht auch, von wem sie gegründet wurde?», fragte Fede.

«Luc Holm. Es ist eine Gesellschaft mit beschränkter Haftung.» Carron liess sein Handy aufblitzen. «Sanason GmbH.»

«Bist du dem nachgegangen?», fragte Max.

«Nicht so, wie ich es hätte tun müssen.» Carron benahm sich ein wenig seltsam. Er sah überallhin, nur nicht in Max' Augen. «Mich interessierte lediglich, wie ich Merlinde aus ihrem Dilemma befreien konnte. Noch einmal: Es gab keine wesentlichen Beweise ausser denen, dass Glen Kelly in ihrem Haus und mit ihren Schlaftabletten umgekommen war. Nachdem die DNA von Merlinde ausgeschlossen werden konnte, blieben jedoch einzig Spuren des Opfers zurück.»

«Von den Hausangestellten oder ihrem verstorbenen Mann oder Gästen gab es keine Spuren?» Max griff nach dem Glas.

«Das verdankten wir der Reinigungskraft, die jeden Tag gründlich putzte und desinfizierte.»

«Oder ein Dritter hat seine eigenen Fingerabdrücke beseitigt, oder er trug Handschuhe. Wann geschah der … Mord?»

«Am Abend des siebzehnten April.»

Max vermochte einiges nicht nachzuvollziehen. «Warum Glen Kelly?»

«Er war dabei, als Merlinde im Februar auf dem Kreuzfahrtschiff überfallen wurde.»

«Und erdreistet sich, Frau Vonlanthen danach zu besuchen? Seltsam.» Diese Situation wollte nicht in Max' Kopf. «Wenn ich jemanden überfalle, dann suche ich doch das Weite und komme nicht ins Haus des Opfers.»

«Gier kann tödlich enden», sagte Beverly. Sie hatte kaum einen Viertel der Pizza gegessen. «Sechzigtausend Franken verschwanden auf dem Schiff, zusammen mit dem Schmuck. Es reichte wohl nicht. Kelly besass einen Schlüssel. Und so, wie ich Merlinde Vonlanthen einschätze, wollte sie sich auf keinen Fall eine Blösse geben. Zu dumm, dass sie ihr Geld cash mitgenommen hat. Auf eine solche Idee konnte auch nur Merlinde Vonlanthen kommen. Die Polizei war erst auf dieses Verbrechen aufmerksam geworden, als sie wegen Glen Kelly ausrücken musste.»

«Richtig», sagte Carron. «Merlinde hatte die Tat selbst gemeldet. Bei den verschiedenen Befragungen kam die ganze Tragödie ans Licht.»

«Dadurch hat sie sich selbst das Grab geschaufelt.» Max sah Beverly eindringlich an. «Wie ich heraushöre, hast du Frau Vonlanthen gut gekannt.»

«Das ist übertrieben. Ich sah sie ein einziges Mal in meinem Leben. Aber ich erinnere mich an diesen Sommerabend, als ihr Mann Gregory auf der Aussentreppe ihrer Villa zusammenbrach. Sie hat sich gegenüber dem Hausarzt Dr. Claus unmöglich benommen.»

«Inwiefern?»

«Sie hatte ihn, nachdem man Gregory mit der Ambulanz abgeholt hatte, vor allen Gästen blossgestellt und ihm ins Gesicht geworfen, dass *er* schuld sei und er dafür büssen müsse.»

Drei Jahre, fünf Monate und sechs Tage bis zum Mord

Professor Bernstein hatte den Arztkittel abgelegt. Darunter kamen eine dunkelgraue Hose und ein hellblaues Hemd zum Vorschein. Er sah nicht sehr glücklich aus, und Merlinde glaubte, in seinen müden Augen etwas zu lesen, das mit keiner guten Botschaft zu tun hatte. In den letzten Wochen hatte sie gelernt, die Körpersprache des Personals der «Seeresidenz Nina Rosso» zu studieren. Auch diejenige der Ärzte.

«Sie schweigen?» Merlinde liess ihn nicht aus den Augen. Bernstein war ein routinierter Arzt, seit zwanzig Jahren in der Seeresidenz tätig. Der irdische Gott in Weiss, der Wächter der Himmelspforte, denn, wer einmal bei ihm gelandet war, wusste, hier war Endstation. Es gab kein Ticket zurück.

Offenbar fiel es ihm schwer, die richtigen Worte zu finden. «Ihr Mann, Frau Vonlanthen … hat einen zweiten Schlaganfall erlitten. Leider sieht es nicht gut aus.»

Die Wucht des Gesagten erreichte verzögert Merlindes Bewusstsein. «Aber das kann nicht sein. Er ist doch in guten Händen. Wie ist das möglich?»

Erst noch war Professor Bernstein zuversichtlich gewesen. Ein Lichtstrahl im Dunkel der Diagnose. An diesem hatte sich Merlinde festgehalten. Er gab ihr Kraft und bestärkte sie in der Hoffnung, dass zwar nicht alles, so doch einiges wieder so würde wie vorher. Gregory hatte sich von der ersten Apoplexie erholt. Er konnte wieder sprechen, wenn auch langsam, und beim Gehen hatte er Fortschritte gemacht mit Hilfe seines Therapeuten und Merlindes täglichen guten Zusprüchen.

Professor Bernstein nahm sie am Arm. Sie wollte nicht, dass er sie anfasste. Er roch nach einem penetranten Rasierwasser, das seine Körperausdünstung wie ein Nebel zu umfassen schien und doch nicht vollkommen vernichtete. Sie richtete beide Hände abwehrend gegen ihn. In den letzten Monaten war sie dem Arzt stets ausgewichen. Wie konnte einer allein so streng riechen?

«Sie haben doch eine Patientenverfügung.» Professor Bernstein liess sie nicht aus den Augen, lächelte sogar, als hätte die Nachricht an ihrer Tragik verloren.

«Was heisst das?» Merlinde fand diese Aussage unverschämt. Und hätte er Blumen in ihre Hand gedrückt, sie hätte ihre Meinung nicht geändert. Sie fand den Mann widerlich.

«Wir entdeckten eine Hinweiskarte im Portemonnaie Ihres Mannes.»

«Die hat er in seinem Portemonnaie?» Merlinde erinnerte sich nicht daran, Gregory die Karte ausgehändigt zu haben. Er hatte sie sicher selbst eingesteckt, in einer Zeit, in der sein Kopf hell war. Wie viele Monate und Wochen lag das zurück?

«Ihr Mann ist jetzt auf der Intensivstation des Universitätsspitals. Meine Kollegen warten auf entsprechende Anweisungen.»

«Anweisungen. Was für Anweisungen?»

«Dazu wäre die Patientenverfügung sehr hilfreich. Sie erlaubt den Ärzten, gemäss dem Willen des Patienten zu handeln, und wird Sie, Frau Vonlanthen, entlasten.»

Sie kannte Gregorys Letzten Willen. Trotzdem wollte sie nicht darauf eingehen. «Heisst es, wenn diese Verfügung nicht gefunden wird, müsste ich mich entscheiden, meinen Mann von den lebenserhaltenden Massnahmen zu befreien, oder was? Sie würden ihn dann von der Herz-Lungen-Maschine wegnehmen?» Sie geriet ins Stottern.

«Die Patientenverfügung würde uns helfen», wich der Arzt aus.

«Ich weiss nicht, wo diese Patientenverfügung ist. Im Safe vielleicht?», fragte sich Merlinde selbst. Sie erinnerte sich, wie sie zusammen im Garten unter der Trauerweide gesessen hatten, damals, als alles seinen gewohnten Lauf nahm. Sie hatte Gregory ausgelacht, als er mit den Formularen auftauchte und sie bat, mit ihm ernsthaft über die Zukunft zu sprechen. Über eine Zukunft, die möglicherweise nicht nach ihrem Gusto verlaufen könnte. Dass sie krank würden, vielleicht dement und nicht mehr fähig,

allein zu entscheiden. Dass es besser wäre, sie würden es vorher regeln, solange sie noch konnten. Er war zehn Jahre älter als sie, hatte dennoch weise vorausgesehen. Oder gerade deshalb.

«Wir doch nicht», hatte sie gesagt. Es war der Moment gewesen, in dem sie sich dem Alter stellen mussten, mit all seinen Folgen. Sie hatte nie in Erwägung gezogen, sich einmal damit befassen zu müssen. Damals war sie neunundfünfzig gewesen. Eine unmögliche Vorstellung, über Patientenverfügungen zu sprechen und welche Konsequenzen sie nach sich zogen. Sie glaubte an ein Karma und dass das Ende vorgesehen war – das Wie und das Wann. «Ich will hundert Jahre alt mit dir werden.» Doch sie hatte sich Sorgen gemacht. Nicht um sich selbst. Sie war gesund und munter, machte täglich ihre Yogalektionen und ging regelmässig spazieren. Gregory dagegen war übergewichtig, hatte ausser seinen Atemübungen nichts für die Gesundheit getan. Die vielen Einladungen zum Essen hatten Spuren hinterlassen, die nicht von einem auf den andern Tag verschwanden. Zudem hatte er geraucht. «Der Alkohol schwemmt das Nikotin aus den Adern» war sein Standardsatz gewesen, wenn sie ihn auf die Unverhältnismässigkeit ansprach.

Sie hatten über drei Stunden zusammengesessen und zwei Flaschen Champagner geleert, hatten gestritten und sich wieder versöhnt. Eine Woche später war die Patientenverfügung von ihrem Anwalt Fernand Carron abgesegnet und beglaubigt worden. Merlinde hatte sich von ihrem Mann überzeugen lassen, dass es die richtige Lösung war.

«Rufen Sie Ihren Anwalt an. Er wird die Kopie davon in seinen Unterlagen haben.» Professor Bernstein hinterliess den Eindruck, in Eile zu sein. Schweisstropfen hatten sich auf seiner Stirn gebildet und rutschten Richtung Nase wie Regentropfen an einer Fensterscheibe. Merlinde hatte ihn nie zuvor so nervös erlebt. «Wir müssen ihn sonst operieren.»

«Mein Anwalt ist in den Ferien. Es ist unmöglich, ihn zu erreichen.» Dieser Carron hatte die Frechheit gehabt, einen Tag nach der offiziellen Scheidung von seiner zweiten Frau mit einer ehemaligen Miss Schweiz in die Karibik zu fliegen. Merlinde

hatte das Mädchen an der Sommernachtsparty kurz gesehen, bevor sie das Fest abbrechen musste. Beverly irgendwas. Sie war der Grund, weshalb sich Carron verleugnen liess. «Keine Anrufe», hatte er gesagt. «Wenn's brennt, wende dich an meinen Stellvertreter.» Mit diesem Substitut konnte Merlinde nichts anfangen. Er war ihr eindeutig zu jung und zu arrogant und hatte Mundgeruch.

Wie in Trance sah sie zu, wie Professor Bernstein eine Nummer auf seinem Handy eintippte und später ein paar medizinische Begriffe verlautbarte. Von «Anamnese» und «kardiovaskuläres Ereignis» war die Rede. Wörter, die Merlinde schnell vergass. Sie würde nicht einmal nach den Ausdrücken fragen können, geschweige denn, was sie bedeuteten.

Professor Bernstein liess das Smartphone in seiner Hosentasche verschwinden. «Man hat Ihren Mann sediert.»

«In ein künstliches Koma gesetzt?» Merlinde schluckte ergriffen. Ihr Hals wurde eng. «Das heisst, dass er möglicherweise nie mehr daraus erwacht?» Eine schwierige Vorstellung. Merlinde unterdrückte die Tränen. So hatte sie es sich nicht vorgestellt. Nein, Gregory durfte nicht sterben. Sie wollte bei ihm sein, wenn er den letzten Weg ging, seine Hand halten, mit ihm Erinnerungen teilen. Er würde sie hören, auch wenn sein Gehirn beeinträchtigt war. «Operieren Sie ihn», sagte sie völlig traumatisiert. «Lassen Sie den besten Neurochirurgen kommen. Geld spielt keine Rolle.»

SECHS

Fede warf die Nidwaldner Zeitung auf den Küchentisch. Sie war auf der zweitletzten Seite aufgeschlagen. «Sieh dir das an.»

Max widmete sich seinem Kaffee. Gedankenverloren rührte er mit dem Löffel in der Tasse, schob den Milchschaum im Kreis herum. Der gestrige Abend hatte länger gedauert als erwartet. Aus dem Pizzaessen war eine Tiramisù-Orgie geworden, an der sich allerdings nur Carron und Max beteiligten. Dazu hatte es Nusswasser – ein Schnaps vom nachbarlichen Hof – gegeben. Das Resultat: Max hatte Kopfweh. Er erinnerte sich nicht, in der Vergangenheit einen solch stechenden Schmerz gespürt zu haben. Er hatte bereits zwei Alka-Seltzer eingenommen. Selbst schuld. Beverly war ihm zu nahe gekommen. Als Fede und Carron das Esszimmer kurz verlassen hatten, ging Beverly Max an die Wäsche. «Komm schon, nur ein Kuss. Niemand kann besser küssen als du», hatte sie ihm geschmeichelt und ihre Zunge spielerisch über seine Lippen fahren lassen. Hätte er den Mund geöffnet und sich ihren Avancen nicht widersetzt, wäre es um ihn geschehen gewesen. Von Neuem. Dabei hatte er mit ihr längst abgeschlossen. Dieses Luder wusste genau, wo bei ihm der wunde Punkt lag. Nur mit Beverly hatte er einen Kussmarathon nach dem andern ausgelebt.

Im fast gleichen Atemzug hatte sie gefragt, ob er wisse, dass sich Schauspieler nie mit der Zunge küssten. «Die hätten da sonst ein Problem.» Beverly hatte ihren Körper an seinen gedrängt. Max war es vorgekommen, als hätte er ein Skelett befühlt. Er hatte sich dabei ertappt, wie leid sie ihm plötzlich tat.

«Da verkauft jemand Schmuck aus einem Nachlass.» Fede musste ihn eine ganze Weile angesehen haben, bevor sie ihn aus seinen abstrusen Gedanken riss. Zwischen ihren Augen entstand eine steile Falte. «Sag mal, rede ich gerade mit der Luft?»

«Ja und?»

«Es ist im Zeitungsteil publiziert, der auch in den Kantonen

Obwalden, Zug, Luzern, Schwyz und Uri sowie im Freiamt gelesen wird.» Sie hob die Augenbrauen. «Geht es dir gut?»

Max winkte ab. Fehlte noch, dass sie auf Beverly zu sprechen kamen. Ihr musste auch aufgefallen sein, wie Beverly an seinen Lippen gehangen hatte. «Damit wird wohl ein grosser Leserkreis angesprochen.» Das Wesentliche, was er hatte mit Carron besprechen wollen, war nicht richtig zur Sprache gekommen.

«Ich werde dort mal anrufen.»

«Seit wann interessierst du dich für Schmuck?»

«Ich habe bloss an diesem besonderen Schmuck Interesse. Es handelt sich dabei um zwei Ringe, die auf der Liste von Merlinde Vonlanthen erscheinen. Einer ist aus achtzehn Karat Gold mit einem blauen Saphir. Wert: zwanzigtausend Schweizerfranken. Dann ein Ring aus Platin mit einem Diamanten und kleinen Seitensteinen. Wert: fast sechzigtausend Schweizerfranken. Ist doch sonderbar, werden solche Schmuckstücke über eine Regionalzeitung angeboten.»

«Bist du sicher, dass es ein Teil der gestohlenen Preziosen ist?»

Fede schenkte sich Kaffee und Milch ein. «Das werde ich herausfinden, indem ich den Verkäufer anrufe.» Sie beugte sich über den Tisch und schnappte sich ein Brötchen aus dem Korb, welcher wie jeden Morgen zusammen mit Butter, Konfitüre, Kaffee und frischer Milch bereitstand – ob im Drachenried oder bei Max in Hergiswil. «Der Anbieter hat seine Handynummer publiziert.»

«Und könnte dich zurückverfolgen, wenn er deine Nummer sieht.»

«Chrigi leiht mir seins aus.» Fede setzte sich endlich. «Diese Möglichkeit habe ich bereits in Erwägung gezogen.» Sie blinzelte ihn an, als würde sie von etwas geblendet. «Was hast du heute vor?»

«Ich fahre nach Gstaad. Gestern nahm ich Kontakt zu der Ex-Freundin von Tennisstar Dan McCorley auf. Wir haben uns heute um halb zwei verabredet.»

«Du gehst offensichtlich durch die Hintertür.» Fede bestrich ihr Brötchen satt mit Butter und Konfitüre, ohne ihren Blick zu heben.

«Was meinst du damit?» Eine dumme Angewohnheit von Fede, mit kryptischen Bemerkungen Fakten zu zerlegen. Max war oft gezwungen, lange Erklärungen abzugeben.

«Warum kannst du nicht einfach telefonieren? So vergeht wertvolle Zeit.» Sie schob ein Stück Brot in den Mund. «Du hast von Carron mehr erwartet, oder? Was versprichst du dir von Gstaad?», fragte sie kauend.

«Endlich einen roten Faden zu finden.»

«Das ist weit hergeholt.»

«Vielleicht gleich weit wie deine Idee mit den Schmuckstücken.» Max wollte es nicht auf sich beruhen lassen. In letzter Zeit kam es öfter vor, dass Fede seine Vorgehensweisen in Frage stellte und gleichzeitig ihn mit ähnlichen Rundumschlägen vor den Kopf stiess.

«Okay, ich sehe, mit dir lässt sich nicht diskutieren.»

Max hätte mit ihr eine Wette eingehen können, dass diese Äusserung fiel. «Wir haben wie immer kein Konzept.» Max wollte es nicht zur Sprache bringen. Aber er hatte das Gefühl, dass jeder gerade machte, wie er wollte. Er selbst sah sich als Leader der Agentur. Fede hatte ihn lange Zeit links liegen lassen und, im Gegensatz zu ihm, kaum mehr an einen Erfolg geglaubt. Entweder alles oder nichts, war Max' Leitfaden. Natürlich hatte er Zweifel gehabt. Die Detektei war nicht so gut gelaufen, wie er es sich bei ihrer Gründung vorgestellt hatte. Man hatte nicht auf ihn gewartet. Die Konkurrenz war gross. Aber anders als Fede hatte er sich darum bemüht, etwas aus der Detektei zu machen. Max arbeitete oft an den Wochenenden, stand sich in Einfamilienhausquartieren die Beine in den Bauch oder sass stundenlang im Auto, weil ein Auftraggeber sich bedroht fühlte. Seine alte Canon EOS hatte er erst kürzlich ersetzen müssen, weil sie verschwommene Bilder produzierte. Er überlegte sich, sein Büro von zu Hause auszuquartieren, weil er je länger, desto mehr Besucher hatte. Das ginge aber ins Geld.

«Soll ich dich begleiten?», fragte sie.

«Nach Gstaad?» Max hatte sich wohl verhört. «Wir teilen uns die Arbeit. Geh du diesem Schmuck nach.»

«Aber wir könnten uns doch ein verlängertes Wochenende gönnen, mit gut Essen und Trinken und Spa … so ein richtiges Verwöhnprogramm, von dem du ja immer so schwärmst.»

«Ein Luxuswochenende?» Max glaubte, Fede mache Witze mit ihm.

Wollte sie ihn provozieren? Es war nicht lange her, da hatte sie Einblicke in seine Buchhaltung genommen, sie, die sich nach der Gründung der Detektei nie gross darum gekümmert hatte. Max hatte sich im letzten Jahr nur den halben Lohn ausbezahlt. Der Fall in Davos hatte ihnen so gut wie nichts eingebracht. Ihre Ferien hatten sie ins Kamin schreiben müssen, und das Honorar war für das Logement und die vielen Spesen draufgegangen. Unter dem Strich war es kein gutes Geschäftsjahr gewesen.

«Es gibt dort auch Campingplätze.» Sie schmollte.

«Willst du mich veräppeln? Nie mehr mache ich nur einen Schritt auf einen Zeltplatz.» Die Erinnerung an die Manor-Farm am Thunersee jagte ihm einen kalten Schauer über den Rücken.

«Ich finde, du hast dich als Camper ganz gut gemacht. So locker, wie du warst …»

«Locker nennst du es?» Max fiel die Kinnlade hinunter. «Wenn ich mit dir schlief …» Er liess es dabei bewenden.

«Mir hat's gefallen. Bloss die Vorstellung daran …»

Max winkte ab. Warum musste Fede auch so exaltiert sein? «Ich fahre allein nach Gstaad.» Er brauchte jetzt Ruhe, die es ihm ermöglichte, besonnen an den Fall Vonlanthen heranzugehen. Und er brauchte Abstand von Fede. Vielleicht musste er nicht nur über die Bücher ihrer gemeinsamen Agentur gehen, auch die Beziehung zu Fede sollte neu überdacht werden. «Die Sache mit dem Schmuck ist gar nicht so abwegig. Ich unterstütze deine Idee.»

«Ist es dein letztes Wort?» Fede gab sich offensichtlich geschlagen.

«Ich werde *nicht* in Gstaad übernachten, wenn es dich beruhigt, und in der Nacht zurückfahren, versprochen.» Er hoffte, ihr damit den Wind aus den Segeln zu nehmen.

***

«Der Briefträger hat einen Brief für dich abgegeben.» Milagros legte das graue Couvert auf den Salontisch, an dem Merlinde seit einer gefühlten Stunde sass, völlig abwesend und in sich gekehrt. «Ich traf ihn, als ich vom Einkaufen zurückkam. Ich habe mir erlaubt, die Zustellung mit meiner Unterschrift zu quittieren.»

«Ein eingeschriebener Brief?» Merlindes Neugier war geweckt. Sie kehrte aus ihrer Lethargie zurück, die sie seit dem Vormittag gefangen hielt. Sie hatte kaum gesprochen, war in ihren Mikrokosmos abgetaucht.

Milagros stellte einen Papiersack voller Lebensmittel auf den Tisch. «Soll ich ihn öffnen?» Sie wollte nicht abstreiten, wie sehr der Inhalt dieses Schreibens sie interessierte. Der fehlenden Briefmarke und des Stempels wegen konnte es sich um etwas Amtliches handeln. Sie fuhr mit dem Finger in die Lasche, riss sie auf und holte ein weisses Blatt Papier hervor. Sie faltete es auseinander.

«Was ist es?»

«Vom Spital.»

«Der Abschlussbericht?» Merlinde seufzte tief. «Dann kann ich auch dieses Kapitel in meinem Leben abschliessen.»

«Es sieht eher nach einer Zwischenbilanz aus.» Milagros überflog die Zeilen. «Frau Dr. Wermelinger möchte dich sprechen. So, wie ich es verstehe, in Anwesenheit einer Polizistin.»

«Du hättest es niemals zulassen sollen, dass man mich untersucht.» Merlindes Stimme klang anklagend.

«Was hätte ich deiner Meinung nach tun sollen? Ich hatte keine andere Wahl, da mich die Angst um deinen gesundheitlichen Zustand umtrieb.» Es war nicht fair. Sie hatte ihre eigene Reise mit dem Kreuzfahrtschiff abgebrochen, wo sie sich doch seit Langem darauf gefreut hatte. Sie hätte Merlinde ihrem Schicksal überlassen können. Irgendwann hätte jemand vom

Bordpersonal sie gefunden und Alarm geschlagen. Milagros las das Datum, an dem das Gespräch stattfinden sollte. «Morgen um neun in der Uniklinik. Ich werde dich begleiten, sofern du es möchtest.»

«Ich wäre dir zu grossem Dank verpflichtet.»

«Bloss nicht so formell.» Milagros musste schmunzeln, obwohl ihr nicht danach war. In was hatte sie sich bloss hineinmanövriert? Anstatt am türkisfarbenen Mittelmeer zu lustwandeln, wie es heute auf dem Programm stand, und des Ausflugs auf den Ätna sass sie in dieser heruntergekommenen Villa, die ausser Tod und Verderben nichts ausstrahlte.

Im Flur ertönte die Glocke, quietschend wie ein rostiges Scharnier.

«Erwartest du jemanden?» Milagros blieb das Lächeln im Hals stecken. Sie spürte, wie ihr der Mund aufklaffte. «Der Briefträger war schon da.»

«Ist die Frage ernst gemeint?» Merlinde drehte den Rollstuhl in ihre Richtung. «Seit Anbeginn meiner Krankheit interessiert sich kein Schwein mehr für mich … mit Ausnahme von ein paar Leuten, die auf Almosen hoffen. Raluca kann es nicht sein, denn diese glaubt, ich sei auf einer Kreuzfahrt. Sie kommt erst in zehn Tagen wieder.» Aus Merlindes Stimme klang pure Bitterkeit.

Milagros war es nicht geheuer. Der Überfall auf Merlinde hatte auch sie arg gebeutelt, obwohl sie sich selbst als eine unerschrockene Frau sah. Es war dieses seltsame Gefühl, welches sich ihrer bemächtigte. Eine gruselige Vorahnung, dass Merlinde längst nicht aus der Gefahrenzone war. Ihre Villa lag zum Teil verborgen hinter einer hohen Buchsbaumhecke. Zwar existierte vor der Zufahrt zum Anwesen ein Tor. Wenn jemand einbrechen wollte, so würde es ihm jedoch ohne Weiteres gelingen.

Der Briefträger sowie Max waren auch bis vor die Eingangstür gelangt. Das schmiedeeiserne Tor war demnach nicht abgeschlossen. Milagros ging zum Fenster, von dem aus sie einen Blick zum Eingangsbereich hatte und nach weiter oben zur Privatstrasse. Nichts rührte sich. An den Oleanderstöcken, welche den Weg zwischen der Garage und dem Zugang zur

Villa abgrenzten, hingen verdorrte Blätter. Die einstigen Blüten waren geschrumpft. Vernachlässigt wie alles an diesem Ort.

Es läutete wieder.

«Willst du nicht öffnen?», fragte Merlinde.

Milagros wurde das ungute Gefühl nicht los. «Max meinte, wir sollten vorsichtig sein.»

«Vielleicht steht ja dein Sohn vor der Tür.» Merlinde bewegte den Rollstuhl in Milagros' Richtung.

«Er hätte mich vorab informiert.» Die letzte Mitteilung, die Milagros von Max bekommen hatte, lag eine halbe Stunde zurück. Darin schrieb er, dass er sich auf dem Weg nach Gstaad befinde. Er habe eine Frau gefunden, die mit Dan McCorley liiert gewesen war. «Sagt dir der Name McCorley etwas?», fragte sie beiläufig. Sie bemerkte, wie Merlinde in der Bewegung innehielt.

«Er war Gast an unserer letzten Gartenparty. Weltdritter beim Tennis. Ein spezieller Mensch, der einer einflussreichen irischen Familie entstammt. Ich hatte ihn auf Gregorys Wunsch eingeladen. Er meinte, dass junge Leute der alternden Elite guttäten. Er hatte in den letzten Tagen seines normalen Lebens oft so irrwitzige Ideen.»

«Müsste ich etwas wissen, was du mir bis anhin verheimlicht hast?»

Merlinde schwieg.

«Max reist nach Gstaad.»

«Was will er in Gstaad?» Endlich kam wieder Leben in Merlinde.

«Das würde ich gern von dir erfahren.»

Es läutete zum dritten Mal. Der Klang der Glocke scherbelte, tat in den Ohren weh.

Milagros schluckte die nächste Frage hinunter und ging auf leisen Sohlen ins Entrée. Vor der Tür lauerte Gefahr. Sie spürte es.

«Ich war mit Gregory oft in Gstaad», hörte sie Merlinde leise sagen, als hätte sie sich der angespannten Situation angepasst. «Gregory und ich verbrachen stets zwei Wochen über

Weihnachten und Neujahr in einer Penthouse-Suite im Hotel Palace. Später kauften wir uns eine Vierzimmerwohnung in einem Chalet und fuhren drei- bis viermal im Jahr ins Berner Oberland.»

Milagros hielt den Finger vor den Mund. «Scht, nicht so laut. Ich werde jetzt nachsehen, wer zu dir will.» Die Sicherheitstürkette war geschlossen. Milagros hatte sie vorhin eingerastet. Ein weiser Entscheid. Behutsam drehte sie den Schlüssel im Türschloss und zog darauf die Tür einen Spaltbreit auf.

Sie war auf alles gefasst gewesen, aber nicht auf das, was folgte. Es war, als würde die Tür aus den Angeln gehoben. Es gab ein hässliches Geräusch. Die Tür krachte auf, prallte gegen Milagros, traf sie am Kopf und schleuderte sie auf den Boden. Im Rücken vernahm sie Merlindes Schrei, der nichts Menschliches an sich hatte. Es war das Letzte, was sie bewusst hörte. Ihr Kopf schlug auf den Fliesen auf. Ein Blitz fuhr in sie hinein, eine Explosion, ein Feuersturm.

Dann war es vorbei, und Dunkelheit umfasste sie.

***

Als Max vor Saanen über die Kuppe und die letzte Kurve fuhr, konnte er die ersten Häuser von Gstaad erkennen, die sich wie Holzspielzeuge über die Landschaft verteilten. Dahinter ein schmaler Streifen Wald und das Hotel Palace, wie ein Märchenschloss hineingebettet. Die Türme schraubten sich in einen wolkenlosen Himmel. Im Hintergrund leuchteten die schneebedeckten Gipfel des Giferspitz und des Wistätthores.

Lange war es her, seit Max mit seinen Eltern hier Ferien verbracht hatte. Gstaad hatte damals zur «Tour-de-Suisse» gehört, die sein Vater jedes Jahr neu geplant hatte. «Lerne zuerst die Schweiz richtig kennen», war seine Ansicht gewesen, «bevor du die Welt bereist.» Was Milagros wiederum in den falschen Hals geraten war. Sie hatte auf ihre Heimat gepocht, auf ihr Herkunftsland Spanien, und dass diese Wurzeln genauso zum Allgemeinwissen zählten wie die kleine, facettenreiche Schweiz.

Um sie nicht zu vergraulen, waren sie im Frühling jeweils nach Valencia gereist. Ihr Stolz, Spanierin zu sein, hatte sie angetrieben, vor allem ihrem Sohn die modernen Errungenschaften einer aufstrebenden Stadt zu zeigen. Max war einzig die Erinnerung an die «Ciutat de les Arts i les Ciències» geblieben, diesen futuristischen Kunst- und Wissenschaftskomplex, umgeben von einem riesigen Aquarium.

Masha Flores wohnte im Dorfkern von Gstaad, unweit des Louwibachs und des Hotels Olden, in einem von drei ähnlichen Chalets, alle vermutlich vom gleichen Architekten geplant und umgesetzt. Eine verspielte Komponente war nicht zu übersehen. Die Häusergruppe umfasste eine Grünanlage, die mit einer Zeile von Tannen von den anderen Anwesen abgegrenzt war. Eine breite Zufahrt führte zum mittleren Haus. Auf den Fenstersimsen standen mit Geranien und Petunien bepflanzte Blumenkisten. Links und rechts zweigte je eine schmale Strasse ab und endete an Garagentoren, die eine ganze Hausseite einnahmen.

Max fuhr auf einen der Parkplätze, auf dem ein roter Ferrari stand. Die Gegend war mit jenen Klischees behaftet, die Max aus seinen Gedanken gestrichen hatte. Für ihn bedeutete Gstaad nicht zwangsläufig den Ort, wo sich die Prominenz aus Politik, Sport und Film traf. Er hatte das Dorf anders in Erinnerung. Rad fahren über die autofreien Plätze im Zentrum oder über die gewundenen Wege zum Louwene- oder Arnesee. Wandern durch wohlriechende Fichtenwälder, über steinige, mit Wurzeln überwachsene Wege, Hügel hinauf, Täler hinunter, eine Bahnfahrt auf den Berg. Abends über dem Feuer Cervelat bräteln, draussen am kleinen Fluss. Pfadfinderlieder, mit Gitarrentönen leise begleitet. Die Exotik von Kastagnetten, wenn Milagros ihrerseits zur Stimmung beitrug.

Die Gegend wirkte wie ausgestorben. Das entfernte Rauschen des Verkehrs oder des nahen Baches lag über allem, ein würziger Geruch nach Sommergras. Max stieg aus. Er war früh dran. Neugierig besah er sich die drei Chalets. An der Fassade des linksseitig gelegenen Hauses wies eine Tafel auf eine Einrichtung für hilfsbedürftige Kinder und Jugendliche hin. Max wandte sich dem rechtsseitigen Chalet zu. Es unterschied sich von den andern zwei Häusern, indem hier die Blumen vor den Fenstern fehlten. Beim Eingang stand ein überdimensioniertes Holzgebilde, das mit viel Phantasie auf zwei gekreuzte Tennisrackets schliessen liess. Über der Sonnerie stand der Name «McCorley».

Zufall? Wie erklärte es sich, dass Masha Flores direkt neben ihrem Ex-Freund lebte? Oder lag Max falsch? Er kehrte zurück zum Chalet in der Mitte. Er irrte sich nicht. Flores' Namensschild war angebracht, unter einem Herz aus Stein. Er drückte die Klingel. Das schwarze Auge einer Kamera schien ihn zu scannen. Max fühlte sich ausgestellt. Er bemühte sich um ein fröhliches Gesicht.

Der Türöffner summte. Max öffnete die verzierte Holztür und trat ein. Der Geruch nach Rosen empfing ihn und eine sympathische Stimme, die er vom Telefonanruf kannte.

Erschrocken bemerkte er, dass er im Entrée und somit unmittelbar in Masha Flores' Wohnung gelandet war. Er räusperte sich beschämt. Masha Flores sprang über die Treppe, das fein geschnittene Gesicht wirkte erfrischend im hellen Schein der Deckenlampe. Ein dunkles Augenpaar musterte ihn. Das Lächeln zog Max in seinen Bann. Klischee Nummer zwei: Gstaad brillierte mit schönen Frauen. Mit dieser Ansicht, die einst ein bekannter Regisseur verlautbart hatte, ging Max zumindest im Moment einig. Er hustete den Kloss in seinem Hals weg. Er nannte seinen Namen und wartete, bis Masha Flores auf seiner Höhe angekommen war.

«Willkommen in meinem Reich. Nicht jedermann kriegt Zutritt, oder er wird einer ausführlichen Inspektion unterzogen.»

«Was angesichts Ihrer Videokamera bereits vollzogen wurde.»

Dafür, dass sie gestern auf ein Bild von ihm beharrt hatte, gab sie sich unkompliziert und vertrauensselig.

«Masha Flores. Sehr erfreut. Ich habe Sie gleich wiedererkannt, als Sie Ihrem Ford Mustang entstiegen sind.» Sie hatte ihn schon bei seiner Ankunft beobachtet. «Was hatten Sie bei meinem Nachbarn zu suchen?» Masha Flores kehrte ihm den Rücken zu. «Folgen Sie mir und klären Sie mich auf.»

«Flores? Das klingt nach Spanien», wich er aus.

«Lateinamerika.» Sie sah zurück. «Mein Grossvater kam aus Mexiko, hat eine Schweizerin geheiratet. Ich selbst habe nie Spanisch gesprochen, was ich heute bereue. Und Sie?»

«Ich habe spanische Wurzeln, mütterlicherseits.» Max nahm zwei Stufen auf einmal. «Sie wohnen neben Ihrem Ex-Freund?»

«Ich kann es nicht ändern. Aber deshalb sind Sie nicht hier, oder irre ich mich?»

Als Max nichts darauf erwiderte, sagte sie: «Dan hat mir das Chalet abgekauft in einer Zeit, als wir noch zusammen waren. Heute bereue ich, dass ich seinem Wunsch entsprochen habe.»

So unbekümmert hatte Max sie sich nicht vorgestellt. Vielleicht brauchte er die Informationen, die er benötigte, nicht aus ihr herauszukitzeln. Im Gegenteil, sie würde sie ihm freiwillig geben.

Max gelangte in ein offenes Wohnzimmer. Helle Möbel dominierten: weisse Sofas aus Softleder, zwei Fauteuils aus demselben Material und ein Salontisch aus Granit, auf dem eine Glasvase stand, mit einem Bund verschiedener Alpenblumen. Vor dem Durchgang in eine grosszügig konzipierte Küche im historischen Stil bildete ein runder Esstisch mit vier Lehnstühlen den Mittelpunkt des Raums. An den Fenstern hingen weisse Draperien, mit beigen Schals locker zurückgebunden. Eine weibliche Note war spürbar.

«Mögen Sie ein Glas Wein?» Masha Flores ging zum Kühlschrank und öffnete ihn. «Ich habe eine Flasche Neuseeländer Weissen kalt gestellt, einen Sauvignon Blanc von den Marisco Vineyards.»

«Sie verstehen etwas von Wein?» Max kniff die Lippen aufeinander. Welch bescheuerte Frage. Ertappte er sich gerade dabei, dass er sich wie ein pubertierender Bengel benahm?

«Man muss nichts von Weinen verstehen, um deren Bouquet zu mögen.» Masha Flores holte zwei Weingläser aus dem

Schrank. «Ich arbeitete für Werbezwecke während zweier Wochen auf einem Weingut. Ich habe dabei alles Mögliche über Weine gelernt. Ich weiss jetzt über Maischen, Keltern und Schwefeln Bescheid. Somit dürfte Ihre nächste Frage auch beantwortet sein.» Sie drehte den Verschluss der Flasche und goss den Wein in die Gläser. «Ich war auch bei der Lese dabei. Am ersten Tag geht man nach der Arbeit vielleicht noch aufrecht, danach nicht mehr. Es ist sehr anstrengend.»

Was hatte sie vor? Max hatte die Frau zurückhaltender eingeschätzt. «Wein am helllichten Nachmittag? Ich sollte noch fahren.»

«Bitte, nehmen Sie auf einem der Sofas Platz. Dort lässt es sich bequemer reden.» Sie überging Max' Bedenken, balancierte die beiden Gläser auf einem Tablett, auf welches sie eine Schale mit gerösteten Pekannüssen gestellt hatte. Sie platzierte das Tablett auf dem Granittisch, nahm eines der Weingläser und reichte es Max. «Zum Wohl. Ich bin Masha.»

Sie hatte das Gespräch auf ihre Seite gezogen. Max überlegte, wie er beginnen sollte. «Max.» Er wich ihr mit dem Blick nicht aus. Dass sie mit ihm flirtete, sah ein Blinder. «Prost.»

Der Wein mundete ihm nicht wirklich. Er hatte die Neuseeländer noch nie gemocht. Aber das war Geschmacksache und kein Grund, darüber zu diskutieren. Es war ihm plötzlich peinlich, Masha in etwas hineinzuziehen, mit dem sie möglicherweise nichts zu tun hatte. Aber er sah sie als *die* Quelle, falls sie ihm über die Liaison mit Dan McCorley erzählte. Sie war mit einem McCorley zusammen gewesen. Und dies war im Moment die einzige Spur, die es zu verfolgen galt.

«Warum ich?» Masha stellte das Glas zurück, nachdem sie es halb ausgetrunken hatte. «Du sagtest, du bist im Zusammenhang mit einer Straftat auf mich gekommen. Das befremdet mich etwas.»

Wenigstens kam sie gleich auf den Kern des Anliegens. Dies verhinderte viele Peinlichkeiten, denen Max nicht gewachsen gewesen wäre. Ihre dunklen, von einer brennenden Sehnsucht erfüllten Augen bohrten sich in sein Herz. «Ich möchte Ihnen …

dir nicht zu nahe treten, aber du bist meine einzige Hoffnung, ein Verbrechen aufzuklären.»

«Der Mord an Glen Kelly.» Mashas Stimme hatte an Resonanz verloren. Sie hatte ihren Blick gesenkt, widmete ihn den perfekt manikürten Fingernägeln. «Es war ein Riesenschock für alle. Er war Dans Masseur.»

Max dachte an den Überfall auf Merlinde Vonlanthen. Kellys dunkle Seite war ihr sicher fremd. «Kanntest du ihn gut?»

Sie überlegte, schaute ihn wieder an, wich jedoch seiner Frage aus, griff erneut nach dem Weinglas und trank es leer. Sie schwieg.

«Er war mit meiner Klientin auf einer Kreuzfahrt, als es zum Übergriff kam. Glen Kelly soll sie dabei überfallen und misshandelt haben, zusammen mit Liliane Lehner.»

«Es ist nicht bewiesen.» Masha lehnte sich auf dem Sofa zurück. «Ich weiss, dass Merlinde Vonlanthen, um die es hier offensichtlich geht, Glen schwer belastet hat. Aber erst nach seinem Tod. Da könnte jeder kommen. Es war wohl ihr letzter Ausweg, um von ihrer Tat abzulenken, vom hinterhältigen Mord an Glen.»

Max musste seine weiteren Worte zurechtlegen. Er fand nicht heraus, auf welcher Seite sich Masha positioniert hatte. «Frau Vonlanthen wurde des Mordes bezichtigt. Es ist noch nicht vom Tisch. Aber es gilt die Unschuldsvermutung.»

«Ich kann dazu nichts sagen. Ich weiss wenig über den Fall und nur das, was Dan mir erzählt hat.»

«Und du glaubst auch, dass sie ihn umgebracht hat?»

«Ich kannte Glen als draufgängerischen Mann. Er vertrat oft verquere Ansichten, wenn es um seinen Job ging. Ich erinnere mich bloss, dass er von einem grossen Deal sprach. Das war, bevor er die Stelle bei Sanason annahm.»

«Du wusstest davon?»

«Wovon?»

«Von Sanason.»

«Glen sprach davon, er würde einen Spitzenlohn bekommen. Es war Grund für einen heftigen Disput zwischen meinem Ex-

Freund und ihm. Glen wollte den Fünfer und das Weggli. Dan empfand es als Verrat.»

«Hat er ihm gekündigt?»

«Nein, Glen schmiss den Bettel selbst und ging zu Sanason.»

«Kennst du den Inhaber dieser Agentur?»

«Warum sollte ich?»

«Wer könnte mir da weiterhelfen?»

Masha beugte sich über den Granittisch und stellte das Weinglas ab. Sie griff in die Schale mit den Pekannüssen. Dabei rutschte der Ausschnitt der Seidenbluse etwas tiefer. Ein Spitzen-BH kam zum Vorschein, der Ansatz zweier wohlgeformter Brüste. Ihre glatte Haut wurde von keinen Tattoos verunstaltet. Max musste sich räuspern. Der Vergleich war nicht angebracht.

«Vielleicht Dan McCorley persönlich.» Masha schenkte sich Wein nach und nahm drei Schlucke. «Er veranstaltet heute Abend eine Party. Er lädt mich jedes Mal dazu ein, obwohl er genau weiss, dass ich ihr nicht Folge leiste.»

«Du meinst, ich sollte mit *deiner* Einladung hingehen?» Es war ein lautes Denken.

«In die Höhle des Löwen, warum nicht?» Masha verzog den rosaroten Mund.

«Kommst du mit?»

«Das war nicht die Absicht.» Sie zog ihre Augenbrauen hoch. «Aber mit deiner Begleitung könnte ich es mir überlegen.»

Der Gedanke daran liess Max erschauern.

«Andererseits habe ich mich bereits mit meiner Freundin zum Sushi-Essen verabredet.»

SIEBEN

Ein Schindelhaus, welches vom Baustil des ausgehenden 19. Jahrhunderts zeugte, von Wind und Wetter gezeichnet. Ein brennendes Streichholz hätte genügt, um es in Brand zu setzen.

Das ging Fede durch den Kopf, als sie in die Kronengasse einbog. Ausgerechnet in Stansstad hatte sie den Verkäufer des Schmucks gefunden, in einer nichtssagenden Strasse, unweit des Mühlebachs. Der Hausbesitzer, ein Gebrauchtwarenhändler, seit vielen Jahren hier ansässig. Er lebte von der Hand in den Mund und vom Verkauf schwer zu findender Ersatzteile, antiker Möbel und seltener Werkzeuge. Weder eine Bijouterie noch ein Schmuckladen. Von einer anheimelnden Auslage ganz zu schweigen. Hinter fast blinden Fenstern waren Spielzeuge und Kleinmöbel ausgestellt, seit Jahren nicht ausgewechselt, was die vom Sonnenlicht abgenützten Stoff- und Holzstellen bewiesen.

Ein Messingglöckchen bimmelte am oberen Türrand, als Fede das Geschäft betrat. Zwei Ventilatoren gleich beim Eingang wirbelten Staub auf, den Raum abzukühlen vermochten sie nicht.

Hinter dem Tresen ein Mann, der die sechzig überschritten hatte. Ein Kranz grauer Haare umfasste eine braun gebrannte Schädeldecke. Eine solche Frisur hatte Fede zum letzten Mal bei ihrem Grossvater mütterlicherseits gesehen. Der Mann trug keine Brille.

«Wir haben miteinander telefoniert. Federica Hardegger ist mein Name. Ich bin wegen des ausgeschriebenen Schmucks hier.»

Der Mann baute sich hinter der Kasse auf, ein Relikt aus der Zeit vor der Computerwende. Er schaute Fede misstrauisch an. «Ich verkaufe ihn nicht. Ich bin nur der Vermittler. Und sollten Sie meinen Namen vergessen haben: Ich heisse Peter Imhof.»

«Ich erinnere mich. Wo, bitte schön, finde ich die Person, die mir die Ringe zeigt?» Fede hatte es Überwindung gekostet, den Laden zu betreten. Das Telefonat vorab hatte sie nicht fröhlicher gestimmt. Max hatte angerufen, um ihr mitzuteilen, dass er das Simmental erreicht habe und sich auf ein wenig Luxus in Gstaad freue. Wieder einmal musste sie schmerzlich feststellen, dass Max dem Pomp gegenüber dem einfachen Landleben den Vorrang gab. In letzter Zeit auffällig oft. Die kleinen Bemerkungen in Bezug auf ihre unterschiedlichen Lebensweisen liess Fede zwar links liegen. Trotzdem fühlten sie sich wie Nadelstiche an.

«Haben Sie die Unterlagen dabei, die Ihre Zahlungsglaubwürdigkeit belegen?» Imhof hinter dem Tresen katapultierte sie in die Gegenwart zurück.

«Wie bitte?» Sie hatte sich bei der Kleiderwahl besonders Mühe gegeben, ihr teuerstes Sommerkleid hervorgeholt, das bis zu den Knöcheln reichte, und eine Uhr um ihr Handgelenk gelegt, der man nicht ansah, dass sie eine Fälschung vom «Srinakarin Rot Fai Night Market» in Bangkok war. Sie stellte demonstrativ ihre Fake-Kroko-Ledertasche auf den Tresen. Dabei konnte der Mann ihren Klunker an ihrem rechten Ringfinger unmöglich übersehen, die Ausbeute eines Besuchs an der Chilbi in Luzern.

Er hob die Hände, als würde Fede ihn mit einer Pistole bedrohen. «Sorry, das war nicht Absicht, Madame. Selbstverständlich werde ich Ihnen die Adresse aushändigen. Ich muss einfach sicher sein, dass mein Chef keinem Betrüger aufsitzt. Sie müssen verstehen, dass er die Ringe nicht jedermann verkauft. Es sind zwei Erbstücke seiner Mutter, Gott hat sie selig …» Imhof warf einen andächtigen Blick zur Decke, wo eine Jugendstillampe hing, um die ein filigranes Spinnennetz im Luftzug des Ventilators zitterte. «Sie sind sehr wertvoll.»

«Kennen Sie den Preis?»

«Wahrscheinlich liegt er unter dem marktüblichen Preis.» Er wollte offenbar Zeit gewinnen, um nicht auf das Wesentliche kommen zu müssen. «Darum verkauft er den Schmuck über den unkonventionellen Weg. Möglicherweise ist er sogar verhandelbar.»

«Mein grosses Glück.»

«Ihre Chance, Madame.» Imhof sah auf ihre Fingernägel, die sie am Mittag lackiert hatte. Nicht gerade eine Glanzleistung. Sein Blick wanderte höher. «Sie haben sich tätowieren lassen?»

Fede streckte ihm die Arme entgegen. «Eine Leidenschaft. Man gönnt sich ja sonst nichts.»

«Bloss auf den Armen?» Jetzt wurde er unverschämt.

«Natürlich.» Zu mehr Konversation wollte Fede nicht ausholen. Der Mann kam ihr je länger, desto aufdringlicher vor. Es schien, als zöge er sie allein mit seinem schmierigen Blick aus. «Ich hätte gern die Adresse.»

Imhof stiess Luft aus. Seine Augen beobachteten sie unter halb geschlossenen Lidern. Er roch nach Rauch. «Es gibt keine Adresse. Ich kann aber ein Treffen mit dem Verkäufer arrangieren.»

Fede wusste genau, wohinaus alles lief. Man hatte sie prüfen wollen. Hatte sie den Test bestanden? «Um das zu erfahren, haben Sie mich hierherbestellt?» Fede gab sich entrüstet. «Stecken Sie sich den Schmuck sonst wohin. Teilen Sie Ihrem Boss mit, dass er soeben eine gute Kundin verloren hat.» Fede drehte sich zu der Tür um. «Adieu.»

«Warten Sie!»

Fede hörte, wie Imhof hinter ihr herkam, und ehe sie den Aussenbereich erreicht hatte, spürte sie seine Hand auf ihrem Arm.

«So war es nicht gemeint.»

Fede wandte sich um und stiess ihn weg. Fehlte noch, dass er sie begrapschte. «Sie hätten es sich früher überlegen müssen. So behandelt man keine Dame von Welt.»

«Es tut mir leid. Wir leben in einer schwierigen Zeit. Täglich werden wir verblendet. Man weiss bald nicht mehr, wem man glauben darf und wem nicht. Ich bitte Sie, morgen um neun Uhr noch einmal vorbeizukommen. Ich werde das Treffen mit dem Verkäufer in die Wege leiten.»

«Sie haben den Zeitpunkt verpasst.» Fede wusste, dass sie am längeren Strang zog. Imhof sah nicht danach aus, als würde er sich ein lukratives Geschäft vermasseln. Bestimmt kassierte er für die Vermittlung ein saftiges Honorar.

«Morgen um neun», bettelte er und schrumpfte in seiner Grösse.

***

Auf dem Vorplatz fuhren Limousinen vor und Sportboliden, die man ansonsten nur auf dem Sunset Boulevard in Beverly Hills zu sehen bekam. McCorleys Chalet war hell beleuchtet. Das Haus selbst schien von innen zu strahlen. Die Fenster schimmerten in einem Goldton, und das Wummern von Musik drang durch die geöffnete Tür. Wie üblich legte DJ Delavare auf.

Masha hatte Dan seit Wochen nur von Weitem gesehen. Vor zwei Tagen jedoch zusammen mit einer Frau, eng umschlungen hatten sie sich präsentiert. Vor dem Hauseingang hatten sie sich geküsst. Es war mitunter ein Grund, weshalb sich Masha entschlossen hatte, der Einladung zu folgen. Es war nicht von der Hand zu weisen, dass Dan endlich über ihren Verlust hinweggekommen war. Sicher war sich Masha nicht, aber die Hoffnung überwog den Zweifel.

Und sie fühlte sich wohl neben Max. Er hatte nicht viel von sich erzählt, vor allem Fragen an sie gerichtet, mehr, als ihr lieb war. Sie hatte viel Persönliches über sich preisgegeben, was sie nur ihrer besten Freundin anvertraute. Das hatte am Wein gelegen. Max war zurückhaltender gewesen als sie. Masha bereute es nicht. Der Alkohol hatte ihre Zunge gelöst, und vor allem hatte er ihre Ohnmacht gegenüber Dan in die Flucht geschlagen.

Frauen und Männer strömten ins Haus. Viele waren zu Fuss gekommen. Es war ein Rendez-vous schöner Menschen. Die Frauen nutzten die Gunst des Sommers und trugen luftige Kleidchen edler Designer. Je weniger Stoff, umso teurer. Masha kannte das. Wer es sich leisten konnte, viel Haut zu zeigen, tat es. Die Blicke der Männer waren ihnen gewiss. Diese erschienen in leichten Hosen, die bis zu den Knöcheln reichten, und Hemden mit aufgekrempelten Ärmeln, wo man die teuren Armbanduhren zu sehen bekam. Das neuste Handy präsentierte jeder.

Tennis war in aller Munde, vor allem die Ausscheidung aus den Swiss Open in Gstaad. Dan hatte wegen Dopingmissbrauchs bis auf Weiteres eine Platzsperre erhalten. Dieser Niederlage zum Trotz hatte er zur Party geladen. Oder erst recht.

Masha hatte ein Kleid ausgesucht, das sie in nüchternem Zustand nicht angezogen hätte. Ein Trägerkleid von Dolce & Gabbana mit Blumenprint und ausgestelltem Rockteil – ein Hingucker, eine Herausforderung für den Betrachter. Natürlich fand es Max schön. Zu viel Stoff, meinte sie. Jetzt war es zu spät für einen Tenue-Wechsel.

«Masha!» Dan stand plötzlich vor ihr. Er war aus dem Schatten getreten, gut gelaunt und aufgedreht. Seine erweiterten Pupillen verrieten den Konsum von Koks. Er musste sie schon länger beobachtet haben. Hinter ihm tauchte eine junge Frau auf. Nach ihren Gesichtszügen zu schliessen, stammte sie aus dem asiatischen Raum. «*Nice to see you.* Mit dir habe ich zuletzt gerechnet. Aber schön, bist du da.» Dan warf Max einen kurzen Blick zu und widmete sich wieder Masha. «*Welcome in my castle.* Das Chalet brauch ich dir nicht zu zeigen. Du kennst es in- und auswendig.»

Masha beobachtete Max, der sich betont lässig gab. «Möchtest du mir nicht deine Freundin vorstellen?» Sie schob demonstrativ ihre Hand unter Max' Arm.

Dan runzelte die Stirn, als wäre er mit Mashas Geste nicht einverstanden. «*That's* Mailin. Sie studiert Germanistik in Zürich und kommt aus Peking. Mailin», er wandte sich an die Chinesin. «Das ist Masha, *an ex-girlfriend*. Ein verruchtes, dekadentes Frauenzimmer.» Ein grinsender Seitenblick zu Max. «Und wer ist er?»

Sie hatten sich miteinander abgesprochen. Masha hatte Max darüber aufgeklärt, dass sich Dan wie ein Gockel benehmen könnte, wenn er Konkurrenz witterte, und er sich deswegen nicht einschüchtern lassen solle. Nach einem Hin und Her hatten sie sich entschieden, Max gab sich vorerst nicht als Detektiv zu erkennen. Eher als Mashas Freund, was Max wiederum nicht wollte. Letztlich hatten sie sich auf einen entfernten Verwandten geeinigt, der sich per Zufall in Gstaad aufhielt und es sich nicht nehmen lassen wollte, Dan McCorley persönlich kennenzulernen. Die erste Hürde war genommen: Max machte gerade Bekanntschaft mit dem exzentrischen Tennisprofi.

Masha genoss es, ihren Ex-Freund zu provozieren. Sie fühlte sich stark in Max' Nähe. Obwohl er zurückhaltend war, hatte es zwischen ihnen bereits gefunkt. Wie er sie angesehen hatte, mit diesen grünen Augen. Masha seufzte innerlich. Eine sanfte Berührung hier, eine da. Sie hatte jede kleine Annäherung registriert. Sie schätzte Max als anständigen Mann ein. Kein Draufgänger, wie Dan einer war. Masha sah Mailin, dann Dan an. Er trug wie üblich eine schicke Hose. Seine ausgeprägte Armmuskulatur fand sie geradezu übertrieben, was sicher Grund für sein Shirt war. Er war ein Mann, der zeigte, was er hatte.

«*Are you ready* für den Apéro?» Dan zog Masha von Max weg. «Aperol Spritz, Kir Royal oder doch lieber Champagner? Wie wäre es mit Sekt? Da müssten wir allerdings ins Schlafzimmer.» Er hatte seine gewöhnungsbedürftige, zuweilen widerliche Eigenart nicht abgelegt. Dan schob zudem dauernd englische Wörter in die Sätze, obwohl er perfekt Deutsch sprach. «Wir haben uns *for a very long time* nicht gesehen. Wie geht es dir? Hast du dir überlegt, dein Haus zu verkaufen? Ich wäre noch immer bereit, es zu übernehmen.»

«Vergiss es.» Masha griff nach einem Glas Champagner, das an ihr auf einem Tablett vorbeischwebte, und liess Dan stehen. Sie ging zu Max hinüber, der sich offensichtlich mit Mailin amüsierte. Sie berührte seinen Arm. «Du sprichst Chinesisch?»

«Wo denkst du hin?»

Mailin dagegen fand, dass er auf gutem Weg sei, und kicherte vor sich hin. Wahrscheinlich hatte sie bereits Speed geschluckt. Sie war dauernd in Bewegung.

«Sie übertreibt.»

Masha musterte die junge Frau. Sie war keine dreissig und

gehörte eher ins Beuteschema von Dans Bruder, der ebenfalls im Chalet wohnte, jedoch selten zu Hause war. «Ist Andrew auch da?»

«Wenn man vom Teufel spricht.» Mailin nickte in Richtung Tür. «Ohne ihn läuft gar nichts, solltest du wissen, oder?» Mailins schwarze Augen verschwanden in den Lidfalten. «Dein Bild hängt übrigens in Dans Schlafzimmer.»

Daran hatte Masha nicht gedacht. Sie hätte bei ihrem Auszug auch die Fotos mitnehmen sollen. In der Meinung, Dan würde sie von sich aus entsorgen, hatte sie keinen letzten Streifzug durch sein Haus gemacht. Beschämt streckte sie die Arme nach Mailin aus, eine freundschaftliche Geste. «Dan interessiert mich nicht im Geringsten. Ich bin nur wegen Max hier, der ihn unbedingt kennenlernen wollte. Und sollte es dir je gelingen, die Fotos von mir in den Kehricht zu werfen, tue es. Ich trauere ihnen nicht nach.»

«Das wird schwierig sein.» Mailin zuckte mit den Schultern.

Andrew gesellte sich zu ihnen. In der einen Hand hielt er ein schweres Kristallglas mit Gin, in der anderen eine Kippe. Er drückte Mailin einen schmatzenden Kuss auf die Wange, während er Masha nicht aus den Augen liess. Er freute sich offensichtlich über ihre Anwesenheit. «Was führt dich hierher? Ich dachte, du hast mit den McCorleys abgeschlossen.»

Sein teuflisches Grinsen stiess sie ab. «Wenn es so einfach wäre.» Masha mochte Andrew nicht leiden. «Euer Schatten verfolgt mich. Und solange die McCorleys meine Nachbarn sind, begegne ich zwangsläufig dem ein oder anderen.»

«Verkauf uns dein Haus, dann bist du uns los.»

«Ich könnte *euer* Haus zurückkaufen.»

Andrew schaute zu Max. «Stellst du mir deinen neuen Freund vor?»

«Das ist Max.» Masha zog Max besitzergreifend an ihre Seite. Sie schickte ein Stossgebet zum Himmel, dass er den «Freund» nicht dementierte. Aber er hatte wohl begriffen, worum es ging. Irgendwann musste sie ein Gespräch mit Dan oder Andrew einfädeln, bei dem der Name Glen Kelly fiel.

«Nett, dich kennenzulernen. Ich war überdies ein Freund von Glen.»

Masha glaubte, die Zeit stünde still. Einen Augenblick lang, in dem weder Andrew noch Mailin etwas sagten. Im Hintergrund sang Beth Hart «Baddest Blues», Gläserklingen und Small Talk übertönten die Stimme. Und mittendrin wie in einer Glasblase stand Masha und wäre am liebsten im Boden versunken. Was hatte Max sich dabei gedacht? Nichts, sonst hätte er sich nicht so verhalten. Das konnte gefährlich werden. Er unterschätzte den McCorley-Clan.

«Ein Freund von Glen?» Andrew zerdrückte den Zigarettenstummel auf dem Holzboden und rief über die Köpfe der anwesenden Gäste hinweg laut nach seinem Bruder.

Masha fuhr zusammen. «Was soll das?» Die Erwähnung von Glens Name musste wie ein Schwert in Andrews Brust gefahren sein.

Die Stimmen verstummten. Einzig Harts Lied säuselte durch den Raum und begleitete Dan bei seinem Auftritt. «Was gibt's, Bruderherz?»

Alle Augen waren auf Masha gerichtet.

«Er will Glen gekannt haben.» Andrew wies von Masha weg zu Max und sah dabei seinen Bruder eindringlich an.

«*You're fucking gay!* Warum hast du nichts gesagt?» Dan legte seinen Arm um Max' Schultern. «Wo hast du ihn kennengelernt?»

Masha wog ab, wohin das Gespräch führen würde. Wenn Dan sich dermassen kumpelhaft gab, steckte eine böse Absicht dahinter. Sie folgte Dan und Andrew, die Max einen Stock höher führten. Auf der Treppe kamen ihr Leute entgegen, die sie nicht kannte. Ein süsses Parfum streifte ihre Nase. Im weitläufigen Wohnzimmer hatten es sich ein paar Frauen auf der Sitzlandschaft bequem gemacht. Männer diskutierten in der angrenzenden Küche, worüber, hörte Masha nicht genau. Der aufgeschnappten Wortfetzen wegen musste es um den Tennissport gehen.

Im Gegensatz zu Mashas war Dans Haus hypermodern und

ebenso luxuriös eingerichtet. Eine Stehbar dominierte den Platz neben dem Fenster. In einer Kühlvitrine lagen Champagner- und Weissweinflaschen, damit jeder sehen konnte, wovon Dan nie genug bekam. Auch hier hatten sich ein paar Gäste verteilt, die von Bier und Champagner zu stärkeren Drinks gewechselt hatten. Überall standen Teller mit Brötchen, die mit Fisch, Fleisch und Käse belegt waren und kaum angerührt wurden.

Masha fand Dan und Andrew im Büro, wo die Tür offen stand. Ein Paar knutschte in der Nähe eines Stahlschranks. Es schien die Welt um sich vergessen zu haben. Er hatte ihr soeben den Rock hochgeschoben.

«Was weisst du über Glen?» Offensichtlich befand sich Max in einer prekären Situation und von Dan in die Enge getrieben. Warum hatte er sich bloss so weit aus dem Fenster gelehnt?

«Los, sag schon», forderte Andrew ihn auf. «Du bist nicht Mashas Cousin. Solche Typen sind mir bekannt, die ihre Nase in alles stecken, was sie im Grunde einen Scheiss angeht. Oder willst du dich an den beiden dort aufgeilen?» Er nickte in Richtung Schrank.

«Ich kenne Masha gut genug», insistierte Dan, «auch ihre Familie. Da sind keine Verwandten, weit und breit nicht. *Her parents* sind tot. Geschwister gibt es weder mütterlicher- noch väterlicherseits. Was hast du hier zu suchen, und warum interessierst du dich für Glen?»

Masha vermochte nicht nachzuvollziehen, weshalb Max auf die Idee gekommen war, Glen zu erwähnen. Sie wollten es sachte angehen, das war so abgemacht. «Hey», rief sie zu Dan hinüber. «Lass ihn in Ruhe. Was soll das? Er ist mein Gast, und er wollte dich kennenlernen. Welches Bild gibst du von dir?»

Dan fuhr herum. Aus seinem glasigen Blick zu schliessen, hatte er auch Alkohol zur Genüge intus. Trotz des Spitzensports konnte er sich schwerlich zurückhalten, wenn Party angesagt war. Masha wusste Bescheid. Er hatte von seinem Trainer manchen Rüffel eingeheimst, wenn es um seine Gesundheit ging. Niemand konnte es sich erklären, weshalb Dan den Drogen standhielt. Er war ein hemmungsloser Mann, der zwar auf

Alkohol verzichten konnte, wenn er an Turnieren war. Aber zwischendurch liess er es krachen. Es brauchte wenig, bis er die Kontrolle über sich verlor. Seit Glens Tod war er unausstehlich geworden, als hätte er mit dem Masseur nicht bloss einen Freund, sondern sein Alter Ego verloren.

«Ich glaube», mischte sich Andrew ein, «es ist besser, du verlässt unser Haus.»

Dan gebot seinem Bruder, innezuhalten, und wandte sich an Masha. «Du verduftest und tauchst zufällig heute wieder auf. Mich blendest du nicht, *my love*.»

«Stopp!» Max hatte sich augenscheinlich gesammelt. «Wenn dir die Wahrheit lieber ist, die kann ich dir gern unterbreiten.»

Masha hielt die Hände vors Gesicht. Tu das nicht, bettelte sie im Innern. Dan würde toben. Dann würde es ungemütlich werden.

Max holte seinen Ausweis aus der Hosentasche. «Damit es zu keinem weiteren Missverständnis kommt. Ich bin Privatdetektiv und behandle den Fall einer Klientin, die im letzten Februar von deinem Busenfreund Glen Kelly ausgeraubt und misshandelt wurde.»

«Du bist wegen der Vonlanthen da?» Dan fuhr herum. «Masha, *did you know that*?»

«Ja. Es ist sein legitimes Recht, den Fall aufzuklären. Nicht einmal die Polizei hat es fertiggebracht, ihn zu lösen.»

«Die Alte hat meinen Freund umgebracht.» Dan schäumte erneut. «Wer spricht hier von einem legitimen Recht?»

Max blieb ruhig und überlegt. «Kelly hatte nicht mehr in deinem Team gearbeitet, als der angebliche Mord passierte. Er hatte zu Sanason gewechselt. Es ist das, was mich interessiert. Nicht du. Auch deine Familie nicht. Ich will wissen, was du über den Begleitservice weisst und wer dahintersteckt.»

Endlich mässigte sich Dan. Er liess sich auf den Bürostuhl plumpsen. Eine gefühlte Ewigkeit starrte er auf das sich atemlos küssende Paar. «Luc Holm», sagte er. «Der Kerl hatte Glen mir abgeworben. Ich hatte ihn einmal kurz gesehen, kann aber nicht mehr sagen, wie er aussieht. Ich fragte mich lange, was

Holm auszeichnete und was er hatte, was ich Glen nicht bieten konnte. Da muss etwas ganz Grosses am Laufen gewesen sein. Als Glen von der Kreuzfahrt zurückkam, für die er gebucht worden war, fand ich keine Zeit, mit ihm zu sprechen.»

«Hast du ihn denn angerufen?», fragte Max.

«Er war nicht erreichbar. Das Einzige, was ich später erfahren habe, war, dass er in der Villa Vonlanthen ermordet wurde. Als Merlinde verhaftet wurde, zog ich endgültig einen Schlussstrich unter die Geschichte mit Glen. Man sollte Vergangenes ruhen lassen.» Sein Blick streifte Masha. «Es gibt Ausnahmen.» Sein Grinsen flösste ihr Unmut ein. «An seinem Begräbnis fiel mir aber ein Mann auf, der sich abseits der Trauergäste aufhielt. Wenn ich es mir jetzt überlege, könnte er dieser Typ gewesen sein.»

Das passte zu Dan. Wenn es unangenehm für ihn wurde, lenkte er von sich ab. Wie hatte sie diesen Mann auch lieben können? Zeigte er jetzt sein wahres Gesicht? Dan McCorley, Spross eines irischen Schafzüchters und späteren Immobilienmoguls, verbrachte mehr Zeit in Gstaad als in Dublin, wo er herkam. Masha hatte ihn vor drei Jahren in der VIP-Lounge der Swiss Open kennengelernt, kurz nachdem eine Affäre mit einem anderen Mann zu Ende gegangen war. Ein ganzes Jahr waren sie zusammen gewesen, ein Jahr, in dem Dan sich als charmanter Mann gezeigt hatte. Seine dunkle Seite hatte er präsentiert, als Andrew und sein Vater auftauchten und sich immer mehr ins Leben des Liebespaares einbrachten.

Masha seufzte. Vielleicht hatte sie zu viel erwartet. Sie hatte Max imponieren wollen. Deshalb hatte sie ihn begleitet. Ohne sie wäre er nie an Dan herangekommen. Max war nicht zufrieden mit dem, was er erfahren hatte. Sie sah es ihm an. Sie hätte ihm gern geholfen, zumal ihr dieser Mann gefiel. Er hatte etwas an sich, das ihr Herz berührte. Ob er verheiratet war?

«Gibt es Unterlagen über Sanason, die Glen hier im Haus deponiert haben könnte?» Max riss sie aus ihren Gedanken. Ein süsser Kitzel hatte sich ihrer bemächtigt. Die Vorführung beim Aktenschrank erregte sie.

«Warum sollte er?», fragte Andrew.

«Ich gehe davon aus, er hat hier gewohnt.»

«Natürlich hat er hier gelebt. Er war unser aller Freund.» Dan schnappte sich einen Drink bei der Servierdame, die nur in Strings und einer weissen Schürze mit dem Servierbrett von Gast zu Gast ging. «Er hatte sogar ein eigenes Zimmer. Aber seine Sachen haben wir weggeräumt.»

«Sind die nicht im Keller?» Andrew brachte sich ein. «Da ist doch dieser beschriftete Karton …»

Dan winkte ab. «Du musst dich getäuscht haben.»

ACHT

Das Summen war in ihrem Kopf, neben ihr, über ihr, überall. Es wollte nicht enden. Es begleitete sie, seit sie aus ihrer Ohnmacht aufgewacht war und nachdem Schwärze sie ummantelt hatte. Milagros spürte einen Druck im rechten Unterarm. Neben dem Kopf ertönte ein regelmässiger Piepton. Er war ihr nicht fremd. Ihr Herzrhythmus wurde gemessen, der Puls gezählt.

«Guten Morgen. Sie haben lange geschlafen.»

Natürlich hatte sie geschlafen. Alles, was in den letzten Stunden geschehen war, fühlte sich wie ein Traum an.

Die Unterlage war weich, knisterte bei jeder Bewegung, roch nach Medizin, einer sterilen Essenz, wie sie nur in Krankenhäusern vorkam.

«Frau von Wirth?»

Milagros versuchte, ihre verklebten Augenlider zu öffnen. Wollte sie überhaupt hinsehen? Es stresste sie, im Unklaren zu sein, nicht zu wissen, was mit ihr geschah und warum sie da lag. Einmal mehr spürte sie, wie die Uhr unaufhaltsam tickte. Sie würde irgendwann mal stehen bleiben, vielleicht in einem Moment, den sie nicht wahrnahm. Sie würde sterben, ohne es zu spüren.

«Man hat Sie mit der Ambulanz in die Hirslanden-Klinik in Zürich gebracht.» Eine weibliche Stimme, ein Name, den Milagros schnell vergass. Etwas Polnisches.

Das Letzte, woran sich Milagros erinnerte, war der geifernde Rachen einer schwarzen Bestie. Der Gestank nach verdorbenem Fleisch.

Milagros griff mit der freien Hand an ihren Kopf, spürte einen Verband, der ihre linke Gesichtshälfte umfasste. Gott sei Dank, die Augen waren frei. Trotzdem fürchtete sie sich davor, sie zu öffnen. Die Dunkelheit hinter den Lidern verhiess nichts Gutes, konnte alles Mögliche sein. Sie war erblindet. Ein heftiger Schmerz fuhr in ihre Brust.

«Frau von Wirth?» Wieder die Pflegerin. «Wir haben Sie zur Beobachtung eine Nacht hierbehalten, da Sie bei Ihrer Einlieferung nicht ansprechbar waren. Man hat Sie überfallen. Die Polizei möchte Ihnen ein paar Fragen stellen, sofern Sie die Kraft haben, sie anzuhören.»

Überfall. Polizei.

Ein Déjà-vu. Die Suite auf dem Luxuskreuzer und Merlinde auf den Fliesen. War ihr nun dasselbe widerfahren?

Milagros riss die Augen auf. Kein bleibender Schaden. Sie sah auf zwei zierliche Frauen in Uniform im abgedunkelten Raum. Dunkelblaue Hose, ein blaues Shirt. Ein breiter Gurt, beladen. Zwei Amazonen am Fussende. Sie hatten es gewagt, bewaffnet an ihr Spitalbett zu treten.

«Ich dachte, das gäbe es nur im Film.» Milagros' Stimme kehrte zurück, ein wenig krächzend. Die Welt hatte sie wieder.

Die Pflegerin verliess das Zimmer. Milagros war mit den Polizistinnen allein. Eine von ihnen nahm ein Notizheft und einen Kugelschreiber zur Hand. Sie war die Kleinere von beiden. Dunkler Bob, schwarze Augen. Die andere, blond und blauäugig, nannte ihren Namen und klärte über den Grund der Anwesenheit auf. «Fühlen Sie sich in der Lage, ein paar Fragen zu beantworten?»

«Es geht …» Die Neugier obsiegte. «Was ist passiert?»

«Sie befanden sich im Haus von Frau Vonlanthen, als jemand die Tür aufgebrochen hat. Es ist das Resultat der ersten Spurensicherung. Durch den Schlag der Tür wurden Sie verletzt und bewusstlos. Ein Nachbar hat Sie gefunden, als er nach Frau Vonlanthen sehen wollte.»

«Was ist mit Merlinde?» Vage kehrte das Erlebte zurück. Es hatte an der Tür geläutet, und Milagros hatte geöffnet. Noch fühlte sich ihr Gedächtnis wie ein Scherbenhaufen an, wie ein Mosaik, welches sie zusammenflicken musste, wobei sie nicht sicher war, mit welchem Stein sie beginnen sollte.

«Wir müssen davon ausgehen, dass sie entführt wurde. Woran mögen Sie sich erinnern?»

«Entführt?» Milagros stockte der Atem. «Als ich die Tür

aufmachte, war sie noch da. Sass in ihrem Rollstuhl direkt hinter mir. *Wer* hat mich gefunden?»

«Renzo Morosini. Kennen Sie ihn?»

«Ich kenne ihn nicht persönlich. Mein Sohn hat von ihm erzählt. Er soll Generaldirektor einer Versicherung sein, ein Nachbar von Merlinde.»

Die Polizistinnen nickten sich zu.

Plötzlich waren diese Bilder da. Der Rachen, der Gestank. Morosinis Hund hatte Blut geleckt, vielleicht ihr Blut. «Hat der Hund die Spur aufgenommen?»

Die Frauen sahen sich an. «Was ist mit dem Hund?»

Milagros schloss die Augen. «Ach, nichts.» Vielleicht war es Einbildung. Die Auswirkung ihrer Kopfverletzung. Sie halluzinierte. Nicht zum ersten Mal. Als sie mit dreissig Jahren an Malaria erkrankt war, hatte sie das Medikament «Lariam» bekommen, das wie ein Hammer wirkte und sie auf ein Schlachtfeld katapultierte. Jetzt sah sie nicht mehr Panzer auf sich zurollen, sondern wurde von einem blutgierigen Hund angefallen.

«Der Hund von Herrn Morosini hat Sie gefunden.»

Also existierte er doch, und Milagros hatte ihn zwischen zwei dunklen Tälern der Bewusstseinstrübung real erlebt.

«Und er hat mich nicht gefressen.» Milagros versuchte zu lächeln. «Mein Fleisch ist wohl zu zäh.»

Merlindes Verschwinden kehrte mit aller Brutalität zurück. «Die Frau kann sich nicht wehren. Bitte suchen Sie sie.»

«Die Fahndung läuft», sagte die Wortführerin, und mit demselben Atemzug fügte sie an, dass es wichtig sei, den gestrigen Tag zu rekonstruieren. «Falls es Sie anstrengt, können wir eine Pause einlegen.»

Das war eine klare Aufforderung. Es gab kein Zurück. Milagros hoffte, dass sie nicht auf die Kreuzfahrt angesprochen wurde und plötzlich als Kronzeugin galt.

«Seit wann kennen Sie Frau Vonlanthen?»

Mit dieser Frage hatte Milagros nicht gerechnet. Ihr Mund wurde trocken. Sie zeigte auf den Nachttisch. «Könnten Sie mir bitte Wasser reichen?»

Die Polizistin mit dem Schreibblock gab ihr das Glas.

Milagros trank hastig, ungeachtet dessen, dass die Hälfte der Flüssigkeit den Weg über das Kinn suchte. Sie wollte die Antwort hinauszögern, nach einer Alternative suchen, die sie nicht verriet. Mit zitternden Händen gab sie das Glas zurück und wischte sich den Mund ab. «Wir kennen uns nicht lange.»

«Was heisst das?»

«Seit letztem Dienstagabend.»

«Das sind keine vier Tage.» Wieder tauschten die Polizistinnen Blicke. «Sie haben Ihre eigene Reise abgebrochen, um eine Frau, die Sie demzufolge kaum zwölf Stunden kannten, nach Hause zu begleiten. Ist das richtig?»

Milagros vermochte bloss zu nicken.

«Was war der Grund?»

Sie wandte ihr Gesicht ab. Die Frauen sollten nicht sehen, wie verlegen sie wurde. Fazit war, dass die Nachricht über den Überfall auf Merlinde die Polizei weder in Rom noch in Zürich je erreicht hatte. Wie war das möglich? Nachdem Milagros den Bordarzt hatte kommen lassen, damit er das Okay für den Rücktransport in die Schweiz gab, musste ihm Merlinde ein Schweigegeld in Aussicht gestellt haben. Nur so war zu erklären, dass nichts durchgesickert war. Merlindes Verletzungen hatten Klartext gesprochen. Ob der Arzt sie vorab untersucht hatte, blieb ein Rätsel. Merlinde hatte es nicht erwähnt. Vielleicht war es ihr zu unangenehm gewesen. Milagros hatte ihren Koffer und später den von Merlinde gepackt, als diese sich auf der Krankenstation befand.

Etwas stimmte hier nicht.

Milagros legte sich die Sätze zurecht. «Es ging ihr nicht gut, und sie reiste allein. Es gab niemanden auf dem Schiff, dem sie hätte vertrauen können. Wir lernten uns am Abend zuvor kennen. Wir assen am selben Tisch, kamen ins Gespräch. Das eine hat das andere ergeben. Wir verabredeten uns zum Frühstück. Als ich am Morgen ihre Suite betrat, lag sie im Badezimmer auf dem Boden. Sie war ausgerutscht. Die Frau ist einseitig gelähmt. Sie hatte vor mehr als drei Jahren einen Hirnschlag erlitten.»

«Haben Sie keinen Schiffsarzt kommen lassen?»

«Nein», log Milagros.

«Und Frau Vonlanthen?»

«Das entzieht sich meinem Wissen.» Milagros hatte grosse Bedenken. Die Wahrheit, dachte sie, war Merlinde nicht zuträglich. Andererseits war ihre neue Freundin gekidnappt worden. Es bedingte somit, dass sie der Polizei mitteilte, was sie ihr anvertraut hatte. Milagros haderte mit sich selbst. Gern hätte sie Max zurate gezogen. Wo war ihr Handy? «Kann ich telefonieren?»

***

Einer der Hähne krähte. Von den hundert Hähnchen, die Fede vor drei Jahren vor dem Tod gerettet hatte, waren in der Zwischenzeit drei Viertel gestorben. Und von den restlichen Hähnen gab es einen Hahn, der über den Hof wachte – ein richtiges Alphatier. Er allein hatte – wie die Hennen – freien Auslauf. Chrigi hatte sich angeeignet, wie man Küken hielt, und sogar eine mehrseitige Broschüre darüber gelesen. Er meinte, dass er es sich zutraute, und war von der Idee ganz entzückt. Er hatte eine Kiste und eine Wärmelampe besorgt.

Bloss mit dem aggressiven Gockel hatte niemand gerechnet. Er besprang nicht bloss die Hühner, auch hinter Chérie-Bibi war er her. Vielleicht müsste er ihn gegen einen zahmeren Hahn austauschen.

Fede war von dem ungewohnten Krähen aufgewacht. Sie sah auf den Wecker. Halb neun. Sie hätte nicht so lange schlafen sollen. Von wegen Hahn, der bei der Morgendämmerung auf sich aufmerksam machte. «Coco», wie Chrigi ihn nannte, war wohl ein seltsames Federvieh. Fedes erster Griff galt ihrem Smartphone, das sie auf dem Nachttisch deponiert hatte. Mehrere Anrufe in Abwesenheit waren auf dem Display ersichtlich. Alle mit derselben Nummer. Fede konnte sie nicht zuordnen.

War Max etwas zugestossen? Hatte er nicht gesagt, dass er in der Nacht zurückfahre? Hatte er in Hergiswil geschlafen?

Fede erinnerte sich nicht, was abgemacht war. Sie fuhr mit dem Finger über die Nummer, liess es ein paarmal läuten, bis sich eine Frauenstimme meldete.

«Hirslanden-Klinik Zürich, Sie sind mit der vierten Etage verbunden ...» Eine Frau nannte ihren Namen.

Fede schoss wie von der Tarantel gestochen auf. Ein Blitzgewitter sich überschlagender Gedanken brachte ihr Herz zum Rasen. «Sie haben mich gesucht. Ist etwas mit Max von Wirth?» Sie hätte ihn nicht allein nach Gstaad fahren lassen sollen. Möglicherweise war es eine gefährliche Odyssee, auf die er sich eingelassen hatte.

«Frau Milagros von Wirth wollte Sie sprechen.» Die Stimme blieb ruhig. «Wir haben ihren Sohn nicht erreicht.»

Zweiter Schock. «Was ist mit Milagros?»

«Ich kann Sie mit ihr verbinden.»

«Ja, bitte.» Milagros war im Krankenhaus und Max unauffindbar. Oder er nahm das Gespräch nicht entgegen, weil Milagros ihn mit ihren Anrufen dauernd nervte. Doch die Situation war seit ein paar Tagen eine andere. Es gab einen neuen Fall, und jedermann musste erreichbar sein.

«Federica, Gott sei Dank.» Milagros' Stimme hatte einen maximalen Lautstärkepegel erreicht.

Fede musste kurz das Handy von ihrem Ohr entfernen. «Was ist geschehen?»

«Wir wurden überfallen, Merlinde und ich. Ich wurde am Kopf getroffen und war bewusstlos. Das war eine Nacht, sag ich dir. Man stellte mich ruhig. Manchmal erwachte ich, fühlte mich aber wie im Delirium. Schon komisch, so eine Bewusstlosigkeit.» Sie schöpfte Atem. «Merlinde ist weg.»

«Wie, weg?»

«Man hat sie entführt. Ein Hund hat mich gefunden, sonst läge ich jetzt noch auf dem Boden. Herr Morosini hat die Ambulanz gerufen ... Ach, das ist verrückt. Dass mir das in meinen alten Tagen passiert.» Milagros war erneut ausser Atem. «Maximilian ist nie da, wenn man ihn braucht. Wo ist er überhaupt? Und mein Handy ist auch weg.»

«Wie geht es dir? Ist es schlimm?»

«Meine Befindlichkeit ist jetzt nicht wichtig. Wo ist Max?»

«Jetzt beruhige dich. Max ist in Gstaad oder auf dem Weg zurück.»

«Was macht er in Gstaad?»

«Er hat sich mit McCorleys Ex-Freundin getroffen. Ich dachte, er habe es dir erzählt.»

«Wir müssen Merlinde finden.» Milagros renkte sich kaum mehr ein. «Alles wiederholt sich, alles ... Zuerst der Überfall auf dem Schiff, dann der Einbruch zu Hause. So etwas Abscheuliches habe ich noch nie erlebt. Ich werde vierundsechzig in diesem Jahr ... aber so etwas –»

«Ich werde dich abholen», unterbrach Fede sie. «Darfst du nach Hause?»

«Ich habe bloss eine minimale Gehirnerschütterung, nichts Weltbewegendes. Hier halten mich keine zehn Pferde. Wir müssen uns um Merlinde kümmern.»

«Ich versuche, Max zu erreichen.» Fede fand es sonderbar. In der Regel hinterliess er ihr eine Message, falls er nicht ins Drachenried kam. Sie verabschiedete sich von Milagros, versprach ihr, sie vor dem Mittag abzuholen.

***

Er hätte sich niemals darauf einlassen sollen. Die Frau hatte etwas vor. Nach der Party bei den McCorleys waren sie in Mashas Chalet zurückgekehrt. Sie hatte ihm angeboten, bei ihm zu übernachten, derweil sie anderntags eine Gelegenheit finden würden, noch einmal bei Dan vorbeizugehen und ihn davon zu überzeugen, wie wichtig es sei, sich Glens Karton anzusehen. Dan hatte sich nicht kooperativ gezeigt, obwohl er später zugab, auch Dokumente weggeräumt zu haben. Max wiederum hatte nicht darauf bestehen wollen, sie sofort anzusehen. Sein Bauchgefühl sagte ihm, dass er die Sache langsam angehen und zuerst Dans Vertrauen gewinnen musste, wenn dieser nüchtern war.

Der Vorschlag für die Übernachtung hatte ihm gefallen. Er hatte zu viel getrunken. Die Fahrt nach Hergiswil hätte in jedem Fall zu lange gedauert und wäre zudem zu riskant gewesen. An den Wochenenden machte die Verkehrspolizei vermehrt Kontrollen.

Jetzt lag er da, in Bettwäsche aus Seidensatin unter einem filigranen Baldachin. Das Zimmer befand sich unter dem Dach, war mit edlen Möbeln eingerichtet. Es roch nach Holz und einer Essenz, die Max an Veilchen erinnerte. Durch das Fenster sah er direkt auf McCorleys Haus. Er verstand Masha, wenn ihr *diese* Nachbarschaft zuwider war. Dass sie nach einer Lösung suchte, war offensichtlich, dass die McCorleys nicht auf ihren Vorschlag eingehen wollten, genauso.

Masha. Eine zurückhaltende, geheimnisumwitterte Frau. Max wurde nicht schlau aus ihr. Am Abend zuvor war sie anhänglich gewesen, was er dem Wein zuschrieb. Manchmal hatte sie ihn zufällig berührt oder ihn mit diesem sehnsüchtigen Blick bedacht. In der Nacht hatte sie ihm das Zimmer gezeigt und sich daraufhin zurückgezogen. Die Vibration zwischen ihnen war geblieben. Max hätte sie bloss an sich ziehen müssen, und sie hätte sich ihm hingegeben. Er wusste nicht, weshalb er nicht schwach geworden war. Er fühlte sich wie eine Balkenwaage. Mal zog ihn die eine, dann die andere Seite hinunter. Fede und Masha. Ein verrückter Gedanke. Er verglich die beiden Frauen, unbeabsichtigt und dennoch bewusst. Fede, das burschikose Vollblutweib. Masha, die zarte Geheimnisvolle. Fede, die wusste, was sie wollte. Masha, die wusste, was ihn reizte. Max schüttelte den Kopf. Er durfte sich nicht darauf einlassen. Er würde einen Scherbenhaufen hinterlassen. Zu sehr hatte er sich in die Beziehung mit Fede eingebracht, dass sogar Milagros zu hoffen wagte, es würde mehr daraus. Sie hörte bereits die Hochzeitsglocken läuten.

Milagros und Fede hatten ihn telefonisch gesucht. War zu erwarten gewesen. Max hatte vergessen, sie zu kontaktieren, und für das Schreiben einer Nachricht war er zu müde gewesen. Oder doch nicht? Eine Ausrede, gestand er sich ein. Er hatte das sanfte Gefühl der Zärtlichkeit nicht kaputt machen wollen. Er fühlte sich wohl in Mashas Nähe.

Es machte ihm Angst.

Max liess das iPhone dort, wo es war, auf dem niederen Tischchen neben dem Bett. Er ging zur Tür, öffnete sie einen Spaltbreit und lauschte. Der Geruch nach Kaffee streifte seine Nase.

Eine Frau allein in einem Neunzimmerhaus. Masha musste ja umkommen vor Einsamkeit. Sie hatte nicht den Eindruck gemacht, ein Partygirl zu sein. Sie war auch keine Jetsetterin. Sie war nicht die schrille Lady, die zeigte, was sie hatte, obwohl Max vermutete, dass es ihr finanziell sehr gut ging. Sie arbeite in einem Modegeschäft, hatte sie erzählt. Früher habe sie gemodelt, was sie nie wirklich erfüllt habe, und dass sie beabsichtige, ein Studium aufzunehmen, was genau, das stehe in den Sternen.

Nach dem Duschen und Anziehen ging Max nach unten ins Wohnzimmer, wo auch die Küche lag. Masha stand vor dem historischen, auf neu gemachten Kochherd und sah gedankenverloren in die Pfanne. Klassische Musik berieselte den Raum. Etwas Barockes. Es konnte Bach sein.

Max machte sich bemerkbar. «Guten Morgen.»

Sie schleuderte ihre vom Waschen feuchten Haare nach hinten, sah ihn mit diesen dunklen Augen an, in denen Begehrlichkeit und Abwehr zugleich standen. «Guten Morgen.» Sie wirkte frisch und ausgeruht. Auf ihrem Gesicht lag ein Hauch von Rosa, was sie sich vielleicht aufgetragen hatte. Andererseits war sie freudig erregt, ihn zu sehen.

Masha sandte eindeutige Signale aus. Max durfte nicht darauf reagieren. Niemals.

«Möchtest du Kaffee?» Sie strahlte mit der Sonne um die Wette, die durch das Fenster in die Küche fiel. «Ich habe frische Croissants.»

«Das klingt verlockend.» Max räusperte sich. Den Kloss in seinem Hals brachte er kaum weg.

«Gut geschlafen?»

«Ja, danke.» Zu mehr Konversation war er nicht fähig. Die Energie zwischen ihnen war in diesem Moment heftig zu spüren. Wann hatte er zum letzten Mal in seinem Innern so gezittert?

«Ich habe von dir geträumt.» Masha brachte zwei Tassen zum Tisch.

Max setzte sich schweigend. Er musste das hier beenden, bevor es keinen Weg zurück gab. Masha spielte mit dem Feuer, machte sich Hoffnungen. Das war ihm bereits gestern aufgefallen. Die Frau bestand aus purem Verlangen, und sie steigerte es, indem sie diesem nicht nachgab. Oder sie wartete auf ein Zeichen von Max. Das würde er nicht aussenden. Unter keinen Umständen.

Er hustete. «Wie komme ich an Kellys Karton?»

Es war nicht die Frage, die Masha erwartet hatte. Ihr erstaunter Blick sprach Bände.

Max wich ihm aus. «Meinst du, ich kann noch einmal in McCorleys Haus?» Er sah zum Esstisch, auf dem ein neuer Strauss Wiesenblumen stand. Das Wohnzimmer wirkte aufgeräumt. Doch auch hier war die Sehnsucht zu spüren, als wäre alles bereit für etwas Grosses.

«Ich habe mit Dan gesprochen.» Der Zauber war weg. «Er hat die Schachtel bereitgestellt. Du kannst sie nach dem Frühstück abholen.» Masha hielt ihm den Brotkorb unter die Nase. «Frisch von der ‹Earlybeck›.»

Max griff nach einem Croissant. «Du isst nichts?»

«Ich habe keinen Hunger.»

Doch, hast du, dachte Max. Aber diesen Hunger kann ich dir nicht stillen. Er biss ins Gebäck. «Dir entgeht etwas.»

«Dir auch.» Sie lächelte ihn an.

***

Um neun hatte sich Fede mit dem Schmuckverkäufer verabredet. Danach wollte sie Milagros in Zürich abholen. Als sie ihr Haus im Drachenried verliess, fuhr ein Polizeiwagen auf den Vorplatz. Die Hühner flatterten in alle Himmelsrichtungen davon, als ahnten sie, etwas Schreckliches könnte passiert sein. Hühner hatten schliesslich einen Instinkt.

Max. Es *musste* etwas geschehen sein, weil er sich nicht meldete. So kannte sie ihn nicht. Seit gestern Nachmittag herrschte Funkstille.

Das Auto hielt an. Die Scheinwerfer gingen aus. Zwei uniformierte Polizisten stiegen aus. «Sind Sie Federica Hardegger?»

Sie kannten ihren Namen? «Wer will das wissen?»

«Guten Morgen.» Die Männer, jüngeren Alters, stellten sich vor. «Schmidiger und Blättler.»

«Entschuldigen Sie die Störung», sagte Blättler. «Wir wollen eigentlich zu Maximilian von Wirth. Wissen Sie, wo er ist?»

«Das wüsste ich auch gern.» Fede rechnete damit, dass sie den Termin beim Schmuckverkäufer vergessen konnte. Es passte ihr nicht. Sie befand sich auf dem besten Weg, einen Kriminellen zu überführen. Jetzt pfuschte ihr die Polizei ins Handwerk. Hatten sie etwa Wind von ihrem Vorhaben bekommen?

«In Hergiswil ist er nicht», sagte Schmidiger. Er trug einen gepflegten Dreitagebart, ein hübsches Kerlchen war er, mit enzianblauen Augen, die er einen Moment zu lange auf Fede richtete. Anscheinend wusste er über seine Wirkung Bescheid und genoss es.

«Worum geht es, wenn ich fragen darf?» Fede sah demonstrativ auf ihre Armbanduhr. «Ich habe um neun eine Verabredung in Stansstad. In zehn Minuten sollte ich dort sein.»

«Die müssen Sie verschieben.» Blättler verschränkte die Arme und wippte mit dem Fuss. «Ist Maximilian von Wirth Ihr Lebenspartner?»

«Wir führen eine gemeinsame Detektei.» Fede sah über den Hof. Die Hühner hatten sich vor dem Eingang zum Stall versammelt, als träten sie geschlossen gegen den Hahn an, der wenige Meter daneben in der Nähe des Zauns mit gesenkter Schulter und gefächerten Flügeln auf und ab tanzte. Doch keine der Hennen wollte sich vor dem balzenden Gockel ducken. Falscher Zeitpunkt, überlegte Fede. «Max ist mein Freund.»

«Sie führen die Detektei zusammen?» Schmidiger sah seinen Kollegen an, als hätte er die Antwort darauf bei ihm erwartet.

Fede bat die beiden Männer, ihr ins Haus zu folgen. «Sie sind mir eine Erklärung schuldig», sagte sie auf dem Weg zur Tür.

«Wir sind im Auftrag der kantonalen Staatsanwaltschaft da. Wir haben eine Vorladung für Sie.»

«Eine Anzeige etwa?» Fede nahm es gelassen zur Kenntnis. Damit hatten sie früher oder später rechnen müssen. Ihre Recherchen befanden sich manchmal im Graubereich zum Legalen. Hatte jemand von ihren Hackerangriffen erfahren? Oder hatte Max etwas angerissen, mit dem er jemandem auf die Füsse trat? Ging es um die Vonlanthens? «Warum wird die Vorladung nicht per Post versendet?» Sie gab sich betont unwissend.

«Sie kam leider wieder an uns zurück», entgegnete Blättler.

Chrigi bereitete das Frühstück für die Feriengäste zu. Fede war froh, würden die zwei Familien bald abreisen. Sie überlegte sich, ob sie in Zukunft das Angebot für Kinder streichen sollte. Sie hatte einfach keine Nerven für die Bälger.

«Sagt Ihnen Dr. Mahler etwas?» Schmidiger blieb neben dem Küchentisch stehen, während er Chrigi zusah. Blättler war wieder nach draussen gegangen, als ahnte er, jemand könnte unbefugt eintreten.

«Mahler. Ja, der Name ist mir nicht fremd. Er ist Max' Mandant.»

«Dr. Friedrich?»

«Er hat ihn mal erwähnt.» Fede setzte sich auf einen der Küchenstühle, staunte darüber, wie redselig der junge Polizist war. Vielleicht würde sie noch mehr aus ihm herauskitzeln können. «Worum geht es konkret?»

Blättler liess Fede nicht aus den Augen. «Das kann ich Ihnen nicht sagen.»

«Um Luxapharm?» Fede schluckte leer, während Blättler die Achseln hob. Sie war es, die Max darin bestärkt hatte, das Mandat auf keinen Fall abzugeben. Er hatte gezweifelt und musste seine Gründe gehabt haben. Es ging um illegale Medikamentenabgaben eines Rheumamittels, das von Swissmedic bislang keine Freigabe erhalten hatte. «Ein Stichwort?»

Schmidiger räusperte sich. «Wann, denken Sie, kommt Ihr Lebenspartner zurück?»

«Ich habe keine Ahnung, wo er steckt.» Sie hob den Vorhang beim Küchenfenster, sah auf den Hof. Der Hahn bestieg die kleinste Henne und pickte sie in den Nacken. Sie drückte die Flügel nach vorn und drehte den Schwanz zur Seite. Kapitulation.

NEUN

Max starrte auf den geöffneten Karton. Er hatte mit einem grösseren Behältnis gerechnet als mit dem, was vor ihm lag. Es war eine runde Schachtel mit dem Durchmesser von dreissig Zentimetern. Eine Art Hutschachtel, in der die letzten Memoiren eines vierzigjährigen Mannes lagen, Erinnerungsstücke in Form von Papier und Notizen, ein paar Fotos. Dan hatte radikal aufgeräumt, kurz nach Glen Kellys Tod, hatte Andrew mitgeteilt. Weder er noch sein Bruder hatten sich mit diesen Überbleibseln auseinandergesetzt. Sie hatten es auf später verschieben wollen, und nun war es in Vergessenheit geraten.

Glen Kellys Andenken war auf eine kleine Schachtel geschrumpft.

Immerhin war Dan Max entgegengekommen. Er machte zwar nicht auf gut Freund, aber sein Respekt ihm gegenüber hatte sich gebessert. Er war sogar bereit, ihm im Rahmen seiner Möglichkeiten zu helfen. Max erlebte ihn in nüchternem Zustand und musste zugeben, dass er kein so leider Typ war. «Warum machst du bei den Swiss Open nicht mit? Hast du mit dem Tennis aufgehört?»

Dan riss die Augen auf.

An Dans Stelle antwortete Andrew. «Er musste sich entscheiden. Entweder er gibt sein unstetes Leben oder den Sport auf. Dan hat sich für das Leben entschieden. Zudem kommt er in ein Alter, in dem er mit der jungen Konkurrenz nicht mehr mithalten kann.»

Dan widersprach seinem Bruder nicht, obwohl in seinem Blick etwas anderes stand. Andrew war der Ältere, der Alphamann, dem man gehorchte.

«Lass dich nicht von ihnen blenden», hatte Masha Max geraten, bevor er beim Nachbarhaus läutete. «Sie könnten etwas im Schild führen. Vor allem Andrew darfst du nicht trauen.»

Sein iPhone läutete. Nach den vielen unbeantworteten Nachrichten und Anrufen hatte Max es auf laut gestellt. Ohne zu überlegen, nahm er den Anruf entgegen.

«Max, verdammt … wo steckst du?» Fedes sich überschlagende Stimme, die er nicht von ihr kannte. «Bei uns brennt es, hier geht die Welt unter, und du … du.» Sie hatte die Beherrschung verloren.

«Beruhige dich.» Max machte eine wegwerfende Handbewegung Richtung Dan und Andrew. «Und alles der Reihe nach.»

«Milagros und Merlinde wurden überfallen. Milagros ist in der Hirslanden-Klinik in Zürich, Merlinde ist verschwunden. Die Polizei ist da. Wir haben möglicherweise eine Anzeige von Luxapharm am Hals, und Coco hat soeben eine Henne totgepickt.»

Der Geruch nach Tabak streifte Max' Nase. Andrew zündete eine Zigarre an. Max hätte gern eine geraucht, um sich an etwas festzuhalten. In seinem Gehirn überschlugen sich die Gedanken. «Ich werde sofort losfahren.»

«Wann rechnest du, hier zu sein?»

«In drei Stunden.»

«Sag nicht, dass du noch immer in Gstaad bist.»

«Ich verfolge eine heisse Spur.»

Pause auf der anderen Seite. «Hat diese heisse Spur zufällig zwei Beine?»

«Fede, bitte, es ist der falsche Zeitpunkt für solche Scherze.»

«Ich habe diese Masha Flores gegoogelt.»

«Hast du Zeit für solche Dinge?» War klar, dass Fede nichts ausgelassen hatte. Er hätte es wissen müssen und irgendetwas erzählen können, aber nicht, dass er McCorleys Ex-Freundin treffen wolle. Allein das Wort «Ex» verlangte in Fedes Kopf entsprechende Nachforschungen. Vielleicht war sie eifersüchtiger, als sie sich gab. «Ich habe endlich Informationen über Glen Kelly.» Er schaute auf den geöffneten Karton und wusste im selben Moment, dass er sich mit Erklärungen hätte totreden können. Fede würde nicht darauf eingehen. Er kam sich schäbig vor, weil er sich nicht gemeldet hatte. Er hatte damit ihr Misstrauen provoziert. «Ich kann es nicht ändern. Nur Fliegen wäre schneller.» Das war zu heftig. Einmal mehr verriet er seine Empfindungen gegenüber Masha und dass er vergebens versuchte, sich dagegen zu wehren. «Ich werde mich beeilen, versprochen.»

«Dann mach mal. Manchmal zweifle ich an deinem gesunden Menschenverstand.» Fede brach den Anruf ab.

«Ärger mit den Frauen?» Andrew grinste ihn entwaffnend an.

Max zeigte auf die Schachtel. «Kann ich die mitnehmen?» Fehlte noch, dass er sein Innerstes einem Wildfremden gegenüber ausstülpte.

«Okay.» Als Andrew intervenieren wollte, winkte Dan ab. «Das ist auch in unserem Sinn. Mach damit, was du willst, aber lasse uns aus dem Spiel, kapiert? Ich habe mir die Unterlagen angesehen. Es sind lediglich ein paar Mailwechsel zwischen Glen und Sanason. Es gibt ein paar Fotos und Notizen. Vielleicht findest du darauf Anhaltspunkte.»

Und die anderen Dokumente hatte er in der Zwischenzeit verschwinden lassen, ging Max durch den Kopf. Er hätte in der Nacht darauf beharren sollen, «Akteneinsicht» zu nehmen. Jetzt war es zu spät. Er hatte sich den Vorteil verspielt, weil er dem Begehren einer Frau beinahe nachgegeben hatte. Er war ihr wie ein Hündchen gefolgt, in der Hoffnung, Masha würde ihn in ihr Bett lotsen. Ein One-Night-Stand im Berner Oberland, ein Beweis, dass er noch immer hoch im Kurs stand. Niemand müsste davon erfahren.

Masha liess ihn zappeln. Alles in dieser vergangenen Nacht hatte ihn erregt. Die zarte Zurückhaltung, ihre geheime Exkursion in sein Schlafzimmer. Unter halb geöffneten Augenlidern hatte er sie beobachtet, wie sie an sein Bett huschte und ihn ansah und vermutete, dass er schlief. Er hatte ihr Verlangen gespürt, ihr leises Seufzen gehört. Er selbst war vor Sehnsucht fast vergangen. Unmöglich, dass sie seine Erregung nicht mitbekommen hatte.

Er hatte die Gelegenheit verpasst. Wieder einmal nur dem Verstand Vorrang gelassen, anders, als Fede ihn wissen liess.

Kopflastig wie eh und je. Er hatte verlernt, auf sein Herz zu hören. Instinkte waren etwas für die einfachen Leute. Sein Beruf forderte klare Überlegungen. Emotionen hatten keinen Platz.

Dan drückte ihm den Karton in die Hand. «Ich hoffe, wir sehen uns wieder, aber unter normalen Umständen. Mashas Freunde sind auch meine Freunde. Aber ich gebe dir einen guten Rat: Spiel nicht mit ihr. Ich selbst hatte sie zutiefst verletzt, was mir allerdings erst im Nachhinein bewusst wurde.» Er schlug ihm kumpelhaft ein. «Solltest du es ernst meinen mit ihr, wird sie dich sicher bald auf ihre Yacht einladen, die in Portofino vor Anker liegt.»

***

Max' unterschwelliges Geständnis drang mit aller Brutalität in ihr Inneres. Sie wäre eine schlechte Freundin gewesen, hätte dieses Gefühl sie kaltgelassen. Im Gegenteil, sie kämpfte gegen die Tränen an. Da existierte plötzlich etwas, das sie nicht zu fassen vermochte. Ein Empfinden, welches sie zutiefst erschreckte. War es Eifersucht?

Das Handy schellte unerbittlich auf der Zwischenkonsole ihres Minis. Sie griff danach und konzentrierte sich wieder auf die Fahrbahn. Sie hatte die Ausfahrt von der Autobahn hinter sich gelassen, zweigte nun in den ersten Kreisel in Stans ab. Der Tag war wolkig und mild. Im Radio lief «Macarena» von den Los Del Rio. Es hätte ein perfekter Sommertag sein können. «Es ist *deine* Nummer.» So schnippisch hatte sie es nicht sagen wollen.

Milagros starrte sie an. «Glaubst du, man hat mein Smartphone gefunden?» Sie übernahm das Gerät, liess es weiter läuten.

«Nimm den Anruf entgegen, dann weisst du's.» Milagros' Zögern entging Fede nicht. «Komm, gib her.» Sie riss ihr das Handy aus der Hand, wischte über «Annehmen» und meldete sich mit einem resoluten «Hallo». Den Schwenker nach links korrigierte sie sofort mit klopfendem Herzen. Zitternd presste sie das Handy ans Ohr.

«Federica. Was für ein schöner Name.»

«Mit wem spreche ich?»

«Mit jemandem, der die Person kennt, deren Handy ich besitze.»

«Ich kann Ihnen nicht folgen. Haben Sie sich etwa verwählt?» Zweiter Kreisel beim Niederdorf. Fede hatte Mühe, das Lenkrad einhändig zu drehen. Sie äugte zu Milagros hinüber und hoffte, dass sie den Mund hielt.

Milagros zuckte bloss mit den Schultern.

«Ich habe mich nicht verwählt, Federica.» Wieder diese Stimme. Sie konnte einem Mann mit Tenor- oder einer Frau mit Altstimme gehören.

«Hören Sie, ich bin unterwegs und habe keine Lust auf solche Spielchen. Versuchen Sie, die richtige Nummer zu wählen.»

«Wenn dir etwas an Merlinde Vonlanthen liegt, hörst du mir jetzt genau zu.»

Schock. Am Karliplatz. Beim Bahnübergang vor der Abzweigung nach Ennetmoos musste Fede anhalten, weil sich die Schranken schlossen. Sie wusste nicht, ob sie sich auf den Fremden einlassen wollte. Merlinde Vonlanthens Leben hing wahrscheinlich an einem seidenen Faden. Am Telefon war jemand, der nicht mit sich spassen liess. Der war sich seiner Sache sehr sicher. Merlinde befand sich in seiner Gewalt.

«In einer Viertelstunde rufe ich wieder an. Und bis dahin keine Mätzchen. Haben wir uns verstanden? Falls doch, werde ich Merlinde stückweise an dich zurückschicken.»

Die rote Komposition der Luzern-Stans-Engelberg-Bahn fuhr heran, drosselte das Tempo mit quietschenden Rädern auf dem Weg zum nahen Bahnhof.

Stückweise. Fede versuchte, es sich vorzustellen.

Sie übergab das Smartphone zitternd Milagros. Sie hatte Mühe, einen klaren Gedanken zu fassen. Das hier war ein Traum. Bald würde sie daraus erwachen. «Wie kommt es, dass es einem Fremden gelingt, mit deinem Handy zu telefonieren?»

«Er muss der Einbrecher sein und es mir weggenommen haben.» Milagros zog den Kopf ein. «Was wollte der?»

«Hast du keinen Sicherheitscode?»
«Doch.» Milagros reckte sich wieder in die Höhe.
«Mit welchem Code?» Die Barrieren gingen auf. Fede fuhr an, stellte den Blinker und zweigte Richtung Allweg ab.
«Den verrate ich nicht.»
«Milagros! Soeben hat jemand deinen Code geknackt.»
«Eins, zwei, drei, vier.»
«Ja, gute Nacht.»
«Ich kann mir Zahlen schlecht merken.»
Fede preschte mit Vollgas über die Ennetmooserstrasse. Auf dem letzten Abschnitt zu ihrem Hof versuchte sie, aus dem Mini alles herauszuholen. Der Motor heulte wie ein Rudel hungriger Wölfe. «Du solltest die Nummer sofort sperren lassen.»
Milagros hielt sich mit beiden Händen am Sitz fest. «Ist alles in Ordnung mit dir?»
Fede nickte mit zusammengekniffenem Mund. Nichts war okay. Ihre Welt war aus den Fugen geraten. Ihre Selbstsicherheit drohte zu zerbrechen. Sie brauchte Max' Hilfe, obwohl sie kein Verlangen nach einem weiteren Gespräch mit ihm hatte. Vielleicht war es doch keine gute Idee gewesen, als sie sich entschloss, als Schnüfflerin in Max' Geschäft einzusteigen. Aber der Mann und seine Ideen hatten ihr von Anfang an gefallen. Auf der einen Seite seine zurückhaltende und sensible Art, von der sie selbst gern mehr gehabt hätte, auf der anderen seine Visionen. Ihre gegensätzlichen Charaktere hatten sich anfänglich angezogen und jene Spannung in ihre Beziehung gebracht, die sie antrieb und jeden Tag zu einem besonderen machte. Sie waren füreinander da, obwohl sie sich nicht regelmässig sahen. Ihre täglichen Anrufe waren ein fester Bestandteil in ihrer Verbindung, egal, wie gut oder schlecht es gerade dem Partner ging.
Max hatte sich verleugnet. Zum ersten Mal seit ihrem Kennenlernen. Diese Tatsache brachte Fede so durcheinander, dass sie vergass, das Tempo zu drosseln. Bei der Einfahrt zum Drachenried riss sie das Lenkrad herum. Der Mini kam ins Schlingern. Milagros schrie auf. Fede drückte auf die Kupplung und das Bremspedal. Vollbremsung. Der Wagen schlitterte weiter

über frische Kuhfladen und kam just vor dem Briefkasten zum Stehen.

«Noch einmal gut gegangen.» Fede sandte Milagros einen zerknirschten Blick zu.

«Das nennst du gut gegangen?»

Milagros' Zittern entging Fede nicht. «Ich muss Chrigi sagen, dass er den Dreck auf dem Parkplatz wegmacht.»

«Wir sind gerade knapp dem Tod entronnen.» Milagros hatte sich etwas gefasst. Sie öffnete die Beifahrertür und stieg sachte aus. «In dir steckt ja mehr Temperament, als ich dachte.»

«Von wegen Temperament müssen wir uns nichts vormachen.» Fede verliess das Auto. «Du entschuldigst mich. Ich muss Max anrufen.» Sie wandte sich ab und ging ein paar Schritte weg. Aus der Ferne liess sich die Situation besser überblicken. Sie hatte Glück gehabt. Mit Ausnahme der Blumenrabatte hatte sie nichts zerstört. Und der Haselnussstrauch hatte wenig abbekommen. Ein Zweig hatte sich am rechten Aussenspiegel verklemmt. Der Mini hatte zwar eine Beule, aber das war reparierbar. Fede wählte Max' Nummer.

Er nahm nach dem ersten Klingelton ab. «Liebes, wir sollten miteinander reden.» Ausser Atem.

«Später.» Fede schluckte. «Ich habe nun Gewissheit. Merlinde wurde entführt. Der oder die Entführer haben Milagros' Handy und mich von ihrer Nummer aus angerufen.»

«Gibt es Forderungen?»

«Diese teilt er mir in den nächsten fünf Minuten mit. Ich kann nicht allzu lange sprechen. Was soll ich tun? Ich verstehe etwas von Computern, aber nichts von durchgedrehten Entführern.»

«Keine Polizei.»

«Genau. Wir müssen das selbst an die Hand nehmen.»

«Ich glaube, Milagros' Handy ist lokalisierbar.»

«Bist du sicher?»

«Ich müsste es checken. Ich habe mal etwas installiert, um sie bei einem Notfall zu orten.»

«Für eine Ortung werden mehrere Funktionen beansprucht», erklärte Fede. «GPS ist eine davon. Zudem sind die verwendeten

Mobilfunkstationen und WLAN-Daten entscheidend, wie man einen Standort bestimmen kann. Je mehr Technik zum Beispiel Android oder iOs zur Ortung verwenden können, umso besser. Sollte das Handy offline oder ausgeschaltet sein, zeigt die Lokalisierung den letzten bekannten Standort an.»

«Du bist der Profi. Ich hoffe, der Entführer kommt nicht auf die Idee, die App zu suchen und sie zu deaktivieren.»

«Er kann nicht telefonieren, wenn WLAN ausgeschaltet ist.» Fede kam unter Druck. «Ich muss auflegen.» Torkelnd ging sie zurück, wo Milagros den Mini begutachtete.

«Den kannst du auf der Müllhalde entsorgen», sagte sie. «Wäre schon lange an der Zeit.»

«Untersteh dich. Er ist ein Andenken von meinem Vater.»

«Entschuldige.» Milagros schritt ohne ein weiteres Wort zur Tür.

Die Familien waren weg. Eine wohltuende Stille umgab das Haus. In diese Ruhe drang der schrille Ton des Smartphones wie eine Sirene. Fede atmete einmal tief durch, bevor sie den Anruf entgegennahm.

«Hör gut zu!» Wieder diese Stimme. «Merlinde Vonlanthen hat mich meines Lebens bestohlen. Sie muss bestraft werden. Du, Federica, kannst es verhindern, indem du tust, was ich dir befehle.»

«Ich kenne Sie nicht.» Fede hoffte, Max würde sie nicht im Stich lassen und er versuchte, Milagros' Handy zu orten. In diesem Moment. Sie musste das Gespräch ausdehnen, Zeit schinden. «Nennen Sie mir Ihren Namen?»

Der Fremde ging nicht darauf ein. Fede war sich nun sicher, dass es ein Mann war. «Sie schuldet mir eine Menge Kohle. Die will ich *jetzt* haben.»

«Und wie soll ich das anstellen? Ich habe keinen Zugriff auf ihre Konten. Ich kenne die Frau eigentlich nicht.»

«Ich teile dir die Bankverbindung per Whatsapp-Nachricht mit. Merlinde hat mir ihre Karte ausgehändigt. Die Vollmacht dazu sende ich ebenfalls.»

«Heute ist Samstag.»

«Du gehst am Montagmorgen um neun Uhr bei der Bank vorbei und hebst zweihunderttausend Schweizerfranken ab. Weitere Details folgen.»

«Die werden mir das Geld nie aushändigen.»

«Doch, werden sie.» Die Stimme veränderte sich, wurde eindringlicher. «Merlinde hatte ihren eigenen Kurier, der ihr regelmässig Geld brachte. Wir reden hier von sehr hohen Beträgen. Wende dich an den Banker Hans Meier. Er wird Merlinde anrufen, wie er das immer getan hat. Und sie wird das Okay geben. Sie wird es tun, glaube mir. Ansonsten verliert sie einen ihrer Finger.»

Zweihunderttausend. Das nahm Merlinde bestimmt aus der Portokasse. Warum dieser Aufwand?

«In der nächsten Woche wirst du diesen Job fünfmal ausführen, bis ich meine Million habe.»

«Warum kann ich nicht den ganzen Betrag auf einmal abholen?»

«Merlinde hat fünf Finger, die sie spürt.» Der Fremde legte auf.

Fede ärgerte sich über ihre Äusserung. Sie ging ins Haus. Milagros hatte sich frisch gemacht. Ihr lag viel daran, auch in der ausweglosesten Situation den Stil zu wahren. Sie hatte sich gekämmt und die Lippen mit einem farblosen Stift nachgezogen. Sie schimmerten feucht. Fede musste ihren Frust loswerden und erzählte ihr von dem seltsamen Anruf.

Milagros blieb besonnen. «Das könnte *ich* erledigen. Mir glaubt man mehr als dir.»

«War das soeben eine Anspielung auf mein Äusseres?»

«Sieh doch deine Tattoos an.»

«Ich wirke wie eine Kriminelle … wolltest du das sagen?» Fede vermochte nicht, ein Lachen zurückzuhalten. Wenn die Lage bloss nicht so ernst gewesen wäre.

«Jeder seriöse Banker könnte sich dadurch provoziert fühlen.» Milagros tigerte vom Küchentisch zum Kochherd und wieder zurück. Mit ihrem frisch frisierten Haar und dem geblümten Sommerkleid sah sie aus wie eine brave Landfrau aus einem Heimatfilm. Eine Frau, deren Legende in einer Bäuerin und Mutter von zehn Kindern begründet war.

Fede sah sie plötzlich mit anderen Augen an. Wenn Milagros noch so gern die Dame von Welt inszenierte; in ihrem Innersten steckte etwas Ursprüngliches. «Wir verschieben es auf Montag.»

***

Milagros' Handy war in Erlenbach eingewählt gewesen. Somit konnte Max ausschliessen, dass der Anrufer etwas mit den McCorleys zu tun hatte, zumindest nicht unmittelbar. In diesem ganzen Irrsinn existierte jemand, der es direkt auf Merlinde abgesehen hatte. Offenbar von Anfang an. Das verbindende Glied stellte dennoch Glen Kelly dar. Kelly, der bei Sanason gearbeitet hatte. Sanason, der Begleitservice, dessen Dienste Merlinde auch auf ihrer zweiten Kreuzfahrt in Anspruch genommen hatte. Die Frage stellte sich, warum sie das nach dem Fiasko im Februar getan hatte. Es brauchte mehr als eine grosse Portion Beherztheit, um Personal von dieser dubiosen Firma zu bestellen. War sie überredet worden? Oder so unerschrocken?

Max konnte sie nicht fragen. Man hielt sie gefangen und forderte Lösegeld. Eine Million Schweizerfranken in fünf Etappen, hatte Fede ihm mitgeteilt.

Nach einer längeren Pause oberhalb des Lungernsees fuhr Max weiter. Er hatte das Dach des Cabrios geöffnet. Der Fahrtwind kühlte seine schweren Gedanken. Zur linken und rechten Seite neigte sich der Wald. Zwischen den Baumkronen schimmerte der Himmel graublau. Max hatte noch nie mit einem Entführungsfall zu tun gehabt, in dem Geld gefordert wurde. Das war eine neue Erfahrung. Nach seinem Ermessen hätte man sofort die Polizei einschalten müssen. Es ging jedoch nicht nur um Merlinde, auch Fede und Milagros schwebten in Gefahr. Ein falscher Entscheid, und … Max durfte sich nicht ausmalen, was dann geschah.

Erlenbach. Das Nachbardorf von Herrliberg. Es lag genauso idyllisch am Zürichsee. An den sonnigen Hängen gediehen die

Reben, Häuser im Fachwerkbau prägten vielerorts das Dorfbild.

Das konnte kein Zufall sein. Der Erpresser musste somit eine Unterkunft an der Goldküste haben, in die er Merlinde gebracht hatte. Wenn seine Forderung erfüllt war, würde er Merlinde unversehrt gehen lassen. Max hielt sich an dieser Option fest, ans Gegenteil wagte er nicht zu denken. Möglicherweise war die Entführung lange im Voraus geplant worden, oder sie war die Folge einer Schlappe. Eine Aktion aus der jüngeren oder älteren Vergangenheit, die nicht das gebracht hatte, was man sich vorgestellt hatte. In der es einen Toten gegeben hatte. Glen Kelly. Es ging um Rache. Max musste den Radius um Kelly erweitern. Es war ein Fehler gewesen, sich auf die McCorleys zu versteifen.

Sanason. Max würde sich diese Firma näher ansehen. Es ärgerte ihn, dass er es nicht längst getan hatte. Über Luc Holm, den Besitzer, hatte er sich zwischenzeitlich schlaugemacht. Seine Firma war gesetzeskonform im Handelsregister eingetragen. Ein Bild von Holm existierte nicht. Auch weitere Angaben fehlten. Max hatte Fede damit beauftragt, mehr über ihn herauszufinden. Aber Fede war nicht empfänglich für solche Anweisungen. Sie grollte ihm wegen dieser blöden Unterlassungssünde. Vielleicht brauchte sie eine Motivation. In der Form eines Heiratsantrags? Max würde nicht ein viertes Mal vor ihr auf die Knie gehen. Wenn er ehrlich mit sich selbst war, kam ihm das Nein gelegen, gab ihm Aufschub, um mit sich ins Reine zu kommen. Er musste zuerst Ordnung in sein Seelenchaos bringen. Dachte er an Fede, erfüllte es ihn mit Zufriedenheit. Beim Gedanken an Masha bekam er Herzklopfen.

Max fuhr nicht wie vereinbart ins Drachenried. Er beschloss, sich direkt nach Erlenbach zu begeben. Auf dem Weg dorthin rief er noch einmal Fede an, um ihr seine Planänderung mitzuteilen.

Mit Hilfe des GPS hatte Max den Standort des Entführers ziemlich genau eruiert. Ein unscheinbares Mehrfamilienhaus an der Lerchenbergstrasse war es, ein älteres Gebäude, das zwischen den feudalen Villen unterging. Max stellte seinen Mustang ein paar Meter oberhalb der Zieladresse an den Strassenrand. Er wollte kein Risiko eingehen und sich einen Fluchtweg offen lassen. Er ging zurück, vorbei an einem Herrschaftshaus mit verborgenem Swimmingpool, welchen er nicht sah, aber hören konnte. Kindergeschrei und das Planschen von Wasser. Nach einer lang gezogenen Kurve erreichte er den Wohnblock, der an die frühen sechziger Jahre erinnerte. Graue Mauern, Jalousien und zwei Eingänge mit Vordach. Ein Blick zur Strasse. Sie lag wie ausgestorben zur fortgeschrittenen Tageszeit. Ein prädestinierter Ort, um jemanden zu verstecken. Kaum jemand würde über die hohen Hecken schauen.

Max besah sich die Namensschilder neben den Sonnerien. Im Haus wohnten vier Parteien. Zwei von ihnen teilten sich je einen Eingang. Familie Kernen, Anita Nussbaumer, Familie Holenstein und M. und L. Bortoluzzi. Vielleicht ein Ehepaar? Auf der oberen Etage waren die Rollläden geschlossen. Die Leute mussten in den Ferien sein, was auch zwei prall gefüllte Briefkästen bewiesen. Bei den unteren Wohnungen schien mehr Leben zu existieren. Max musste sich entscheiden. Entweder nahm er sich die linke oder die rechte Wohnung vor. Die der Familie Holenstein ignorierte er. Zwei Paar rosarote Kindersandaletten hinter dem ersten Eingang zeugten von jungen Leuten mit Kind. Übrig blieben die Bortoluzzis. Max vergewisserte sich, dass ihn niemand beobachtete. Er ging rechtsherum, gelangte in einen kleinen Garten, wo Sommergemüse und Blumen wuchsen. Eine Schaukel wirkte verwaist, eine Pergola verwittert. Der Blick von den Nachbarn blieb auch hier verwehrt. Hinter zwei mannshohen Oleanderstöcken lag die Terrasse. Die Glastüren waren geschlossen, die Sonnenstoren heruntergelassen. Keine Menschenseele weit und breit.

Max näherte sich einem Fenster, hinter dem er ein Schlafzimmer vermutete. Das Fenster war gekippt. Hier würde er einsteigen können. Trotzdem war es ein schwieriges Unterfangen. Was, wenn er falschlag? Oder wenn eine Alarmanlage existierte? Wenn er auf frischer Tat ertappt würde?

Er musste es wagen. Ein Gartenstuhl kam ihm gelegen. Er stellte ihn unter das Fenster.

Vier Jahre als Detektiv brachten ihre Vorteile. Fast mühelos schob Max seine Hand durch den Spalt zwischen dem gekippten Fensterflügel und dem Fensterrahmen. Er drehte den Hebel von der Vertikalen in die Horizontale. Der Flügel liess sich öffnen. Feuchtwarme Luft schlug ihm entgegen, als er sich über den Sims ins Schlafzimmer hangelte. Sonne, Hitze und die Ausdünstung der Menschen, die hier schliefen, hatten einen unangenehmen Geruchscocktail entstehen lassen. Max warf einen Blick ins angrenzende Badezimmer, griff nach den Frotteetüchern. Diese waren trocken. Er verliess das Schlafzimmer und betrat einen Korridor, von dem drei Türen weggingen. Er kannte solche Innenleben. Sie waren oft nach dem gleichen Muster konzipiert, ein fensterloser Raum, in dem die Luft erstarrte. Eine Garderobe beim Eingang, altmodisch und unaufgeräumt. Er öffnete die Tür zum Wohnzimmer, das in eine Essnische und die Küche überging, dann die Tür zu einem Büro mit Pult, einem Stuhl und einem Regal, das eine ganze Wand einnahm und welches mit Ordnern vollgestopft war. Allerdings sah er kein einziges Buch. Die dritte Tür liess sich nicht öffnen. Vorsichtig legte er das Ohr auf das Türblatt, versuchte, ein Geräusch zu hören.

Glaubte er es bloss, oder vernahm er ein leises Stöhnen?

Sachte klopfte er an. Das Stöhnen verstummte. Das Geräusch eines Rasenmähers drang in die Wohnung. Es hätte alles so normal sein können. Typische Sommergeräusche, Musik aus einer Verstärkerbox, das Bellen eines Hundes. Max griff auf den oberen Rand der Tür und fand einen Schlüssel. Sonderbar, dass der dort oben lag und nicht im Schloss steckte. Hatte man ihn erwartet?

Max steckte den Schlüssel ins Schlüsselloch, drehte ihn um und drückte den Türgriff nach unten. Er öffnete die Tür nur zaghaft und suchte nach einem Lichtschalter. Unmittelbar neben der Tür ertastete er einen Rollstuhl.

«Frau Vonlanthen?» Max glaubte, zwei Augen in der Finsternis zu erkennen. Der Raum verfügte offensichtlich über kein Fenster. Es musste ein Gästebad sein, in das er gelangt war. «Ich bin es, Max von Wirth. Ich bin da, um Sie nach Hause zu bringen.»

Endlich ein heftiges Wimmern. Max knipste das Licht an und wich augenblicklich zurück. Merlinde sass in der Ecke einer Dusche. Ihr Mund war mit einem Klebeband umwickelt. Max versuchte, das Band zu lösen. Nach mehreren Anläufen gelang es ihm, es wegzunehmen. Tiefe Seufzer entglitten Merlinde Vonlanthens Rachen. Sie schnappte wie eine Ertrinkende nach Luft. «Herr von Wirth. Noch ein paar Stunden in dieser Position und Sie hätten mich auf dem Friedhof besuchen können.» Wenigstens hatte sie ihren Humor behalten.

«Was denken Sie, wann kommt er zurück?»

«Matteo?»

«Matteo? Sie kennen ihn?»

«Matteo Bortoluzzi. Ein einfaches Gemüt.»

Max dachte an die Handyortung und musste ihr recht geben.

«Er war es, der mich auf dem Kreuzfahrtschiff überfallen und ausgeraubt hat.»

«Und das erzählen Sie mir erst jetzt?»

«Es war ein Fehler. Aber ich musste sicher sein, dass ich Ihnen vertrauen kann.»

«Habe ich es nun bewiesen?» Max hob sie auf. Sie fühlte sich schwer an. Er trug sie zum Rollstuhl und setzte sie. «Das hätte böse enden können.»

«Zum Glück habe ich noch etwas Reserve an den Knochen. Wasser habe ich immer bekommen. Luisa hat mich sogar auf die Toilette gesetzt. Sie hat ja Übung darin.»

«Ist Luisa Matteos Frau?»

«Das weiss ich erst seit gestern. Sie und Matteo haben mich auf meiner Kreuzfahrt begleitet. Ich hatte sie unabhängig voneinander gebucht.»

«Und sie ist auch die Komplizin.» Für Max war Merlindes Reaktion nicht nachvollziehbar. Warum hatte sie ihm nichts davon mitgeteilt? Man hätte das hier verhindern können.

«Ich denke, es ist noch nicht ausgestanden. Die werden wiederkommen.»

«Darum müssen wir so schnell wie möglich aus der Wohnung. Fühlen Sie sich in der Lage, mit meiner Hilfe zu gehen? Den Rollstuhl müssen Sie vergessen. Den kann ich nicht über das Fenster hieven. Wichtig ist, dass ich Sie unversehrt nach draussen bringe.» Er überlegte sich, wie er Merlinde zu seinem Wagen brachte.

«Ist ja auch ein unmögliches Modell. Ich werde es versuchen.»

Max rollte sie durch den Korridor Richtung Schlafzimmer. Er hatte vorab vergebens nach einem Schlüssel gesucht, der es ihnen ermöglicht hätte, die Wohnung durch die Wohnungstür zu verlassen. Er musste den beschwerlichen Weg über den Fenstersims nehmen. Er schloss das Gästebad ab und legte den Schlüssel auf den Rahmen. Wenn der Entführer nach Haus kam, sollte er nicht unmittelbar merken, dass sich Merlinde Vonlanthen nicht mehr im Raum befand.

Kaum hatten sie das Schlafzimmer erreicht, vernahm er das Geräusch eines sich drehenden Schlüssels beim Eingang.

Er ahnte, dass die Befreiungsaktion nicht gut ausgehen könnte, sollte er falsch reagieren. Er schob Merlinde bis zum Fenster. «Bitte warten Sie hier, ich muss etwas erledigen.»

«Sie lassen mich doch nicht im Stich.» Ihr Flehen liess ihm die Nackenhaare aufstehen.

«Ich werde Sie hier rausbringen, versprochen.»

«Nehmen Sie sich in Acht.»

Leise zog er die Schlafzimmertür zu. Im Korridor versteckte er sich hinter dem Schrank beim Durchgang zum Wohnzimmer. Die Eingangstür wurde aufgestossen. Max blinzelte um die Ecke. Matteo Bortoluzzi betrat die Wohnung. In den Händen trug er zwei schwere Einkaufstaschen. Eine davon stellte er ab, um die Tür zu schliessen. Das war Max' Chance. Ohne sich über die Konsequenzen im Klaren zu sein, sprang er auf Bortoluzzi zu und griff ihn von hinten an. Wut und Ohnmacht bahnten sich ihren Weg. Bortoluzzi liess die zweite Einkaufstasche fallen, das

Papier zerplatzte. Bierdosen rollten über den Boden. Bortoluzzi selbst blieb stehen. Wutentbrannt drehte er sich nach Max um.

Max war auf alles gefasst. Er bückte sich blitzschnell, griff nach den Bierdosen und bewarf damit seinen Gegner. Zwei Dosen gingen daneben, die dritte traf ihn an der Schulter. Verflixt, wo war seine Zielsicherheit geblieben?

Bortoluzzi stürmte mit ausgestreckten Fäusten nach vorn. Max brauchte kein Psychologe zu sein, um die Kräfte zu ermessen, die der Raserei entsprangen. Vor ihm stand eine Kriegsmaschine, die ihn mit einem Schlag bodigen würde.

Der erste Schlag traf ihn im Gesicht, der zweite folgte tiefer. Max wich aus. Er hatte keine Chance, sich richtig zur Wehr zu setzen. Er taumelte durch den Korridor, darauf bedacht, sich selbst zu schützen. Noch einmal rappelte er sich auf. Mobilisierte alle Kräfte. Der Angreifer holte aus, Max duckte sich. Die Faust fuhr haarscharf neben seinem Kopf vorbei. Der nächste Schlag ging von einem Fuss aus. Max sprang erneut weg. Es traf ihn am Knie. War verkraftbar. Aber den kommenden Angriffen würde er ausgeliefert sein. Der Kerl verfügte über mehr Kraft als er.

Ausbruch nach vorn, dem Angreifer entgegen. Es war der einzige Ausweg. Wenn Max sich jetzt nicht wehrte, war er verloren, und das Todesurteil würde nicht nur über sein Haupt kommen, auch über Merlindes.

Plötzlich fiel ein Schuss.

Zwei Jahre, drei Monate und vier Tage bis zum Mord

Niemand hatte damit gerechnet, dass Gregory Vonlanthen nach zwei Hirnschlägen noch einmal zurückkehren würde. Er hatte eine komplizierte Operation ohne weitere Komplikationen überstanden und befand sich nach einer monatelangen Rekonvaleszenz im Appenzellerland erneut in der «Seeresidenz Nina Rosso», in einem Patientenzimmer mit Spitalbett und Vierundzwanzigstundenbetreuung.

Merlinde besuchte ihn, wie jeden Tag. Sie war immer auf alles gefasst. So auch heute, als sie die Zimmertür aufstiess.

Er sass im Rollstuhl, aufrecht, wegen des Gurts um die Brust, der ihn daran hinderte, nach vorn zu kippen. Sein Kopf war mit einer Halskrause fixiert, die den Schädel umschloss. Dieser Anblick. Er machte ihr Mühe. Gregorys Augen waren leer, sein Mund stand offen. Ein Rinnsal von Speichel rann aus dem linken Mundwinkel. Über dem Gesicht ein Schweissfilm wie eine Glasur. Das war nicht mehr ihr Gregory. Es war, als sässe dort lediglich eine Hülle, ohne Geist, ohne Seele, nicht einmal ein Schatten seiner selbst. Wahrscheinlich nahm er kaum etwas wahr.

Merlinde fragte sich, ob ihr Entscheid richtig gewesen war oder ob es menschlicher gewesen wäre, sie hätte Gregory sterben lassen. Bloss der Gedanke, sie hätte ihn dabei getötet, liess sie frösteln. Nein, sie war keine Frau, die über Leben und Tod entscheiden durfte.

Sie drückte je einen Kuss auf seine Wangen, die sich kühl und wider Erwarten sehr weich anfühlten, und riss sich zusammen, um nicht laut zu schreien. Ihren einstigen Strahlemann in diesem Zustand geistiger Umnachtung zu sehen, tat ihr im Innersten weh. Sie rollte ihn durchs Zimmer über den Korridor zum Aufzug. Heute hatte sie sich vorgenommen, mit ihrem Mann im Speisesaal zu essen, egal, wie umständlich es war. Gregory hatte dem Leben die Stirn geboten und bewiesen, dass er ein Kämpfer war. Jeder andere in seiner Situation wäre gestorben. Merlinde war sich sicher, dass der Zeitpunkt, um dem Leben den Rücken zuzudrehen, noch nicht gekommen war. In letzter Zeit war sie gezwungen gewesen, sich über diese Dinge Gedanken zu machen. Sie besänftigten sie etwas, hinderten sie daran, an sich selbst zu zweifeln. Vielleicht gab es ja doch einen Gott.

Lebte Gregory noch?

Das war hier die Frage.

Der Speisesaal war weiss eingedeckt, mit Geschirr und Besteck vom Feinsten. Auf den Tischen strotzten lila Lilien in Kristallvasen. Die Stühle waren mit Hussen eingekleidet. Die Hölle setzte ein Lächeln auf.

«Guten Tag, Frau Vonlanthen», begrüsste der Chef de Service sie.

Merlinde war sich nicht sicher, ob diese Höflichkeit nicht aufgesetzt war. Sie erinnerte sich an eine Pflegerin, die sie auf frischer Tat ertappt hatte, wie sie Gregory beschimpfte. Mitleid und Hass gingen hier Hand in Hand.

Merlinde setzte sich, nachdem sie Gregory an ihrer Seite platziert hatte. Der Chef de Service brachte die Speisekarte. Merlinde schob sie ihrem Mann zu, wie sie das immer tat. Auch wenn er praktisch in allen Lebenslagen auf Hilfe angewiesen war, kleine Entscheidungen sollte er selbst fällen. Er fuhr mit dem Finger über die ersten Zeilen und wies auf das Eglifilet und Salzkartoffeln.

«Das hast du gestern und vorgestern auch gegessen», protestierte Merlinde, und all die Tage zuvor. Sie behielt es für sich und versuchte, ihn für ein anderes Gericht zu begeistern. Er hatte früher nie Fisch gegessen.

Gregorys Finger blieb auf der Stelle haften wie angeklebt.

«Er isst immer dasselbe», sagte der Chef de Service.

Zumindest da waren sie sich einig.

«Das passiert, weil er mit dem Finger nicht weiter kommt als bis zum Eglifilet.» Merlinde hätte den Oberkellner sensibler eingeschätzt.

«Ich wollte sowieso mit Ihnen sprechen.» Er wandte sich von Gregory ab und sprach so leise, dass nur Merlinde es hörte. «Das ist langsam eine Zumutung. Viele Gäste beschweren sich.» Seine Stimme hatte einen Unterton angenommen.

Es erwischte Merlinde eiskalt. «Weshalb?» Sie gab sich naiv, obwohl sie genau wusste, wohinaus der Chef de Service wollte. Für sie selbst war es jedes Mal eine Tortur. Fisch und Kartoffeln mussten von der Küchenbrigade püriert werden, damit Merlinde ihm die Speise einlöffeln konnte. Gregory sabberte wie ein kleines Kind, welches zum ersten Mal Brei bekam. Wie man die Speisen kaute, hatte er vergessen.

«Den Leuten vergeht, gelinde ausgedrückt, der Appetit, wenn sie Ihrem Mann beim Essen zuschauen müssen.» Die Miene des Oberkellners blieb ausdruckslos.

«Dann sollen sie eben wegschauen. Für den Preis, den mein Mann für den Aufenthalt bezahlt, darf er im Speisesaal essen, sooft er will und egal, wie er sich dabei anstellt. Irre ich mich, oder bekommen Sie hier Ihren Lohn?» Merlinde kam in Fahrt. «Und überhaupt, der Fisch lässt zu wünschen übrig. Vom Fleisch ganz zu schweigen. Ich bin mir anderes gewohnt. Das hier ist eine Zumutung.»

Ein Schatten fiel über den Tisch. «Gibt es ein Problem?» War klar, dass die Oberaufsicht Wind von der Diskussion bekommen hatte. Die Direktorin Frau Burger sass zusammen mit Professor Bernstein im Verwaltungsrat der Seeresidenz. Sie war die rechte Hand der Besitzerin Nina Rosso. Im Gegensatz zu Frau Rosso, die bereits gegen die achtzig ging und die man nur selten im Haus antraf, waren Frau Burger sowie Professor Bernstein mit der Residenz verheiratet. Bernstein hatte die Ärzte und das Pflegepersonal unter sich, die Burger alle. «Oder kann ich sonst wie behilflich sein?» Ihre Präsenz zeigte Signalwirkung. Das lag nicht nur an ihrer Aufmachung. Die Frau umgab eine Aura, der niemand auszuweichen vermochte. Sie war fast einen Meter achtzig gross. Trotz der flachen Schuhe überragte sie alle. Böse Zungen behaupteten, sie habe einen Pakt mit dem Teufel geschlossen. Heute trug sie ein maus-

graues Flanellkostüm, und ihre hellbraunen Haare hatte sie hochgesteckt.

Der Kellner sah schuldbewusst zu Merlinde hinüber. «Wir haben es gelöst. Oder sehe ich das falsch, Frau Vonlanthen?»

Hatte er sie gerade indirekt aus dem Speisesaal verbannt? «Falscher geht es nicht.» Merlinde musste unwillkürlich an die Diners mit ihrem Mann denken, bevor ihn seine Krankheit in die Knie gezwungen hatte. Wenn es jemand nicht verstanden hatte, gepflegt zu essen, bekam er es mit Gregory zu tun. Er war mit dem Knigge aufgewachsen, hatte sogar Merlinde daraus belehrt. Heute war von diesem Knigge keine einzige Seite mehr vorhanden. Gregory hatte seine Manieren vollständig verloren. Merlinde ertappte sich manchmal dabei, wie sie sich für ihn schämte.

Basta! Nein, das war kein Thema, das hierhergehörte. Gregory war Gast, und der Gast war König, egal, wie viele Zacken ihm aus der Krone gefallen waren.

Angesichts der angespannten Situation und der Anwesenheit von Frau Burger entschied Merlinde, den Mund zu halten. Es brachte nichts, wenn sie sich weiter lautstark enervierte. Auf die giftigen Blicke ringsherum konnte sie verzichten. Sie sah jede einzelne Person an, die zu ihr herüberschaute. War es alt Bundesrat Köchli mit den amputierten Raucherbeinen, dem Gregory auf den Geist ging, oder Staranwalt Andermatten, der täglich mit einem Stapel Dokumenten in den Speisesaal spazierte? Der Modedesigner, der jeweils wie ein bunter Specht am Rollator zum Essen erschien, oder die exaltierte Künstlerin mit den karottenroten Haaren und ihrem Mann, an dem nichts mehr echt war? Vielleicht hatte der Kellner bloss geblufft, weil Gregory vor allem dessen Nerven strapazierte.

«So geht es nicht weiter», sagte nun Frau Burger. Sie bat Merlinde höflich in ihr Büro, das mit Aussicht in den Essraum etwas erhöht am anderen Ende des Saales lag. Merlinde folgte ihr widerwillig.

Hier also lag Burgers Zentrale, die Schaltstelle, in der sie alle Hebel in Bewegung setzte, sollte sich jemand auffällig verhalten.

Hier steuerte sie ihren Chef de Service und alle Kellnerinnen und Kellner.

Frau Burger beugte sich näher zu Merlinde, die davon ausging, dass das Problem vom Tisch war. «Wir haben unseren guten Ruf zu verlieren.»

«Ich … ich», brachte Merlinde stotternd hervor. Mit diesem Angriff hatte sie nicht gerechnet. «Es tut mir leid, dass mein Mann diesen Ruf beschädigt. Ich wünsche mir, dass Sie niemals in eine ähnliche Situation geraten wie er.»

«Bitte verstehen Sie mich nicht falsch. Ihr Mann sollte in Zukunft auf seinem Zimmer essen, oder er muss in die Pflegeabteilung der Schwerkranken wechseln.»

Merlinde spürte den unerbittlichen Wunsch, die Residenz zu verlassen und in den kalten Wintertag hinauszutreten. Sie fühlte sich gedemütigt. Ihr Herzmuskel zog sich zusammen.

Frau Burger setzte erneut an. «Ich hoffe, ich habe Sie nicht zu sehr überfahren.» Sie sah sie eindringlich an. «Und dass sich ein solches Gespräch nicht wiederholt.» Offen blieb, ob sie den Chef de Service oder Merlinde gemeint und wie viel sie von dem Disput von vorhin mitbekommen hatte.

Merlinde ging zurück zu ihrem Tisch und setzte sich, weil ihr ganz plötzlich schlecht war. Es hatte keinen Zweck, sich wegen des Personals aufzuregen. Die Angestellten taten bloss ihren Job. Doch jedes Debakel war vergeudete Zeit. Merlinde bestellte eine Flasche Dom Pérignon. Sich betrinken war genau das Richtige. Sie wollte das hier vergessen. Mit Alkohol würde es ihr besser gelingen. Alkohol hatte schon immer geholfen. Alkohol, und wenn's hart auf hart kam, auch ein Joint.

Später gab sie ihrem Mann die Speisen ein und amüsierte sich über die anderen Gäste, die hinter vorgehaltener Hand tuschelten. Die einen begriffen, was mit Gregory los war, die andern befanden sich selbst in einem Delirium. Schaut nur, dachte Merlinde, ihr werdet da auch nicht lebend rauskommen.

Manchmal war der Aufenthalt in der Seeresidenz nur mit Sarkasmus zu ertragen.

Nach zwei Stunden, in denen Merlinde ihrem Mann geduldig den Brei eingegeben hatte, brachte sie ihn auf das Zimmer. Gregorys Pflegerin unterstützte sie dabei, schweigsam wie ein Grab, als hätte man ihr Sprechverbot erteilt. Sie half Gregory aus dem Rollstuhl, führte ihn zum Bett und befestigte ihn in einem komplexen System aus Gurten und Schlaufen, damit die Schwerkraft ihn nicht Richtung Boden zog. Nach dem Mittagessen musste er schlafen. Das gehörte zum Pflichtenheft der Residenz.

«Ich werde jetzt nach Hause fahren.» Merlinde fühlte sich nach wie vor unpässlich. Die letzten Tage waren zu viel für sie gewesen. Nicht nur körperlich, vor allem auch psychisch hatten sie ihr zugesetzt. Sie verabschiedete sich von Gregory, gab ihm tausend Wünsche mit in den Schlaf. Ob er sie verstand oder nicht – er würde es zumindest fühlen. Mit diesen Gedanken ging sie zur Tür.

Im Korridor war es ruhig. Die Patienten waren in ihre Zimmer zurückgekehrt. Noch lag der Geruch nach Essen in der Luft und vermischte sich mit dem Odeur des Alters. So riecht der Tod, dachte Merlinde und fuhr mit dem Aufzug hinunter zur Garage, wo sie ihren BMW Z4 abgestellt hatte. Vor zwei Jahren hatte sie sich diesen Sportboliden von einem verkaufstüchtigen Autohändler aufschwatzen lassen. Für sie bedeutete der eigene Wagen ein Stück Freiheit, obwohl sie eine miserable Automobilistin war. Richtig einparken hatte sie nie gelernt. Sie war um jeden Piepton froh sowie um das Display, das ihr genau anzeigte, ob die Distanz bis zur nächsten Mauer ausreichte. Autobahnen mied sie grundsätzlich, und innerorts fuhr sie nie schneller als vierzig Stundenkilometer.

Wie durch ein Wunder hatte sie den Sturz in ein Bachbett und den Crash auf einer Kreuzung überlebt. Nach dem Ausweisentzug hatte sie mehrere Jahre auf das Fahren verzichten und im Nachhinein Fahrkurse belegen müssen. Zusammen mit jungen Männern, deren IQ zu wünschen übrig liess. Mit diesen Typen im selben Raum zu sitzen, war eine Unverschämtheit gewesen. Sich in den gleichen Topf werfen zu lassen wie diese halbseidenen Rowdys, erbärmlich.

Sie schloss die Tür auf. Es fiel ihr schwer, sich auf den Schalensitz zu setzen. Sie taumelte, und sie musste sich am Autodach festhalten. Kalter Schweiss kribbelte auf ihrer Haut. Mit Müh und Not schaffte sie es auf den Fahrersitz. Hechelnd umklammerte sie das Lenkrad, fühlte sich wie ein körperloses Wesen, in einem Alptraum gefangen. Es war, als erlebte sie das Hier und Jetzt nicht wirklich. Im schwindenden Bewusstsein versuchte sie, laut mit sich selbst zu reden. Dies hatte ihr in letzter Zeit oft geholfen, an den einsamen Abenden ohne Gregory. Sie brachte keinen Ton heraus. Ihre linke Gesichtshälfte fühlte sich wie ein Ameisenhaufen an. Vielleicht hätte sie doch nicht so viel trinken sollen. Unbewusst hatte sie die Autotür geschlossen. Sie suchte nach dem Griff und fand ihn nicht.

Was passierte mit ihr?

Sie war doch sonst nie so beschwipst.

Durchatmen. Ruhig werden.

Wo hatte sie ihr Smartphone hingelegt? Hatte sie es in Gregorys Zimmer vergessen? Blindlings griff sie auf die rechte Seite, tastete nach der Tasche, die sie beim Einsteigen wahrscheinlich dorthin gelegt hatte. Ihre Hände fuhren zitternd hinein.

Atmen.

Ihr Körper trotzte kaum der Gravitation. Merlinde kippte zur Seite. Unwillkürlich. Sie hatte keine Kontrolle mehr, das Gleichgewicht schwand, ein nie gekannter Schwindel überkam sie. Der Schalthebel bohrte sich in ihre rechte Niere.

Endlich vermochte sie, das Handy zu fassen.

Klar denken. Etwas anvisieren, was ihr bekannt war. Die Anzeigetafel vor ihr, das Armaturenbrett. Alles da.

Ihr Verstand funktionierte. Der Alkohol konnte es nicht sein. Kaum je hatte sie sich in ihrem Leben so neben der Spur gefühlt. Ihr ganzer Körper drohte zu entgleisen. Merlinde war unfähig, ihn zu steuern.

Atmen.

Ihr Kopf schien zu platzen. Plötzlich überkam sie ein heftiges Gefühl von Klaustrophobie. Von vorn, von beiden Seiten drückten die Scheiben in ihr Zentrum. Mit letzter Anstrengung hielt sie das Handy vor das Gesicht. Sie hatte eine Notfallnummer für alle Fälle.

Der Code! Sie musste zuerst den Code eingeben. Lieber Gott, hilf mir!

Siebzehn, elf … Ein Routinegriff. Die Bewegung über die Telefon-App war Zufall wie ein letzter Rest Verstand, den das Gehirn ausspuckte.

Atmen.

Merlinde fuhr über den Namen. Dr. Claus.

Er meldete sich. Merlinde hatte die Klingeltöne nicht gezählt, die Sekunden, die verstrichen und sie in ihrem Elend zurückliessen.

Seine Stimme klang weit weg. «Frau Vonlanthen?»

Bitte kommen Sie schnell. Ich glaube, ich sterbe. Sie sprach nicht, es gelang ihr nicht, die Worte waren bloss in ihrem Kopf.

Sah so der Tod aus?

ZEHN

Sie sassen in der guten Stube, in einem separaten Raum neben der Wohnküche. Milagros hatte eine Flasche Louis Roederer spendiert. Fede liess den Korken knallen. Doch niemand wollte wirklich Champagner trinken. Merlinde fand es zu früh. Also tischte Fede noch Kaffee auf. Es herrschte eine zufriedene und entspannte Stimmung.

Fede sah über den Tisch. Max sass da, als wäre nichts geschehen.

«Komm, erzähl!», forderte sie ihn auf. «Wie habt ihr euch aus dieser heiklen Situation gerettet?» Sie hatte Blut geschwitzt, als sie erfuhr, dass Max nach Erlenbach fuhr. Wenigstens hatte er sie angerufen, aber wohl war ihr nicht gewesen. Sie hatte nicht damit gerechnet, dass Max den Aufenthaltsort des Entführers genau orten konnte.

Max war am Samstag spätabends auf dem Drachenried eingetroffen, nachdem er sie darüber informiert hatte, er bringe Merlinde mit. Fede und Milagros hatten gebangt, bis er mit seinem Mustang in den Hof einbog.

Max hob das Glas. «Auf Merlinde. Hätte sie nicht geistesgegenwärtig reagiert, sässe ich heute nicht da.»

Alle Augen waren auf Merlinde gerichtet. Diese sonnte sich in der Aufmerksamkeit. «Ich nahm alles bewusst wahr, als mich Matteo Bortoluzzi aus der Villa entführte. Milagros lag auf dem Boden, rührte sich nicht mehr. Ich hatte grosse Angst um sie.» Merlinde bemühte sich um ein klares Sprechen. Es gelang ihr nicht ausnahmslos. «Bortoluzzi brachte mich in einem SUV nach Erlenbach in seine Wohnung. Dort wurde ich in ein Gästebad eingesperrt. Ich habe keine Ahnung, wie lange ich dort verharrte. Er klebte mir den Mund zu. Er war genauso widerlich wie Glen Kelly und genauso gierig. Er drohte mir, mich zu ersticken, wenn ich mit meiner Bankverbindung nicht herausrücke.»

«Er war sich seines Fehlers nicht bewusst und rief mit Milagros' Handy auf Fedes Nummer an», sagte Max. «Fedes raschem Handeln verdanken wir, dass ich Sie so schnell finden konnte.»

«Trotzdem dachte ich, es sei das Ende … bis Herr von Wirth mich befreite. Er schob mich ins Schlafzimmer, wo ich warten sollte. Matteo war zurückgekommen, und zwischen ihm und Maximilian gab es ein Handgemenge.» Merlinde liess wieder ein paar Sekunden verstreichen, in denen sie jeden am Tisch mit einem Blick bedachte. «Ich suchte die Schränke und Kommoden nach etwas ab, mit dem ich Maximilian verteidigen konnte. Ich konnte doch nicht untätig herumsitzen. Und siehe da, unter Luisas Dessous fand ich eine geladene Pistole. Ich weiss, wie man mit solchen Waffen umgeht. Gregory hatte es mir gezeigt. Er war der Ansicht, unsereins müsse eine Waffe im Haus haben. Er selbst hatte einen Waffenschein. Ich nahm also die Pistole aus der Schublade, fuhr in den Korridor und schoss Matteo ins Knie.»

«Hattest du kein Problem mit dem Entsichern?», wollte Milagros wissen, die so tat, als verstünde sie etwas davon.

«Es ging um Leben und Tod. Da wächst man über sich hinaus.» Merlinde hob den gesunden Arm. «Hätte ich mehr Kraft gehabt, glaube mir, ich hätte seine Visage getroffen.»

Das war alles so schnell dahingesagt. Fede vermutete ein Drama dahinter. Wenn das auskam, würde es eng werden für Max. Für einen Moment vergass sie die Geschichte mit Gstaad, und ein heftiges Gefühl der tiefen Zuneigung bemächtigte sich ihrer. Vielleicht tat sie ihm Unrecht an. Ihr Blick blieb eine Weile bei ihm. Sie liebte diesen Mann, auch wenn sie es nicht immer zu zeigen vermochte.

«Wie weiter?» Milagros nahm einen grossen Schluck Champagner. Sie schien die Einzige zu sein, der der Schaumwein am Vormittag mundete.

«Wir müssen endlich erfahren, wer hinter der Firma Sanason steckt», sagte Max. «Ich gehe noch immer davon aus, dass die Wurzel des Übels dort zu suchen ist.» Er wandte sich an Merlinde. «Wir haben es wiederholt zur Sprache gebracht. Eine konkrete Antwort habe ich bis heute nicht bekommen. Warum haben Sie nach dem Übergriff im Februar die gleiche Firma noch einmal kontaktiert respektive neues Personal bestellt?»

«Das ist meiner Denkweise geschuldet. Zweimal dasselbe Schicksal kann einem nicht widerfahren. Ich musste mich eines Besseren belehren lassen.»

«Ich wäre froh, Sie würden uns genau beschreiben, was damals im Februar vorgefallen ist und was die Konsequenzen waren.»

Merlinde streckte sich. Dass es sie anstrengte, sah Fede ihr an. Sie bewunderte die Frau, die trotz ihres Handicaps so viel Kraft demonstrierte. Sie hatte einen ungeheuren Willen, was sich auch in dem zeigte, wie sie die Gefangenschaft gemeistert hatte.

«Nach Gregorys Tod fiel ich in eine tiefe Depression. Ich hatte zwar seinen körperlichen und geistigen Zerfall mitbekommen über drei Jahre. Sein Tod war dennoch etwas Endgültiges.»

Sie musste ihn wirklich geliebt haben, ging Fede durch den Kopf. Würde sie Max genauso lieben können, bis dass der Tod sie schied?

«In der Seeresidenz hielt ich es nicht aus.» Merlinde artikulierte langsam und überlegte. «Zu Hause in Herrliberg erwartete mich ein leeres Haus, das so viele Bilder aus der Vergangenheit produzierte, die schmerzten. Jeder Winkel barg eine Erinnerung an unsere gemeinsame Zeit, jede Tätigkeit erinnerte mich an Gregory. Es war, als fiele mir die Decke auf den Kopf. Ich musste etwas ändern. Ich meldete mich bei einer Psychiaterin an. Ich kenne sie von früher. Eine Koryphäe auf ihrem Gebiet. Sie war es, die mich darin bestärkte, eine Kreuzschifffahrt auf dem Mittelmeer zu buchen. Wenn es nach mir gegangen wäre, hätte ich lieber eine solche Reise im Karibischen Meer angetreten. Aber was nicht ist, kann noch werden. Das Mittelmeer war eine Probe aufs Exempel. Ich suchte mit Hilfe einer Pflegerin der Seeresidenz eine Agentur, die Begleitpersonal für körperlich und/oder geistig beeinträchtigte Menschen anbot.»

«Wie hiess die Pflegerin der Seeresidenz?», fuhr Max ihr ins Wort.

Ob er dasselbe dachte wie Fede? Über Pflegekräfte, die sich untereinander vermittelten?

«Raluca.» Merlinde holte Luft und fuhr leise fort: «Ich dachte, ihr könne ich vertrauen.»

«Sie hat Sie auf die Agentur gebracht?»

«Was willst du damit andeuten, Maximilian?», fragte Milagros.

«Dass sie vielleicht die Hände im Spiel hatte.»

«Nicht alle denken niederträchtig.» Fede verstand Max' Bemerkung nicht.

«Ich buchte eine Pflegekraft und einen Gesellschafter bei Sanason», sagte Merlinde. «Glen Kelly und Liliane Lehner. Sie machten mir einen seriösen Eindruck. Am Anfang war es sehr schön mit ihnen. Sie bedachten mich mit viel Aufmerksamkeit, leisteten mir Gesellschaft auf den verschiedenen Landausflügen. Sie scheuten sich nicht, meinen Rollstuhl abwechselnd zu stossen.» Merlinde schüttelte den Kopf. «Dann kippte alles. Ich hatte mich in ihnen getäuscht. Am letzten Abend auf dem Schiff haben sie mich überfallen, ausgeraubt und körperlich versehrt. Ich war damals wegen des Hirnschlags sehr geschwächt.»

«Sie haben sie nicht angezeigt. Warum nicht?», fragte Max.

«Sie haben mir gedroht. Ich hatte Angst. Würden Sie nicht gleich reagieren?»

Schachmatt, dachte Fede. Sie beobachtete Max' Reaktion. Er schniefte bloss, hielt sich mit einem entsprechenden Kommentar zurück. «Glen Kelly hat Sie in Herrliberg besucht.» Er fuhr mit schwererem Geschütz auf. «Sie haben ihn in Ihrer Villa umgebracht. War das Ihre Rache?»

Merlinde blieb erstaunlich ruhig. «Ich kann es Ihnen nicht verargen, wenn Sie mit solchen Vermutungen auftrumpfen.»

«Dann klären Sie uns darüber auf, was in der Villa geschehen ist.»

Ein kaum hörbarer Klingelton brach das Gespräch abrupt ab. Max griff nach seinem iPhone, sah auf das Display und wandte sich verlegen ab.

«Nachricht von deinem Schwarm?» Fede vermochte nicht,

diese Bemerkung zu unterdrücken. Und wieder war dieses Gefühl da, welches sie fast erstickte. Max ging fremd. So etwas spürte eine Frau. Kleine, unbedeutende Dinge waren es, die zu wachsen anfingen und sich veränderten. Anonyme Anrufe während Fedes Anwesenheit. Max, der sein Mobiltelefon plötzlich vor ihr versteckte und aus dem Zimmer ging, wenn es klingelte. Nachrichten, die plötzlich tabu waren.

Max räusperte sich.

Lüg mich jetzt nicht an, dachte Fede, wenn du den Mund aufmachst. «Wer ist es?»

«Dan McCorley. Er will wissen, ob ich weitergekommen bin.»

«Dan McCorley.» Merlinde griff nach dem Namen, als wäre sie froh, damit vom Überfall auf sie abzulenken. «Gregory schwärmte von ihm. An den Partys war er immer dabei. Ich verstand nie, wie er es beim Tennis so weit gebracht hatte. Er war ein Ausnahmetalent. In ihm steckten zwei Seelen. Vielleicht ist das heute noch so. Damals begriff ich es nicht. Wenn er Gast bei uns war, becherte er, was das Zeug hielt. Auf dem Tennisplatz gehörte er zu den Besten.»

«Und seine Geliebte, kannten Sie sie auch?» Fede sah Max an und wartete auf seine Reaktion. Der Schuft ging nicht einmal darauf ein.

«Masha, ja, so hiess sie.» Merlinde seufzte. «Masha stammt aus einer schwerreichen Familie. Soviel ich weiss, hat sie einst gemodelt. Als ihr Vater krank wurde, gab sie alles auf und zog zu ihrer Mutter nach Gstaad. Sie hat mexikanisches Blut in sich. Schade um das Mädchen. Sie schwimmt im Geld, glücklich war sie nie.»

Masha! Mexiko! Eine geballte Ladung Exotik.

Warum nur hatte sie Merlinde darauf angesprochen? Fede wollte weg von diesem Thema, obwohl sie es angezettelt hatte. «Max, am Montag haben wir ein Aufgebot bei der Staatsanwaltschaft. Ich muss dich daran erinnern.» Die Polizisten neulich hatten ihr eine richterliche Bescheinigung in die Hand gedrückt. Fede hatte sie unterschrieben. Es sah so aus, als wären sie selbst ein Fall geworden.

Merlinde war eingeschlafen. Die Aufregung hatte sie ermüdet. Der Kopf war auf ihre Brust gekippt.

«Kann sie heute auch noch bei dir schlafen?» Milagros sorgte sich augenscheinlich sehr um ihre Freundin.

«Chrigi hat ein Zimmer bereits hergerichtet. Die Gastfamilien sind heute abgereist. Wir haben wieder genügend Platz im Haus.» Und wieder Luft zum Atmen, aber das sagte Fede nicht laut. «Für dich steht auch ein Zimmer bereit. Ihr braucht nicht mehr in der Stube zu schlafen. Ich wäre froh, du kümmerst dich um Merlinde.»

«Wir müssen ihr einen neuen Rollstuhl besorgen.»

«Der Rollstuhl!» Max sprang vom Stuhl auf.

«Was?»

«Ich habe an alles gedacht, nicht aber an den Rollstuhl, der sich noch immer in Bortoluzzis Wohnung befindet.»

***

«Du Idiot! Wie konnte das geschehen?» Luc Holm schäumte vor Wut und Empörung. Nachdem Bortoluzzi ihn angerufen hatte, war er, ohne zu überlegen, von Zürich nach Erlenbach gefahren. Nun stand er in diesem von Schweiss stinkenden Schlafzimmer und sah auf eine erbärmliche Kreatur, auf die er einst gesetzt hatte, den Ehemann der Pflegefachfrau Luisa Bortoluzzi, die sich bei Sanason beworben hatte. Sie hatte gute Zeugnisse mitgebracht. Für Holm war klar gewesen, dass sie sein Zugpferdchen werden sollte. Aushängeschild für seine neu gegründete Firma, Ersatz für Liliane Lehner, die verschwunden war. Matteo war ausbildungsfähig. Holm hatte ihn bloss ködern müssen mit der Aussicht auf schnell verdientes Geld. Eine Wohnung in Erlenbach und Zugang zu den Gutbetuchten.

Nun war ihm alles über den Kopf gewachsen.

Eine gefährliche Situation.

Luisa sass auf dem zerwühlten Bett. Die Laken waren blutgetränkt. Sie hatte ihren Mann notdürftig verarztet und ihm ein Schmerzmittel verabreicht. «Er muss ins Spital.»

«Das kann warten. Zuerst muss er mir erklären, warum ihm die Vonlanthen durch die Lappen ging. Eine Behinderte. Man muss sich das mal vorstellen.»

«Ich kann es mir nicht erklären.» Bortoluzzi stöhnte auf.

«Kein Risiko, und was machst *du*? Du rufst irgendjemanden von einem fremden Handy aus an. Wo hast du es her?»

«Es lag in der Villa.»

Holm wandte sich an Luisa. «Die eigentliche Frage lautet: Warum hast du es nicht verhindert? Ihr hättet auf meine Anweisungen warten müssen. Was stellt sich nun heraus? Dein Mann erpresst eine Million Schweizerfranken. Dümmer geht nimmer. Blöd genug, dass er mir das auch noch brühwarm auftischt. Eine Million. Dachtest du, ihr könntet mich dadurch austricksen?»

«So ist es nicht.» Luisa wimmerte vor sich hin. «Er hat bloss über den Horizont gedacht.»

«Eine sonderbare Vorstellung von einem Horizont. Ich habe nie von Erpressung gesprochen. Es ging mir darum, Merlinde Vonlanthen zu entführen. Fürs Denken wirst du nicht bezahlt. Ihr sollte es gut gehen während ihres Aufenthalts. Und was macht ihr? Ihr sperrt sie in diesem muffigen Gästebad ein. Und du, Matteo, merkst nicht, dass sie sich befreien und eigenständig gehen kann. Dann schiesst sie auf dich. Wo ist die Pistole? Eigentlich sollte ich dir ins andere Knie schiessen.»

«Sie hatte …» Bortoluzzi krümmte sich wieder vor Schmerz.

«Wolltest du mir gerade etwas gestehen?», fragte Holm mit erhobener Stimme, um seine Erregung im Zaum zu halten.

«Man hat Merlinde befreit.»

Holm blieb die Spucke weg. Er dachte, den Höhepunkt der Dummheit hinter sich zu haben. Jetzt kam es noch übler. «Befreit? Wer hat sie befreit?»

«Ein geschniegelter Typ.»

«Erklär mir das.» Holm renkte sich kaum mehr ein.

«Er trug Lackschuhe.»

«Lackschuhe? Ihr wisst, was das heisst. Jemand weiss von eurer Existenz. Er kennt deine Visage.»

«Die kennt Merlinde auch», kam es zaghaft aus Luisas Richtung.

«Was seid ihr bloss für eine bescheuerte Brut. Ihr wisst, was euch erwartet?»

«Bitte nicht», jammerte Luisa. «Wir tun alles, was du von uns verlangst.»

«Das hättet ihr euch früher überlegen müssen.» Holm schloss die Augen. Er musste das hier zu Ende bringen. Dies bedingte einen Neuanfang. Aber dazu reichte die Zeit nicht aus. Er dachte zurück in seine Jugend, als er die Weichen richtig hätte stellen können und es komplett verbockt hatte.

Zurück in den August 1970.

Das Mädchen neben ihm schnitt mit einer Stoffschere die Nähte ihrer Hose vom Saum bis zu den Knien auf. Es hatte die Schwelle zum Frausein überschritten. Die Brüste zeichneten sich unter einem Strickpullover ab, halterlos und gerade so, als rebellierten sie gegen alles Einengende. Dort, wo er herkam, trugen die Frauen Mieder.

«Was tust du?» Er lehnte an ihre rechte Schulter und liess den Blick über das Kornfeld schweifen. Durch die Ähren schimmerte der Klatschmohn, der flammende Gedichte erzählte aus einer Zeit, die nicht seine war.

«Ich setze einen Spickel ein. Ich vermag nicht, mir neue Hosen zu kaufen. Darum mache ich mir selbst welche. Aus alten Jeans. Ich will weite Hosenbeine … Evasé. Weisst du, was das bedeutet?»

«Sollte ich?» Er wandte sich von dem Mädchen ab. «Evasé? Noch nie gehört.» Janis hiess es, wie die Joplin, war schlank und zierlich.

Janis. Er war nicht sicher, ob es ihr richtiger Name war. Sie war ein Phantasiegebilde, ein künstliches Geschöpf, etwas, das man hätte erfinden können. Ihre Haare reichten ihr bis zur Taille. Seidig glatt und in der Mitte gescheitelt. Eine messerscharf gezogene Linie über einer eigenwilligen Stirn. Eigentlich glich sie einer Heiligen, der Madonna auf dem Schlafzimmerbild zu Hause. Über Mutters Bett.

Im Transistorradio kreischte Jimi Hendrix sein neustes Stück «Freedom». Mit einer Abfolge von elektrischen Gitarrenklängen begleitete er sich selbst. Über dem Feld hing das Grillenzirpen, ein penetranter Ton, der an eine Störung erinnerte, an die Monotonie einer summenden Starkstromleitung, von denen es hier einige gab. Das Orchester der Technik in zerstörender Symbiose mit dem Künstler. Er kiffte. Das Gras schmeckte ihm nicht. Er rauchte zum ersten Mal, kam sich nicht erwachsener vor. Wen interessierte es? Es war eine verrückte Zeit. Die Gitarrensaiten klirrten. Und Hendrix sang selbst wie bekifft.

«Wie bist du hierhergekommen?» Janis sah ihn nicht an. Anstatt dessen starrte sie auf die aufgeschnittenen Nähte, fragte sich vielleicht, weshalb sie auf die Idee gekommen war, aus der alten Hose etwas Modernes zu kreieren. Janis schien nicht viel Ahnung vom Schneidern zu haben. Genauso wie ihre Freunde von nichts eine Ahnung hatten. Sie lebten in den Tag hinein.

«Ich weiss nicht. Ich war irgendwann mal da.» Tatsächlich mochte er sich kaum mehr an die Reise erinnern, die ihn vom Norden Deutschlands über Bremen, Hannover, Frankfurt und München in die Schweiz geführt hatte. Mit jedem Kilometer hatte er sich aus seiner alten Haut geschält wie eine sich häutende Schlange. Was zum Vorschein gekommen war, war ebenso frisch und optisch glatt.

«Erinnerst du dich an Woodstock?» Janis legte die Jeans ins Gras. Sie hatte ihr Interesse an ihnen verloren. «Ich war auch da. Es war saumässig nass. Ich konnte fliegen.» Sie machte eine eindeutige Bewegung, als steckte sie sich einen Joint in den Mund. «Ich bin nicht so jung, wie ich aussehe.» Sie lachte ein wenig, was ihre krummen Zähne unvorteilhaft zur Geltung brachte. Die eine Schaufel hatte sich über die andere geschoben.

Ein Mangel. Dafür waren ihre Augen prägnant. Schwarz mit dunklem Kajal umrandet. Sie gaben ihr ein verwegenes Aussehen. Die linke Seite war verwischt. Sie sah aus wie ein trauriger Clown. Janis erhob sich, umkreiste barfüssig den Platz. Ein Clown auf der Manege eines erbärmlichen Lebens.

«Verlässt du mich?» Er fühlte eine unbeschreibliche Träg-

heit in sich. Die Hitze war gnadenlos, nicht zu vergleichen mit dem Ort, wo er herkam. Seit Tagen prasselte die Sonne nieder, verbrannte Teile des Feldes, liess die Gebüsche verdorren. Ein Funke und alles würde brennen.

«Begleitest du mich? Ich gehe zu den anderen.»

Die anderen waren eine Gruppe junger Erwachsener. Vor zwei Jahren hatten sie eine Kommune gegründet. Im Anschluss an Woodstock. Es sei Janis' Idee gewesen.

«Ich dachte, du willst nähen?»

«Das eilt nicht.» Sie griff nach der Hose.

Er ging ihr nach. Seine Haare waren gewachsen, auf Kinnlänge. Ein Lederband verhinderte, dass sie ihm ins Gesicht fielen. Er fand es okay. Mutter hätte bei seinem Anblick einen Herzinfarkt gekriegt. Egal. Sie hatte sich nie gross um ihn gekümmert. Vielleicht war ihr nicht einmal aufgefallen, dass er Reissaus genommen hatte. Es brachte nichts, an sie zu denken, obwohl er es gerade tat. Er hatte sie bestohlen, bevor er ging.

Er holte Janis ein, vom Joint benommen. Wollte lachen, laut herauslachen. Alles fühlte sich lustig an.

Sie drehte sich zu ihm um. «Seit wann bist du unterwegs?»

«Vielleicht ein Monat. Ist das wichtig?» Er wollte nun vorwärtsschauen. Bloss nicht an die letzten Nächte denken, in denen er in ausrangierten Bahnwagen, in leer stehenden Scheunen, an Waldrändern und in Strassengräben geschlafen hatte, bevor er anderntags weiterzog. An der Grenze zur Schweiz war ein besonders heikler Moment gewesen. Schliesslich war er unter der Plane eines Kleintransporters ins Land seiner Träume gelangt. Halb erstickt und schmutzig.

«Warum in die Schweiz? Warum in dieses Kaff am Zürichsee? Warum Erlenbach?»

«Zufall.»

«Hast du Geld?» Es war das erste Mal, dass sie ihn danach fragte.

«Ein paar Deutsche Mark.» Fünfhundert insgesamt, dachte er, ohne dabei ein schlechtes Gewissen zu haben, woher diese stammten.

«Kannst du sie wechseln?» Janis schwang ihr Haar an seinem Gesicht vorbei. Es roch nach Sommerwiese und Bergkräutern. «Hier in der Schweiz kannst du nichts damit kaufen.»

«Mal sehen.»

«Sehr gesprächig bist du nicht.» Janis zwickte ihm mit der leeren Hand in die Seite.

Er hatte sich fest vorgenommen, eine Arbeit zu suchen. Es behagte ihm nicht, jeden Tag von Neuem in den Tag hineinzuleben. Im Sommer mochte es entspannend sein. Die Glut des Julis dämpfte den Antrieb. Im Schatten lagen die Gedanken und segelten ins Universum. Oder in eine bessere Welt.

Noch hatte er etwas Geld.

Janis drückte ihm ein paar Erdbeeren in die Hand. «Du kommst aus Deutschland. Woher genau?»

Die Früchte mundeten, waren zuckersüss. «Aus Langeoog.»

«Aha. Wo ist das?» Sie griff an das Medaillon, das ihr um den Hals baumelte, ein Friedenszeichen. «Ach, egal. Ist nicht wichtig. Frieden für alle Menschen. Alles andere bringt nichts. Hat man gesehen, als das in Würenlingen passierte.» Sie schaute ihn mit glasigem Blick an.

Er rückte etwas weg von ihr. «Was ist in Würenlingen passiert?»

«Eine Maschine der Swissair ist abgestürzt. Im Frachtraum sei eine Bombe explodiert.» Janis atmete heftig ein. «Wir müssen gute Energie in die Welt schicken. Friede sei mit dir.»

Hätte man ihn vor drei Wochen gefragt, hätte er es nicht für möglich gehalten, es fast einen Monat bei den Hippies auszuhalten. Er hatte sich jedoch daran gewöhnt, jeden Tag eine warme Mahlzeit auf dem Tisch zu haben, auch wenn diese bloss aus Suppe bestand, und nachts auf einer weichen Matratze schlafen zu können.

Es zog ihn weiter, das war klar. Heute Abend hatte er das letzte Mal am gemeinsamen Tisch gesessen. Nein, er würde nicht gehen, ohne einmal mit Janis geschlafen zu haben.

Die Sonne verschwand hinter dem Hügel. Das Ährenfeld

schimmerte orange. Daraus wie kleine Flammen der letzte Rest Mohn. Wie ein Überbleibsel des vergehenden Sommers. Ein Zeichen zum Aufbruch. Für ihn eine Aufforderung.

Später legte sich die Nacht über das Haus und den Garten, die wilden Pflanzen und schmalen Pfade.

Er packte seine Sachen. Viel war es nicht. Eine Tasche mit dem Nötigsten, das er von Deutschland mitgebracht hatte. In einem Zwischenfach steckten Markscheine und eine Rolle Schweizer Banknoten. Er hatte sie nach dem Nachtessen aus dem Versteck der Hippies geholt. Hinter der Zuckerdose im Küchenschrank. Wenn sie es bemerkten, würde er über alle Berge sein.

Er setzte sich neben Janis ins Gras. «Ich werde euch bald verlassen.» Er sagte nicht, dass dies bereits am Ende der Nacht sein würde.

«Du gehst weg?» Janis gab sich untröstlich. «Du bist so verdammt normal, du Deutscher …» Sie schenkte ihm ein flüchtiges Lächeln. «Erzählst du mir von deiner Heimat?»

«Es gibt nicht viel zu berichten. Dort, wo ich herkomme, existieren bloss Wasser und Sand und stürmische Winde. Es ist karg dort oben. Man möchte nicht bleiben.» Er verfälschte die Bilder, bevor sie ihn einholten. Ein Tag hatte sich an den andern gedehnt, eine Nacht an die nächste. Heute sah er bloss das Trübselige, obwohl es auch zwischendurch Positives gegeben hatte. Auf den Wellen reiten mit einem morschen Floss. Eine Tafel Schokolade essen oder ins Kino gehen. Kleine Momente des Glücks. Man hatte mit wenig zufrieden sein müssen.

«Bist du deshalb weggegangen?»

Er spürte trotz der Dunkelheit ihren Blick auf sich. «Deswegen und weil es dort keine Perspektiven gibt.»

Es war kein Zufall, dass er hier vorübergehend gestrandet war. Die kleine Gemeinschaft setzte ihm den Spiegel vor, reflektierte ihm seine Kindheit. Das Kind in der Kommune war wie das Alter Ego – der lieblos aufgezogene Junge, dessen Zukunft bereits besiegelt war. «Möchtest du spazieren gehen?»

«Im Dunkeln?»

«Ich bin ja da. Ich werde dich vor allen Ungeheuern schützen.» Er half ihr beim Aufstehen. Sein Verlangen nach ihr war gross.

Sie streiften über feuchtes Gras. Seine Augen hatten sich an die Finsternis gewöhnt. Janis ging neben ihm, nein, sie schwebte. Wie eine Feder, vom Windhauch abgehoben. Die Landschaft wirkte ruhig und sanft. Geradezu feierlich. Die Grillen waren verstummt.

Er würde sie heute Nacht besitzen. Das war Janis ihm schuldig. Auf halbem Weg drehte er sich nach ihr um, packte sie an ihren Schultern.

«Autsch, du tust mir weh.» Janis unterstrich es mit einem Kichern, dachte wohl, er hätte dies nicht mit Absicht getan. «Was willst du?»

«Das.» Er fasste nach ihrer rechten Hand, führte diese zu seinem Schritt. Es fühlte sich gut an. «Morgen bist du mich los.» Er stiess sie auf den Boden. Nicht sehr sanft. Ihr Körper, zerbrechlich wie Porzellan. Zu Hause hatte er Mutters Geschirr zerschlagen. Vielleicht hatte sie dieses Zeichen gedeutet. Das Geschirr, das ihr wichtiger gewesen war als ihr Sohn. Die Scherben in seiner Seele hatte sie nie gesehen.

Janis versuchte, von ihm loszukommen. Sie schrie ohne Resonanz. Er drückte ihr die Hand auf den Mund. Und die Nase. Sie strampelte. Der Versuch, um sich zu schlagen, scheiterte. Er mochte dieses Spiel. Es machte ihn mächtig, schoss ihm in die Lenden. Alles war jetzt dort.

Bis sie vor Erschöpfung aufgab. Er war schnell in dem, was er tat. Ihre Unterhose war zerrissen. Sie lag vor ihm. Geöffnet wie eine Blüte.

Sie bewegte sich nicht. Liess alles mit sich geschehen. Vielleicht mit dem einen Gedanken, dass es bald vorbei sein würde. Aufgeben. So hatte er sie immer eingeschätzt. Ein Windhauch konnte sie wegpusten. Sie war schwach, hatte keinen Tonus. War Objekt, nicht der Begierde. Dazu war sie zu hässlich. Augen zu und durch. Zwei Stösse. Drei.

Später zog er sich von ihr zurück und war zufrieden. «Verdammt. Es ist das erste Mal, dass ich eine Schweizerin ficke.»

Janis blieb liegen.

«Komm. Wir sollten zurück.» Er richtete seine Kleider. «Mach schon. Oder willst du hier schlafen?» Er kauerte nieder. Berührte ihren Kopf. Dieser fiel zur Seite, als hätte er sich vom Hals gelöst. Ihr Körper war schlaff. Erst jetzt bemerkte er, dass sie nicht mehr atmete. «Janis?» Seine Stimme versagte. Er riss sich zusammen. Er schüttelte ihren Leib, schlug auf ihre Wangen. «Janis! Verarsch mich nicht!»

Er stand auf. Blickte auf sie nieder. Es hatte keinen Zweck. Der aufgegangene Mond zauberte ein wenig Licht in ihr Gesicht. Dieses wirkte fahl und so lieblich, als schliefe sie.

ELF

«Dieser Hahn muss weg.» Chrigi hatte ihn frühmorgens eingefangen und ihn in einen geschlossenen Korb gesteckt. «Er hat bereits die zweite Henne geschändet. Im Gegensatz zur ersten ist die zweite mit dem Schreck davongekommen. Aber ich kann es nicht mehr verantworten.»

Fede lehnte am Gartenzaun, während sie auf die zerstörte Blumenrabatte starrte. «Dann mach, was du für richtig hältst. Glaubst du, er hat seine Arbeit verrichtet?»

«Ich gehe davon aus. Ich bin darauf vorbereitet. Der Brutkasten steht bereit, die Temperatur ist auf maximal fünfundzwanzig Grad eingestellt. Wenn wir Glück haben, werden die Küken in rund drei Wochen schlüpfen. Ansonsten versuchen wir es mit einem der restlichen Gockel.»

Chrigi. Er hatte sich verändert. Seit einiger Zeit hatte er sich von seiner Kopflastigkeit hin zu einem naturbewussten Mann entwickelt, der jetzt sogar Gemüse zog.

Fede stiess sich vom Zaun ab. Sie prüfte ihr Smartphone, sah, dass der Trödler sie mehrmals angerufen hatte. In einer Nachricht auf Whatsapp bat er sie, wegen des Schmucks noch einmal vorbeizukommen. Ob es eine Falle war? Sie steckte das Handy zurück in ihre Hosentasche, sah zum Haus hinüber, wo soeben Max aus der Tür getreten war. Sein Blick war auf sein iPhone gerichtet. Er schien die Umgebung nicht wahrzunehmen. Wie hypnotisiert starrte er auf das Display.

«Max!»

Er fuhr zusammen und liess sein Handy ertappt verschwinden.

Fede ging zu ihm. «Schlechte Nachrichten?» Ihre Berührung erwiderte er nicht. Es fühlte sich an, als stünde sie vor einer Tür und wartete vergebens auf Einlass. Auf ihren Kuss reagierte er mit Erstarrung. Hinter seiner Fassade versteckte sich das Fremdgewordene. «Du sagst nichts.»

Er schüttelte bloss den Kopf.

«Der Schmuckverkäufer aus Stansstad hat sich gemeldet.» Fede versuchte, ihn mit einem Gespräch abzuholen. «Er will, dass ich bei ihm vorbeigehe. Ich weiss nicht, was ich davon halten soll. Falls Bortoluzzi und er unter der gleichen Decke stecken, sollten wir überlegter vorgehen.»

Keine Reaktion. Max sah geradeaus.

«Max, ich rede mit dir.»

«Sorry, was hast du gesagt?»

«Wir haben um neun einen Termin bei der Staatsanwaltschaft.»

«Ach so, ja …»

Er hatte ihr tatsächlich nicht zugehört. So zerstreut hatte Fede ihn selten erlebt. «Möchtest du mir endlich sagen, was los ist mit dir?»

«Später … ich weiss es selbst nicht. Lass mir Zeit.»

«Wofür?» Fede verschränkte die Arme und stellte sich frontal vor Max auf. Sie würde ihn nicht an sich vorbeigehen lassen, bevor er ihr nicht erklärt hatte, was ihn umtrieb. «Wir ermitteln in einem heiklen Fall, der unsere ganze Aufmerksamkeit fordert und Konzentration bedingt. Dazu braucht es unser gegenseitiges Vertrauen. Es sieht im Moment leider nicht danach aus, als wäre von Letzterem etwas übrig geblieben.»

Max blieb wie versteinert stehen. «Lass uns zuerst nach Stans fahren.»

***

Die Fragen bei der kantonalen Staatsanwaltschaft waren schnell geklärt. Bei der Vorladung handelte es sich lediglich um einen Verweis. Per sofort mussten Max und Fede die Ermittlungen gegen Dr. Friedrich und Luxapharm einstellen.

«Wir haben den Fall längst abgegeben.» Max konnte sich keinen Reim darauf machen, weshalb überhaupt ein Verfahren gegen ihre Detektei eröffnet worden war. Er wusste zwar, wie die Mühlen der Justiz drehten. Aber mit diesem Angriff hatte er nicht gerechnet. Hauptsache, sie waren mit einem blauen Auge davongekommen. Und sollte er diesem Mahler je einmal wiederbegegnen, würde er ihn darauf ansprechen. Im Moment interessierte es ihn aber nicht.

Sie verliessen das farblose Gebäude in Stans, welches zwischen der Engelberger Aa und der A 2 lag. Hier befand sich auch das Untersuchungs- und Strafgefängnis. Fast idyllisch gelegen am Fluss und einem schmalen Waldgürtel, welcher das Areal von dem Kieswerk im Oberdorf abgrenzte.

«Begleitest du mich zum Trödler?» Fede versuchte offensichtlich, mit ihm Schritt zu halten.

Ihn hielt hier nichts mehr auf. Max ging zielstrebig auf seinen Mustang zu, den er auf dem Parkplatz abgestellt hatte. «Ich habe einen Termin bei Fernand Carron», log er. «Wir sollten die Arbeit aufteilen.»

«Du fährst nach Zürich?»

«Ja, was dagegen?» Zu spät merkte er, dass er sich im Ton vergriffen hatte. Er zückte den Autoschlüssel und schloss den Wagen auf. Carron war nie nur annähernd ein Thema gewesen und diente nun lediglich als Ausrede. Fede würde sich hüten, in dessen Büro anzurufen, um sich den Termin bestätigen zu lassen. «Sorry, im Moment jagen tausend Gedanken durch meinen Kopf.»

«Eben hat uns die Staatsanwaltschaft von einem befreit.» Fede schwang sich auf den Beifahrersitz. «Wann bist du zurück?»

«Was?» Zerstreut startete Max den Motor.

«Wir sollten heute noch reden.» Fede beharrte darauf.

«Ich werde mich melden, sobald ich losfahre.»

«Kannst du mich wenigstens zur Kronengasse nach Stansstad bringen?»

«Das lässt sich machen.» Er atmete erleichtert auf. Fede hatte nur ein Ziel, das Angefangene zu Ende zu bringen. Dazu brauchte es ihn nicht. Wenn sie beschäftigt war, kam sie auf keine dummen Gedanken. Etwa, ihm hinterherzuspionieren.

Die Whatsapp-Nachricht hatte ihn durcheinandergebracht.

Masha hatte geschrieben. Eindeutig zweideutig. Sie wollte ihn sehen. Sie habe Neuigkeiten, was die McCorleys betraf. Max hatte ihr zurückgeschrieben, dass sie dies am Telefon besprechen könnten. Darauf war sie nicht eingegangen. Sie müsse ihn sehen, hatte sie ihm schriftlich mitgeteilt. Seit ihrer Begegnung gehe er ihr nicht mehr aus dem Kopf.

Worauf hatte Max sich bloss eingelassen? War sie eine Klette? Nur daran zu denken, war vermessen. Masha hatte Flugzeuge in seinem Bauch aktiviert. Jede freie Minute musste er an diese Frau denken. Daran, wie es wäre, in ihrem schönen Körper zu versinken. Sie hatte ihm in diesem Kleid mehr als genug davon preisgegeben, jedoch gerade so viel, dass seine Phantasie mit ihm durchging.

Max warf einen Seitenblick zu Fede, die auf ihrem Handy herumtippte. Das Tattoo an ihrem Hals wirkte so, als hätte sie sich einen gemusterten Rollkragenpullover übergezogen. Wie konnte sie sich bloss so verunstalten?

Sie bemerkte, dass er sie ansah. «Ist etwas?»

«Diese Tattoos …»

«Was ist mit denen?»

«Ach nichts.» Er starrte wieder geradeaus. Nach dem letzten Kreisel in Stans fuhr er über die Brücke und bog auf die Autobahneinfahrt ab.

Als er in Stansstad in die Dorfstrasse fuhr, hatten sie nicht mehr als drei Sätze gewechselt. Max hing seinen Gedanken nach. Fede ihren. Vor dem Volg hielt er an. «Wie kommst du zurück ins Drachenried?»

«Mach dir mal keine Sorgen. Ich nehme den Bus.» Fede öffnete die Tür und schwang sich auf das Trottoir. Sie hob die Hand. «Bis heute Abend dann.»

Max sah ihr nach. Ihr aufrechter Gang, die roten vollen Haare, die sie offen trug, so vertraut und selbstverständlich. Sie sah nicht zurück. Max wartete, bis sie beim Dorfplatz in die Kronengasse einbog, bis er sie aus den Augen verloren hatte.

Er nahm sein iPhone zur Hand. Masha hatte ihn wiederholt angerufen, ohne eine Nachricht zu hinterlassen. Die Uhr zeigte Viertel vor zehn an. Wenn er jetzt losfuhr, würde er in gut zweieinhalb Stunden in Gstaad sein. Es ging um Merlinde Vonlanthen, suggerierte er sich ein. Um niemand anderen. Er hatte einen Auftrag.

***

Die Tür zum Gebrauchtwarenladen stand offen. Die morgendliche Kühle drang in die Ecken, die im Schatten lagen. Aus dem hinteren, für Kunden nicht ersichtlichen Teil tauchte der Händler auf, in einem geschniegelten Anzug, was zum Interieur des Ladens nicht passte. Über sein Gesicht huschte ein Grinsen. «Schön, dass Sie sich doch noch entscheiden konnten.» Er schien innezuhalten. «Heute im sommerlichen Übergewand, Madame?»

Fede überlegte, was er damit meinte. Es musste ein Kulturschock für ihn sein. Fede hatte sich mit dem Anziehen nicht besonders grosse Mühe gegeben. Anstelle des teuren Kleids trug sie bloss hellbraune Bermudas und eine ärmellose Bluse, die den letzten Waschgang nicht unbeschadet überstanden hatte. Ihre Bauernhofkluft, die sie sogar bei der Staatsanwaltschaft getragen hatte. «Entschuldigen Sie, aber ich bin sehr in Eile.»

«Wenigstens kann man Ihre tollen Tattoos sehen.»

Dieser Schmierfink. Dass sie es vergessen konnte. «Haben Sie den Schmuck?»

«Ich möchte Ihnen den Verkäufer vorstellen.»

Bei Fede schellten die Alarmglocken. «Wo finde ich ihn?»

«Er logiert zurzeit auf dem Bürgenstock. Er erwartet uns. Wir können hinfahren.»

«Ich bin ohne Auto da.» Fede sah zu den schmutzigen Fenstern. Der Staub zersplitterte das Sonnenlicht, das in die Gasse einfiel.

«Ich habe meinen eigenen Wagen. Wenn es Ihnen nichts ausmacht, mit einem Oldtimer zu fahren.»

«Ich mag die historischen Wagen, das Odeur von altem Leder und Öl.» Wenn es um alte Autos ging, beschleunigte sich ihr Herzschlag. Wieder überkam sie Wut, weil Max sie einmal mehr im Stich liess. Er spielte nicht mit offenen Karten. Zeigte er gerade eine andere, unangenehme Seite an sich?

Der Zorn nahm zu. Neben ihr wedelte der Trödler mit dem Autoschlüssel. Im Moment war Fede alles egal. Sie würde das Abenteuer eingehen, und sollte etwas Furchtbares mit ihr geschehen, sollte Max leiden.

Ein roter Teppich lag zwischen dem Vorplatz und dem Eingang des Bürgenstock Hotel und Alpine Spa, wie ein Wegweiser von der Normalität in eine Sphäre, die nicht für jedermann zugänglich war. Draussen flimmerte die Hitze auf dem Asphalt, drinnen breitete sich angenehme Kühle aus. Gedämpftes Tageslicht, von den Scheiben gebrochen. Leise Pianoklänge. Ein behaglicher Zufluchtsort, wo man sich bequem einen Apéro genehmigte, wo man diskutierte und telefonierte, vielleicht etwas Verlorengegangenes neu erfand.

Hinter der Glastür hielt ein Bediensteter Fede auf. «Kann ich Ihnen helfen?» Er musterte sie von Kopf bis Fuss.

«Sie können mir *nicht* helfen.» Wobei auch? Sie war nervös und glaubte, man sähe es ihr an. Sie wollte ihren Auftrag schnellstmöglich erledigen. Sie brauchte keinen Small Talk mit einem gelangweilten Angestellten.

«Mit dieser Aufmachung dürfen Sie nicht ins Hotel. Ich meine, nicht mit den kurzen Hosen.»

«Warum nicht?» Fede wirbelte herum, starrte Imhof an, der danebenstand und nur die Achseln zuckte. «Vor zwei Jahren war ich mit meinem Velodress an der Bar. Niemand hatte etwas zu meckern.»

«Das hat sich in der Zwischenzeit geändert, weil wir Reklamationen von den Gästen erhalten haben, die –»

Fede fuhr ihm ins Wort. «Dann müssten die Handys auch verboten werden. Wenn ich in den Barbereich sehe, glimmen die Dinger an jedem Tisch auf.»

«Wir wahren nur die Etikette.» Der Mann, der hier offenbar eine untergeordnete Rolle innehatte, strich sich verlegen die pomadisierte Schmachtlocke, welche sich verselbstständigt hatte, aus der Stirn. Er trug eine dunkelblaue Kleidung, Hemd und Krawatte. Fede sah auf das Schild auf dem Revers. Ein Lehrling.

Imhof trat vor. Fede sah ihm an, dass es ihm peinlich war. «Wir haben uns mit dem Herrn dort drüben verabredet.» Er wies auf einen schlanken grauhaarigen Mann, der neben dem Piano an einem runden Tisch sass.

«Sie sind Gäste von Herrn Kaufmann?» Fast ehrfürchtig lotste der Lehrling Fede und Imhof an dessen Platz. «Warum haben Sie es nicht gleich gesagt?»

Kaufmann? Fede hielt Imhof zurück. «Müsste ich ihn kennen? Es sieht aus, als wäre er *‹a very important person›*, ein VIP. Und *er* will mir Schmuck verkaufen?» Ein unbehagliches Gefühl machte sich bemerkbar. Warum hatte sie sich nicht ihre Fake-Garderobe angezogen? Kleid, Tasche, Uhr und Ring. Fede kam sich nackt und verletzlich vor. Dieser Kaufmann würde ihr niemals die reiche Lady abnehmen, die sie zu mimen versuchte. Wieder einmal war sie zu schnell und zu unüberlegt an eine Sache herangegangen. Irgendwann würde sie dafür bezahlen müssen. Mit ihrem Leben vielleicht?

«Ich glaube nicht», sagte Imhof und nahm ihr ein wenig den ersten Schrecken.

Fede sah Richtung Fenster. Durch die Scheiben schimmerte der Himmel, durchbrochen von den Kondensstreifen eines Linienjets. Darunter breiteten sich Hügel und Wälder aus wie ein Gürtel aus grünen Farbtönen. Teile des Vierwaldstättersees, eingebettet in dieses Naturwunder. Dort draussen schien die Welt in Ordnung. Ein Stück Schweiz, das Fede Heimat nannte. Gerade kam sie ihr fremd und gefährlich vor.

Sie, die ansonsten die Zusammenhänge sah, lief möglicherweise geradeaus in eine Katastrophe. Sie war zu unvorsichtig gewesen, hatte Max etwas beweisen wollen. Aus verletztem Stolz, aus Wut und Enttäuschung.

«Bitte, nehmen Sie Platz.» Kaufmann sprach mit Akzent, den Fede nicht zuordnen konnte, und schenkte ihr ein Lächeln, das alles andere als einladend wirkte. Sein Alter war schwer zu schätzen. Seinem faltigen Gesicht nach zu urteilen, konnte er die siebzig überschritten haben. Möglicherweise war er jünger. Seine Haut sah verbraucht aus. Zwei tiefe Falten zwischen Nase und Mundwinkel erinnerten an einen Nussknacker-Husaren. Seine grauen Haare konnten kaum seine echten sein. Zu dicht, zu glänzend. Eher ein Toupet. Kaufmann selbst glich einem Reptil.

Fede setzte sich, auf alles gefasst. Die Flucht nach vorn, was sie ihrem Instinkt zuschrieb. Ein verbaler Angriff auf die Schildkröte. «Ich habe nicht lange Zeit. Ich würde mir gern den Schmuck ansehen, den Sie in der Zeitung ausgeschrieben haben.»

Kaufmann streckte seine dürren braunen Finger aus. Er trug eine klobige Uhr und einen Siegelring. Fede versuchte, die beiden Initialen darauf auszumachen.

Ein Kellner näherte sich dem Tisch, um sich nach ihren Konsumationswünschen zu erkundigen.

Kaufmann kam Imhof und Fede zuvor. «Bringen Sie den Herrschaften ein Cüpli.» Er wedelte den Kellner weg. «Was ist er Ihnen wert?»

Fede sah dem verdatterten Kellner nach. «Dürfte ich ihn vorab sehen, bevor ich einen Preisvorschlag mache? Ich meine, ich kaufe die Katze nicht gern im Sack.»

Falsches Signal.

Was hatte Kaufmann vor? Er lehnte sich auf dem Sessel zurück und schlug das linke über das rechte Bein. «Selbstverständlich. Er ist in meinem Safe. Sie dürfen mich auf mein Zimmer begleiten. Ich glaube, das wäre auch besser, da Sie in Ihrem Outfit zu viel Aufmerksamkeit erregen.» Er wies Imhof an, ihren Sitzplatz zu besetzen. «Wenn wir uns einig werden, sind wir in zehn Minuten zurück.»

***

Max' Gefühle fuhren Achterbahn, einen Looping nach dem andern. Während er seinen Mustang über die Strasse nach Gstaad lenkte, überlegte er sich, wieder umzukehren. Sein Vorhaben war falsch. Eine Ausrede war es, Fernand Carron vorzuschieben. Eine skrupellose Lüge.

Kurz nach Saanen hielt er an. Noch bestand die Möglichkeit, die Reise hier zu beenden. Dann hätte er einfach einen Ausflug ins Saanenland gemacht. Er hatte ein Recht, seinen Kopf zu lüften, nach alldem, was in den letzten Tagen passiert war. Die Audienz bei der kantonalen Staatsanwaltschaft war nicht spurlos an ihm vorbeigegangen. Die Hüter des Gesetzes würden ihn von nun an beobachten. Max hatte genug von heiklen Aufträgen, bei denen er bereits von vornherein wusste, dass sie nicht gut enden würden. Sein Unternehmen, das ihm bislang wegen seiner Seriosität zu einem makellosen Leumund verholfen hatte, durfte nicht an einem Mandanten wie Dr. Mahler scheitern. Max hatte ihm von Anfang an nicht getraut. Der Arzt hatte ihn für seine Zwecke benutzt, offenbar für einen Racheakt an seinem Kontrahenten. Max hatte schon einmal seine Finger fast verbrannt, als es darum ging, Fernand Carron vor dem Verlust seiner Anwaltszulassung zu schützen. Carron hatte Gelder zweier Mandanten veruntreut. Max hatte ihm damals finanziell aus dem Schlamassel geholfen, damit Carron nicht aufflog und weil sein Kollege selbst nicht liquid war, lange bevor er sich mit Beverly eingelassen hatte.

Gstaad. Die drei Chalets am Louwibach. Idyllisch an diesem frühen Nachmittag. Drei Häuser, denen man nicht ansah, welche Abgründe sich dahinter verbargen. Die Kinder und Jugendlichen mit ihren eigenen Nöten, denen ein normales Leben verwehrt blieb. Hinter den Fassaden blieb das Schicksal verborgen, genauso wie in McCorleys Chalet, wo sich die Menschen bemühten, einen schönen Schein zu wahren.

Das mittlere Haus zog ihn wie ein Magnet an. Lächerliches Unbehagen ergriff ihn. Max parkte. Der Platz war leer, der rote Ferrari verschwunden. Er gehöre Dan McCorley, hatte Masha durchblicken lassen. Andrew fahre einen Audi R8. Diese Angeber!

Max stieg aus, sah zu den Fenstern mit den Geranium-Kistchen. Eine anonyme Welt. Etwas Makelloses. Was hatte er hier zu suchen?

Noch konnte er umkehren.

Allein seine Anwesenheit hier in dieser Gegend, in diesem Dorf, war ein Akt des Verrats an Fede. Eine vorsätzliche Tat, basierend auf einem niederen Impuls, dem er sich, bevor er abgefahren war, nicht hatte erwehren können. Die Verlockung war zu gross gewesen, der Schritt dahin ein minimaler.

Nun stürzte wie ein Wasserfall die Ratio in seine Gegenwart. Eiskalt traf es ihn im Innern. Es war nicht richtig, hier zu sein.

Die Tür ging auf. Das schwarze Auge der Kamera hatte ihn erfasst und dahinter seine Besitzerin.

Masha stand da, als würde sie den Türrahmen ausfüllen. Eine zierliche Gestalt mit einem Charisma, welches alles in ihrem Umkreis ausblendete.

Und erneut den Verstand.

Da war noch ein leises Zögern. Fragen, die auf seinen Lippen brannten. Einem Verlangen nachzugeben oder nicht.

Es brauchte keine Worte. Masha warf sich schweigend an ihn.

Max' Instinkte verselbstständigten sich. Es war, als ginge die Welt unter. Ein Armageddon des Verlangens. Ein Nacheinander-Greifen, bis sich ihre Münder fanden. Masha taumelte rückwärts, während Max sich an ihr festhielt. Seine Gedanken lösten sich auf in dieser heftigen Umarmung. Immer weiter trieb es sie ins Haus hinein, die Treppe hinauf ins Wohnzimmer, vorbei an der Küche und der Ecke mit dem Esstisch.

Sie landeten auf dem Sofa, als würden sie auf einer Insel stranden. Langsam, jeder Moment erfüllt mit Zärtlichkeit, ein Abtasten, Erkunden. Ihre Sinne erwachten unter dem staunenden Blick des andern.

Max zog ihr die Bluse aus, Masha knöpfte ihm das Hemd auf, als schälte sie ihn aus einem alten Leben und dränge mit ihm in etwas Surreales ein. Als läge das Ziel einzig und allein in der Berührung.

Noch einmal schob sich ein Funken Verstand in Max' Kopf,

ein letzter Zweifel, der ihn massregelte. Seine Begierde einen Augenblick lang ausblendete. Doch der Verstand löste sich erneut auf wie der Morgennebel über dem Fluss, dessen Geräusche Max so anders wahrnahm. Ein Traum, aus dem er vielleicht nie erwachen würde. Ein unermüdliches Plätschern, Musik in seinem Ohr. Ein Rhythmus, dem sie nun folgten. Eine Symbiose zweier Körper.

Der Aufprall wie eine Explosion. Eine zärtliche Brutalität, die in der Vereinigung ihren Höhepunkt fand. Ein Hin- und Herschaukeln. Es war, als wollte es nicht enden. Als verharrten sie im Augenblick ihres Einsseins.

Masha hatte die Augen geschlossen. Max liess das leise Beben in ihm nachwirken. So intensiv hatte er dies noch nie erlebt.

Seine Vergangenheit war wie ausradiert, die Bilder waren verschwunden.

Fede, an die er einen einzigen Gedanken verlor. Ein Gedanke, der seine Seele aus der Brust riss, jetzt, wo sie seine Erinnerungen streifte.

Neben ihm gab Masha zufriedene Laute von sich. Sie hatte gesiegt. Ohne viele Worte. Ihre Präsenz war so gewaltig, dass es sein Denken auslöschte. Sein Kopf fühlte sich wie eine breiige Masse an. Er hatte dem niedersten Trieb nachgegeben, dieser Lust, sie zu besitzen.

Vielleicht erging es ihr gleich in dem Moment, den Max mit keinem Satz zu beschreiben vermochte. Es war wie Sterben gewesen. *«La petite mort»*, wie die Franzosen es nannten.

«Du wolltest mir etwas über die McCorleys erzählen.» Seine eigenen Worte zerstörten diesen magischen Wimpernschlag.

«Ich gebe zu, es war eine Ausrede.»

***

Die Aussicht über den Vierwaldstättersee stellte ihr fast den Atem ab. Der See wand sich mit seinen Armen in grüne Buchten. Anders als von der Bar aus.

Wenn bloss dieses beklemmende Gefühl nicht gewesen wäre.

Kaufmann hatte eine Flasche Louis Roederer kalt gestellt. Zwei Burgundergläser standen bereit auf dem kleinen Tisch, vorn bei dem Fenster, welches die ganze Wand einnahm. Eine Schale mit gerösteten Nüssen stand bereit.

Der Blick auf das Angebot presste Fedes Herzmuskel zusammen. Wie hatte Kaufmann herausgefunden, welchen Champagner sie trank und welches Glas sie dazu verwendete?

Zufall. Mittlerweile tranken viele Leute, die sie kannte, den Schaumwein aus Weingläsern. Fede liess sich ihre Überraschung nicht anmerken. Sie fragte sich aber, was Kaufmann vorhatte. Und wie sie sich aus dieser gefährlichen Situation wieder befreien konnte. Seit sie das Zimmer betreten hatte, machte sich ein beengendes Gefühl in ihrer Brust bemerkbar.

«Haben Sie das Geld dabei?»

Fede hätte es ihm gern präsentiert. Nicht das, was er wollte, aber genug, um ihn zu beruhigen. Merlinde hatte ihr fünftausend Franken in die Hand gedrückt. Sollte sie sie verlieren, sei es weiter nicht tragisch. Fede zeigte auf die Gesässtasche. «Alles dabei.»

«Ich hoffe, dass die Ringe Ihnen gefallen.» Kaufmann legte die Schmuckstücke neben die Gläser, wie es sich gehörte, auf schwarzen Samt. «Wir werden den Kauf besiegeln. Aber zuerst nehmen Sie sich Zeit und prüfen Sie die Steine. Ich bin nicht in Eile.»

Fede setzte sich auf einen der modernen Stühle, obwohl sie beim Stehen besser auf einen Angriff vorbereitet gewesen wäre. Sie wollte jedoch nicht, dass Kaufmann ihr misstraute, und ihn im Glauben lassen, sie meine es ernst mit ihm. «Darf ich?» Sie griff nach den Baumwollhandschuhen, die neben den Ringen bereitlagen, und zog sie sich über. Sie legte den ersten Ring in ihre linke Hand. «Ein wunderbarer Saphir. Und diese blaue Farbe.» Sie wechselte Blicke mit Kaufmann. «Achtzehn Karat Gold, nicht wahr?» Der Ring hatte ein ansehnliches Gewicht. Nie zuvor hatte Fede einen Ring in diesem Preissegment in der Hand gehalten. Sie legte ihn auf den Samt zurück und griff nach dem zweiten Ring. «Ein wahrhaft schöner Diamant. Und die kleinen Steine ringsherum gefallen mir besonders gut.» Ob diese Schmuckstücke echt waren, entzog sich ihrem Wissen. Sie hoffte, dass Kaufmann ihrem Bluff nicht auf die Schliche kam. Bevor sie sich mit Imhof traf, hatte sie die Fotos auf Merlindes Schmuckliste noch einmal genau angesehen. Es *mussten* die gestohlenen Ringe sein. «Platin?»

«Platin», versicherte Kaufmann. «Die beiden Ringe haben einen geschätzten Wert von hunderttausend Schweizerfranken. Ich biete sie Ihnen für die Hälfte an.» Er reichte ihr eine Lupe. «Überzeugen Sie sich selbst an der Echtheit.»

«Gibt es dazu eine Expertise?» Fede nahm die Lupe und liess den Blick nicht von dem Ring abschweifen. Trotzdem meinte sie, in ihren Augenwinkeln Kaufmanns überraschte Mimik zu erkennen.

«Es sind Schmuckstücke aus der Hinterlassenschaft meiner Mutter», sagte er, weniger euphorisch als zuvor.

«Aber Sie haben den Schmuck sicher schätzen lassen.» Es juckte Fede in den Fingern. Zu gern wäre sie auf den wahren Preis der Ringe zu sprechen gekommen. Gemäss Merlinde waren sie zusammen für achtzigtausend Schweizerfranken versichert. Sie legte auch den zweiten Ring zurück. «Auf dieses Geschäft kann ich leider nicht einsteigen. Obwohl ich den ungefähren Wert der Ringe erkenne, scheint mir die ganze Angelegenheit heikel.»

Kaufmann sah sie mit zusammengekniffenem Mund an. Die beiden Falten, die bis zum Kinn reichten, vertieften sich. «Ich würde sie Ihnen auch für dreissigtausend geben.»

«Was die Glaubwürdigkeit allerdings noch einmal herabstuft.» Fede sah ihm an, dass er sich zusammenreissen musste. «Bringen Sie mir die Schätzung eines Goldschmieds. Dann sind wir im Geschäft.»

Über Kaufmanns Gesicht breitete sich ein fratzenhaftes Grinsen aus. «Okay, fertig jetzt mit dem Theater, Frau Hardegger.»

Was meinte er damit? Eine unnatürliche Hitze erfasste Fedes Körper. Kaufmann hatte sie durchschaut. Selbst wenn sie sich als Dame von Welt ausgegeben hätte, er wäre ihr früher oder später auf die Schliche gekommen.

«Ich habe Sie gleich erkannt.» Er liess sie nicht mehr aus den Augen. «In Insiderkreisen nennt man Sie ‹die Wühlmaus›. Wie viele Cyberangriffe gehen auf Ihr Konto?»

Die Zeit schien stillzustehen. Die Erde hatte angehalten. Fede versuchte, es sich plastisch vorzustellen, um sich selbst von dieser Ungeheuerlichkeit abzulenken.

«Ich weiss nicht, was Sie meinen.» Kalter Schweiss breitete sich vom Kreuz über ihren Rücken aus. Ein plötzliches Zittern in ihren Händen vermochte sie nicht zu verhindern.

Kaufmann lachte laut heraus. «Ich arbeitete lange im gleichen Metier. Es war kein schwieriges Unterfangen, mich in Ihren Computer einzuhacken.»

Das war nicht möglich. Erstens waren ihre Daten durch eine spezielle Software geschützt, zweitens hätte sie es mit ihrem geschulten Auge sofort gemerkt, falls sich jemand an ihren Daten zu schaffen gemacht hätte. «Klären Sie mich auf.»

«Ich unterbreite Ihnen einen Vorschlag. Wir arbeiten in Zukunft zusammen … in einer anderen Liga allerdings. In einer Detektei sind Sie vollkommen fehl am Platz.» Er machte eine Kunstpause. «Mit Ihrem begnadeten Talent, Federica Hardegger.» Er dehnte den Namen. «IT-Spezialistin in Freienbach, bei einem der grössten Anbieter der Schweiz. Und jetzt das … Wie tief sind Sie gesunken?»

Fede musste leer schlucken. Liebend gern hätte sie nach dem Champagner gegriffen, um ihren trockenen Hals zu befeuchten, aber vor allem, um sich Mut für den weiteren Verlauf des Gesprächs anzutrinken. Diesen Gefallen wollte sie Kaufmann nicht machen. Warum wusste er so viel über sie? Dass sie den Champagner in Burgunderkelchen trank, war ihr persönliches ungeschriebenes Gesetz.

Sie musste einen Gegenangriff wagen, egal, wie gefährlich er war.

«Ich arbeite für eine Detektei, das ist richtig. Ich bin Leuten wie Ihnen auf der Spur.»

Kaufmann zog den Kopf in die Schultern zurück wie der Einsiedlerkrebs sich in die fremde Muschel. Offensichtlich hatte er mit diesem Gegenschlag nicht gerechnet.

«Als ich die Anzeige in der Nidwaldner Zeitung sah, wusste ich sofort, welche zwei Ringe im Angebot standen. Sie stammen aus einem Raub, der im Februar dieses Jahres begangen wurde, möglicherweise sind sie aber aus dem Diebesgut von letzter Woche. Ich frage mich, wie Sie an diesen Schmuck gekommen sind.»

Kaufmann sah Fede belustigt an. «Okay.» Ob er kapitulierte? «Ich habe den Schmuck selbst gekauft. Ich wusste nicht, dass er gestohlen war, sonst hätte ich ihn wohl kaum angeboten.»

«Und die Lüge mit dem Erbe?» Fede griff nach der Champagnerflasche. «Wollen wir *darauf* anstossen?»

«Ich wusste, dass Sie meine Person sind. Sie sind unerschrocken und intelligent.» Er nahm Fede die Flasche aus der Hand und öffnete den Verschluss. Er liess den perlenden Schaumwein in die Gläser laufen. Er reichte eines der Gläser Fede. «Auf unsere Zusammenarbeit.»

«Was meinen Sie damit?»

«Ich biete Ihnen einen Job an, bei dem Sie das Doppelte vom jetzigen Gehalt verdienen.»

«Sie kennen meinen Lohn nicht.»

Kaufmann nannte ihr eine Zahl, die sie erröten liess. Woher hatte er all diese Kenntnisse? Er musste sich mit ihr befasst und ihre Schritte gekannt haben, bevor sie ihn traf, bevor sie überhaupt in Imhofs Trödlerladen getreten war.

Fede verlor die Kontrolle, und es machte ihr Angst.

Wer war Kaufmann? Wer steckte hinter diesem alten Mann? Obwohl er sich sportlich gab, hatte er Mängel an sich. Seine unruhige Hand, wenn er das Glas hielt, das leichte Hinken, als er vorhin Richtung Zimmer geschritten war. Fedes Furcht vor ihm liess etwas nach. Sympathie wollte sich trotzdem nicht einstellen. Sie nahm einen grossen Schluck Champagner, fühlte sich gleich entspannter. «Verraten Sie mir, wer Sie wirklich sind. Ich werde das hier vergessen, und dann reden wir wie zwei vernünftige Menschen.»

«Sie beweisen immer mehr, dass Sie die Richtige sind für mich.»

Er sprach in Rätseln, keine Frage. Fede gab nicht auf. Nach dem ersten Glas lief sie in Hochform. Sie schenkte sich selbst nach. «Haben Sie etwas mit dem gestohlenen Schmuck zu tun?»

Kaufmann wandte sich ab, widmete sich der Champagnerflasche, die er aus dem Eiskübel nahm. «Es ist nie wirklich geklärt worden, was an diesem Abend geschah. Selbst die Polizei spekulierte. Eine tragische Sache …»

«Sind Sie zufällig ein Versicherungsagent?» Es war die letzte Chance, sich aus der bedrohlichen Situation zu retten. Fede erhob sich. «Wie auch immer. Lassen Sie mich Ihr Angebot überlegen.»

«Zögern Sie nicht.» Kaufmann blieb sitzen. «Aber denken Sie daran, ich werde Sie immer finden. Und jetzt das Geld!»

Noch ehe sie sich's versah, griff er ihr auf das Gesäss und entnahm ihr die fünf zusammengerollten Tausendernoten.

Fede schlug um sich. Kaufmann wich zurück. «Ich drücke die Glocke hier», er war ins Badezimmer getreten. «Man wird sofort kommen, dann erfinden Sie mal eine Ausrede, weshalb Sie in Ihrer Aufmachung mein Zimmer betreten haben.»

***

Er war eingeschlafen. Als Max erwachte, war es halb sechs. Erschrocken sprang er auf. Im Haus war es ruhig, geradezu unheimlich, und Masha verschwunden. Max' Kleider waren auf dem Boden verstreut, als hätte es nicht schnell genug gehen können. Sie hatten sich jedoch viel Zeit füreinander genommen. Noch lag ein zarter Geruch im Raum, den Max nicht zuzuordnen vermochte. Die Fenster standen offen, der Tüll bauschte sich im Luftzug.

Von Masha keine Spur. Weder ihre Unterwäsche noch ihr Kleid. Auch der Wohnungsschlüssel fehlte, der Max auf dem Salontisch aufgefallen war. Ein prägnanter Anhänger, ein schwarzer Totenkopf, was nicht zum Rest hier passen wollte und schon gar nicht zu dieser bildschönen Frau.

Er hatte sie besessen. Sie hatte ihm gehört. Für die Dauer einer kleinen Ewigkeit. Die Erinnerung an ihren Körper erregte ihn von Neuem.

Max suchte seine Kleider zusammen und zog sich an. Neugierig sah er sich dabei um. Alles war dem Gesetz einer peniblen Ordnung unterstellt. Möbel, Bilder, selbst der Schal auf dem Sofa, hatten ihren vorgegebenen Platz. Alles wirkte sauber, wie in einem Einrichtungskatalog. Nichts lag herum. Ein aufgeräumtes Haus, eine vollendete Frau – Max kam sich wie ein Fremdkörper vor.

Der Geruch nach Veilchen traf ihn wie ein Schlag. Das Odeur der allgegenwärtigen Erinnerung, das Bewusstsein, etwas Verbotenes getan zu haben – ein emotionaler Schock, den er nicht so schnell aus seinem Gedächtnis würde streichen können. Dieser Raum, in dem Max sich allein verloren vorkam, war von einer Verzweiflung getränkt, die ihm Angst einflösste. Als wäre alles geplant und vorbereitet gewesen, für ihn, für diese Begegnung.

Er war offenbar in eine Falle getappt.

Max schritt zum Fenster, das gegen McCorleys Chalet lag. Hinter den geschlossenen Scheiben glaubte er, zwei Körper zu erkennen. Wie Schemen bewegten sie sich vor dem Hintergrund des Lichts, das aus einer anderen Richtung einfiel. Andrew konnte es nicht sein. Sein Wagen war weg. Dan und Mailin?

Nichts hier war Max vertraut. Er hatte sich an einem Stück Leben gelabt, dessen Rezeptur er nicht kannte. Es war nicht die Leistungselite, in die er geplatzt war, nicht in die Sphäre Intellektueller und dennoch in eine Welt, die sich so sehr von seiner unterschied. Hier wurde unterschwellig ein Perfektionismus zelebriert, in dem er nichts zu suchen hatte.

Noch bot sich ihm die Gelegenheit, dem Irrtum zu entkommen.

«Max?» Die Stimme in seinem Rücken riss ihn herum. «Du

bist ja ein Voyeur.» Masha stiess einen Ausruf des Erstaunens aus, während sie neben Max ans Fenster trat.

Er wandte sich zu ihr um. «Wo warst du?»

«Ich habe für uns eingekauft. Ich werde uns etwas zum Nachtessen kochen. Du hast bestimmt Hunger nach diesem … diesem …»

«Beischlaf», sagte Max. «Du wolltest Beischlaf sagen.»

«Nein, wollte ich nicht. Dieses Wort existiert nicht in meinem Vokabular.»

«Ich sollte mich auf den Weg nach Hause machen.» Max sah zur Küche, wo zwei Einkaufstüten standen. Er hatte Masha nicht eintreten hören.

«Erwartet dich jemand?» Sie schmiegte sich an ihn.

«Nein, nein … und trotzdem muss ich fahren. Die Arbeit, du weisst …»

«Sehen wir uns wieder?»

Sie war enttäuscht. Das war zu erwarten gewesen. Eine Frau wie Masha liess man nicht im Regen stehen. Man überhäufte sie mit Komplimenten, bedankte sich für den wundervollen Nachmittag und versprach, ihn so rasch als möglich zu wiederholen. Nein, mehr noch, man nahm sie in den Arm und begann mit dem Spiel von vorn.

Ein Jahr, vier Monate und fünf Tage bis zum Mord

Seit gut einem Jahr bewohnte Merlinde hier eine eigene kleine Wohnung mit einem Balkon gegen Westen, wo sie im Sommer die Sonne über dem Zürichsee untergehen sah. Jeden Abend hatte sie draussen gesessen und auf ein Wunder gehofft. Sie hatte an ihrem eigenen Leib erfahren, wie das Schicksal oft gnadenlos zuschlägt, wenn man es am wenigsten erwartet. Der Advent vermochte sie nicht zu trösten, auch Weihnachten nicht. Sie glaubte an keinen Gott und fand die unbefleckte Empfängnis etwas Absurdes, Maria Muttergottes war in ihren Augen ein Hirngespinst, und all diesem Gedöns um das Christkind konnte sie nichts abgewinnen; sollte die Direktorin Frau Burger dem doch allein huldigen. Auf jeder Etage stand ein unechter Tannenbaum, mit Lichterketten und roten Kugeln üppig dekoriert, seit dem Tag, als der Sankt Nikolaus die Bewohner besucht hatte. Eine kindische Überlegung der Leitung. Auch die Balkone waren weihnachtlich geschmückt. Merlinde hatte die Hände verworfen, als ihre Pflegerin ihr einen Christbaum aufschwatzen wollte. Nicht, dass Merlinde Grünpflanzen verabscheute, aber sie sah darin keinen Nutzen. Zudem fehlte ihr der Platz. Anfang Sommer hatte sie ihr Hanfgärtchen angelegt. Frau Burger hatte es zur Kenntnis genommen und es wider Erwarten nicht verboten. Solange Merlinde den Hanf für den Eigengebrauch pflanzte, wollte sie es akzeptieren.

Hirnschlag. Einseitig gelähmt. Beinahe Verlust der Sprache und der partiellen Körpersteuerung.

Die Pflegerin betrat die Wohnung. «Brauchen Sie noch etwas für das Mittagessen mit Ihrem Mann?» Raluca stammte aus Rumänien, aus der Stadt Cluj-Napoca. Sie war eine Frau um die fünfzig, eine verblasste Schönheit, mit Geduld und Herzenswärme gesegnet. Die vielen Entbehrungen in ihrem Leben hatten sie im fortgeschrittenen Alter gezeichnet. Merlinde kannte mittlerweile ihre Geschichte. Von der Flucht weg von ihrem gewalttätigen Ehemann in die Arme eines Schweizers. Vom Regen in die Traufe. Auch ihr zweiter Ehemann hatte sie geschlagen. Die Anstellung in der Seeresidenz hatte sie wegen Personalmangels bekommen. Es war für sie ein Ticket in die Unabhängigkeit. Sie war bescheiden, fand nie Worte des Unmuts im Gegensatz zu ihren Kolleginnen, die täglich etwas zu bemängeln hatten. Raluca hatte eine Tochter, die in Bukarest studierte.

«Begleiten … Sie … mich … zum … Lift.» Merlinde hatte grosse Mühe mit dem Sprechen. «Ich … möchte … allein … runter.»

«Ich soll Sie nur in den Aufzug schieben?»

«Ja, das wäre nett.»

Der Weihnachtsbaum direkt neben der Wohnungstür versperrte die halbe Sicht aus dem Fenster. Schnee lag auf dem Hügel hinter der Residenz, der letzte Rest eines Wintertiefs, welches seit gestern vom Tauwetter abgelöst wurde.

«Sind Sie warm genug angezogen?» Raluca machte sich immer Sorgen um Merlinde.

«Ja, es reicht.»

Merlinde fuhr mit dem Aufzug ins erste Untergeschoss und nahm von dort den Lieferanteneingang, um der Burger nicht zu begegnen. Zur Mittagszeit stand diese jeweils beim Durchgang zum Speisesaal, wie eine Majorin, die ihr Heer, die Angestellten, kommandierte und die Gäste überschwänglich begrüsste. Darauf konnte Merlinde verzichten. Seit sie selbst Patientin in der Seeresidenz war, ging ihr die Direktorin noch mehr auf den Geist als vorher.

Gregory sass am reservierten Tisch am anderen Ende des Saales. Für ein Trinkgeld hatte ein Pfleger ihn von der Abteilung für Schwerkranke hierhergebracht, schön zurechtgemacht in einem neuen Herrenanzug mit Hemd und Krawatte, über deren Stoff kleine Pferde hüpften. Merlinde hatte ihn massschneidern lassen. Heute war ihr Hochzeitstag. Den wollte Merlinde mit ihrem Mann feiern. Sie sah ihn nur von hinten, die Umrisse seines Kopfs, oval und klein, ohne Haare – ein Fremder, der alles verloren hatte. Auch seine Selbstachtung. Ein Kellner schob Merlinde an den Tisch, der in Weiss und für vier Personen aufgedeckt war.

Merlinde räusperte sich. Sie war nicht einmal sicher, ob Gregory sie wahrnahm. Sie sprach mit leiser Stimme, wie sie es immer tat, wenn er in der Nähe war. «Mein Lieber.» Es fiel ihr schwer, ihn so zu nennen. «Las Vegas, erinnerst du dich? Wir hatten bis in die Nacht hinein gezockt. Du hast einmal gewonnen, dann alles verloren, weil du so masslos warst. Im ‹Harrah's› haben wir geheiratet, du im weissen Anzug, ich in Rosa mit Federboa.» Merlinde kramte umständlich mit der rechten Hand ein Foto aus der Hermès-Birkin-Tasche. Sie legte das Bild so auf den Tisch, dass es Gregory gelang, daraufzusehen. «Was waren wir schön.» Merlinde seufzte. «Du dreiunddreissig Jahre jung, ich süsse dreiundzwanzig. Mister and Misses Vonlanthen.»

«Frau Vonlanthen?» Die Stimme des Chefs de Service. Er kam in Begleitung zweier Leute an den Tisch. «Ihr Besuch ist da.»

Merlinde drehte ihren Rollstuhl, so gut es ging. «Elisabeth und Heinz.» Hatten sie ihrer Einladung also Folge geleistet. «Schön, seid ihr da. Bitte setzt euch.»

Ein Paar in Gregorys Alter. Beide adrett gekleidet. Sie in einem exaltierten Kostüm von Jean Paul Gaultier, er im dunkelblauen Zweiteiler. Sie, vermögende Verlegerin mit eigener Zeitung und zwei Hochglanzmagazinen, er ihr Dauerautor und ehemaliger Journalist. Sie hatten es zu viel Reichtum gebracht und waren die einzigen verbliebenen Freunde. Trauzeugen bei der zivilen Hochzeit in Herrliberg, nach Las Vegas hatten sie den Flug verpasst.

«Sieht edel aus.» Elisabeth liess ihren Blick durch den Raum schweifen. Sie hatte auf dem Stuhl neben Gregory Platz genommen. «Endlich erstrahlt das Haus wieder in historischem Glanz.»

«Als hätte es dich jemals interessiert», fauchte Merlinde. Sie war heute trotz des Jubiläums nicht gut aufgelegt. Vor gut drei Jahren hätte sie sich dieses Desaster nicht vorstellen können.

Drei Jahre, in denen alles, was sie mit Gregory aufgebaut hatte, vom Sturm der Krankheit weggeweht worden war.

«Vierunddreissig Millionen soll es gekostet haben.» Heinz warf Gregory einen zerknirschten Blick zu, bevor er ihm zum Gruss über die Schultern strich. «Ein stattliches Sümmchen, wenn man bedenkt, wie man die Patienten hier behandelt.» Er nahm Platz und sandte Merlinde ein verzerrtes Lächeln zu. «Dieses Zimmer von Gregory … das ist ja eine Zumutung. Warum zieht er eigentlich nicht in deine Wohnung?»

Merlinde schaute auf. Dass sie über diese Aussage erstaunt war, wollte sie sich nicht anmerken lassen. Sie kannte Heinz. Er nahm nie ein Blatt vor den Mund. Genau so schrieb er, was ihn oft in Teufels Küche brachte. Er äusserte sich über das, was die andern nur dachten, hatte dadurch auch viele Sympathisanten, die jedoch vornehmlich den Mund hielten. «Warst du mal in seinem Zimmer?»

«Ich besuche ihn einmal die Woche. Hat er es nicht erzählt?» Heinz fuhr mit der Hand an die Schläfe. «Entschuldige, das war unaufmerksam von mir.»

Je älter er wurde, umso bissiger wurde sein Humor. «Wir sind beide Pflegefälle, schon vergessen?» Sie war erschöpft. Ihr fehlte es an guten Gedanken, an Energie. «Ich wüsste nicht, wie ich ihm behilflich sein könnte.»

«Deine blosse Anwesenheit würde ihm guttun.»

Merlinde empörte sich. «Was glaubst du, was ich den ganzen Tag mache?»

«Bitte, was hast du gesagt?» Heinz sah sie ungläubig an.

«Ich habe mir meine Schamhaare gefärbt.»

Elisabeth kicherte. Heinz brachte den Mund nicht mehr zu. «Das ist doch die Höhe.»

«Du hast mich ja verstanden.»

«Was für ein Thema», sagte Heinz.

«Du kannst es ja in deinen Kolumnen für Senile schreiben», zischte Merlinde. Sie wusste selbst, wie unverständlich sie manchmal sprach. Heinz musste sie jedes Mal darauf aufmerksam machen. «Lass uns über etwas Erfreulicheres diskutieren.»

Merlinde bestellte den Wein. Tatsächlich hatte in den letzten Monaten die Freundschaft zu Elisabeth und Heinz gelitten. Ihre einst herzliche Beziehung war einer Leere gewichen, die Merlinde auch mit einem Small Talk nicht ausfüllen konnte. Zudem strengte sie das Sprechen an. Doch Gregory zuliebe hatte sie sich an die beiden geklammert, als wären sie ein letztes Glied, das sie mit der glamourösen Vergangenheit verband. Sie selbst hatte kein Verlangen mehr nach ihnen. Sie trugen ihre körperliche und geistige Fitness wie auf einem silbernen Tablett zur Schau. Es war nicht auszuhalten.

Während der Vorspeise, einem Kaninchenfilet auf Fenchel, worauf Gregory verzichtete, suhlte sich Merlinde mit Elisabeth und Heinz in der Vergangenheit. Dort gab es Fixpunkte in ihrer beider Leben. Endlose Diskussionen über Bücher und griechische Philosophen, über ihre Überzeugung, Atheisten zu sein, und dass man das Glück beeinflussen könne, wenn man negative Gedanken nicht zuliess. Die Auffassung, das Leben sei steuerbar, stand im krassen Gegensatz dazu, dass es letztendlich doch eine Bestimmung gab. Bei Merlinde folgte darauf immer die Resignation.

Die leeren Teller wurden abgeräumt, dann der Hauptgang serviert.

Merlinde starrte skeptisch auf ihren Teller. Ein komisches Gericht. Grüne undefinierbare Blätter in der Form eines aufgeworfenen Spitzenunterrocks, die in einer hellbraunen Sauce schwammen. Darüber das Kalbsschnitzel, drei dicke in Speck eingewickelte Bohnen und zwei halbe Kirschtomaten am Rand. Von oben gesehen wie ein Gesicht, das seine Gleichgültigkeit ausdrückte. Merlinde war skeptisch, doch Elisabeth schob ihre Hand in ihre Nähe, wollte sie offensichtlich zum Essen animieren. «Es schmeckt sicher hervorragend.»

«Guten Appetit.»

Während des Essens kam der Frust der letzten Tage und Wochen in ihr hoch und eruptierte wie ein Vulkan, der lange unter der Erdoberfläche bloss gebrodelt hatte. Sie hätte laut schreien können über die Ungerechtigkeit in dieser Welt. Was hatten sie nicht alles für die Allgemeinheit getan? Sie hatten den sozial Minderbemittelten geholfen, an Benefizanlässen gespendet, Stiftungen unterstützt – das war der Dank. Gregory und sie waren unten angekommen und auf Leute angewiesen, die es genossen, sie zu quälen.

Merlinde verschluckte sich. Sie drehte den Rollstuhl vom Tisch weg und machte dem Kellner ein Zeichen. Sie wollte allein sein und in ihre Wohnung zurück.

ZWÖLF

Milagros nahm sich viel Zeit für Merlinde. Christian hatte aus einem alten Handwagen eine Art Rollator hergerichtet. Merlinde konnte sich daran abstützen und ihre Gehversuche optimieren. Milagros führte sie durch das Haus, so gut es Merlindes Beine zuliessen, und ging mit ihr nach draussen. Sie zeigte ihr den Stall und die beiden Kühe und setzte sie auf einen leeren Harass neben der mit Holzwolle gefüllten Kiste. Christian hatte die Eier der Legehennen hierhergebracht.

«Willst du mich ans Landleben gewöhnen?» Merlinde sah ein wenig skeptisch auf die Wärmekiste. «Das ist eine altmodische Methode.»

«Was?» Milagros setzte sich ihr gegenüber auf einen Strohballen. Sie mochte den Geruch von frischem Heu.

«Für die Ausbrütung der Küken gibt es Brutapparate», sagte Merlinde. «Das hier ist sehr altbacken.» Als ob sie was davon verstünde, dachte Milagros.

«Inklusive Schierlampe.» Milagros nahm Merlindes fragenden Blick mit Genugtuung zur Kenntnis. «Damit kann man ab dem vierten Tag erkennen, ob das Ei befruchtet ist, oder später, ob der Embryo noch lebt oder nicht.»

Milagros hatte einen neuen Rollstuhl bestellt, nicht so leicht und teuer wie der alte – eine vorübergehende Lösung und sicher besser als Christians Fahrgestell. Er sollte im Verlaufe des Tages gebracht werden.

Die Stalltür wurde aufgestossen. Unter dem Rahmen zeichnete sich ein Körper ab.

Milagros brauchte ein paar Sekunden, bis sie ihren Sohn erkannte. «Schön, dass du dich auch wieder einmal zeigst. Hast du in Hergiswil übernachtet?»

«Ich hatte zu tun.» Max begrüsste Merlinde, ohne Milagros eines Blickes zu würdigen. «Wie geht es Ihnen?»

«Ich bin in guten Händen», sagte diese und wies auf die Wärmebox. «Ich könnte mich geradezu an ein Leben auf dem Land gewöhnen. Ihre Mutter erteilt mir Unterricht in der Aufzucht von Küken.» Sie lächelte verzerrt. «Noch vor wenigen Tagen habe ich nicht einmal gewusst, wie es sich auf einem Bauernhof anfühlt. Nun trinke ich warme Kuhmilch, esse frische Erdbeeren und Eierspeisen zum Frühstück.»

«Das wird Ihnen zu neuen Kräften verhelfen.»

«Wenn's so einfach wäre. Sind Sie weitergekommen?»

Milagros sah Max an, dass dieser mit der Antwort rang. Etwas musste ihm über die Leber gekrochen sein. Er sah bedrückt aus, wenn nicht sogar gestresst.

«Die Firma Sanason gibt nach wie vor Rätsel auf», sagte er. «Ich müsste mehr über sie erfahren.»

Milagros musterte ihn. Eine Ausrede war es, um vom Wesentlichen abzulenken. Etwas musste vorgefallen sein, was auch Federica betraf. Sie war gestern am frühen Abend nach Hause gekommen, hatte kurz nach Maximilian gefragt, und als Milagros ihr nicht sagen konnte, wo er war, verschwand sie in ihrem Büro. Sie hatte die Tür zugeknallt, das ganze Haus hatte gezittert. Zum gemeinsamen Nachtessen war sie nicht erschienen. Es lag Milagros auf der Zunge, nach dem Stand ihrer Beziehung zu fragen. Auf der einen Seite konnte sie sehr gut nachempfinden, dass Maximilian sich auf einem Bauernhof nicht unbedingt wohlfühlte. Schliesslich war er ihr Sohn. Aber sie hatte ihn auch gelehrt, sich den Umständen anzupassen. Sie stöhnte leise auf. Er war nicht mehr ihr kleiner Junge. Er ging seinen eigenen Weg. Manchmal wollte sie es nicht wahrhaben. Das Loslassen war nicht ihre Stärke, auch nach über zwanzig Jahren nicht. Sie hatte zwar damit begonnen, sich von Altlasten zu befreien, und war daran, ihre Wohnung am Brienzersee auszumisten, nachdem sie viel Kram mit umgezogen hatte, als sie das Appartement auf dem Bürgenstock verliess. Aber das war Materie und ersetzbar.

Sich von Maximilian zu lösen, erforderte sehr viel mehr Kraft. Sie merkte, dass sie damit die Kontrolle verlor, auch die Kontrolle über ihre eigene Existenz. Maximilian befand sich in der

Blüte seines Lebens, in der sie selbst lange Zeit gestanden hatte. Nun spürte sie, wie ihr alles abhandenkam, wie sich die Energien auflösten. Sie war daran, überflüssig zu werden. Maximilian brauchte sie nicht mehr. Er wich ihr sogar aus. «Ich denke, du solltest einmal nach Federica sehen.»

«Weisst du, wo sie ist?»

«In ihrem Büro oder im Zimmer. Sie hat sich seit gestern nicht mehr blicken lassen.»

Maximilian wandte sich ab. «Ich werde nach ihr sehen.» Unbekümmert klang es nicht.

«Ist alles gut zwischen euch?», fragte Milagros.

«Was sollte denn sein?» Er hatte seine Stimme verloren. Ein kaum hörbarer Laut zeugte von einer plötzlich auftretenden Unsicherheit.

Ihr konnte er nichts vormachen. Sie bohrte weiter. «Ich mache mir ernsthaft Sorgen um Federica. Ist wirklich alles okay?»

Maximilian sah Merlinde an, die das Gespräch neugierig mitverfolgt hatte. «Sie entschuldigen mich.» Als er Richtung Stalltür ging, nahm sich Milagros vor, ihn später ins Gebet zu nehmen. Sie musste verhindern, dass es zwischen ihm und Federica zu einem Bruch kam.

***

Fede erschrak. Max stand plötzlich hinter ihr, grüsste sie kumpelhaft. «Klopfst du nicht mehr an?» Sie spürte seine Hände auf ihren Schultern. Alles in ihr zog sich zusammen. Dennoch wollte sie ihn nicht auf gestern ansprechen, weder auf die Nacht, in der er sich wiederholt nicht gemeldet hatte, noch auf seine seltsame Begrüssung soeben. Er hatte sie nicht geküsst, stand wie ein Fremder in ihrem Zimmer und tat so, als wäre nichts gewesen.

Fede konnte sie riechen, die andere Frau.

Nein, sie würde ihm keine Szene machen. Noch arbeiteten sie zusammen am gleichen Fall. Seit gestern hatte er an Brisanz gewonnen.

«Alles klar bei dir?» Eine unbeholfene Bemerkung von Max. Er benahm sich daneben.

«Mir geht's blendend.» Sie vermochte nicht, ihm in die Augen zu sehen. «Ich war gestern auf dem Bürgenstock. Ich hatte eine interessante Begegnung.»

«Ging's um den Schmuck?» Max schwang sich auf den Hocker, der neben dem Pult stand. Anscheinend froh, dass sie die angespannte Situation gelassen nahm, machte er auf cool.

«Ich habe den Verkäufer der gestohlenen Ringe kennengelernt. Ein komischer Vogel. Er wollte mich abwerben.»

«Für was?»

«Das hat er mir nicht konkret gesagt. Er machte mir ein lukratives Angebot, was den Lohn betraf.»

«Lass mich hören.» Max war aufgedreht. Meinte wohl, es sei alles wieder in Butter.

Fede liess ihn in dem Glauben. «Er nennt sich Kaufmann. Aber ich bin mir sicher, dass es nicht sein richtiger Name ist. Er trug einen Ring mit den Initialen ‹H.L.›.»

«Bist du dir sicher?» Max kreuzte seine Arme hinter dem Kopf, streckte sich und hatte dieses Grinsen auf dem Gesicht.

«Du kennst meine Beobachtungsgabe.»

«Wie bist du mit ihm verblieben?»

«Er liess mich gehen.» Fede wollte nicht gestehen, wie viel Mut es gebraucht hatte, diesem seltsamen Mann Paroli zu bieten. Wie sie gezittert hatte, bis sie dessen Zimmer verlassen konnte. Wie er sie bestohlen und ihr gedroht hatte. Sie spürte, dass es noch nicht ausgestanden war. Etwas führte dieser Mann im Schild. «Ich habe versucht, mich in den Computer von den Bürgenstock-Hotels einzuloggen.» Sie wollte nicht zugeben, dass sie fünftausend Franken verloren und keinen der Ringe zurückgewonnen hatte. Sie hatte Angst gehabt und war froh gewesen, dem alten Mann zu entkommen.

«Hattest du Erfolg?» Max sah sie angespannt an.

«Es hätte mich gewundert. Mein Arbeitgeber hat ihnen die beste Software verkauft, die es auf dem Markt gibt. Ich bräuchte mehr Zeit, um sie zu hacken.»

«Was erwartest du davon?»

«Ich will herausfinden, ob er der ist, der er vorgibt zu sein. Er liess mich im Glauben, der Schmuck sei aus einer Erbschaft. Ich glaube ihm nicht. Und was mir noch aufgefallen ist …»

«Ja?» Max' Ungeduld wuchs.

Fede sah es ihm an. «Seine Augen …»

«Seine Augen?»

«Du lässt mich nicht aussprechen.» Fede ahnte, dass Max mit diesem künstlichen Getue von etwas ablenken wollte.

«Sorry.»

«Wo waren wir?»

«Bei seinen Augen.»

«Ich habe diese Augen schon einmal gesehen.»

«Du kennst ihn?»

«Ich erinnere mich nicht.»

Max stand vom Hocker auf. Er beugte sich über Fedes Pult. «Hast du ein Blatt Papier?»

«Kopierpapier. Bediene dich.» Fede konnte sie riechen. Ein Duft nach Veilchen war es, welcher an Max' Kleidern haftete. Ein Parfum, das bestimmt ein Vermögen gekostet hatte. Masha Flores. Ihr machte er nichts vor.

Max legte das Papier vor sich hin. «Fassen wir alles zusammen, was wir wissen.»

«Es ist nicht viel.»

Max brachte Notizen an. «Am fünften Februar dieses Jahres geht Merlinde Vonlanthen auf eine Kreuzschifffahrt auf dem Mittelmeer. Acht Tage später, also kurz vor Ende der Reise wird sie von ihrem Gesellschafter Glen Kelly und der Pflegerin Liliane Lehner ausgeraubt und misshandelt. Kelly besucht sie an seinem Todestag, am siebzehnten April, in ihrer Villa in Herrliberg. Ich habe in der Zwischenzeit abgeklärt, warum Merlinde zu diesem Zeitpunkt nicht in der Seeresidenz war.»

«Und?»

«Es war ihr Wunsch, die Wohnung dort zu kündigen. Dies geschah allerdings *nach* dem Übergriff. Sie zog am einunddreissigsten März von dort weg.»

«Mutig von ihr. Weiss man, weshalb sie diesen Schritt machte? Sie war auf Hilfe und Pflege angewiesen. Zudem ging es um ihre Sicherheit. In der Residenz hätte sie unter Aufsicht gestanden.»

«Was wissen wir, was in ihrem Kopf vorging.» Max starrte auf seine Notizen. «Ich weiss aber, wer ihre Zugehfrau in der Villa war. Raluca Berner-Ionescu, die Pflegerin, die sie in der Seeresidenz betreut hatte. Wir müssen diese Frau finden. Sie könnte eine Schlüsselfunktion haben.» Max sah sie erwartungsvoll an. «Bist du bis hierher mit mir einverstanden?»

Ihn plagte unbestritten das schlechte Gewissen.

«Warum sollte ich es nicht sein?» Immer wieder diese Masha. Das Bild der fünfunddreissigjährigen Frau schob sich mit aller Gewalt in ihr Bewusstsein. Eine Frau ohne Fehl und Tadel, reich und schön.

«Okay. Noch wissen wir nicht, ob Merlinde Vonlanthen ihren Gesellschafter umgebracht hat. Ich habe nochmals mit Carron gesprochen. Ihr konnte nichts nachgewiesen werden. Es gilt die Unschuldsvermutung. Aber es gibt keinen anderen Verdächtigen.»

«Suizid?»

«Warum hätte er es tun sollen, mit der Ausbeute vom Schiff und der Aussicht auf ein weiteres Diebesgut in Merlindes Villa?»

«Liliane Lehner ist seither verschwunden. Vielleicht hat *sie* ihn umgebracht.» Fede überlegte. «Wir machen einen Denkfehler. Ein Teil des gestohlenen Schmucks ist aufgetaucht. Ich bin mir sicher, dieser Kaufmann hat noch mehr davon. Kaufmann, der vielleicht unter falschem Namen auf dem Bürgenstock eingecheckt hat.»

Max schrieb wieder etwas auf das Papier. «Am fünften Juli widerfährt Merlinde Vonlanthen das gleiche Schicksal wie vor fünf Monaten. Dieselbe Art des Überfalls, jedoch anderes Personal – Matteo und Luisa Bortoluzzi»

«Und beide Paare kamen von Sanason.»

«Dessen Besitzer wir bislang nicht zu Gesicht bekommen haben.» Max stemmte seine Arme auf dem Pult ab, schaute auf die Notizen, als würde er aus dieser Perspektive mehr erkennen. «Es gibt einen Erpresser, der Merlinde Vonlanthen aus ihrer Villa entführt. Wir kennen seinen Namen. Es ist Matteo Bortoluzzi. Wenn du mich fragst, ist sein Intelligenzquotient der einer Ratte.»

«Du beleidigst die Ratte.»

Max drehte sich um sich selbst. Dieses unverschämte Grinsen. Er hatte Carron noch einmal gesprochen. War er etwa doch bei seinem Kollegen gewesen? Verdächtigte Fede ihn zu Unrecht?

«Könnte es sein, dass Fernand Carron doch mehr Insiderwissen hat, als er zugeben will?»

Max räusperte sich, als müsste er Zeit gewinnen.

«Gibt es Neuigkeiten aus Gstaad?» Fede war sich sicher, mit dieser Frage einen schlafenden Hund zu wecken. Skeptisch beobachtete sie Max, der sich – sie hatte es nicht anders erwartet – von ihr abwandte.

«Ich habe von McCorley einen Karton bekommen mit Sachen, die einst Glen Kelly gehörten.»

«Und? Sind sie wichtig?»

Max sah sie nicht an. «Nichts, das uns weiterhelfen kann. Er war über zehn Jahre Dan McCorleys Masseur. Seine Kündigung erfolgte abrupt. Luc Holm hatte ihn mit viel Geld geködert.»

«Wir müssen uns diesen Luc Holm endlich näher ansehen.» Fede schlug mit der Faust aufs Pult. Sie entlud den Frust der letzten Tage. «Warum stand er nie an oberster Stelle?» Sie erhob sich, ging um das Pult herum und packte Max liebevoll am Nacken. «Ich denke, ich weiss, warum. Es gibt jemanden, der im Moment wichtiger ist für dich.»

«Was meinst du?» Max sah sie mit grossen Augen an.

Fede erkannte die Lüge in diesem Blick. «Sollte ich dir überdrüssig geworden sein, sage es mir.» Fede drehte sich um. Max sollte ihre aufsteigenden Tränen nicht sehen.

***

Von aussen gesehen glich das Gebäude am Rand von Erlenbach einem überdimensionierten Schuhkarton, hoch und schmal, wären da nicht die Scheiben gewesen, die den Kubus erst zu einem Bürokomplex machten. In den Fenstern spiegelten sich graue Wolken, die seit dem Vormittag mit der Sonne abwechselnd um ihre Daseinsberechtigung kämpften. Der Himmel zeigte sich von der aufgewühlten wilden Seite.

Max ging über eine Treppe nach oben, wo der Eingang lag. Auf dem Beton entfalteten sich feine Roststreifen wie sichtbare Venen auf einer durchscheinenden Haut. Anstelle eines grün gepflanzten Gartens lagen überall Steine, aus denen korrodierte Figuren wuchsen. So kalt, wie sich der Aussenbereich präsentierte, war das Innere, welches Max durch die glasklare Tür erspähte.

«Sanason GmbH». Ein Hinweis auf einer Messingplatte mit einer Fläche von vierzig mal fünfzig Zentimetern war nicht zu übersehen. Max drückte die Glastür auf, betrat den Raum, der auf mindestens achtzehn Grad hinuntergekühlt war, und peilte eine Art Theke an. Der Empfang, genauso unpersönlich wie alles hier. Ein langer Stahltisch, auf dem lediglich ein Bildschirm stand. Niemand da. Wenn Max den Kopf hob, erkannte er in jeder Ecke eine Kamera. Man hatte ihn bestimmt eintreten sehen.

Er wartete.

Noch lag ihm das Gespräch mit Fede auf dem Magen. Er hatte dagestanden wie ein feiger Junge, dem die Mutter Schelte erteilte. Er hatte alles abgestritten, ihre Befürchtungen widerlegt und sie als lächerlich bezeichnet. Genau das getan, was ihn verriet. Fede hatte keinen mächtigen Wirbel veranstaltet. Darin war sie grossartig. Bei ihr gab es selten Probleme, nur Lösungen, und die vermochte man überlegt zu handhaben. Trotzdem hatte Max gemeint, Tränen in ihren Augen zu sehen. Sein unmögliches Verhalten hatte sie nicht verdient.

Er hatte bei Masha übernachtet, nachdem sie ihn mit einem aphrodisierenden Menü bekocht hatte: frische Pasta mit Venusmuscheln und zur Vorspeise Artischocken mit Granatäpfeln.

Max hatte nicht widerstehen können, auch nicht dem Verwöhnprogramm nach dem Essen.

Masha ging davon aus, er sei ein Single. Sie hatte ihn zwar gefragt, aber er hatte ihr nichts über Fede gesagt. Max spürte, wie er sich immer mehr in die Geschichte mit Masha verstrickte. Je länger er damit wartete, ihr von Fede zu erzählen, umso schwieriger würde es werden, es ihr zu beichten. Irgendwann war die Grenze überschritten, und er konnte nicht mehr zurück. Masha war einnehmend. Sie verschlang und besass ihn. Es war, als hätte man ihn ihr zum Frass vorgeworfen.

Seit er in die Innerschweiz zurückgekehrt war, hatte ihn Masha mehrmals angerufen. Verzweifelte Nachrichten über Whatsapp, in denen sie gestand, ohne ihn nicht mehr leben zu können, kamen ihm wie die Spitze eines Eisbergs vor. Unter der Wasseroberfläche lauerte ein Monster, das ihn mit Haut und Haaren verschlingen würde, falls er nicht vorsichtig war. Max kannte die Mechanismen, die bei einem Stalking ineinandergriffen. Er hatte es bei Observationen selbst erlebt.

Dennoch reizte es ihn, ihr Liebhaber zu sein. Ihr Hunger nach Zärtlichkeit war grenzenlos.

«Kann ich Ihnen helfen?» Eine sonore Männerstimme riss Max aus seinen Gedanken.

Aus einer verborgenen Tür hinter der Theke tauchte ein Mann auf, der besser in den Turnverein für Rentner gepasst hätte als in dieses Silo aus Beton und Glas. Er ging schätzungsweise auf die siebzig zu. Seine Haut war von der Sonne gegerbt. Er trug ein hellgelbes Hemd und grüne Sommerhosen und am linken Arm eine Rolex. Er war von grosser Statur, mindestens ein Meter neunzig, und seine Haare unterschieden sich in der Farbe unwesentlich von der des Hemds.

«Ich suche Luc Holm.»

«Haben Sie einen Termin bei ihm?»

«Nein, habe ich nicht.»

«Worum geht es?»

«Das würde ich ihm gern selbst erzählen.»

«Ich bin Luc Holm.»

Max streckte die Hand zum Gruss aus. Nein, so alt hatte er sich den Kerl nicht vorgestellt. Und ihn schon gar nicht mit dieser Firma in Verbindung gebracht. «Ich bin Privatdetektiv und ermittle im Fall eines Übergriffs auf eine Mandantin.»

«Aha.» Holm griff sich an die Nase und schniefte laut. «Das klingt nicht gut. Und was habe *ich* damit zu tun?»

«Die Mandantin hatte ihre Begleitung von Ihrer Firma gebucht.» Max suchte nach einer Sitzgelegenheit und wies auf die schwarzen Sessel an der Fensterfront. «Ich möchte nicht lange um den heissen Brei herumreden. Aber können wir uns setzen?»

«Selbstverständlich.» Holm schritt Richtung Glasscheiben.

Max entging nicht, wie unsicher er auf den Beinen war. Er musste die Idee mit dem Turnverein streichen. «Es handelt sich um Luisa und Matteo Bortoluzzi. Während einer Schifffahrt wurde meine Mandantin von ihnen überfallen und ausgeraubt.»

«Jetzt glauben Sie, ich hätte etwas damit zu tun?»

«Ich gehe davon aus, dass Sie Ihre Mitarbeiter kennen.» Max liess sich auf einem der Sessel nieder. Alcantara, vermutete er, ein Polyestervelours. Deshalb diese Kühlschranktemperaturen. Sie verhinderten, dass er auf dem Stoff kleben blieb.

«Für das Ehepaar Bortoluzzi würde ich die Hand ins Feuer legen.» Holm nahm ihm gegenüber Platz.

«Dann verbrennen Sie sie mal nicht … Es kommt noch besser. Glen Kelly und Liliane Lehner, die für Ihre Firma gearbeitet hatten, haben im Februar dieses Jahres dieselbe Frau auf einer Schifffahrt überfallen, ausgeraubt und misshandelt.»

«Das hingegen ist mir bekannt. Ich hatte deswegen eine Anzeige am Hals und die Polizei im Haus. Von diesem Kelly habe ich mich distanziert, nachdem ich vernommen hatte, was er getan hat. Kelly wurde kurz darauf ermordet.» Holms Hand fuhr wiederholt an seine Nase. «Merlinde Vonlanthen wurde verdächtigt, ihn umgebracht zu haben.»

«Das ist richtig. Nun passiert erneut ein solcher Übergriff auf sie. Da stellen sich mir doch ein paar Fragen.»

«Von einem zweiten Überfall höre ich heute zum ersten Mal.»

Max schob seinen Sessel ein Stück weit von Holm weg. Er hatte definitiv nicht seine Kragenweite. In dessen Nähe fühlte er sich nicht wohl. Der Mann hatte etwas an sich, was ihn abstiess.

«Merlinde Vonlanthen wurde also ein weiteres Mal ausgeraubt? Das ist sehr bedauerlich. Wo steckt sie denn? Vielleicht könnte ich mich erkenntlich zeigen. Das tut mir ausserordentlich leid. Ich meine, sie war meine Kundin, hat bereits zum zweiten Mal über meine Agentur gebucht. Wie Sie sehen, gelten wir bei ihr, trotz des Zwischenfalls, als sehr vertrauenswürdig.»

«Sie befindet sich in Sicherheit.» Max überlegte, ob er Holm wegen der Entführung und der Erpressung ansprechen sollte. Einen Versuch war es wert. «Meine Mandantin wurde überdies von Ihren Leuten, Herr Holm, entführt.»

«Ach.»

Er musste sich in die Enge getrieben fühlen. Feine Schweissperlen, von blossem Auge kaum zu erkennen, lösten sich unter den gelben Haaren und rannen über die Stirn.

Er wischte sie weg, schien sich wieder zu fassen. «Warum hat sie sich nach diesem Fiasko nicht bei mir gemeldet? Ich hätte sie dafür entschädigt.»

«Ich glaube, sie hatte grosse Angst. Ich frage mich aber, weshalb Frau Vonlanthen Ihre Firma nicht angezeigt hat.»

«Ja, ich gebe zu, das ist sonderbar. Am besten wäre es, wenn ich mit ihr sprechen könnte. Unter vier Augen lässt sich so vieles zurechtbiegen.»

Max fiel auf, wie ruhig es hier war. Seit seinem Eintreffen war er, ausser Holm, keiner Menschenseele begegnet. «Arbeiten Sie allein hier?»

«Nein, nein, viele meiner Angestellten sind in den Ferien.» Holm wies zur Theke. «Etwas zu trinken?»

«Nein danke.» Max hatte nicht die Absicht, länger als nötig zu bleiben. «Frau Vonlanthen wurde bei beiden Übergriffen Schmuck gestohlen. Zwei ihrer Ringe sind aufgetaucht. Sagt Ihnen der Name Kaufmann etwas?»

«Nein, sagt mir nichts. Wer soll das sein?»
«Er bietet den Schmuck zum Verkauf an.»

***

Raluca Berner-Ionescu wohnte in einem schmalen Fachwerkhaus mitten in Herrliberg. Von den Jahren gezeichnete schiefe Wände und die schräg eingebauten dunkelbraunen Streben waren Zeugnisse aus dem 17. Jahrhundert. Das Gebäude stand unter Denkmalschutz. Man hatte es trotz der Neubauten, die beidseitig emporwuchsen, stehen lassen. Ein Hexenhäuschen in der modernen Flaniermeile am Zürichsee, von denen es hier einige gab.

Fede drückte eine altmodische Klingel. Das scheppernde Geräusch war penetrant laut.

Eine Etage über ihr streckte eine Frau den Kopf aus dem Fenster. Sie trug ein buntes Kopftuch. «Ich kaufe nichts.»

«Mein Name ist Federica Hardegger. Ich möchte Ihnen zu Merlinde Vonlanthen ein paar Fragen stellen. Sie haben sie doch in der Seeresidenz betreut, oder?»

«Auch bei ihr zu Hause.» Der Kopf verschwand.

Es dauerte eine Weile, bis die Tür geöffnet wurde. Raluca war eine kleine, rundliche Frau, der die Güte ins Gesicht geschrieben stand. «Merlinde», sagte sie. «Kommen Sie herein. Ich habe sie seit Tagen nicht mehr gesehen.»

Im Hausinnern müffelte es, ein Gemisch aus Schimmelpilz und Mottenkugeln. Eine unebene Holztreppe führte hinauf. Sie knarzte bei jedem Tritt. Fede gruselte es. Wie viele Füsse waren in den vergangenen Jahren darübergestiegen, wie viele Schicksale hatten sich zwischen den morschen Brettern und abgesenkten Mauern abgespielt? Ob hier die Geister der Vergangenheit ihr Unwesen trieben? Fede hatte nie an einen solchen Humbug geglaubt. Doch hier drin war etwas, das sie schauderte.

Nach der Tür tauchte sie in eine andere Welt ein. Hell und freundlich war es und roch nach warmem Holz. Von der Vase auf dem runden, mit einem Damasttuch gedeckten Tisch ging ein dezenter Geruch von Rosen aus, je mehr Fede sich ihm näherte. «Wohnen Sie schon lange hier?» Die Stube war mit viel Liebe eingerichtet, ein wahres Bijou, entstanden durch kleine Details, die Fedes Blick auf sich zogen. Ein Vitrinenschrank mit auserlesenem Porzellan, ein Sofa aus dem frühen 20. Jahrhundert und passende Fauteuils. Teppiche und ausgewählte Bilder, Blumen – Raluca hatte Geschmack.

«Seit meiner zweiten Scheidung. Ich hatte grosses Glück. Die Gemeinde übergab mir das Haus zu einem günstigen Mietzins, wenn ich es pflege und zu ihm Sorge trage. Noch so gern. Bitte nehmen Sie Platz.» Raluca holte kalten Tee aus der angrenzenden Küche und tischte ihn auf.

Fede liess sich Tee ins Glas einschenken. «Wie war das im April?»

Raluca liess ein paar Sekunden verstreichen. Fede hatte Zeit, sie anzusehen. Sie musste zwischen fünfzig und sechzig Jahre alt sein, mit einem ebenmässigen Gesicht, das trotz der unzähligen Fältchen eine vergangene Schönheit erahnen liess. Sie sprach mit Akzent, aber fehlerfrei deutsch.

«Ich konnte es nicht glauben, dass sie einen Mann umgebracht haben soll. In ihrem Zustand.»

«Wurden Sie dazu von der Polizei befragt?» Fede griff nach dem Glas. Sie trank. Zitronenmelisse.

«Ja, selbstverständlich. Aber ich konnte denen nicht weiterhelfen. Als der Mord geschah, besuchte ich meine Tochter in Bukarest. Sie studiert dort Biotechnologie und Chemie. Ich hatte ein paar freie Tage.»

«Als Merlinde auf die Kreuzfahrt ging, war es Anfang Februar. Ich weiss, dass Sie ihr Sanason empfohlen haben. Wie kamen Sie auf diese Agentur?»

«Durch Liliane Lehner. Ich kannte sie vom Frauenhaus. Wir standen in Kontakt. Sie hatte Schweres durchgemacht. Als sie den Job bei Sanason fand, zeichnete sich ein Licht am Horizont ab. Der Inhaber der Firma bezahlte überdurchschnittlich gut.»

«Pflegen Sie den Kontakt zu Liliane Lehner noch immer?»

«Nein, sie ist spurlos verschwunden. Zum letzten Mal traf ich sie Ende Januar dieses Jahres, als sie mir mitteilte, dass Merlinde Vonlanthen sie und Glen Kelly über Sanason gebucht habe.»

«Könnten Sie sich vorstellen, dass Liliane Lehner kriminell ist?»

«Nach all dem, was sie in ihrem Leben durchgemacht hat?» Raluca senkte den Blick. «Sie ist zehn Jahre jünger als ich. Nachdem sie im Kinderheim war, kam sie zu Pflegeeltern. Ihr Stiefvater hat sie über Jahre sexuell missbraucht, ihre Stiefmutter hat weggeschaut. Man entwickelt einen Grundhass, den man an den Menschen auslässt, egal, welcher Couleur sie sind.»

«Sie glauben, Merlinde mit ihrem Reichtum hatte diesen Kern des Bösen noch geschürt?»

Raluca zögerte. «Kann sein.»

Fede trank den Rest Tee aus. «Wie ist Ihr persönliches Verhältnis zu Merlinde?»

«Sie war und ist immer gut zu mir. Und ich verehre sie.»

«Obwohl sie reich und manchmal zynisch ist?»

«Jeder hat seinen Rucksack zu tragen. Was nützt Reichtum, wenn man krank ist?»

***

«Maximilian!» Milagros versperrte ihm den Weg, als er unbemerkt an ihr vorbei das Haus betreten wollte. «Merlinde ist bereit zu reden.»

«Ich bin in Eile.» Max war soeben aus Erlenbach zurückgekehrt. Das Gespräch mit Luc Holm hatte ihn nicht weitergebracht. Der Mann verschwieg ihm etwas. Auf dem Weg ins Drachenried hatte Max Carron angerufen, weil er auf dessen Hilfe hoffte. Vielleicht kannte er ihn näher. Carron war nicht im Büro, Beverly hatte ihn auf später vertröstet, er würde ihn zurückrufen, und hatte ihn im gleichen Atemzug zu einem Apéro eingeladen. Masha hatte weitere Nachrichten gesandt und ihn an die letzte Nacht erinnert. Sie erwarte ihn am Abend in Gstaad.

«Maximilian!» Milagros' Stimme hatte an Resonanz gewonnen. «Merlinde will von ihrer Vergangenheit erzählen.»

«Und das kommt ihr erst jetzt in den Sinn?» Max fühlte sich neben der Spur, bereute seinen harschen Ton. «Sorry, ich weiss im Moment nicht, wo mir der Kopf steht.»

«Bei deinem Lebenswandel kein Wunder.»

Max blieb stehen. «Was meinst du damit?»

«Man muss dich nur ansehen. Ich glaube kaum, dass der Vonlanthen-Fall dich dermassen aus dem Gleichgewicht bringt.»

«Tatsächlich eiere ich deswegen in der Gegend herum.»

«Wer's glaubt …» Milagros packte ihn am Arm. «Hör dir an, was Merlinde zu sagen hat.»

Max passte es nicht. Er erwartete Carrons Anruf. Er hatte das iPhone auf tonlos gestellt, weil ihm das Gepiepse neuer Nachrichten auf den Keks ging, musste deshalb andauernd aufs Display schauen.

«Sie wünscht, dich in der Stube zu sehen.»

«Kann sie es nicht *dir* erzählen? Ich erwarte einen wichtigen Anruf.»

«Was kann denn wichtiger sein? Ich dachte, es gehe um Merlinde. Täusche ich mich?»

«Genau um die geht es.» Max hatte die Küche erreicht. Er lechzte nach einem starken Kaffee. Ohne Christian fühlte er sich hier verloren. Er hatte wieder einmal penibel aufgeräumt. Auch die Kaffeedose.

Endlich blinkte das Display auf. Wider Erwarten war es nicht Masha, die ihn anrief. Max wandte sich von Milagros ab und meldete sich.

«Fernand … du hast mich gesucht?»

«Danke für den Rückruf.» So viel Anstand musste sein. «Was weisst du über Luc Holm?»

«Er ist der Besitzer von Sanason, wir sprachen letzthin darüber.»

«Hast du ihn einmal persönlich kennengelernt? Das kam nämlich nicht zur Sprache.»

«Nein.»

Max stand vor dem Kühlschrank und öffnete ihn. Er war bis auf ein Regal aufgefüllt mit Körben voller Erd-, Him- und

Johannisbeeren, frischem Beerensaft und einer Reihe Sommergemüse. Max bediente sich eines Bieres. Er klemmte das iPhone zwischen Ohr und Schulter und öffnete die Dose. «Du musst mir alles über Merlinde erzählen, was du weisst.»

«Habe ich das nicht bereits getan?»

«Wie war es, als sie in die Seeresidenz einzog? Damals hattest du ihr und Vonlanthens Mandat.»

Carron liess ein Stöhnen vernehmen. Dann hörte Max das Geräusch einer Tastatur. «Nach ihrer Apoplexie am, warte, ich hab's gleich ... dreizehnten Januar vor dreieinhalb Jahren machte es mir die Kesb schwer. Du weisst, die Kindes- und Erwachsenenschutzbehörde, sie hatte bereits vorher, als Merlinde bei guter Gesundheit war, die Hand auf Gregorys Vermögen gehalten.»

«Ich dachte, sie hatten gemeinsame Kasse?»

«In der Realität sieht es oft anders aus. Gregory hatte eine Klausel im Vertrag, die bei seiner Unzurechnungsfähigkeit sämtliche Gelder auf seiner Firma einfror.»

«Dann hatte Merlinde keine Rechte? Ich ging davon aus, dass ihr die Firma zur Hälfte gehörte.»

«Es war eine Aktiengesellschaft. Sie sass im Verwaltungsrat, wie auch zwei gute Bekannte von ihnen. Sie ist Verlegerin, er ein Buchautor. Dank ihnen konnte die Stanzfabrik weiterbestehen. Sie fanden eine Lösung mit einem langjährigen Mitarbeiter, der die Fabrik ad hoc bis zum Verkauf übernahm.»

«Die Finanzen waren geregelt. Weshalb dann die Kesb?»

«Es ging vor allem um das Privatvermögen. Gregory bezahlte Merlinde monatlich zehntausend Schweizerfranken, mit denen sie machen konnte, was sie wollte. Für mehr bedurfte es Gregorys Einverständnis, solange er selbst denken konnte. Er kannte Merlindes Verschwendungssucht.»

«Das höre ich heute zum ersten Mal. Dann gab es einen Ehevertrag?»

«Sie hat das Geld verschenkt», wich Carron aus.

«Nachdem er krank geworden war, hätte sie Zugriff auf das ganze Vermögen gehabt?»

«Es gab keinen Vertrag, in dem das Gegenteil stand. Die Kesb sah es anders. Sie wollte sich schützend auf Gregorys Seite stellen.»

«Obwohl er Merlindes Mann war.»

«Es hat einiges gebraucht, um sie davon abzuhalten, sich nicht in Vonlanthens Privatleben zu mischen. Es gab unschöne Schriftenwechsel und das Zuziehen eines Richters.»

«Du hast also Merlinde ‹gerettet›, dass sie frei über das Geld verfügen konnte. Und trotzdem hat sie dich rausgeworfen?»

«Das war nach Gregorys Tod. Sie wollte unbedingt die Villa verkaufen, weil sie zu gross für sie wurde. Es gab ein paar ernsthafte Bewerber, für die vor allem die beiden Parzellen interessant waren. Davon bekam der Architekt Wind, und er kämpfte für sein Urheberrecht, dafür, dass die Villa in ihrem ursprünglichen Zustand erhalten bleibt. Ich habe es leider nicht geschafft, die Behörde vom Gegenteil zu überzeugen.»

Max ging nach draussen, nachdem er das Bier ausgetrunken hatte. Die Sonne hatte sich den ganzen Tag über nicht gezeigt. Die Luft war schwül, und über dem Hof lag Dunst. «Bis nach ihrer Reise auf dem Mittelmeer hast du sie nicht mehr gesehen?»

«Ich wusste lange nicht, was passiert war. Nachdem sie des Mordes an Glen Kelly verdächtigt wurde, rief sie mich an, und ich nahm das Mandat an.»

Max bedankte und verabschiedete sich. Es war alles viel komplexer, als ihn Merlinde Vonlanthen hatte glauben lassen. Wenn er mit ihr redete, würde er ihr, dank Carron, entgegensteuern können. Ob sie sich bewusst war, dass sie ihn an der Nase herumgeführt hatte? Die Frau gab ihm Rätsel auf. Max setzte sich in seinen Wagen. Es war halb sieben. Wenn er schnell fuhr, konnte er um neun Uhr in Gstaad sein.

DREIZEHN

Wieder hatte Fede nichts von Max gehört, obwohl sie sich nach dem letzten Treffen einig gewesen waren, wer was abklärte, und man mit dem Erfahrungsaustausch nicht zuwarten wollte. Als Fede in den Stall ging, war Chrigi bereits dort. «Guten Morgen, schon auf?»

Chrigi war daran, die gelegten Eier in die Kiste unter die Wärmelampe zu legen. «Das Experiment kann beginnen.»

«Hast du Milagros gesehen?»

«Nein, aber Max.»

«Wann?» Fede konnte sich nicht erklären, weshalb sie Herzklopfen bekam.

«Gestern Abend um zehn. Aber da warst du bereits im Bett, und er wollte dich nicht stören.» Chrigi schaute von der Kiste auf. «Alles gut bei euch? Ich meine, das war doch sonst nie ein Thema. Er schläft oft in deinem Bett.»

Fede setzte sich auf einen Strohballen. Chrigis Bemerkung und die Tatsache, dass er überhaupt danach fragte, hatte ihr die Energie genommen. «Er führt sich seltsam auf. Ich habe ihn im Verdacht, dass er fremdgeht.» Jetzt war es gesagt. Es war, als löste sich eine Zentnerlast von Fedes Herzen. Sie hatte Chrigi ins Vertrauen gezogen. Dennoch erwartete sie nichts von ihm.

«Das passiert mir nie.» Chrigi zwinkerte ihr zu.

Dann stimmte es also doch. Fede hatte ihn nie darauf angesprochen. Aber sie vermutete seit der Gründung ihrer Wohngemeinschaft, dass er asexuell war. Er machte sich weder etwas aus Frauen noch aus Männern. Die Erotik interessierte ihn nicht. Er war blitzgescheit, jedoch zurückhaltend und vor allem menschenscheu. Fede mochte ihn. Max' Ansicht, sie würde Chrigi bloss ausnützen, war an den Haaren herbeigezogen.

«Ehm, ich wollte damit sagen, dass du das Kind beim Namen nennen musst.»

«Und ausgerechnet *du* sagst das? Du machst einen weiten Bogen um alle, wenn es um Kommunikation geht.»

«Ich lebe in *keiner* Beziehung.» Chrigi druckste herum.

«Du lebst eine mit mir, schon vergessen?»

Er schenkte ihr ein Lächeln. «Wir verstehen uns nonverbal.»

Fede musste ihm recht geben. Vieles, was auf dem Hof passierte, bedurfte nicht vieler Worte. Sie funktionierten gut miteinander. Sie teilten sich die Arbeit mit den Tieren und hatten dadurch Zeit, sich ihrer Berufung zu widmen. Seit drei Jahren sprach Chrigi von einem philosophischen Buch, an welchem er schrieb. Zu sehen bekommen hatte es Fede bislang nicht. Chrigi hatte sein eigenes Reich ganz oben unter dem Dach. Was er dort machte, war nie ein Thema. Vielleicht ein Fehler. Chrigis Zurückhaltung war Fedes Desinteresse geschuldet. Es war von Anfang an klar gewesen, dass sie zwar zusammenwohnten, aber sich allen Freiraum der Welt liessen.

«Max war also da. Hat er gesagt, wohin er geht?»

«In seine Wohnung.»

«Bist du sicher?»

«Wo sollte er sonst hin?»

Chrigi hatte bis anhin keine Ahnung gehabt, war in nichts eingeweiht gewesen, zumindest nicht in Max' Privatsachen. Vielleicht machte sich Fede unbegründete Sorgen. Max war erschöpft. Der Vonlanthen-Fall riss an seinen Nerven. Mit Merlinde waren sie in eine fremde Welt eingetaucht, wo Geld und Macht regierten und andere Regeln galten als bei ihnen.

Merlindes Rolle im ganzen Drama kam Fede dennoch seltsam vor. Ihr fehlte die richtige Reaktion, ein Zeichen der Angst, Vorsicht. Merlinde führte sich, selbst mit ihrer Beeinträchtigung, wie ein Elefant im Porzellanladen auf. Nichts schien diese Frau zu erschüttern. Wird man mit sich selbst so zynisch, wenn man nichts mehr zu verlieren hat? Darauf konnte ihr niemand antworten.

«Federica!»

Vorbei mit dem morgendlichen Frieden. Fede erhob sich, ging zur Stalltür und trat in den frühen Tag hinaus. Die Landschaft war vom Regen der vergangenen Nacht in einen Silberschimmer getaucht. Von den Laubbäumen tropfte es.

«Da bist du ja.» Milagros kam ihr mit Riesenschritten entgegen. «Weisst du, wo Max ist?»

«In Hergiswil, verriet mir Chrigi vorhin.»

Milagros glotzte sie an. Ihr Mund öffnete sich, klappte wieder zu. «Er ist unglaublich. Er sollte gestern mit Merlinde sprechen.»

«Gestern?»

«Wie immer hatte er keine Zeit. Mich nimmt wunder, was ihn umtreibt, dass er so rastlos ist. Ich kenne ihn nicht von dieser Seite.»

«Ich auch nicht.» Sich mit Milagros über Max zu unterhalten, fand sie keine gute Idee. «Was wollte Merlinde mit Max besprechen?»

«Ich musste ihr gestern die Fotoalben aus der Villa besorgen.»

«Du warst dort?»

«Ich war mit Merlinde dort. Wir haben uns ein Taxi bestellt.»

Fede griff mit beiden Händen an ihre Schultern. «Das nächste Mal sagst du, bevor ihr von hier weggeht.» Wut und Furcht machten sich bemerkbar. Noch eine Entführung würde vielleicht nicht mehr so glimpflich enden.

Ihr gegenüber entstand ein Schweigen, als müsste Milagros erst einmal das Ausmass der Gefahr selbst spüren, in die sie und Merlinde sich begeben hatten. «Willst du uns jetzt einsperren?»

«Ich wüsste gern, wo ihr euch aufhaltet. Mit den Leuten, mit denen wir uns zurzeit beschäftigen, ist nicht zu spassen. Die schrecken vor nichts zurück.» Fede musste an die Begegnung mit Kaufmann denken. Vielleicht beobachtete er sie.

«Glaubst du, wir sind hier bei dir sicher?»

«Wir sind sicher, solange wir zusammenbleiben.»

«Darüber haben wir noch nicht geredet.» Milagros schüttelte endlich Fedes Hände ab und wich einen Schritt zurück. «Komm, Merlinde sitzt in der Küche. Ich habe ihr Frühstück gemacht. Sie ist bereit, alles zu erzählen, was euch hoffentlich in den Ermittlungen weiterbringt.»

***

Max erwachte, weil die Türglocke schrillte. Erst gegen Morgen war er eingeschlafen, nachdem er sich die Stunden zuvor in seinem Bett gewälzt hatte. Nein, er war nicht nach Gstaad gefahren. Im letzten Moment hatte er sich dagegen entschieden. Sein Verstand hatte über seinen Trieb gesiegt. Er griff nach seinem iPhone. Masha hatte versucht, ihn zu erreichen. Letztmals um vier Uhr in der Früh. Ihre Nachrichten schmeichelten und beunruhigten ihn zugleich.

Er musste mit sich ins Reine kommen, bevor er etwas beendete und etwas Neues begann. Für eine Affäre mit Masha neben seiner Beziehung mit Fede hatte er die Nerven nicht. Er hatte es satt zu lügen.

Es läutete wieder. Neun Uhr zeigte das Display an. Max hatte verschlafen. Kein Wunder, bei diesem Stress. Widerwillig verliess er das Bett, tappte barfuss ins Entrée und überlegte, ob er öffnen wollte oder nicht. Fede hatte einen Schlüssel, der Briefträger konnte es nicht sein. Er drehte den Schlüssel um, zog die Tür auf.

«Hallihallo.» Masha strahlte ihn an.

Max machte unwillkürlich einen Schritt zurück. «Mit dir habe ich nicht gerechnet.»

«Willst du mich hier stehen lassen?»

«Wie bist du an meine Adresse gekommen?»

«Freust du dich nicht, mich zu sehen?»

«Doch, doch … komm rein.» Max hielt die Tür weit auf, als würde er einem Flusspferd Einlass gewähren. Im Grunde war er nicht überrascht. Wie hatte er in der letzten Nacht Masha herbeigesehnt. Jetzt war sie da, und trotzdem machte sich ein beklemmendes Gefühl in ihm breit.

Zu dieser Wohnung hatte nur Fede Zutritt. *Ihre* Aura war spürbar. Mit *ihr* hatte Max bislang das Bett geteilt. *Sie* hatte seine

Zahnbürste benutzt und in seinem Pyjama geschlafen. Sie hatten nackt am Küchentisch gesessen, wenn es in der Wohnung zu heiss war. Sie hatten gemeinsam gekocht und Gäste empfangen. Überall war ihr Odeur.

Masha sah sich neugierig um. «So wohnst du also.»

«Leider kann ich nicht mit einem Chalet protzen wie du.»

«Na, na … Dafür hast du Seesicht.» Sie schritt auf die Glastür zu, die auf den Balkon führte. Sie drehte sich nach Max um. «Deine Adresse steht im Internet … willst du mir nicht Guten Tag sagen?»

Es war falsch. Komplett verkehrt. Masha kam ihm wie etwas Unbekanntes vor, das in seine Behaglichkeit eingedrungen war. In sein Heim, das er mit Fede teilte. Masha passte nicht hinein. Masha gehörte in das Chalet in Gstaad, sie war ein vorübergehender Nervenkitzel, die Fremde, von der er vorher nichts gewusst hatte, die exotische Nebenfrau.

Sie schlang ihre nackten Arme um seinen Hals und drückte ihr Gesicht an seines. Er spürte ihre heissen Wangen, ihr Verlangen, roch den Duft von ihrem Haar.

Max schob sie von sich. «Willst du Kaffee?»

«Nachher, ja.» Masha griff an den seitlichen Reissverschluss ihres Sommerkleides, schob den einen Träger über ihre Schultern. Sie war bereit. Für alles.

«Hör zu.» Max versuchte vergebens, seine Stimme sanft klingen zu lassen. Es gelang ihm nicht. «Wir müssen das hier beenden.» Er räusperte den Kloss in seinem Hals weg.

«Beenden?» Masha liess die Arme hängen. «Aber warum denn?»

«Wir leben in zwei verschiedenen Welten.»

«Das ist nicht wahr. Du stammst ebenso wie ich aus einer reichen Familie. Kaspar von Wirth war einer der einflussreichsten Bankiers.»

Beim Namen seines Vaters musste Max leer schlucken. «Er war Direktor einer kleinen Bank in Stans», korrigierte er.

«Es ist doch egal. Wir lieben uns. Es ist das, was zählt.»

Liebe, dachte Max, ist ein Prozess, der nicht von einem auf

den andern Tag geschieht. Sie ist Arbeit, Einfühlung, Ehrlichkeit, Verzeihen, Akzeptieren, Mitgefühl, ist übergeordnet. Masha war verliebt. Mit seinen eigenen Gefühlen kam Max ins Hadern. Masha hätte niemals hierherkommen sollen. Es hatte den Zauber zerstört.

«Es ist besser, du gehst.»

«Ich verstehe nicht.» In ihre Stimme hatte sich ein leises Zittern hineingeschlichen.

Max wandte sich von ihr ab. Er würde ihr wehtun müssen. Aber es gab keine andere Möglichkeit. «Ich bin in festen Händen.»

«Du bist verheiratet?»

«Wir sind seit vier Jahren zusammen.»

«Wie heisst sie?» Masha klang beherrscht. Ihr Gesicht wirkte wie versteinert.

«Federica.» Und mit ihr möchte ich alt werden. Aber das behielt er für sich.

***

Eine Stretchlimousine parkte vor dem Eingang zum Bürgenstock Hotel und Alpine Spa. Sie versperrte den Zugang zur Glastür. Fede wartete, bis die Herrschaften aus dem Fond gestiegen und im Hotel verschwunden waren. Der livrierte Chauffeur schloss die Wagentüren.

Im Foyer belagerte eine Gruppe von Indern den Empfang. Die Männer trugen schwarze Hosen und weisse Hemden, die Frauen Seidensaris. Fede stellte sich hinten an. Sie war noch nie in Indien gewesen und trotzdem fasziniert von diesem Land. Die Leute, die sich einen Ferienaufenthalt auf dem Bürgenstock leisten konnten, gehörten einer hohen Kaste an, waren vielleicht Beamte oder Grundbesitzer.

Fede hatte es keine Ruhe gelassen. Sie hatte den dubiosen Schmuckverkäufer verlassen, ohne herausgefunden zu haben, wer er wirklich war. Sie hatte ihre Haut retten wollen und nichts anderes. Kaufmann ging ihr nicht mehr aus dem Sinn.

Sie musste in Erfahrung bringen, warum er so viel über sie wusste.

«Kann ich Ihnen behilflich sein?» Die Frau hinter der Rezeption bedachte sie mit einem freundlichen Blick. «Entschuldigen Sie, dass Sie warten mussten. Wir haben im Moment einige Arrivals.»

Fede stellte sich mit Namen vor. Ihr kam es sehr gelegen, dass sich die Rezeptionistin in der Ausbildung befand. «Ich war vor zwei Tagen schon mal hier und traf mich mit Herrn Kaufmann. Er hat ein Zimmer bei Ihnen. Ich habe mich mit ihm verabredet», log sie. «Könnten Sie mir einen Gefallen tun, ihn auf seinem Zimmer anrufen und ihm mitteilen, dass ich auf ihn warte? Federica Hardegger ist mein Name.»

Die Rezeptionistin, augenscheinlich überfordert, tippte die Angaben auf die Tastatur ihres Computers. «Kaufmann? Hieronimus Kaufmann?»

«Ja.» Fede kannte dessen Vornamen nicht. Wie unaufmerksam.

«Herr Kaufmann ist gestern abgereist. Er war nur eine Nacht hier.»

«Sind Sie sicher, dass es dieser Kaufmann ist?»

«Mit diesem Namen hat nur eine Person eingecheckt. Tut mir leid.»

«Mögen Sie sich an den Mann erinnern?» Ein letzter verzweifelter Versuch.

«Ich habe ihn weder in Empfang genommen noch mich von ihm verabschiedet. Sie entschuldigen mich, ich sollte mich um die neuen Gäste kümmern.»

Fede blieb unschlüssig stehen. Ein Chinese verschaffte sich Platz am Empfang. Sie wich ihm aus und schaute sich um. Bei diesem Aufmarsch an Bediensteten musste es jemanden geben, der Kaufmann kannte. Der Lehrling mit der pomadisierten Schmachtlocke fiel ihr auf. Er hatte sie vor zwei Tagen an Kaufmanns Tisch geführt. Der junge Mann tigerte zwischen dem Eingang und der Bar hin und her, wusste offensichtlich nicht, was er tun sollte. Fede ging auf ihn zu. «Darf ich Sie kurz stören?»

«Bitte.» Röte schoss in sein Gesicht, das wie ein überhitzter Reaktor aussah.

«Erinnern Sie sich an mich? Ich war vorgestern schon mal da.»

«Die Frau mit den kurzen Hosen. Sorry, dass ich so schroff reagiert habe.»

«Keine Ursache. Ich hätte auch so gehandelt.» Seine Aufmerksamkeit hatte sie. «Ich dachte, Herrn Kaufmann hier zu treffen. Nun sagte man mir, er sei bereits gestern abgereist. Ihrer Reaktion nach kennen Sie ihn persönlich.»

«Herr Kaufmann.» Die Röte in seinem Gesicht reichte jetzt bis zu den Ohren. «Ich durfte ihn in sein Zimmer begleiten. Er gab mir ein grosszügiges Trinkgeld, unter uns gesagt.»

Fede überlegte, wie sie die Informationen über Kaufmann aus dem Lehrling kitzeln konnte. «Es ist doch so, dass man für die Hotelgäste einen Meldeschein erstellen muss.»

«Selbstverständlich.» Der Lehrling wuchs in die Höhe. «Auf diesem Formular werden die persönlichen Angaben eines Gastes erfasst. Für die Richtigkeit bürgt er mit seiner Unterschrift. Das Anmeldeformular dient nebst anderem der Berechnung der Kurtaxen.»

Fede griff in ihre Fake-Kroko-Tasche, entnahm ihr das Portemonnaie und holte eine Zwanzigernote daraus hervor. «Ich würde mich sehr erkenntlich zeigen, wenn Sie mir die Angaben des Gastes verraten könnten.»

«Das ist nicht möglich. Das verstösst gegen den Datenschutz. Wenn das auskommt, verliere ich meine Stelle.»

«Es muss niemand davon erfahren.» Fede ersetzte die Zwanziger- gegen eine Fünfzigernote. «Es geht um Leben und Tod. Sie können eine Katastrophe verhindern.»

Der Lehrling fuhr sich mit dem Handrücken über die Stirn. Dass er schwitzte, entging Fede nicht. «Das ist ein zu grosses Risiko.»

Fede steckte die Fünfzigernote ein, liess aber einen Hunderter hervorblitzen. Der Lehrling konnte ihn unmöglich übersehen. Er räusperte sich. «Also gut. Ich muss sehen, was sich machen lässt.» Er sah sich um, vergewisserte sich offensichtlich, dass sie nicht beobachtet wurden, und atmete tief aus. «Warten Sie draussen.» Er entnahm seinem Jackett ein Handy, sah auf das Display. «In einer halben Stunde mache ich Pause. Ich werde Ihnen die Unterlagen auf der Treppe zur Aussichtsterrasse übergeben.»

Der Lehrling verabschiedete sich. Fede war mit ihren Gedanken wieder allein. Es war nicht korrekt, wenn sie einen jungen Mann in etwas hineinzog, das ihm den Job kosten konnte, und genauso unrichtig, wenn sie sich an den Schwächsten heranmachte. Andererseits hätte sie den Direktor von ihrem Anliegen kaum überzeugen können und womöglich zu viel Aufmerksamkeit auf sich selbst gezogen.

Sie liess die nächste halbe Stunde verstreichen, indem sie auf der Aussichtsterrasse über die Brüstung lehnte und das Geschehen unter ihr beobachtete. Die Standseilbahn, die den Bürgenstock mit Kehrsiten verband, glitt fast geräuschlos auf den Schienen über den steilen Abhang. Die erste elektrische Bahn der Schweiz wurde 1888 in Betrieb genommen. Die nostalgisch anmutende Bahn auf den Bürgenstock war durch eine moderne Standseilbahn ersetzt worden, ohne auf das Flair des ausgehenden 19. Jahrhunderts zu verzichten. Weiter unten der Vierwaldstättersee mit der Achereggbrücke und dem Ausläufer des Pilatus, dem Lopper. Eine Landschaft, wie eine liebevoll gestaltete Miniatur.

***

Sie erreichten den Platz vor dem Hof fast gleichzeitig. Als Max auf das Gelände fuhr, raste Fede mit ihrem Mini heran, haarscharf an der Blumenrabatte vorbei. Sie stoppte unmittelbar neben Max' Mustang. Sie stieg aus, holte aus dem Kofferraum zwei Papiersäcke voller Lebensmittel. Sie hatte wohl eingekauft.

Max blieb sitzen. Noch lag ihm das Gespräch mit Masha schwer auf dem Magen. Er hatte sie mit allen möglichen Ausreden torpediert. Sie hatte nicht viel gesagt, bloss geweint. Er hatte sich zusammenreissen müssen, um sie nicht in die Arme zu nehmen und zu trösten. Er hätte ein falsches Signal gesetzt. Er hatte einen Fehler gemacht, seinen niedersten Bedürfnissen nachgegeben. Einem Hunger, den Fede ebenso zu stillen vermochte. Das Neue hatte ihn gereizt, der Umstand, dass sich eine Frau wie Masha für ihn interessierte.

Max kam sich schlecht vor. Unmöglich, dass er Fede in die Augen sehen konnte. Er öffnete die Tür, schwang sich vom Sitz und sah in ihre Richtung. Sie würde ihm die Lüge ansehen. In vier Jahren lernte man die Zeichen zu deuten. Nach Lachen war ihm nicht zumute. Masha hatte die Wohnung verlassen und sich nicht noch einmal umgedreht. Er hatte ihr vom Fenster aus zugesehen, wie sie in einen weissen Testarossa stieg und davonfuhr.

Fede kam auf ihn zu und wedelte mit einem Papierausdruck. «Diesen Hieronimus Kaufmann gibt es nicht.» Sie erzählte, wie sie an den Anmeldeschein gekommen war und daraufhin die Angaben auf ihre Echtheit geprüft hatte.

«Wenn er sich hätte tarnen wollen, hätte er einen anderen Vornamen benutzt.» Max deutete auf die Papiersäcke am Boden. «Soll ich sie reintragen?»

«Gern, ja. Wer weiss, was in seinem Kopf vorgeht. Er ist ein alter Mann.» Fede folgte Max ins Haus. «Ich denke, dass ich ihm deswegen entkommen konnte. Er war zudem nur eine Nacht lang auf dem Bürgenstock. Es sieht danach aus, als hätte er bloss den Eindruck erwecken wollen, ein Schmuckhändler zu sein … andererseits …», sie überlegte, «warum hätte er deswegen ein solches Theater veranstalten sollen?»

Max fühlte sich erschöpft. Er stellte den Einkauf auf den Küchentisch, setzte sich und streckte die Beine von sich. «Es sieht danach aus, als hätten wir den Überblick nicht mehr.»

«Den hatten wir nie gehabt.»

Max nickte. «Du rennst Schmuck hinterher, der wahrscheinlich nicht einmal aus Merlindes Sammlung stammt.»

«Ich habe die Ringe gesehen. Du kennst mein fotografisches Gedächtnis.»

«Ja, darum verwundert es mich, wenn du Kaufmann nicht zuordnen kannst. Du sagtest letzthin, er komme dir bekannt vor.»

«Nur seine Augen.»

«Vielleicht fertigst du ein Phantombild an.» Max grinste, was sicher schief hinüberkam. Plötzlich wieder ein Gedanke an Masha. Er hätte sie nicht in diesem Zustand nach Hause fahren lassen sollen.

«Merlinde hat den Wunsch geäussert, mit uns zu sprechen.» Fede fasste in die Säcke und holte die eingekaufte Ware heraus. Alles Dinge, die sie auf dem Hof nicht selbst produzierten: geräucherte Wurstwaren, Polenta und Haferflocken, Kosmetikartikel, Waschpulver und ein Sixpack Bier. «Seit gestern Abend. Ich wollte auf dich warten. Dieser Fall geht uns beide an. Wir müssen wieder als Team arbeiten, sonst sehe ich schwarz für unsere Detektei. Ich hoffe, es ist auch in deinem Sinn.»

Max' Unbehagen wuchs. Er glaubte, in Fedes Falle zu sitzen. «Wo ist Merlinde?»

«Milagros sagte, dass sie mit ihr spazieren gehe, bis du zurück bist. Sie machte sich deinetwegen Sorgen. Ein Bier?»

«Gern.» Max zog die Beine an und streckte den Rücken durch. «Du … ich …» Er wusste nicht, wie er beginnen sollte. «Da gibt es etwas, das ich dir erklären muss …»

Fede warf ihm einen Blick zu, den er nicht zu deuten vermochte. Etwas zwischen Neugier und Abscheu. Sie ahnte sicher, worum es ging. Es war nicht der passende Augenblick, jetzt mit Entschuldigungen aufzuwarten. Max nahm die Bierdose und öffnete sie.

«Was wolltest du mir sagen?»

«Ach, nichts.» Er musste es auf später verschieben. Er nahm sich Zeit mit dem Biertrinken. Während Fede den Einkauf in die Schränke einräumte, ging Max nach draussen. Die Hitze in der Küche raubte ihm den Atem.

Christian war daran, die Blumenrabatte zu richten. Er riss die beschädigten Pflanzen aus und ersetzte sie mit neuen, die er auf dem Wochenmarkt besorgt hatte. Max setzte sich auf die Bank unter dem Nussbaum. Hier war es kühler. Auf dem Waldweg auf der hinteren Seite des Hauses sah er Milagros. Sie schob den Rollstuhl über den Schotter, hatte arge Mühe damit. Max erhob sich, stellte die Bierdose ab und eilte ihr entgegen.

Milagros schwitzte und war ausser Atem. «Gott sei Dank. Die Hitze ist heute wieder unerträglich.»

«Wie geht's, Frau Vonlanthen?» Max nahm Milagros den Rollstuhl ab.

Merlinde Vonlanthen drehte den Kopf nach ihm um. «Ich bin Merlinde. Es wäre längst fällig, Ihnen … dir das Du anzubieten.»

Dies würde auch Grenzen auflösen, dachte Max. «Danke, nehme ich gern an.»

«Ist Fede zu Hause?», fragte Merlinde zufrieden. «Sie sagte, dass sie auf den Bürgenstock und zum Einkaufen fahren wolle.»

«Sie erwartet uns.» Max schob sie über das unwegsame Gelände zum Haus.

Fede sass in der Stube. Sie hatte frischen Tee zubereitet und von Christians selbst gemachtem Erdbeerkuchen aufgetischt. Der Ventilator lief auf Hochtouren, ohne den Raum wesentlich hinunterzukühlen.

Auf dem Tisch lagen Merlindes Fotoalben bereit. Vier waren es, mit abgenutzten Kanten. Die Bilder auf dem kartonierten Papier waren in unterschiedlicher Qualität, die einen bereits verblasst, die andern gut erhalten.

Merlinde blätterte mit der rechten Hand, die linke lag leblos auf ihrem Schoss. «Ihr macht euch keine Vorstellung, wie schwierig es ist, diese Fotos zu zeigen. Sie sind für mich wie das letzte Geheimnis von meinem verstorbenen Gregory und mir. Intime Einblicke in ein Eheleben, das unter den besten Bedingungen begonnen hat. Wir haben uns geliebt. Sein körperlicher und geistiger Zerfall setzte mir zu. Und als ich selbst plötzlich auf fremde Hilfe angewiesen war, ging die letzte Hoffnung verloren. Ich konnte Gregory nicht mehr aus eigener Kraft helfen, eine ganze Weile, bevor er starb.» Merlinde legte eine Pause ein.

Max sah ihr an, wie sehr das Sprechen sie anstrengte. Manchmal war sie kaum zu verstehen, und er musste sich die Sätze selbst zusammenreimen. Sie trank Tee und ass von dem Kuchen. Max befürchtete, ihre Erzählung könnte sich in die Länge ziehen.

«Gab es Feinde in deinem Leben?», fragte Fede, die auf Merlindes Angebot, sie duzen zu dürfen, sofort eingegangen war.

«Wo Reichtum ist, sind auch die Feinde. Leute, die nur das Geld sehen und nicht das, was es dazu braucht, es sich anzuhäufen. Begonnen hatte es bereits in Afrika. Die beste Zeit meines Lebens und ebenso die schrecklichste.»

Fede warf Max einen fragenden Blick zu.

«Ich war immer ein positiver Mensch», fuhr Merlinde fort. «Wenn es mir schlecht ging, musste das nicht die ganze Welt erfahren.»

«Die Affäre mit dem Piloten?», fragte Fede unverblümt.

«Siehst du, so etwas bleibt im Gedächtnis.» Merlinde lächelte verzerrt. «Ich hatte nie eine Affäre. Aber ich liess den Boulevard im Glauben, dass ich eine habe. Ich bestritt und bejahte sie. Ich amüsierte mich über die Paparazzi, die nichts anderes zu tun hatten, als uns auf Schritt und Tritt zu verfolgen. Ich gab Interviews und erfand Geschichten. Gregory regte sich jedes Mal auf. Mit der Zeit erkannte er jedoch, dass ich mich über die Presse lustig machte.»

«Die mit der Fabrik in Namibia, ist die auch erfunden?»

«Nein, Federica. Sie ist wahr. Nach einem zweijährigen Versuch, eine Stanzfabrik in Afrika aufzubauen, scheiterte es an der Unfähigkeit der Landsleute. Gregory glaubte, er könne die Fabrik einem Namibier überlassen. Er hatte ihn und viele Leute dort ausgebildet. Was unter Gregorys Leitung funktionierte, war unter dem neuen Chef zum Untergang bestimmt. Kaum waren wir weg aus Afrika, wurde die Fabrik im wahrsten Sinn des Wortes von den Einheimischen demontiert. Als Gregory ein halbes Jahr später hinflog, um die finanziellen Probleme mit seiner Bank in Windhoek zu besprechen, fand er eine vollständig zerstörte Fabrik vor.»

«Bitter», fand Max.

«Gibt es aus dieser Zeit Leute, die dir heute schaden könnten?» Fede verlautbarte das, was Max bloss vermutete.

«Das ist lange her.» Merlinde starrte vor sich hin. «Ich habe mir in endlosen Nächten den Kopf darüber zerbrochen, wer es auf mich abgesehen haben könnte. Es gibt etwas, das für mich selbst suspekt ist. Gregorys Vermögen. Ich hatte nie Einblicke in seine Buchhaltung. Es interessierte mich nicht. Ich sah bloss den zu versteuernden Betrag.»

«Fünfhundert Millionen», sagte Fede. «Und das vor dreissig Jahren.»

«Es ist das Einzige, was bei Gregory nicht transparent war ... vor allem, woher er es hatte. Sein Vater hatte ihm ein grosses Vermögen vererbt. Er selbst hat die Stanzfabrik in der Schweiz zum Erfolg geführt. Ich vermute, dass er sein Know-how verkauft hat, eine Art Lizenzvergabe. Aber da könnte Fernand Carron sicher Auskunft geben.»

«Erzählst du uns aus deiner Kindheit?» Milagros wies auf das älteste Fotoalbum. «Ich habe mir die Bilder angesehen. Was für ein reizendes Mädchen du warst.»

Merlinde stöhnte auf. «Dieses Album gehört eigentlich nicht hierher. Das war ein anderes Leben, eine andere Welt. Aber lass uns morgen darüber reden. Ich bin müde.»

Max war enttäuscht. Warum hielt Merlinde sich noch immer so bedeckt? Sie wich den Fragen aus, als hätte sie das Vertrauen weder in ihn noch in Fede gefunden. Sie war bald siebzig. Trotz ihres Gebrechens musste sie ein erfülltes Leben gehabt haben – erfüllt vom Schönen wie dem Schlechten. Es existierten Geschichten, die sie nicht von sich preisgab. Zu viele, um den Grund für die zwei Übergriffe auf sie zu finden.

Fünf Monate und ein Tag bis zum Mord

Ein bissiger Wind aus Nordost fegte die letzten Blätter von den Bäumen. Die goldenen Herbsttage hatten sich verabschiedet. Das stürmische Wetter forderte seinen Tribut. Auf dem Platz vor der Seeresidenz sammelten Männer in orangefarbenen Pelerinen nasses Laub ein. Eine Sisyphusarbeit. Die Bise wirbelte die Blätter wild durcheinander.

Merlinde befand sich mit ihrem Rollstuhl auf dem Balkon und sah über die Brüstung. Sie langweilte sich, wie jeden Tag. Sie hatte sämtliche Fotoalben von vorn bis hinten angesehen und wusste die Reihenfolge der Bilder auswendig. Doch jede Erinnerung an früher katapultierte sie in den Zustand einer selbstzerstörerischen Bitterkeit. Sie verweigerte das Essen, trank nur von ihrem eigenen Wein, den letzten Flaschen ihres Weinguts, welches in ihrem und Gregorys Besitz gewesen war. Die kleine Kelterei in der Toskana hatten sie vor Gregorys Krankheit abgestossen. Den Gewinn daraus hatte Merlinde in den Safe gelegt, später in eine Handtasche. Heute war sie froh darüber, war ihr dieses Bargeld geblieben, von dem niemand etwas wusste. Ab und zu gönnte sie sich einen Joint, um ihre Existenz erträglicher zu machen. Die Therapien brachten wenig, obwohl sie sich jeden Tag damit abmühte. Zwei Stunden, die ein wenig Abwechslung brachten, bevor sie wieder in ihr Elend abtauchte. Es mangelte ihr an Geduld.

Die Hanfernte auf ihrem Balkon lag eine Weile zurück. Merlinde hatte die Pflanzen vom Sockel aus abgeschnitten, nachdem die Blütenstempel braun verfärbt gewesen waren, und die grossen Blätter entfernt. Die Knospen befanden sich seit drei Wochen in der Wohnung, auf einem Kuchenblech ausgelegt. In weiteren drei Wochen würde Merlinde sie zerstäuben und damit Joints drehen können.

Ein kleiner Silberstreifen am Horizont in der Tristesse ihres Daseins.

Das Rauchen nahm ihr an manchen Tagen die Traurigkeit, brachte sie sogar zum Lachen. Die Wolken lichteten sich, und sie fühlte sich wie früher, als sie mit Gregory im Kornfeld gelegen und rauchend den Geräuschen der Natur gelauscht hatte.

Ihr Kopf war klar. Sie war nicht dement. Vielleicht das kleinere Übel, so ein Hirnschlag. Das jedenfalls versuchte ihre Therapeutin ihr täglich zu erklären. Es hätte sie brutaler treffen können. Vielleicht hatte sie Glück gehabt. Nicht jede Apoplexie war gleich schwer wie die andere. Dr. Claus hatte ihr erklärt, dass es davon abhing, welche Hirnregion in Mitleidenschaft gezogen war.

Dr. Claus. Er hatte gut reagiert. Damals, als sie ihn angerufen hatte. Innerhalb von zehn Minuten war der Krankenwagen vor Ort gewesen. Nicht schnell genug. Aber es hätte schlimmer sein können. Sie hatte vieles mitbekommen; sich mitzuteilen, war ihr nicht gelungen.

Ein wenig Hoffnung bestand noch, dass sie ihre Beweglichkeit zurückgewinnen würde, wenigstens so viel Kraft in den Beinen, damit sie selbstständig gehen konnte. Es würde dauern, das wusste sie.

Alles war vorbei, gehörte der Vergangenheit an. Ihr schillerndes Leben an der Seite eines humorvollen Mannes, der sie stets zum Lachen gebracht hatte. Das gemeinsame Vermögen lag brach. Manchmal bedauerte sie, es nicht grosszügiger ausgegeben zu haben. Wenn sie noch gewollt hätte, es gab eine Hürde. Die Kindes- und Erwachsenenschutzbehörde hatte die Gelder blockiert, unmittelbar nach ihrem Schlaganfall. Sie hatte die Bevormundung in die Wege geleitet, und ihr Anwalt hatte diese Ungeheuerlichkeit beinahe verschlafen. Vorher hatte Merlinde wenigstens ihre eigenen Mittel gehabt, um es sich gut gehen zu lassen. Jetzt hatte sie keinen Zugriff mehr, sie lebte von einem Taschengeld. Die Stanzfabrik wurde vorübergehend von einem jungen Maschineningenieur weitergeführt. Für die Mitarbeiter war gesorgt. Wie lange, das wussten die Götter. Der Verkauf war gescheitert.

Merlinde verliess den Balkon. Sie hatte das Interesse an den orangenen Männern verloren. Die Männer des Strasseninspektorats, die das Laub zusammennahmen.

Merlinde hätte gerade in diesem Moment viel dafür gegeben, mit ihnen zu tauschen. Sie durften leben, Spass haben, sich spüren. Auf sie wartete vielleicht jemand zu Hause, mit denen sie sich unterhalten konnten. Frau und Kinder.

Kinder, die Merlinde so gern geboren hätte. Sie hatte sich eine Villa voller Leben gewünscht. Als es zu einem Thema wurde, war die Zeit abgelaufen. Mit vierzig wollte sie nicht mehr Mutter werden. Anstelle der Kinder hatte es wöchentliche Partys gegeben, später einen Hund und zwei Pferde. Die Sehnsucht war geblieben, und sie selbst hatte sie mit dem Kauf materieller Güter gestillt und gewusst, dass es nie dasselbe sein würde.

Es klopfte an der Tür. Merlinde öffnete.

Draussen stand Dr. Claus. Trotz anfänglicher ambivalenter Gefühle, was ihre Beziehung betraf, hatte er Gregory und sie stets begleitet. Er ging auf die sechzig zu, war der sportliche Arzt geblieben und nahm sich für seine Patienten Zeit.

«Schön, dass Sie mich wieder einmal beehren. Leider muss ich hier mit Professor Bernstein vorliebnehmen. Unter uns gesagt, ich verabscheue ihn.»

«Professor Bernstein hat mich kontaktiert, weil er das weiss.» Dr. Claus betrat die Wohnung, sah auf das Kuchenblech, dann Merlinde an. «Sie sollten sich zurückhalten.»

«Hat die Burger etwa gemeckert?» Merlinde wartete eine Erklärung nicht ab. «Sie raucht ab und zu mit, ein Friedens-Dope. Es sind die Momente, in denen sie normal ist, und stellen Sie sich vor, sie vermag dann sogar Witze zu machen, diese impertinente Person.»

Dr. Claus erwiderte nichts darauf. Ihm waren Merlindes zynische Bemerkungen nicht neu. «Wir werden jetzt miteinander zu Ihrem Mann gehen. Wann haben Sie ihn zum letzten Mal gesehen?»

«Heute Morgen, nach dem Frühstück.» Etwas Schweres und Dunkles ergriff Merlinde und drohte, sie in den Abgrund zu ziehen. «Was ist mit ihm?»

«Ein Priester ist bei ihm und gibt ihm die Letzte Ölung.»

«Das … das ist nicht in Gregorys Sinn.» Merlinde stockte der Atem. «Was heisst hier Letzte Ölung? Es wird ihm doch nichts passiert sein?»

Dr. Claus schob sie wortlos aus der Wohnung.

Der Korridor zog sich in eine endlose Länge. Die Türen links und rechts glotzten sie wie riesige Augen an, Augen von Zyklopen, aus denen der Hohn zu schreien schien. Die Türen mit den lächerlichen Bemalungen.

Das Leben folgte immer demselben Kurs. Manchmal wünschte sich Merlinde, sie könnte gegen den Strom schwimmen. Diese Idee war bloss einer Täuschung geschuldet, einer Illusion, welche der Realität den Schrecken nahm. Die Richtung war immer dieselbe. Es ging vorwärts, nie zurück, auch wenn die Erinnerungen etwas anderes vorgaukelten. Alles floss, blieb nicht stehen. Von der Quelle zum Meer. Die Vergänglichkeit begann mit dem ersten Licht des Seins.

Sie fuhren mit dem Aufzug zwei Stockwerke tiefer. Von dort schob Dr. Claus den Rollstuhl in den Haustrakt, wo die schweren Pflegefälle lagen. Hier waren die Türen unbemalt, schlicht grau und düster.

Der Vorhof des Himmels, des Fegefeuers oder der Hölle. Gab es überhaupt einen Unterschied? Gerüche nach Medizin und Fäkalien waberten durch den Gang. Hier hörte man stets entstellte Stimmen und stöhnende Menschen, die die letzte Reise angetreten hatten und ihre verzweifelten Kämpfe dagegen ausfochten. Hier hielt sich Merlinde nicht gern auf. Sie spürte den Atem des Todes, und es schauderte sie. Hier endete das Irdische. Hier liessen die Patienten der Seeresidenz ihre Güter zurück. Nichts bedurften sie mitzunehmen. Kein Reichtum begleitete sie am Ende ihrer Existenz. Im Sarg lagen sie nackt. Lediglich in einem Totenhemd oder dem massgeschneiderten Anzug.

Gregorys Zimmer war das ganz hinten im Korridor. Vor einem Monat hatte man ihn hierhergebracht, in einen Raum mit einem kleinen Fenster und mit Blick an eine graue Haus-

mauer. Im Sommer wuchsen Clematis daran empor. Im Winter hingen sie, die verholzten, blätterlosen Stiele, wie Skelette toter Objekte.

Es war die Endstation, die «Destinazione finale», wie Nina Rosso sie nannte. Sie kam immer vorbei, wenn einer ihrer Patienten sich von dieser Welt verabschiedete. Nina Rosso, die Besitzerin der Seeresidenz, war die Güte in Person, eine der wenigen mit Herz in dieser Trostlosigkeit. Viele Pflegerinnen waren überfordert, schlecht gelaunt, gar bösartig. Sie übten Macht aus an den schwachen Patienten, als rächten sie sich dafür, dass ihnen selbst zeit ihres Lebens der finanzielle Reichtum nicht vergönnt war.

Aus dem Zimmer flutete rötliches Licht. Ein Totenlied erklang. Merlinde kannte es: «Exaudi Orationem Meam», gesungen von Roberta Invernizzi. Gregory hatte es sich gewünscht. Das Grauen schüttelte sie. Sie wusste, was es bedeutete. Er lag im Sterben.

«Er hat einen Herzinfarkt erlitten», sagte Dr. Claus, kaum waren sie im Zimmer angekommen.

Die Flamme einer dicken weissen Kerze flackerte im Luftzug. Nina Rosso hatte einen Bund Chrysanthemen gebracht – die Totenblumen. Es herrschte eine sakrale Stimmung.

«Kann man ihn nicht operieren?», fragte Merlinde. Ein letzter verzweifelter Versuch, die Wirklichkeit ungeschehen zu machen, einen Aufschub zu gewähren. Den Schmerz hinauszuzögern.

«Sie haben uns Gregorys Patientenverfügung ausgehändigt.» Dr. Claus machte das Blickfeld auf ihren Mann frei. «Nachdem Sie sie wiedergefunden hatten. Das Doppel davon bekam ich von Dr. Carron. Es war Gregorys Wunsch, gehen zu dürfen, wenn seine Zeit gekommen ist.»

Merlinde blieb wie versteinert im Rollstuhl sitzen. Alles in ihr schrie danach, Gregory noch einmal zu umarmen, zumindest seine körperliche Hülle. War seine Seele noch da? Oder auf dem Weg in eine andere Sphäre? In einer Zwischenwelt vielleicht? Merlinde versuchte, ein letztes Zeichen von Gregory einzufan-

gen, und bemerkte das helle Dreieck auf der Mundpartie. «Er ist tot, nicht wahr?»

«Er ist sanft entschlafen.» Dr. Claus berührte tröstend ihre Schultern.

«Als er Ihre Stimme gehört hat.» Nina Rosso legte die Chrysanthemen auf den leblosen Körper. «Er hat auf Sie gewartet.»

VIERZEHN

Fede stand wie erstarrt unter dem Türrahmen und sah auf die Schwelle. Max kam aus der Stube zurück, wo sie vor zehn Minuten zusammen mit Milagros und Merlinde gefrühstückt hatten. Er hauchte einen Kuss in die Luft. Fede war unfähig, ihn zu erwidern. Sie stand bloss da und starrte auf das, was vor ihr lag.

Es war, als hätte jemand ein Schwert in ihr Herz gestossen. Sie würgte. Alles, was sie gefrühstückt hatte, drohte sich einen Weg durch die Speiseröhre hinaufzubahnen.

«Fede?» Max' Stimme riss sie aus ihrer Lähmung. «Fede, was hast du?» Doch dann sah er es auch.

Chérie-Bibi lag vor der Tür. Sie rührte sich nicht. «Was zum Henker!»

Tränen schossen in Fedes Augen, sie vermochte sie nicht zurückzuhalten. Dann kam der Schrei. Sie nahm das leblose Tier auf. Es war schon kalt. Der Blick gebrochen. Wie ein Déjà-vu lief ein innerer Film ab. Fitzcarraldo, den ein Fremder mit dem Auto überrollt hatte. Jemand musste heute die Katze überfahren haben, hatte sie infolge schlechten Gewissens vor der Tür abgelegt. Chérie-Bibi, die zum Hof gehörte wie das Amen in der christlichen Kirche. «Was bist du nur für ein Wildfang.» Fede schluchzte. «Fünf Jahre alt und du lässt dich überfahren.» Fede sah Max an. «Ich dachte immer, Katzen hätten sieben Leben.» Fede wollte einen beherrschten Eindruck hinterlassen. Es gelang ihr nicht. Der Schmerz bohrte sich gnadenlos in ihre Brust.

Max nahm ihr das Tier aus den Händen. «Es sieht überhaupt nicht danach aus, als wäre es überfahren worden. Oder siehst du irgendwo Blut?» Max bewegte den Kopf der Katze. Er liess sich auf alle Seiten drehen. «Ohne dich zu erschrecken, es sieht nach Genickbruch aus.»

«Du meinst, jemand hat Chérie-Bibi absichtlich getötet? Was ist das für ein Mensch.» Kaufmann! Es musste Kaufmann sein. Es war eine Warnung. «Wir haben es mit dem Teufel zu tun.»

Fede sah zum Stall hinüber. Chrigi war dort, um die Kühe und die Hühner zu versorgen. War ihm nichts aufgefallen? «Chrigi!» Fede schrie seinen Namen in den Morgen hinaus. «Chrigi!»

Die Stalltür schwang auf. Chrigi erschien, leicht verdattert. Er trug eine Milchkanne in der einen Hand. Mit der anderen schützte er seine Augen vor den ersten Sonnenstrahlen. «Ist was?»

«Hast du unsere Katze vor der Haustür abgelegt?»

Chrigi kam herüber. «Nein, warum sollte ich?» Er sah zu Max, der den Kadaver trug. «Oh mein Gott, unser Büsi.» Ihn schüttelte es genauso.

«Jemand muss sie vorsätzlich getötet haben», sagte Max emotionslos. «Wann bist du zum Stall gegangen?»

«Vor einer halben Stunde. Ich schwöre, sie lag noch nicht da.» Chrigi war untröstlich. Er und die Katze waren ein Herz und eine Seele gewesen.

Fede wischte sich die Tränen ab und versuchte, einen klaren Gedanken zu fassen. «Das geht auf Kaufmanns Konto oder auf den mit diesem Pseudonym. Er will uns damit sagen, dass er stärker ist als wir.»

«Das heisst?» Max schaute sie eindringlich an.

«Dass wir unsere Recherchen beenden sollen. Wenn er mich so kennt, wie er das hat durchblicken lassen, wird er nicht eher Ruhe geben, bis er sein Ziel erreicht hat. Wenn ich bloss wüsste, um welches Ziel es geht. Möglicherweise will er verhindern, dass wir weitergraben und etwas zutage fördern, das ihm schaden könnte.» Fede sah ihre Katze an, die wie ein ausgestopftes Tier in Max' Armen lag. «Wir sollten sie würdig begraben.»

«Und uns nachher überlegen, wie wir weitermachen wollen.»

«Merlinde soll uns endlich aufklären. Ich bin mir sicher, sie weiss etwas, was sie uns noch immer vorenthält.»

«Ich werde Chérie-Bibi begraben», bot Chrigi an. «Im Stall hat's eine kleine Holzkiste.»

Fede war dankbar um diese Geste. Sie selbst hätte es nicht geschafft. «Ich könnte diesem Ungeheuer den Hals umdrehen.» Sie liess Max und Chrigi stehen und ging auf das Haus zu.

In der Stube sassen noch immer Milagros und Merlinde. Sie hatten von dem Unglück nichts mitbekommen.

Fede setzte sich zu ihnen an den Tisch. Der erste Schock hatte sich in eine grenzenlose Wut verwandelt. «Merlinde, ich muss endlich alles über dich erfahren. Nur so ist es möglich, Licht ins Dunkel zu bringen. Chérie-Bibi ist tot. Das ist kein Zufall.» Wieder musste Fede gegen die Tränen kämpfen. Ihre Bemühungen, emotionslos und stark zu sein, scheiterten kläglich.

«Das ist ja furchtbar», sagte Milagros.

«Es ist bloss ein Tier», hielt Merlinde dagegen.

Fede meinte, sich verhört zu haben. Sie versuchte, bei Merlindes Bemerkung einen Sinn zu erkennen. Sie musste sehr verbittert sein. Oder eiskalt. Sie wollte Letzteres nicht glauben. Sie zeigte keine Empathie, ihr Zynismus sprengte alle Grenzen.

Milagros schien über ihre Reaktion ebenso geschockt zu sein.

Max trat in die Stube. Er warf einen Blick in die Runde. «Wir kämpfen gegen Windmühlen», sagte er und liess dabei Merlinde nicht aus den Augen. «Ich hoffe, du bist ausgeschlafen und erzählst uns heute mehr über dein Leben. Auch über deine Kindheit.»

Fede kannte ihn nicht von dieser schroffen Seite. Ob er damit sein schlechtes Gewissen kaschierte? Fede beobachtete ihn. Er wirkte rastlos, fast nervös. Sich ihn in den Armen einer anderen Frau vorzustellen, versetzte ihr wiederholt einen Stich in die Brust. Ihn aus ihrem Leben zu verbannen, ebenso.

Merlinde zog den Hals ein. «Was willst du noch erfahren?»

«Alles. Dann lass es unsere Sache sein», er sah Fede an, «was wir daraus machen. Es geht uns ans Lebendige. Soeben wurde Fedes Katze das Genick gebrochen. Du hast mich mit dem Auftrag betraut, deinen Schänder zu finden. Lass mich die Arbeit verrichten. Aber sag mir um Himmels willen die Wahrheit.»

«Sie könnte gefährlich sein», insistierte Milagros. «Wenn jemand ein Tier tötet, so ist der Schritt, einen Menschen umzubringen, nicht gross.»

«Leider befürchte ich es auch.» Max schwang sich auf den leeren Stuhl.

Die Stimmung war bedrückt. Draussen schien die Sonne, drinnen breiteten sich die Schatten der Vergangenheit aus. Dass es welche gab, war sich Fede je länger, desto sicherer. Merlinde verbarg etwas. Es musste einen Grund geben, dass sie sich gegen das Eingreifen der Ordnungshüter wehrte. Milagros hatte von einer Vorladung der Polizei gesprochen, welcher sie aufgrund der Untersuchungen im Krankenhaus hätte Folge leisten müssen. Merlinde hatte sie wegen ihrer Entführung nicht befolgen können.

Es war nur eine Frage der Zeit, bis man Merlinde auf dem Hof abholte. Dann würde vielleicht alles zur Sprache kommen – die Entführung, das Auftauchen der Ringe, ein falscher Schmuckhändler und das Töten der Katze. Alles hing miteinander zusammen.

«Meine Eltern waren bescheidene Leute», begann Merlinde zögerlich. Ob sie endlich bereit war, aus ihrer Vergangenheit zu erzählen? «Mann und Frau ohne jeden Antrieb. Sie bewirtschafteten eine Jugendherberge. Mutter besorgte die Zimmerreinigung und das Kochen. Vater ging angeln. Tag für Tag. Woche für Woche. Jahrelang. Mein Bruder und ich teilten uns ein Zimmer unter dem Dach. Wenn er seine Freunde mit nach Hause brachte, stand ihm ein kleiner Raum im Keller zur Verfügung. Dort gab es Matratzen. Dort durften sie laut Musik hören. Für mich bedeutete es ein Durchatmen. Zwei, drei Nächte das Zimmer für mich allein. Wir waren Gefangene auf einer Insel. Rundherum nur Wasser. Bei Sturm riss es uns fast weg. Dies setzte mir bereits als Kind sehr zu. Die Möglichkeiten für eine Ausbildung waren gering. Ich las viel, besorgte mir Bücher von einer alten Frau, die keinen Platz mehr dafür hatte. Die Bücher brachten mir eine Welt näher, in der ich unbedingt leben wollte. Ich wollte reisen und das Fremde kennenlernen. Dass ich eines Tages von zu Hause verschwinden würde, wusste nur mein Bruder.» Merlinde schöpfte Atem. «Er war anders als ich, introvertierter, sensibler, phantasievoller, kreativer. Ich kannte seine Träume nicht. Er ging zur Schule wie ich und lungerte mit seinen dubiosen Freunden auf dem Pausenplatz herum. In der Freizeit gingen sie mit einem Floss raus auf die Nordsee, spielten ‹Blackbeard›, den berühmtesten Piraten aller Zeiten. Manchmal nahm Vater sie zum Angeln mit. Nach dem Abschluss der Hauptschule zog ich nach Hamburg. Mir wurde alles zu viel. Das dichte Aufeinanderhocken, die missgelaunten Eltern. Ich hatte Erspartes, das ich mit Babysitten verdient hatte. Von diesem Geld wusste niemand etwas. Ich meinte damals, es sei eine Fahrkarte ohne Rückkehr. Auf dem Festland begann ich eine Lehre als Reiseleiterin.» Merlinde machte eine Sprechpause. Niemand sagte etwas. Bloss das Ticken der Wanduhr durchbrach diese Stille. «Ein knappes Jahr nach meinem Auszug erreichte mich die Nachricht, dass mein Bruder ertrunken sei. Ich musste zurück, weil die Eltern mit all dem amtlichen Kram nicht zurechtkamen. Zudem plagten sie grosse Vorwürfe, weil sie sich für Holger und mich nie Zeit genommen hatten.»

«Hast du nie beabsichtigt, in die Jugendherberge einzusteigen und deine Eltern zu entlasten?», fragte Max.

«Mit welchen Perspektiven? Die Jugendherberge reichte gerade, um meine Eltern über Wasser zu halten. Später aber hatten sie Gelegenheit, das Haus zu verkaufen und damit ein kleines Häuschen direkt am Strand zu erwerben. Es kostete nicht viel. Von da an ging es nur noch bergab. Die Beschäftigung fehlte ihnen. Vor allem Mutter litt unter dem Verlust meines Bruders. Sie siechte wortwörtlich dahin. Vater machte die Tragödie mit Trinken wett. Vom Reisebüro aus organisierte ich Reisen zu den Ostfriesischen Inseln. Es war die einzige Möglichkeit, mich mit meiner Heimat zu versöhnen.»

«Wann warst du das letzte Mal dort?» Für Fede war es fast unvorstellbar, welch traurige Kindheit hinter Merlinde lag. Dass sie sich manchmal kalt und unnahbar gab, bekam auf einmal einen Grund. Nicht nur der Tod ihres Mannes und ihre eigene Krankheit hatten sie gezeichnet, vielmehr eine trostlose Kindheit.

«Vor sechs Jahren besuchten Gregory und ich das Grab meiner Eltern zum letzten Mal. Es liegt neben dem meines Bruders.»

***

Nach dem Mittagessen nahm sich Max vor, mit Fede eine kleine Spritztour mit dem Cabriolet zu unternehmen. Diesmal wollte er keine Zeit vergeuden und mit ihr reden. Nicht ausschliesslich über Merlinde.

Fede hielt sich im Stall auf. Sie wich ihm aus. Max konnte es nachvollziehen. Er hatte sich ihr gegenüber unmöglich benommen. Er zweifelte, dass sie ihn mit offenen Armen willkommen hiess. Er hatte ihr Vertrauen missbraucht.

«Viel zu tun?», fragte er, nachdem er in den Stall eingetreten war.

Fede hatte sich den Schemel zwischen die Beine geklemmt und schickte sich an, Rambo zu melken.

«Es bringt mich auf andere Gedanken.» Sie sah ihn nicht an. «Chérie-Bibis Tod geht mir an die Nieren. Immer müssen die sterben, die es am wenigsten verdient haben.»

Max schluckte leer. «Wollen wir ausfahren? Es würde dich etwas ablenken.» Hinter diesem Vorschlag versteckte sich sein eigenes Bestreben. Es ging um Wiedergutmachung, um das Zurückerobern einer Frau, bei der er wusste, dass sie die Richtige war. Er musste wieder Punkte bei ihr sammeln, die er kopflos vergeben hatte.

«Zuerst die Arbeit und dann das Vergnügen.» Fede sagte es, ohne aufzuschauen. Konzentriert und gleichmässig strich sie die Milch aus Rambos Euter. «Aber es gibt Leute, die haben es nicht nötig, diesem Prinzip zu folgen.»

Ein Seitenhieb. Er hatte es verdient. «Fede.» Max liess seine Stimme zärtlich klingen. «Es tut mir leid, sollte ich dich enttäuscht haben.»

«Sollte? Sollte ist gut. Du *hast* mich enttäuscht. Da besteht ein Unterschied.»

Max setzte sich auf einen Strohballen. «Ich war ein Arschloch.»

«War?»

Kalt wie ein Eiszapfen. Max erlebte sie selten so radikal. «Bitte, verlange von mir, was du willst. Ich werde es tun.»

Endlich schaute sie auf. «Damit gehst du ein grosses Risiko ein.»

«Das ist es mir wert.»

«Du hättest es dir früher überlegen müssen. Ich dachte immer, du wärst anders als der Rest der Welt. Aber du bist genauso wie viele Männer, denen das Gehirn in die Hose rutscht, sobald … sobald …»

«Ja», gab er zu. Schwieg dann. Mehr gedemütigt zu werden, vertrug er nicht. Er hatte einen Fehler begangen. Es tat ihm leid. «Ich habe es beendet.»

Fede hielt mit dem Melken inne. «Du gibst damit zu, dass du mich betrogen hast?»

«Nur mit dem Körper.»

«Interessant.»

«Meine Gedanken waren immer bei dir.»

Fede sagte nichts mehr, und Max bemerkte, wie einfältig es tönte. Sie beendete das Melken, richtete sich auf, stand Max gegenüber, mit diesem Schemel am Hintern. Rote Haarsträhnen hatten sich unter dem Kopftuch verselbstständigt. Ihr Gesicht war von der Hitze gerötet. Er liebte sie.

Aber er ahnte auch, dass sie Zeit benötigte, um seinen Fehltritt zu bewältigen. «Bitte, gib uns noch einmal eine Chance. Ich verspreche dir –»

«Keine Versprechen», unterbrach sie ihn. «Taten.» Sie räumte den Schemel weg, nahm den Milchkessel und brachte ihn nach draussen.

Max folgte ihr. «Okay, Taten.» Er riss sie an sich. Die Milch schwappte über den Kesselrand. Er verschloss ihren Mund mit einem leidenschaftlichen Kuss. Fede wehrte sich, liess den Kessel fallen. Die noch warme Milch ergoss sich über Max' Schuhe. Es war ihm egal. Er hielt Fede so lange fest, bis sie nachgab, weich wurde und seinen Kuss erwiderte.

Ausser Atem gingen sie auseinander.

Fede holte mit der rechten Hand aus. Sie schlug in Max' Gesicht, links, rechts. «So, das musste sein.» Sie drehte sich um, nahm den Kessel auf und schwang ihn auf Augenhöhe. «Heute Abend musst du auf die Ovomaltine verzichten.»

«Noch so gern.»

«Aber glaube ja nicht, dass alles wieder wie früher ist. Du musst dir schon noch etwas einfallen lassen.»

***

Luc Holm stand erneut vor einem Scherbenhaufen, wie so oft in seinem Leben. Er hatte gepokert. Lange hatte er sich hinter seiner Maske versteckt. Nun drohte alles aufzufliegen. Noch hatte er das Ziel, welches er sich gesetzt hatte, nicht erreicht. Trotz seiner Investitionen war es ihm nicht gelungen, etwas Seriöses aufzubauen. Der Gedanke an seine Rache kam ihm täglich in die Quere. Im Grunde hatte er alles verloren. Er wusste es. Trotzdem war heute der falsche Zeitpunkt, aufzugeben und den Kopf in den Sand zu stecken.

Er stand an der Fensterfront, sah hinab auf die Steinhaufen, auf die verrosteten Skulpturen, die ihm ein Künstler aufgedrängt hatte. Heute würde der Gerichtsvollzieher vorbeikommen und ihn enteignen. Das Bürogebäude gehörte ihm längst nicht mehr. Seine Angestellten hatten ihn verlassen. Er hatte sie nicht mehr bezahlt. Bortoluzzi war seine letzte Hoffnung geblieben. Nun hatte er es auch mit ihm verspielt. Er und seine Frau hatten ihn hintergangen. Die letzten Freunde hatten sich von einer enttäuschenden Seite gezeigt. Betrübt liess er sich auf einen der schwarzen Kunstledersessel fallen.

Aus. Vorbei.

Wie damals, 1980.

Keine Dokumente. Kein Pass. Er war ein Papierloser. Ein Mann ohne Namen. Seine richtige Identität wäre zu gefährlich gewesen. Er ging davon aus, dass man ihn noch immer suchte.

Auch nach gut zehn Jahren. Er war ein Mörder. Er hatte die Kleine im Kornfeld umgebracht, sie einfach liegen lassen.

Die letzten zehn Jahre hatte er wie durch ein Wunder überlebt, sich durch die Schweiz geschlagen, war im Kanton Graubünden gelandet, später im Muotatal. Niemand hatte nach seiner Herkunft gefragt. Für Kost, Logis und ein kleines Taschengeld hatte er dort mit angepackt, wo Not am Mann war. Im Sommer auf der Alp, im Winter im Stall.

Die Wirtschaft war im Aufschwung. Arbeitsplätze gab es genug. Auf der Suche nach neuen Herausforderungen kehrte er zurück nach Erlenbach, wo seine Reise in der Schweiz begonnen hatte. Er kam bei einer Bauernfamilie unter, kaufte sich mit dem Ersparten einen eigenen Computer und blieb unter dem Radar.

Und er nahm den Namen seiner Gastfamilie an. Später fälschte er Papiere, wusste bald selbst nicht mehr, wer er wirklich war. Ein Einwanderer, ein armes Schwein aus Deutschland.

Eines Tages sah er sie. Merlinde, inzwischen achtundzwanzigjährig, war eine Schönheit geworden. Sie hatte die Armut abgestreift, protzte mit Reichtum und einem erfolgreichen Mann an ihrer Seite. Sie hatte all das, was ihm fehlte. Geld, Sicherheit, Ansehen, eine wichtige Stellung in der Gesellschaft.

Er verfolgte ihr Leben. Tag für Tag. Und nachts träumte er von ihr und davon, Teil ihres Lebens zu werden.

Es war ein Abend im August. Die Zürcher Schickeria hatte im Grandhotel Dolder zu einem Grossanlass geladen. Leute mit Rang und Namen waren dabei. Auch Merlinde und Gregory Vonlanthen. Er war kaum vierzig und ganz gross im Geschäft. Er gehörte zu den Oberbonzen, konnte sich alles leisten und erlauben.

Und er, Luc Holm. Über verschiedene Umwege hatte er sich den Eintritt ergaunert, stand nun da auf der Terrasse und genoss es, sich unter die Menschen zu mischen, die sich wichtig nahmen. Die mit Bentleys und Mercedes vorgefahren kamen, in denen Airconditioner und Autotelefon zur Standardausrüstung gehörten. Mit eigenem Chauffeur. Sie trafen sich unter ihresgleichen, weil die Angst sie umgab, vom normalen Volk ausgenommen zu werden.

Merlinde, wie sie umzingelt wurde. Die Männer lagen ihr zu Füssen, die Frauen bedachten sie mit neidvollen Blicken. Sie war die Prinzessin des Abends, die Königin der Nacht. Gross und schlank, in diesem feuerroten Ballonkleid, welches signalisierte, ihr nicht zu nahe zu kommen. Ihr kurzes blondes Haar wie ein Markenzeichen, Augen von betörendem Glanz, deren Form durch schwarzes Kajal betont wurde.

Er sprach sie an, sagte, wie schön sie sei. Er hatte sich Mühe gegeben, der Etikette hier gerecht zu werden, sich aus einem Verleih die passende Garderobe besorgt. Kleider machen Leute. Er lächelte.

Sie blieb stehen. «Kennen wir uns?»

Diese drei Wörter. Sie reduzierten die Frau auf das, was sie umtrieb: pure Neugier.

«Ich kenne Sie. Das genügt mir.»

«Ich weiss, dieser Boulevard. Er ist überall.»

«Das meinte ich nicht.»

«Sind wir uns schon einmal begegnet?»

«Mehrmals.»

Staunende Augen. «Lassen Sie mich raten. War es in Los Angeles? Vor einem Jahr, nicht wahr? Sie waren der Zauberer auf dem Rodeo Drive. Ja, jetzt erinnere ich mich wieder.» Sie nahm einen Schluck von ihrem Champagnerglas. «Nice to meet you. Ich bin Merlinde.»

«Angenehm. Luc.» Ein Zauberer. Er durchschaute sie. Sie wollte nett sein, ihre Unsicherheit mit einer Floskel tarnen. «Ich möchte Sie gern um einen Gefallen bitten.»

Sie wandte sich irritiert ab, sah hinunter über den üppigen Wald auf den Zürichsee. «Gefallen» klang in ihren Ohren wahrscheinlich wie eine Aufforderung, etwas tun zu müssen, was ihr nicht passte. Es würde ihr Leben durcheinanderbringen, das sie in Eigenregie führte.

«Das wäre?» Der Konjunktiv liess alle Möglichkeiten offen, verpflichtete sie zu nichts.

«Ich gründe eine Firma und suche zahlungskräftige Investoren.»

«Und dann kommen Sie ausgerechnet zu mir?» Ihr Lachen klang gekünstelt.

«Uns verbindet etwas. Denken Sie nach.»

«Ich verstehe nicht. Vielleicht liegt es am Champagner. Ich muss zu viel getrunken haben. Helfen Sie mir auf die Sprünge?»

«Es ist Ihre Aufgabe, dies herauszufinden.»

«Aber so werden Sie nie zu Investoren kommen.»

«Es ist mir wichtig, mit Ihnen Kontakt zu halten.»

«Unmöglich. Ich bin verheiratet.»

«Nicht so, wie Sie denken.»

Sie hob ihren schönen Kopf. Ihr Hals war lang und schmal wie der einer Gazelle. Diamantohrringe und das passende Collier funkelten um die Wette. «Was denke ich denn?»

Sie reagierte so wie alle Frauen, die im Mittelpunkt standen. Alles drehte sich um sie. Er war enttäuscht.

«Gedankenlesen liegt mir nicht.»

Sie drehte sich brüsk um. Jemand hatte ihren Namen gerufen. «Darling, alles gut bei dir?»

«Oh, Schatz, darf ich dir ... wie war schon wieder Ihr Name?»

«Holm. Luc Holm. Im Dienste Ihrer Majestät.»

«Er war der Zauberer in Los Angeles, erinnerst du dich?»

Gregory Vonlanthen nahm sie sanft am Arm, schien ihn auszublenden. «Elisabeth und Heinz sind eingetroffen. Wir sollten sie begrüssen.»

Holm sah ihnen nach, wie sie zwischen rauschenden Gewändern und eifrigen Bediensteten in Richtung Eingang verschwanden. «Wir werden uns wiedersehen, versprochen.»

Sie hörten es längst nicht mehr.

***

Der Laden in der Kronengasse erinnerte Max ein wenig an ihr altes Zuhause an der Bahnhofstrasse in Hergiswil. Obwohl ihr

Haus damals moderner gewesen war als das Schindelgebäude hier, löste es in ihm ein Gefühl von Wehmut aus. In der Bahnhofstrasse war er aufgewachsen, hatte sich mit seinesgleichen herumgetrieben und nach der Schule beim Bäcker oder dem Metzger um Brot und Wurst gebettelt. Die späten achtziger Jahre hatten ein besonderes Flair verströmt.

Peter Imhof erwartete ihn unter der Tür. Er hatte sich bereit erklärt, ihn zu treffen, nachdem er ihm die Verbindung zwischen ihm und Fede plausibel erklärt hatte.

Max war trotzdem erstaunt. Er sah sich in dem Geschäft um. Fede hatte nicht übertrieben. Wer mit diesem Ramsch überleben konnte, war ein Lebenskünstler oder ein Krimineller. Der Laden diente als Tarnung, war vielleicht Umschlagplatz für illegale Abwicklungen, eine Bühne, wo sich Leute trafen, die man nicht sehen durfte. Wer hier freiwillig eintrat, hatte sich entweder verirrt oder war ein Tourist.

«Herr von Wirth, richtig?» Imhof lud ihn bereitwillig ein, ihm in den hinteren Teil des Ladens zu folgen.

Ein Geruch nach Kampfer streifte Max' Nase. Es erinnerte ihn an Grossvaters Vorratskammer, wo er Schokoladenstängel gehortet hatte mit einem längst überschrittenen Verfalldatum.

«Kaffee?»

Imhof wollte offenbar nett sein. Max verneinte.

«Ein Bier?»

«Wäre mir lieber.»

«Der Kühlschrank ist allerdings ausgestiegen.»

«Dann verzichte ich.» Max hasste laues Bier. «Hieronimus Kaufmann.»

«Was ist mit ihm?»

«Er verkauft Schmuck aus einem Raubgut.»

Imhof fummelte an seinem Kurzarmhemd herum.

«Sie leiten die Kunden an ihn weiter.»

«Ich tue nur meinen Job. Von einem Diebesgut weiss ich nichts.»

«Wie viel bekommen Sie für Ihre Dienste?»

«Ist das eine ernste Frage?»

«Wie viel?» Max liess Imhof nicht aus den Augen. Wollte er auf Resultate kommen, musste er ihn in die Enge treiben.

«Es läuft nicht so gut im Moment. Ohne Zusatzgeschäfte bin ich aufgeschmissen. Ich vermittle Kunden und bekomme dafür eine Provision.»

«Von Kaufmann?» Max streifte durch die Auslage, sah sich Imhofs Angebot an. Er bot ein wahres Sammelsurium von altertümlichen Sachen an. Von Angelruten bis Zwiebelschälern. «Was zahlt er Ihnen?»

«Fünfhundert pro abgeschlossenes Geschäft, egal, wie hoch der Preis ist.»

«Von mir bekommen Sie das Doppelte.» Merlinde hatte ihm grünes Licht für Ausgaben wie diese gegeben, wenn es der Sache diente.

«Wofür?» Imhof richtete sich auf.

Max glaubte, einen Hauch Interesse daraus zu sehen. Fede hatte ihn richtig eingeschätzt. Ein einfaches Gemüt, das nicht über die Nasenspitze hinausdachte. «Sie erzählen mir, wer Kaufmann ist und wie er auf Sie gekommen ist.»

«Ein Tausender?» In seine Augen trat ein verräterisches Glitzern.

«Ja.»

«Eines Tages kam er hierher. Ich glaube, es war Ende Februar dieses Jahres. Er stand plötzlich vor mir und bat mich um einen Gefallen. Er habe Schmuck, den er veräussern wolle. Er brauche einen Mittelsmann.»

«Und dann sind *Sie* ihm eingefallen.»

«Er sagte, er wohne auf dem Bürgenstock und empfange dort zahlungskräftige Kunden. Meine Aufgabe war es, sie vorab auf ihre Glaubwürdigkeit zu prüfen.»

«Ausgerechnet in diesem Laden. Ist Ihnen das nicht verdächtig vorgekommen?»

«Ich zweifelte an seinem Verstand. – Tausend haben Sie gesagt?», fragte Imhof und verschränkte die Arme. «Tausendzweihundert.»

«Wenn Sie mir Kaufmanns richtigen Namen verraten. Und

noch einmal so viel für dessen Adresse.» Max würde es Merlinde als Spesen berechnen.

«Luc Holm. Er wohnt in Erlenbach.» Imhof kritzelte etwas auf einen Notizblock. «Hier ist die genaue Adresse.»

***

«Ich habe einen riesengrossen Fehler gemacht.» Merlinde war untröstlich. «Ich hätte von Anfang an mit offenen Karten spielen sollen.»

«Es ist nie zu spät.» Milagros sass neben ihr auf der Bank im Garten, unter dem Nussbaum. Die Sonne war im Begriff unterzugehen. Durch die Blätter schimmerten die letzten Strahlen und fluteten den Platz vor dem Haus mit einem Goldton. Aus der Ferne erklang das Gebimmel weidender Kühe.

«Ich war blauäugig, wollte es nicht wahrhaben. Nach dem ersten Überfall im Februar hätte es mir auffallen müssen. Der Fingerabdruck … es war derselbe wie 1980.»

Milagros vermochte nicht, ihr zu folgen. «Das ist lange her.»

«Im Grandhotel Dolder war es, an einem Sommerabend. Die Zürcher Upperclass war dort, ein Fest mit vierhundert Leuten. Da traf ich ihn.»

«Wen?»

«Luc Holm. Er stellte sich mir mit diesem Namen vor. Ich weiss, dass ich ihn beleidigt und mit einem Zauberer verwechselt hatte. Ich glaube, er verzieh es mir nie.»

«Merlinde, das ist mehr als vierzig Jahre her.»

«Gregory und ich hatten eine Suite gebucht. Nach dem Gala-Abend wollten wir beide nicht nach Hause fahren, weil wir zu viel getrunken hatten. Unsere Freunde Elisabeth und Heinz blieben auch im Hotel.»

«Was hat das mit Luc Holm zu tun?» Milagros legte den Kopf in den Nacken. Der Nussbaum trug eine Menge Früchte. Es würde eine gute Nussernte geben. Christian würde sicher eine leckere Nusstorte backen.

«Er verfolgte mich den ganzen Abend lang. Nach dem

Nachtessen lauerte er mir wieder auf, nachdem ich ihn vorher abgewimmelt hatte. Er überschüttete mich mit Komplimenten, wollte unbedingt, dass ich ihn in einem Start-up-Unternehmen unterstütze. Ich dachte damals, es ginge nicht mich, sondern Gregory etwas an. Holm wurde aufsässig, behauptete, dass wir uns kennen würden.»

«Kanntest du ihn?»

«Nein.»

«Was ist passiert?»

«Ich ging in unsere Suite, weil ich mich frisch machen wollte. Er kam hinter mir her.»

«Er hat dich überfallen?»

«Nein.»

«Aber?» Milagros war sicher, dass noch etwas kommen würde.

«Er stellte mir ein Ultimatum. Entweder würde ich ihm finanziell unter die Arme greifen, oder er würde meinem Mann verraten, woher ich komme und wer ich in Wirklichkeit sei.»

«Du hast ihn bezahlt?» Milagros beobachtete, wie die Sonne hinter dem Bergkamm versank. «Aus welchem Grund?»

«Gregory glaubte, ich sei in Hamburg geboren und aufgewachsen. Von meiner Vergangenheit hatte er damals keine Ahnung. Er wusste nicht, dass ich von einer armen Familie abstamme, in der die Mutter labil und der Vater Alkoholiker war. Ich hatte Angst, dass er mich dann links liegen lässt. Ich wollte mein altes Leben vergessen, nie mehr so arm sein, dass ich jeden Cent umdrehen musste, bevor ich ihn ausgab. Gregory war das Tor in eine glamouröse Welt. Selbst meinen toten Bruder blendete ich aus.»

«Und dieser Holm hat dich nun erpresst, weil er deine wahre Identität zu kennen glaubte.» Milagros bekundete Mühe damit. «Ich gehe davon aus, du hast ihn nicht bezahlt.»

«Nein, ich sah keinen Grund. Zudem hatte ich ja nie Zugriff zum ganzen Vermögen. Er sagte, dass seine Zeit kommen werde. Ich hatte keinen blassen Schimmer, was er damit meinte. Ich weihte Gregory ein. Er liess noch in derselben Nacht die Polizei kommen. Diese fahndete nach dem Mann. Aber er verschwand, wie er aufgetaucht war.»

«Luc Holm», sinnierte Milagros. «Nun buchst du ausgerechnet über seine Agentur zwei Luxuskreuzfahrten.»

«Sanason, das ist richtig. Ich wusste nicht, welcher Name sich dahinter verbirgt.»

«Du hattest also nie mit dem Besitzer zu tun?»

«Nein. Ich habe weder mit ihm gesprochen noch ihn gesehen. Sonst hätte ich ihn wiedererkannt. Ich vertraute Raluca, die mir die Agentur empfahl.»

«Aber du musst doch einen Vertrag unterschrieben haben. Auf den Reisedokumenten war bestimmt sein Name, seine Unterschrift.»

«Ich weiss nicht, habe es wohl übersehen. Ich war immer so aufgeregt vor meinen Reisen, dass ich alles Unwichtige ausblendete.»

«Ich verstehe noch immer nicht, was es mit diesem ‹Fingerabdruck› auf sich hat.»

«Er nannte mich ‹verdammte Schlampe›. Genau so, wie Kelly mich nannte, als er mich Ende Februar überfiel. Das waren auch Bortoluzzis Worte.»

FÜNFZEHN

Der Briefträger kam jeden Tag, pünktlich um halb zwölf, mit Briefen und Prospekten vorbei. Heute stand er bereits um neun mit einem Expresspaket vor der Tür. Es war an Fede adressiert. Der Absender eine Adresse, die sie nicht zu entziffern vermochte. Sie nahm den Karton entgegen, ging in die Küche, wo Chrigi das Frühstück zubereitete, und legte ihn auf den Tisch.

«Hast du zufällig etwas in meinem Namen bestellt?»

Chrigi zerstückelte Erdbeeren und mischte sie unter den Joghurt, den er in eine Schüssel geleert hatte. «Nein, warum hätte ich es tun sollen? Du kennst meine Einstellung, wenn es um digitale Bestellungen geht. Wir zerstören damit unsere regionalen Geschäfte.»

«War bloss eine hypothetische Frage.» Fede riss die Klebstreifen auf und das Packpapier von der Schachtel. Vielleicht hatte Max etwas kommen lassen und sie nicht darüber informiert. Sie hob den Deckel ab.

Ihr Herz stand still.

Sie schrie entsetzt auf.

Chrigi liess die Schüssel fallen, die er von der Anrichte zum Tisch bringen wollte. Der Joghurt verspritzte in einem Porzellansplitterregen im Umkreis von einem Meter.

Fede fegte reflexartig den Karton vom Tisch. Es war im selben Moment, als Max die Küche betrat.

«Was ist denn hier los?»

«Sieh selbst.» Fede spürte den Herzschlag bis zum Hals. «Es ist noch nicht vorbei.» Sie kauerte auf den Boden, ungeachtet, dass sie sich an den Scherben hätte verletzen können, und holte eine rote Haarlocke aus dem Karton. Instinktiv griff sie an ihren Kopf, um sich zu vergewissern, ob die Haare irgendwo fehlten.

«Was ist mit deinen Haaren?», fragte Chrigi und wies auf eine Stelle über ihrem linken Ohr.

«Jemand muss sie dir abgeschnitten haben», sagte Max tonlos.

Fede rannte aus der Küche, über die Treppe hinauf in ihr Badezimmer. Atemlos stoppte sie vor dem Spiegel und begutachtete ihre Haare.

Zwischen dem linken Ohr und dem Scheitel klaffte eine ausgefranste Stelle. Tatsächlich fehlte eine dicke Strähne. Jemand musste sie ihr abgeschnitten haben, als sie geschlafen hatte. Wie war das möglich? Nachts standen die Fenster immer offen. Man hätte ohne Weiteres eine Leiter an die Hausmauer stellen und in ihr Zimmer gelangen können. Wenn Fede schlief, befand sie sich wie in einer Narkose. Selbst ein Presslufthammer schaffte es nicht, sie aufzuwecken.

Die Trauer um die fehlende Strähne hielt nur kurz an. Wutentbrannt ging Fede zurück in die Küche, nahm die rote Locke aus dem Karton und wedelte damit vor Max' Gesicht herum. «Was zum Teufel hat das zu bedeuten? Das ist ein Angriff auf meine Person. Jemand war nachts in meinem Zimmer. Max, womit haben wir es hier zu tun? Sag es mir!»

«Hättest du mich bei dir schlafen lassen, dann wäre das nicht passiert.» Er war genauso ratlos, beteuerte, dass er sich keinen Reim darauf machen könne. «Wollen wir die Polizei einschalten?»

«Nein!» Aus der Stube kam Merlinde gefahren. Hinter ihr erschien Milagros. «Die Polizei wäre zum jetzigen Zeitpunkt fehl am Platz.»

«Ich warte auf eine Erklärung», fauchte Fede und sah Merlinde an. Ihre Nerven lagen blank. «Wenn jemand in mein Haus eindringt und mich während des Schlafs verunstaltet, verstehe ich keinen Spass mehr.» Sie hob die Hand, als Max sich dazu äussern wollte. «Nein, sage jetzt nichts. Egal, was eure Meinung ist», wieder warf sie Merlinde einen Blick zu, «ich werde die Polizei rufen.»

«Nehmen wir es also selbst an die Hand. Vielleicht lassen sich vor dem Fenster Spuren finden.» War klar, dass sich Max auf Merlindes Seite wandte.

«Die Leiter ist angelehnt.» Chrigi hatte sich augenscheinlich davon überzeugt. «Jemand muss sie vom Stall zur Fassade getragen haben.»

«Fragen wir auf der Post nach.» Milagros sah sich den Kartondeckel und den Stempel an. «Das Paket wurde heute früh beim Express-Schalter aufgegeben.»

«Verdammt, das war sicher dieser Kaufmann alias Luc Holm, der Inhaber von Sanason.»

Alle schauten Max an. «Weisst du etwas, was ich nicht weiss?» Fede musterte ihn eindringlich. War er im Begriff, sämtliche Versprechen zu brechen? «Wir waren uns doch einig, dass wir mit offenen Karten spielen.»

«Ich hätte es dir heute gesagt.»

«Es war mein Fehler.» Merlinde seufzte. «Ich habe es versäumt. Luc Holm kreuzte meinen Weg bereits vor gut vierzig Jahren.» Und kleinlaut sagte sie: «Es geht um mich. Um niemand anderen. Es hat mit meiner Vergangenheit zu tun.»

***

Die Leute standen Schlange. Kurz nach halb zwölf betrat Milagros die Poststelle am Bahnhofplatz in Stans. Sie wartete geduldig, bis sie an der Reihe war. Sie legte den leeren Karton auf die Ablage beim Schalter. Nach der ersten Aufregung wegen Fedes abgeschnittener Locke hatte sie als Einzige einen kühlen Kopf bewahrt und nach einer Lösung gesucht. Man musste das Paket zurückverfolgen, um den Absender ausfindig zu machen.

«Guten Tag. A- oder B-Post?» Eine stereotype Frage von der Frau mit den grauen Haaren und der hellblauen Brille, die ihr ein wenig Farbe ins Gesicht zauberte.

«Weder noch.» Milagros deutete auf die Adresse. «Heute Morgen um acht Uhr wurde dieses Paket hier express aufgegeben. Leider kann man die Schrift des Absenders nicht lesen. Erinnern Sie sich an die Person?»

«Meine Kollegin muss das Paket in Empfang genommen

haben. *Ich* war es nicht.» Die Dame wandte sich zum Schalter zu ihrer Linken. «Maria, hast du Zeit? Es geht um ein Expresspaket, das heute entgegengenommen wurde.»

Milagros wechselte den Schalter, schob sich vor einen jungen Typ, der ihr freundlich zulächelte. «Entschuldigen Sie die Störung, aber es ist wichtig.»

Maria besah sich das leere Paket. «Ist etwas nicht in Ordnung?» Sie wusste nicht, wohin mit ihrem Blick. Sie war sichtbar nervös. Ihre Mundwinkel zuckten.

«Das Paket wurde heute um neun von Ihrem Briefträger im Drachenried abgegeben. Gemäss Stempel war die Aufgabezeit um acht auf dieser Poststelle.»

«Ja, ich erinnere mich. Der Kunde forderte eine sofortige Zustellung ins Drachenried. Es war ihm wichtig, dass die Sendung heute rausging.»

«Innerhalb von einer Stunde?»

«Eine Ausnahme.» Maria druckste herum. «Für einen Aufpreis nebst den üblichen Express-Preisvorgaben. Mein Kollege fuhr extra dorthin.» Sie beugte sich über den Schalter. «Aber behalten Sie es für sich. Es war *wirklich* eine Ausnahme. Wir leben in einem kleinen Dorf, wo die komplizierten Vorgänge, selbst für eine Expresszustellung, nicht immer nachvollziehbar sind.»

«Erinnern Sie sich, wie der Kunde aussah?»

«Ein junger Mann, sechzehn, siebzehn vielleicht. Lungert hier immer mal rum. Auf jeden Fall sehe ich ihn oft auf dem Bahnhofareal, wenn ich zur Arbeit komme.»

«Seine Absenderadresse müsste doch irgendwo sein.» Milagros wollte sich mit der Auskunft nicht zufriedengeben.

Maria tippte widerwillig etwas in ihren Computer ein. «K. Odermatt aus Stans. Mehr weiss ich nicht.»

«Würden Sie den Mann wiedererkennen?»

«Natürlich.»

«Sie würden mir einen grossen Gefallen tun, mich nach draussen zu begleiten und nach ihm Ausschau zu halten.»

Maria wies auf die Kunden hinter Milagros. «Tut mir leid.

Ich habe zu tun. Kommen Sie morgen wieder. Um zwanzig nach acht, bevor ich meine Arbeit beginne.»

***

Das Mehrfamilienhaus lag am Berghang, unweit des Hauses, in dem Max Merlinde gefunden hatte. Es war ein Quartier, welches in den siebziger Jahren des letzten Jahrhunderts entstanden war. Von Efeuranken überwachsene Betonbauten mit Loggien und oxidierten Kupferdächern, welche man an der grün-braunen Patina erkannte. Die Sicht auf den Zürichsee und die Alpen wurde durch wild wuchernde Sträucher und von in den Jahren hochgeschossenen Bäumen mehrheitlich verdeckt.

Max stand unschlüssig vor der Sonnerie. Zwölf Mieteinheiten gab es in diesem Haus, aus welchem der Atem der letzten fünfzig Jahre zu strömen schien. Risse überzogen die Fassaden.

«Holm», sagte Fede, die genauso zögerte. «Erster Stock.» Sie drückte den Türgriff beim Eingang. «Geschlossen.»

«Wir warten. Da wird wohl bald mal jemand kommen.» Max lehnte sich an die Wand und sah Fede an. Die fehlende Strähne hatte ein Loch auf ihrem Kopf hinterlassen, fiel jedoch nur auf, wenn man genau hinsah. Nach dem ersten Schrecken hatte Fede es gelassen genommen. Das sei Berufsrisiko. Umso euphorischer war sie für den Besuch bei Holm gewesen.

«Was schaust du so?»

Max stiess sich von der Wand ab. «Wir sollten endlich mal Ferien machen.»

«Die hatten wir vor einem Jahr.»

«Nicht so, wie wir es uns vorgestellt hatten.»

«Was müsste sich denn ändern?»

«Weg von allem.»

«Zum Beispiel auf eine einsame Insel auf den Malediven?»

«Warum nicht?»

Fede grinste vor sich hin. «Wie langweilig. Zudem fliegen da alle hin. Wie wäre es mit dem Stoos?»

Die Tür ging auf. Eine beleibte Frau zwängte sich durch die

Öffnung. Ein Geruch von Zwiebeln und Knoblauch begleitete sie. Sie zündete sich eine Zigarette an und ging schwer atmend auf dem Weg, der zur Strasse führte, grusslos an ihnen vorbei.

Max vergass die Frage, die ihm wegen des Stoos auf der Zunge lag, hechtete nach vorn und schaffte es, die Tür aufzustossen, bevor diese ins Schloss ratterte. Fede folgte ihm über die Treppe nach oben. Sie erreichten einen Zwischenboden mit zwei sich entgegengelegenen Türen. Eine ausgetrocknete Pflanze undefinierbarer Art und ein Gestell mit schmutzigen Schuhen und Stiefeln zierten den Wohnungseingang. Vor der zweiten Tür lag lediglich eine Fussmatte mit einem Totenkopf. Ein Blitzgedanke an Mashas Schlüsselbund.

Fede drückte die Klingel und bedeckte mit der anderen Hand den Spion.

«So verscheuchst du ihn.»

«Wetten, dass er neugierig ist?»

Ein Schlüssel wurde umgedreht und dann die Tür geöffnet. Zwei erstaunte Augen starrten sie an.

«Hieronimus Kaufmann», sagte Fede.

«Luc Holm.» Max stellte den Fuss zwischen Tür und Schwelle, nachdem Holm sie hatte zuschlagen wollen. «Welch ein Glück, dass Sie zu Hause sind. Wie dürfen wir Sie ansprechen? Kaufmann oder Holm? Oder sind auch diese Namen Pseudonyme?»

«Machen Sie, dass Sie wegkommen!»

«Lassen Sie uns in Ihrer Wohnung miteinander reden.» Max drängte nach vorn.

«Ich wüsste nicht, was es zu besprechen gäbe. Das ist Hausfriedensbruch.»

«Mit dem Sie sich ja sehr gut auskennen.» Fede stiess Holm in die Wohnung. «Nach Ihnen.»

Fast leere Räume empfingen sie. Kaum Möbel, bloss ein Tisch und vier Stühle standen einsam im Wohnzimmer, eine nackte Glühbirne, die von der Decke hing. Auf einer Schachtel lag der Lampenschirm.

Max hatte beim Vorbeigehen ins Schlafzimmer geschaut.

Dort befand sich lediglich eine Matratze mit Bettzeug. Eine erbärmliche Behausung für den Besitzer von Sanason. «Sind Ihnen die Moneten ausgegangen?»

Holm verschränkte die Arme. «Ich ziehe um.»

«Hat man Ihnen gekündigt?» Max ging zum Fenster und sah hinaus. Schleierwolken zierten den Himmel über den Pappeln, als wären sie mit Pinselstrichen an das blaue Gewölbe gemalt worden. «Sanason sind Sie bereits los. Insolvenz nach nicht einmal zwei Jahren. Ein Geschäft geht bankrott, welches mit der Philosophie, die Sie anstrebten, jede Chance der Welt gehabt hätte.»

«Lassen Sie es mich erklären.» Holms Abwehr schien einzubrechen.

«‹Weder Alter noch Krankheit sind Grund, um nicht zu reisen.› Eine innovative Idee. Woran ist sie gescheitert?» Max fixierte Holms Augen. Ein Kräftemessen war es, wer zuerst wegschaute, hatte verloren.

Holm wich seinem Blick nicht aus. «Ich nehme an, Sie haben mich lange genug observiert und kennen den Grund. Letzthin haben wir darüber gesprochen. Ich kann es gern wiederholen.»

«Die Übergriffe auf eine Kundin von Ihnen. Mein Gedächtnis ist intakt.» Max hatte einen schärferen Ton angeschlagen. Heute würde er Holm weichklopfen. Dieser konnte ihm nicht mehr ausweichen. Milagros hatte ihm alles erzählt, auch von dem Gespräch mit Merlinde, von ihrem Geständnis, Luc Holm in jungen Jahren begegnet zu sein. Max verfügte über mehrere Trümpfe, die er nach und nach ausspielen konnte. «Wollen wir uns setzen? Vielleicht erzählen Sie uns, welche Verbindung zwischen Ihnen und Merlinde Vonlanthen besteht.»

«Sie war meine Kundin. Ich bedaure noch immer, was ihr widerfahren ist. Es ist mitunter ein Grund, weshalb es mit meiner Firma so weit gekommen ist. Ich wurde angezeigt. *Einmal* ein dunkler Fleck im Lebenslauf, *immer* ein dunkler Fleck. Auf dem wird herumgeritten, obwohl die Realität eine andere ist.»

Fede zog einen Stuhl unter dem Tisch hervor, ohne sich zu setzen. «Vielleicht rücken Sie mit dem Schmuck heraus, nachdem Sie eine Anzahlung von fünftausend Franken erhalten haben.» Sie hielt inne. «Nein, Sie haben mir das Geld gestohlen.»

Max verstand ihren Rundumschlag nicht und versuchte, sie mit seinem Blick zu beschwichtigen.

«Ich weiss nicht, wovon Sie sprechen.» Holm verschloss sich wieder wie eine schlechte Muschel.

Max' Bestreben, ihn zum Sprechen zu bringen, scheiterte an Fedes Satz.

Fede entnahm ihrer Tasche das Smartphone, gab den Code ein, berührte die Foto-App und fotografierte. Es ging so schnell, dass weder Max noch Holm reagieren konnten. «Voilà. Ich kann eine Gegenüberstellung arrangieren.»

«Darauf werden wir später zurückkommen.» Max versuchte zu schlichten. Es war ein erfolgloser Versuch, Fede von diesem Intermezzo abzuhalten. Sie war wütend wegen der Katze und der abgeschnittenen Haare. Sie gab Holm die Schuld. Sollte er nicht selbst in ihr Zimmer eingestiegen sein, so hatte er zumindest jemanden angeheuert, die Drecksarbeit zu erledigen. Max schätzte ihn im Grunde genauso ein. Holm machte sich die Hände nicht selbst schmutzig. Er sandte seine Lakaien aus.

War Glen Kelly auch ein Leibeigener gewesen? McCorley hatte durchblicken lassen, Holm habe ihn mit einem horrenden Lohn geködert. Hatte Kelly in Holms Auftrag gehandelt?

Fede war aufgebracht, weil Chérie-Bibi nicht mehr lebte. Ihr Schmerz um das tote Tier reduzierte sie zu einem Nervenbündel, das jedwede Neutralität unterband. Max musste seinen Part wieder übernehmen, dort weiterfahren, wo er vor Fedes Angriff aufgehört hatte. Er strich Fede beruhigend über den Arm. «Lass mich aussprechen», bat er sie.

«Nein!» Ihre Augen funkelten. «Zuerst soll er zugeben, dass er meine Katze getötet hat.» Sie drehte sich zu Holm um. «Das und den Einbruch in mein Haus. Und dann will ich erfahren, warum er so viel über mich weiss. Ich frage mich gerade, wer wen observiert hat … und vor allem, warum.»

«Fede, alles der Reihe nach», flüsterte Max ihr zu.

«Ich habe weder eine Katze getötet, noch bin ich eingebrochen.» Holms Gesichtsausdruck zementierte den Verdacht nicht. «Und ja, ich wurde neugierig auf Sie, als Imhof Ihren Besuch auf dem Bürgenstock ankündigte. Sie waren so freundlich und haben ihm Ihren Namen verraten. Er hat Sie mir beschrieben. So viele Frauen mit roten Haaren gibt es nicht und schon gar nicht mit diesen Tattoos. Heutzutage ist es schwierig, anonym zu bleiben. Der Fall in Interlaken hat Sie auf die Titelseite des Boulevardblatts gebracht. Das Internet vergisst nie.»

Fede schwieg betroffen. Max sah ihr an, wie es in ihrem Kopf arbeitete. Wenn nicht Holm, wer sonst hätte Fede auf diese perfide Art angreifen sollen? Es ging um etwas sehr Persönliches. Er wandte sich wieder an Holm, der sie beide argwöhnisch beobachtete. «1980, erinnern Sie sich? Eine Megaparty im Grandhotel Dolder. Sie waren auch dort.»

«Woher wissen Sie das?»

«Es ist mein Job, solche Dinge herauszufinden.»

«Das liegt mehr als vierzig Jahre zurück.» Holm setzte ein teuflisches Grinsen auf. «Täusche ich mich, oder waren Sie da hinter dem Mond am Sandburgenbauen?»

Max ging nicht darauf ein. Er war sich solche Bemerkungen gewohnt, wenn sein Gegenüber in der Klemme sass und dachte, mit blöden Sprüchen seine Überlegenheit demonstrieren zu müssen. «Was wollten Sie damals von Merlinde Vonlanthen? Sie sagt, dass Sie sie belästigt haben. Sie erinnert sich sogar daran, dass Sie ihr gesagt haben, Sie würden sie schon länger kennen. Erklären Sie es mir?»

«Schau ihn dir an», flüsterte Fede plötzlich. «Schau genau hin, dann siehst du es auch.»

Was hatte sie bloss? Es war schon einmal ein Thema gewesen.

Max wechselte einen Blick zwischen ihr und Holm. Dann kam das Erkennen.

Es fiel ihm wie Schuppen von seinen Augen.

***

Zwei beschriftete Polizeiwagen fuhren auf dem Hof im Drachenried vor. Milagros, die aus dem Fenster sah, erkannte das Nummernschild der hiesigen Polizei. Das andere Auto hatte eine Zürcher Nummer. Je zwei uniformierte Beamte stiegen aus. Wohl war Milagros nicht bei dem Gedanken, dass sich Merlinde und sie allein hier aufhielten. Christian war mit dem Velo nach Stans gefahren, um Besorgungen zu machen. Fede hatte die Hälfte der erforderlichen Lebensmittel vergessen. Nicht nur Max stand neben den Schuhen, auch Fede. Doch Milagros musste sie in Schutz nehmen. Die Frau machte gerade viel durch.

Es klopfte.

«Wer ist da?» Merlinde sass in ihrem Rollstuhl am Küchentisch und entsteinte Kirschen. Eine Beschäftigung, die ihr Spass zu machen schien. Sie war nicht die Schnellste damit. Aber Milagros fand, diese Arbeit würde ihr guttun. Christian hatte versprochen, eine Kirschenwähe zu backen.

Milagros machte die Tür einen Spaltbreit auf und sah geradewegs in zwei ungleich bärtige Männergesichter. Sie stellten sich mit «Küttel» und «Portmann» vor. Der Kleinere von beiden übernahm das Wort.

«Wir haben einen Hinweis, dass bei Ihnen Frau Merlinde Vonlanthen wohnt.» Er kratzte sich an seinem Bart.

Milagros fand ihn grauenhaft. «Bei mir? Das muss ein Irrtum sein. Ich wohne am Brienzersee.»

«Sie wohnen nicht hier?» Küttel sandte seinem Kollegen einen fragenden Blick zu.

«Am Brienzersee, wie gesagt.» Milagros genoss es, sich dümmer zu stellen, als sie war. Sie linste an den Männern vorbei nach draussen, wo die Kollegen der Nidwaldner Polizei auf Abstand gingen. Milagros konnte sich keinen Reim darauf machen.

Küttel sah auf das Dokument in seiner linken Hand. «Sie sind nicht Federica Hardegger?»

«Sehe ich so aus?»

«Entschuldigen Sie. Ist Frau Hardegger anwesend?»

«Nein, ich bin ihr Feriengast und schaue zu den Tieren.»

«Wir haben einen Haftbefehl», sagte Küttel. «Wenn die Person hier ist, die wir abholen sollten, müssen Sie uns ins Haus lassen. Merlinde Vonlanthen.»

«Tut mir leid. Ich kann Sie nicht reinlassen. Das Haus gehört mir nicht.» Milagros erhaschte einen Blick zum Küchentisch. Merlindes Platz war leer. Sie hatte sich versteckt. Doch weit konnte sie mit dem Rollstuhl nicht sein. «Es wäre mir lieber, Sie würden warten, bis Frau Hardegger zurück ist.»

Die Polizisten wurden ungeduldig. «Sorry, wenn wir Sie da mit hineinziehen.»

Milagros riss ihm den Wisch aus der Hand und vergewisserte sich, ob es ein richterlicher Beschluss war. Ein amtliches Schreiben, vom Zürcher Kantonsrichter unterschrieben. Es galt ernst.

Milagros ging voraus. Sie ahnte, wohin sich Merlinde zurückgezogen hatte. Sie musste sie zur Rede stellen. Es würde sich alles aufklären. Oder war die Polizei wegen der versäumten Vorladung da? Energisch durchschritt sie die Stube, gelangte hinten zur Tür, die auf die Rückseite des Hauses führte. Noch lehnte die Leiter an der Hauswand und zeugte vom nächtlichen Einbruch. Milagros folgte dem Weg zum Stall. Die Polizisten trotteten ihr wie junge Hunde hinterher.

Milagros fand Merlinde beim Brutkasten. «Entschuldige, wenn ich dich störe, aber die Herren wollen zu dir.» Sie flüsterte, dass nur Merlinde sie hörte. «Es war unmöglich, sie abzuwimmeln. Sie haben da so ein Papier ...»

Über Merlindes Gesicht legte sich ein Schatten.

Küttel ging nicht zimperlich vor. «Merlinde Vonlanthen?»

Sie nickte ergeben.

«Gegen Sie liegt ein Haftbefehl vor. Ihnen wird vorgeworfen, vor drei Tagen, am zwölften Juli, Matteo Bortoluzzi in Ihrer Villa in Herrliberg getötet zu haben. Bitte begleiten Sie uns. Ich verweise Sie auf Ihre Rechte. Alles, was Sie sagen, kann gegen Sie verwendet werden. Sie haben das Recht, zu schweigen und die Mitarbeit zu verweigern.»

Es war, als fiele die Holzstrebe, die das Stalldach stützte, auf Milagros herunter. Der Stich in Milagros Brust fühlte sich wie ein Schlag an. «Was … getötet? Wann? Wo? Das muss ein Irrtum sein. Sehen Sie denn nicht, dass die Frau behindert ist? Sie ist einseitig gelähmt. Wie soll sie jemanden getötet haben? Und überhaupt … ich war die ganze Zeit bei ihr. Wir waren gemeinsam in der Villa in Herrliberg. Also, was soll das?»

Alles wiederholte sich. Milagros kam sich wie auf einem Filmset vor, wo sie die Regie gerade aus der Hand gegeben hatte. Jemand änderte das Drehbuch ohne ihre Einwilligung.

***

Das Abendessen stand längst bereit. Doch Max fand allein die Vorstellung, gemütlich am Tisch zu sitzen und den Kirschenkuchen zu essen, unerträglich. Als er und Fede vor einer halben Stunde ins Drachenried zurückgekehrt waren, erwartete sie Milagros um sich fuchtelnd vor der Stalltür. Eine Weile war sie nicht fähig gewesen, ihnen mitzuteilen, was vorgefallen war. Fede hatte sie ins Haus geführt und in der Stube aufs Sofa gesetzt. Sie hatte hyperventiliert, bis Fede ihr einen Papiersack vor die Nase und den Mund hielt und ihr befahl, ruhig und gleichmässig zu atmen.

Max holte ein Glas Wasser. Milagros sass apathisch da.

«Erzähle uns der Reihe nach, was passiert ist.» Max hatte seine Mutter seit Vaters Tod nie mehr in einem ähnlich aufgewühlten Zustand erlebt.

Milagros nahm ihm dankbar das Glas aus der Hand. Sie trank es leer. «Die Zürcher Polizei hat Merlinde verhaftet. Sie haben sie abgeholt, weil sie Matteo Bortoluzzi umgebracht haben soll.»

Es fühlte sich an, als stiesse eine Lanze in Max' Eingeweide. Die Bilder in seinem Kopf lösten einen gedanklichen Tsunami aus. Die Wohnung in Erlenbach. Der Kampf zwischen ihm und Bortoluzzi. Er hatte sich bereits aufgegeben, als Merlinde plötzlich mit einer Pistole auftauchte und auf ihren Peiniger schoss. War er ob der Verletzungen verblutet? Max hatte Merlinde auf schnellstem Weg weggebracht, ohne sich um den Verletzten zu kümmern. War er gestorben? «Wovon redest du?» War er gerade in eine irreparable Situation hineinmanövriert worden?

«Ausgerechnet ... an dem Tag, als wir in ihrer Villa in Herrliberg waren und die Fotoalben holten. Es ist meine Schuld, meine alleinige Schuld. Wir hätten nie dorthin fahren dürfen. Meinetwegen geht es Merlinde schlecht. Ich bin so –»

«Stopp!» Max musste sie bremsen. Milagros enervierte sich dermassen, dass er um ihre Gesundheit fürchten musste. Redeten sie vom Gleichen? «Ihr wart zusammen in Herrliberg. Ich muss dir nicht sagen, wie gefährlich das war. Ist euch etwas aufgefallen?»

«Da war ein Siegel.» Milagros schnappte erneut nach Luft. «Aber es war aufgerissen, ansonsten wären wir bestimmt nicht eingetreten.»

Wer's glaubte. Max kannte seine Mutter. Wenn sie sich etwas in den Kopf gesetzt hatte, scherte sie sich um nichts.

«Was soll ich jetzt machen?»

«*Du* machst überhaupt nichts.» Max schloss die Augen. Er musste sich beherrschen, damit er Milagros nicht beschimpfte. Manchmal war sie von allen guten Geistern verlassen. Er holte sein iPhone aus der Hosentasche und wählte Carrons Nummer.

«Was tust du?» Fede sah ihn mit gekrauster Stirn an. Sie hatte ihre Haartracht zu einem Pferdeschwanz zusammengebunden, damit man den Makel nicht sah.

Er deutete ihr, leise zu sein.

Beverly meldete sich mit ihrer typischen Ansage. Und flötete in den oberen Tönen. «Max, hast du Sehnsucht nach mir?»

Er riss sich zusammen, erwiderte nichts auf ihre vulgäre Anmache. «Ist Fernand im Büro?»

«Ja, ich werde ihn dir gleich geben. Übrigens, die nächste Einladung liegt an uns, gell.»

«Wir haben einen vollen Kalender», sagte Max. Das Pizza-Essen mit den Carrons hatte ihm gereicht, vor allem Beverly mit ihren Avancen. «Verbindest du mich mit Fernand? Bitte», schob er nach.

«Moment.»

«Carron.»

«Von Wirth.»

«Max, dich hätte ich auch gleich angerufen.»

«Dann weisst du bereits, worum es geht?»

«Man hat Merlinde festgenommen, mit Verdacht, Matteo Bortoluzzi umgebracht zu haben. Sie hat mich soeben gebeten, sie zu vertreten, nachdem ich ihr erklärt hatte, dass du kein Anwalt mehr bist. Weisst du Genaueres?»

Max kniff den Mund zusammen. Gerade wurde er sich bewusst, dass er seinen Beruf als Anwalt endgültig verloren hatte. «Ich hätte ihr zumindest juristischen Beistand anbieten können.»

«Du kennst sie nicht. Da muss man schon mit grobem Geschütz auffahren.»

«Heisst es, dass du sie für schuldig hältst?»

«Matteo Bortoluzzi ist tot, umgebracht in Merlindes Villa. Wichtig ist doch, wie ich mich gegen den Staatsanwalt behaupte.» Carron lachte schallend. «Kein Problem für mich. Ich werde die Fakten zerlegen, wie es sich für mich geziemt.»

«Du hast es bloss auf ihr Geld abgesehen.»

«Es wird sie teuer zu stehen kommen. Für zwei ähnliche Morde angeklagt zu werden, bedingt eine starke Rechtsvertretung.»

«Was bist du bloss für ein Mensch.»

«Denk an unsere Abmachung. Ich zähle nach wie vor auf dich. Und sage mir, falls du Wein brauchst.»

«Halte mich wenigstens auf dem Laufenden.»

«Das kann ich dir nicht garantieren. Ich habe eine Verschwiegenheitsklausel unterschrieben, wie es sich gehört. Ich habe eine Mammutarbeit vor mir. Merlinde spricht langsam. Ich brauche Geduld und vor allem Zeit, und Zeit ist Geld.»

Max beendete den Anruf, nachdem Carron sich verabschiedet hatte. «Der hat sie doch nicht mehr alle.»

«Carron?» Fede tippte mit dem rechten Zeigefinger an ihre Stirn. «Vertritt er Merlinde?»

«Keine Ahnung, weshalb.» Max wandte sich Milagros zu,

die sich in der Zwischenzeit etwas beruhigt hatte. «Ich erwarte eine genaue Beschreibung, wie du die Villa vorgefunden hast und ob dir etwas aufgefallen ist. Leider können wir dort nicht mehr hin. Sie ist ein Tatort.»

Max spürte, wie kalter Schweiss aus seinen Poren schoss. Matteo Bortoluzzi war tot, der Mann, mit dem er in Erlenbach gekämpft hatte. Er schätzte Merlinde inzwischen so ein, dass sie seinen Namen in diesem Zusammenhang erwähnte, um ihre eigene Haut zu retten.

Drei Monate und neun Tage bis zum Mord

«Ich weiss nicht, was die Leute gegen diese Todesanzeige haben.» Merlinde sass neben dem Fenster und sortierte die Beileidskarten, die sie im Verlauf der letzten zwei Monate zugeschickt bekommen hatte. Sie hatte die Übersicht längst verloren. Eines war ihr jedoch geblieben: die Bemerkungen wegen ihres Zweizeilers. Da hatte es tatsächlich Leute gegeben, die sie für «diese billige Ausführung», wie sie schrieben, verpönten.

Fernand Carron lehnte am Schrank, mit verschränkten Armen, und schwieg.

«Sag schon. Ich habe alles richtig gemacht. In der Kürze liegt die Würze. Hätte ich eine seitenlange Abhandlung schreiben sollen? Ich meine, ich bringe ja nicht mal einen geraden Satz aufs Papier.» Sie sah den Anwalt an. «Aber deswegen bist du nicht hier.» Sie legte die Karten, die sie auf dem Tischchen neben der Balkontür ausgebreitet hatte, zurück in den Korb. «Das kann warten. Vielleicht beantworte ich sie nicht. Warum sollte ich den Leuten schreiben, die sich kaum um Gregory gekümmert haben? Jetzt ist er tot. Da kommen sie wieder aus den Löchern. Einige von ihnen haben es zumindest bis auf den Friedhof geschafft.»

«Deine engen Freunde waren da.»

«Die kann man an einer Hand abzählen.» Sie schenkte ihm ein Lächeln und ahnte, wie verzerrt es wirkte. Seit Wochen stagnierte ihre körperliche Verfassung. Das lag sicher an dem immensen Schmerz nach Gregorys Tod. Es war endgültig gewesen. So unabdingbar. Viele Tränen hatte sie vergossen. Ganze Ströme hatten das Leid der letzten viereinhalb Jahre vereint. Der Damm hatte irgendwann brechen müssen. Radikal und unaufhaltsam. Sie fühlte sich kein bisschen besser.

«Die Fabrik muss endlich weg.»

Carron stiess sich vom Schrank ab. «Wir haben den Zeitpunkt für einen gewinnbringenden Verkauf verpasst. Jetzt ist es gut vier Jahre her. Die Wirtschaftslage ist nicht besser geworden. Im Gegenteil.»

Merlinde ahnte, dass er noch immer Mühe damit bekundete, mit ihr über Geschäftliches zu sprechen. Was vor ihrem Hirnschlag nicht möglich gewesen war, konnte in ihrem jetzigen Zustand nicht besser geworden sein. «Manchmal bestimmt das Schicksal den Lauf der Dinge.»

«Das war ja offensichtlich.» Carron räusperte sich. «Es gibt einen Käufer, mit dem ich in Kontakt bin.»

«Einen einzigen?»

«Leider. Hätten wir mehrere Interessenten, könnten wir den Preis erhöhen. Angebot und Nachfrage.»

«Ich kann nicht warten.» Merlinde musste sich von dieser Last trennen, die ihr nur Ärger einbrachte. Die Fabrik gehörte seit Gregorys Tod ihr. Sie dachte nicht daran, sich Probleme aufzubürden, denen sie nicht gewachsen war. Sie musste jetzt an sich denken, was immer die Zukunft bereithielt für sie. «Verkaufe sie. Vereinbare einen Termin mit dem Käufer.»

«Er ist Italiener.»

«Was willst du damit sagen?» Merlinde sah hinaus. Ein trister Tag im Januar präsentierte sich ihr. Ein diesiges Licht, welches auf ihr Gemüt schlug. Sie verabscheute diesen Monat. Nackt standen die Bäume vor ihrem Fenster. Ein schauderhafter Anblick, der sie an die Gebeine Verstorbener erinnerte. Alles war vorbei, und nichts hatte begonnen.

Carron sah sie nur an mit diesem Bernhardinerblick, den Merlinde von seinem Vater kannte. Gegen aussen das Knuddelhündchen, innen die eiskalte Hundeschnauze.

«Egal, verkaufe an ihn. Hauptsache, ich bin diese Bürde los.»

«Es wäre aber nicht in Gregorys Sinn.»

«Gregory ist tot. Ich muss jetzt an mich denken. Ich brauche Geld und keine Fabrik.»

«Da scheiden sich die Geister. Wir würden eine Menge verlieren.»

«Du wirst verlieren. Ist mir schon klar.» Merlinde richtete sich auf. «Aber um dich geht es nicht, mein Lieber.» Es war an

der Zeit, dass sie Carron die Demütigungen zurückzahlte, die sie jahrelang hatte einstecken müssen. Sie sass am längeren Hebel. Er sollte es jetzt zu spüren bekommen. «Setz den Vertrag auf. Ich möchte es hinter mich bringen.»

«Es ist eine Aktiengesellschaft. Heinz und Elisabeth –»

«Sie sind auch dafür», fuhr Merlinde ihm ins Wort. Wenigstens hatte sie die beiden an ihrer Seite. Ihnen erging es gleich. Sie waren in einem Alter, in dem man die Dinge abstiess. «Mach vorwärts und halte mir die Formalitäten vom Hals. Weshalb habe ich einen Anwalt? Dann gehen wir den Hausverkauf an.»

«Du willst die Villa verkaufen?» Carron geriet ausser sich. Er sah geradezu ulkig aus, wie er mit seiner Wampe herumtanzte.

«Sie ist für mich allein zu gross. Wenn du mir nicht hilfst, werde ich einen Makler suchen. Somit wäre deine Audienz bei mir beendet.» Es erfüllte sie mit grosser Genugtuung, als sie Carron aus der Wohnung diktierte. «Du weisst, was du zu tun hast.»

Carron verliess sie ohne ein weiteres Wort. Merlinde stiess einen tiefen Seufzer aus. Es war an der Zeit, einen Blick in die Zukunft zu werfen.

Eine halbe Stunde nach Carrons Auszug kam Raluca zu ihr. Raluca, die auch an diesem grauen Tag ein wenig Sonne in die Wohnung brachte. Es waren die Momente, in denen Merlinde ihre Gebrechen vergass. Mit Raluca lachte sie und amüsierte sich. Manchmal teilten sie sich einen Joint.

«Sie sollten sich erholen und sich Gutes tun», fand Raluca, während sie aufräumte. Tägliche Handgriffe waren es, die sie mit Singen verkürzte.

Merlinde mochte ihre Stimme und die schwermütigen Lieder aus ihrer Heimat. Sie erweckten Sehnsüchte nach fremden Ländern, nach anderen Kulturen und nach Abwechslung. Viel zu lange hatte es Merlinde in der Seeresidenz ausgehalten, sie, die so gern auf Reisen ging. Sie hatte mit Dr. Claus gesprochen, der ihr jedoch davon abriet, in ihrem Zustand zu reisen. Es sei zu gefährlich. Die Verantwortung könne er nicht übernehmen.

Merlindes Psychiaterin war anderer Meinung. Sie hatte sie

darauf gebracht, ihrem Leben wieder einen Sinn zu geben. Reisen sei die einzig wahre Medizin.

«Es gibt da eine Agentur», sagte Raluca, «die vermittelt Personal für körperlich und/oder geistig beeinträchtigte Menschen, die reisen möchten.»

Merlinde sah ihr an, wie schwer es ihr fiel, auf dieses Thema zu sprechen zu kommen. Raluca war eine sehr einfühlsame Frau, die jeglichen Misston verhindern wollte.

«Du kannst das Kind beim Namen nennen. Ich bin nun mal behindert. Das ist eine Tatsache. Wie heisst denn diese Agentur?»

«Sanason. Meine Freundin Liliane Lehner hat sie mir empfohlen. Sie arbeitet seit der Gründung der GmbH dort. Sie begleitet Menschen wie Ihresgleichen auf Reisen. Sie pflegt sie rund um die Uhr. Aber es ist nicht ganz billig.»

«Ich habe Geld. Ich kann es nicht ins Grab mitnehmen.» Einmal mehr wurde sich Merlinde bewusst, wie gross ihr Vermögen jetzt war. Nach Gregorys Tod waren alle Schranken überwunden. Die Kesb hatte das Nachsehen. Merlinde gehörte das ganze Vonlanthen-Vermögen. Umgerechnet über sechshundert Millionen – ohne Fabrik- und Hausverkauf. Sie würde es ausgeben. Sie würde leben. Endlich wieder leben. «Buchen Sie mir eine Kreuzfahrt auf dem Mittelmeer. Mit allen Annehmlichkeiten, die mir zur Verfügung stehen. Eine Suite mit Meerblick und rollstuhlgängig … Ihre Freundin und dazu einen Gesellschafter. In einem Monat ungefähr soll es losgehen.»

Ihr Handy klingelte. Raluca brachte es vom Tisch und reichte es ihr. Merlinde nahm den Anruf entgegen.

«Merlinde, bist du es?»

«Du hast mich soeben angerufen. Wer sollte ich sonst sein?»

Ein leises Räuspern auf der anderen Seite der Leitung. Der Anrufer hatte wohl die Stimme verloren.

«Ich bin's, Hermann, dein Nachbar.» Endlich kam da etwas. «Es tut mir so leid, was mit Gregory passiert ist.»

«Komm auf den Punkt. Deswegen rufst du mich nicht an.» Hermann hatte ihr gerade noch gefehlt. Es strengte sie an, mit ihm zu sprechen.

«Ich bin in einer ausweglosen Situation.»

«Passiert mir auch hie und da.»

Schweigen, dann ein Husten. «Ich habe meinen BMW zu Schrott gefahren und muss unbedingt einen neuen Wagen kaufen. Du weisst, wegen Claudia.»

«Nein, weiss ich nicht.»

«Ich bin im Moment nicht liquide genug.»

«Was willst du mir damit sagen?»

«Ob du mir einen Kredit gewähren kannst?»

«Für den Kauf eines neuen Autos?»

«Ich würde dir alles mit Zins und Zinseszins zurückzahlen. Du weisst, unsereins muss zusammenhalten.»

Merlinde überlegte. Die Reichen hielten immer zusammen. Sie bewegten sich auf einem anderen Planeten als die Normalsterblichen. Nur wer selbst reich war, verstand seinesgleichen. Er musste sich nicht wegen überbordender Neigungen schämen oder dafür, um drei Uhr morgens in einem Luxushotel mit Pyjama und Pantoffeln ans Barpiano zu sitzen und Chopin in Misstönen zu spielen.

«Und das sagst du mir am Telefon?»

«Ich kann auch zu dir in die Seeresidenz kommen.»

«Lieber nicht.»

Wie tief musste man gesunken sein, um einen solchen Anruf zu tätigen. Hermann, der Nachbar im Villenquartier, mit dem Chihuahua. Einmal in ihrem ganzen Leben hatte er sie und Gregory zum Nachtessen eingeladen, aber andauernd hatte seine ganze Familie an ihren Partys teilgenommen. Hermann und Claudia. Ein verkorkstes Ehepaar mit drei Söhnen, die genauso geworden waren wie ihre Eltern. Zwei von ihnen gehörten wie Hermann früher Privatbergbahnen.

Merlinde stöhnte auf. Ihr ging es gut. Sie war reich.

Reich.

Sie schwamm im Geld.

«Schick mir deine Bankdaten. Ich werde dir hunderttausend Franken überweisen.»

SECHZEHN

Sie hatte ihn schon einmal aus ihrem Haus geworfen und ihm gedroht. Aber jedes Mal, wenn sie im Schlamassel steckte, kam sie auf allen vieren angekrochen.

Er war einfach der Beste.

Fernand Carron, Partner von Züger & Brenner, die ihre Kanzlei mitten in Zürich hatten, in einem Glasbetonbau der Superlative, wo der Quadratmetermietpreis um ein Vielfaches höher lag als die Miete für ein ganzes Einfamilienhaus auf dem Land. Carron verfügte über ein Portfolio an Mandaten, was jeden Kollegen erblassen liess. Seine Begabung lag darin, immer die gut betuchte Klientel an sich zu reissen, indem er seinen Charme spielen liess. Er hatte einen guten Riecher und verstand es, zwischen den Zeilen und die Gedanken seiner Gegner zu lesen.

Eine mutmassliche Doppelmörderin zu verteidigen war heute nicht mehr sein Schwerpunkt. Als er Gregory Vonlanthen kennenlernte, war dieser gerade in grosser Trauer um seinen langjährigen Anwalt und Freund Florian Carron gewesen, Fernands Vater. Es hatte nahegelegen, dass er Vonlanthens juristischer Beistand wurde. Was auf dem Friedhof begonnen hatte, entwickelte sich zu einer lohnenden Zusammenarbeit, vor allem für Fernand. Vonlanthens auf vierhundert Angestellte angewachsene Metallwaren- und Stanzfabrik hatte einer akribischen rechtlichen Kontrolle bedurft. Bei den kleinsten Streitigkeiten oder Ungereimtheiten innerhalb des Betriebs hatte Carron seine Präsenz gezeigt. Gregory war ein grosszügiger Arbeitgeber gewesen, aber auch ein misstrauischer. Das war der Zeit in Namibia geschuldet, als selbst namhafte Investoren ihn hinters Licht geführt hatten. Mit dem Untergang der Fabrik hatte er sehr viel Geld verloren und sich bei der Bank in Windhoek verschuldet. Nicht nur das: In Indien Fuss zu fassen scheiterte an ebendiesem Verlust. In den oberen Kreisen hatte es sich schnell herumgesprochen, und die Konkurrenz schlief nicht.

Fernand war für Merlinde Vonlanthen unersetzlich. Zum einen, weil er *alles* über sie wusste, zum andern, weil er *zu viel* wusste.

Man hatte Merlinde festgenommen und sie nach Horgen in Untersuchungshaft gebracht. Sie sass wie ein Häufchen Elend in ihrem Rollstuhl am Tisch unterhalb des Fensters. Sonnenlicht sickerte durch die Gitterstäbe und malte graue Muster auf die hellen Flächen.

Carron setzte sich. Er brauchte nicht zu fragen, wie es ihr gehe. Ihr Gesicht sprach Bände. Die Situation war dieselbe wie Mitte April. Die gleiche Ausgangslage, nur die Anklage wich von der ersten ab. Damals hatte Merlinde unter fragwürdigen Umständen Kellys Tod in ihrer Villa selbst angezeigt. Die Polizei hatte leere Packungen von Schmerz- und Schlafmitteln gefunden. Gemäss Obduktion der Rechtsmedizin war Kelly an einer Überdosis von ebendiesen Medikamenten gestorben. Merlinde hatte beteuert, dass sie nichts von alldem mitbekommen habe.

«Du wirst beschuldigt, deinen ehemaligen Gesellschafter und Bodyguard Matteo Bortoluzzi mit einer Pistole in deiner Villa erschossen zu haben.»

«Bortoluzzi war nicht einmal vierundzwanzig Stunden lang mein Gesellschafter … also war er schon gar nicht mein Bodyguard.»

«Deine Fingerabdrücke, Merlinde, haben dich überführt.»

«Dann müssten die Fingerabdrücke von Bortoluzzi auch drauf sein.»

«Verstehe ich es richtig? Du gibst zu, mit der Pistole geschossen zu haben?»

«Ich weiss nicht, was du mir in die Schuhe schieben willst. In meiner Villa habe ich *nicht* geschossen. Von einem Toten weiss ich nichts.»

Die ersten Resultate aus der Forensik der Kriminalpolizei waren bislang wenig aufschlussreich. Es war nicht einmal sicher, dass aus besagter Pistole zwei Schüsse abgegeben wurden. Sie hatte lediglich neben dem Toten in der Villa gelegen.

«Mir liegen die ersten Ergebnisse des Pathologen vor. Es ist wichtig, dass du mir die Wahrheit sagst.»

Merlinde starrte auf den Tisch. Die Schatten waren weitergewandert. «Hol mich da raus. Ich bin und war keine Mörderin.»

«Es wird eng. Bortoluzzis Körper weist einen Einschuss in die Kniescheibe auf und einen direkt ins Herz.» Carron behielt sein Gegenüber im Blick. Früher, als Merlinde bei guter Gesundheit gewesen war, hätte er ihr durchwegs zugetraut, sich zur Wehr zu setzen, wenn es darauf ankam, sogar mit einer Waffe. Doch jetzt, in ihrem angeschlagenen Zustand, wollte er es nicht glauben. Aber zwischen Glauben und Beweisen lag eine zu tiefe Kluft. Er war nicht ihr Verteidiger geworden, um aus dem Bauch heraus zu urteilen. In seinem Beruf ging es ausnahmslos um Fakten.

«Von der Rechtsmedizin, sagst du?» Merlinde sah ihn mit wässrigen Augen an. «Dann müsste denen aufgefallen sein, dass der Schuss ins Knie mindestens zwei Tage vor dem Herzschuss ausgeführt wurde.»

«Dann hast du also doch geschossen?» Carron hatte geahnt, dass das Gespräch mit Merlinde ein schwieriges würde. Sie brachte offensichtlich verschiedene Ereignisse durcheinander. «Andere Frage: Wie kamst du zu der Pistole?»

Sie ging nicht darauf ein. «Gestern vor einer Woche wurde ich entführt.»

«Du wurdest entführt?» Carron war perplex. «Du erfindest gerade eine Geschichte.»

«Nein.» Sie musterte ihn skeptisch. «Das, was wir hier besprechen, bleibt unter uns, oder?»

«Selbstverständlich.» Carron musste sich wohl auf ein längeres Gespräch einstellen.

«Am fünften Juli ging ich auf eine Kreuzfahrt.»

«Ein mutiger Schritt, nach dem, was im Februar geschehen ist.»

«Denk, was du willst. Es war mir wichtig, den inneren

Schweinehund zu überwinden. Ich wollte die Reise wiederholen.»

«Die du dann aus unerfindlichen Gründen abgebrochen hast.»

«Du unterbrichst mich.» Merlinde atmete tief ein und ebenso heftig wieder aus. «Man hat mich mit der Rega abgeholt, weil ich gestürzt bin …»

«Das steht sicher so im Protokoll. War es so?»

«Die Wahrheit ist, dass ich von Matteo Bortoluzzi überfallen und ausgeraubt wurde. Aber das ist dir bekannt. Maximilian hat dich darüber informiert.»

«Und misshandelt.»

Merlinde liess ein paar Sekunden verstreichen. «Steht das auch im Protokoll? Warum sagst du mir erst jetzt, dass du Kenntnis davon hast?»

«Bislang hatte ich keinen Einblick ins Protokoll. Aber die Verletzungen und Blutergüsse müssen vom Angreifer stammen.»

«Dann weisst du mehr als ich.» Merlinde wandte sich pikiert ab.

«Die Polizei hatte dich vorgeladen. Du bist nicht erschienen.»

«Weil ich an diesem Tag entführt wurde. Geht das endlich in dein Spatzenhirn? Ich wurde entführt und konnte mich befreien. Als Bortoluzzi nach Hause kam, schoss ich ihm mit seiner Pistole ins Bein. Ich gehe davon aus, dass es seine Waffe war. Dann ergriff ich die Flucht.»

«Das klingt abenteuerlich.» Fernand wies auf ihre linke Körperseite. «Erklärst du mir, wie du es mit deiner körperlichen Beeinträchtigung geschafft hast?»

Merlinde drohte mit der rechten Faust. «Herr Anwalt! Du bist ein Scheusal. Ich will zurück in meine Zelle.»

***

«Ich begleite dich.» Fede holte Milagros ein, die sich auf den Weg zur Bushaltestelle gemacht hatte. «Bist du so in Eile? Es ist erst acht Uhr.»

«Du weisst, wohin ich fahre.» Milagros war seit gestern sehr wortkarg. Fede kannte diesen Zug nicht an ihr. Nachdem sie von Merlindes Verhaftung erzählt hatte, wollte sie nicht mehr reden. Was genau in der Villa Vonlanthen passiert war, darüber schwieg sie sich aus. Weder Fede noch Max war es gelungen, sie zu einem Gespräch zu motivieren. Milagros war früh zu Bett gegangen und hatte ihre Zimmertür verriegelt.

«Ich fahre dich mit meinem Wagen nach Stans.»

«Du glaubst doch nicht, dass ich mich noch einmal von dir chauffieren lasse. Letzthin hat es mir gereicht. Ich bekomme gleich weiche Knie, wenn ich bloss daran denke.»

«Ich werde mich mässigen.» Fede zog sie zu ihrem Mini, öffnete die Beifahrertür und half ihr auf den Sitz.

«Angurten kann ich mich selbst. Ich bin nicht senil.»

Fede eilte schmunzelnd auf die andere Seite. Sie setzte sich und startete den Motor. «Ich möchte endlich auch erfahren, wer mir meine Haare abgeschnitten hat.»

«Schade um die schönen Locken.» Milagros sah sie mit einer aufgesetzten Trauermiene an. «Wirst du sie dir ganz abschneiden?»

«Wo denkst du hin? Die wachsen wieder nach. Zudem gibt es ‹Hair Extension›.»

«Hair was?»

«Haarverlängerung.» Fede grinste sie an. Die Beziehung zwischen Milagros und ihr hatte manchmal etwas Schalkhaftes. Fede bewunderte Max' Mutter. Sie nahm ihr Alter mit Humor, obwohl sie ihr letzthin verraten hatte, wie schrecklich sie es finde, bald Rentnerin zu sein. Allein das Wort «Pensionierung» habe etwas von einem Abstellgleis. Dritte Lebensphase, wie deprimierend. Vielleicht kaufe sie sich einen Hund. Männerbekanntschaften, wie es schien, hatte sie sich abgeschminkt.

Kurz vor halb neun erreichte Fede den Bahnhofplatz. Sie parkte und wollte aussteigen. Milagros drückte sie in den Sitz. «Lass es mich machen. Ich stehe in eurer Schuld.»

«So ein Blödsinn.» Fede löste den Sicherheitsgurt. «Wir machen das zusammen. Wer weiss, was die Jungen heutzutage aus purer Langeweile aushecken.» Sie stieg aus, sah hinüber auf die Gleise. Aufgrund des leeren Perrons musste der Zug längst angekommen und wieder weitergefahren sein. Waren sie zu spät eingetroffen?

«Maria. Dort ist sie.» Milagros warf die Tür ins Schloss und wies aufgeregt über das Autodach in Richtung Post. «Schön, wenn man sich wenigstens auf sie verlassen kann.» Ausholenden Schrittes ging sie zu der jungen Frau im getupften Sommerkleid. Diese wartete vor der Postfiliale.

Fede folgte Milagros. Sie fragte sich, was sie hier tat. Kamen sie heute der Wahrheit näher? War es möglich, dass sie den Paketversender aufspüren würden?

Maria wies auf ihre Armbanduhr. «In spätestens fünf Minuten sollte ich umgezogen und am Schalter sein.» Die Begrüssung fiel kurz aus.

«Tut mir leid, es war meine Schuld.» Fede stellte sich vor. «Ich bin zu spät abgefahren.»

«Okay, bringen wir es hinter uns.» Maria zeigte auf eine Gruppe von jungen Männern, die sich vor dem Kiosk aufhielt. Jeder mit Handy und in seine eigene digitale Welt vertieft. Fokussiert auf einen Punkt, im Glauben, darin das Leben einzufangen, während es um sie herum stattfand. «Der mit der schwarzen Mütze ist es. K. Odermatt. Mehr weiss ich nicht.»

«Mit dem New-York-Cap?», fragte Fede.

«Ich muss jetzt gehen. Sollte etwas nicht klar sein, Sie wissen, wo Sie mich finden.» Maria drehte sich um und rannte ohne ein weiteres Wort zum Eingang der Post.

Fede und Milagros blieben einen Augenblick stehen. Fede erfasste die Situation. Ein Dutzend Jugendliche war es, die offenbar die Ferienzeit bei einem öffentlichen Gebäude vertrödelten. Nachts hätte sich Fede ihnen nicht allein genähert, auch nicht in Begleitung von Milagros. Zu viel Testosteron. Sie ging auf den Jungen mit der «NY»-Mütze zu.

«Hi.» Sie gab sich betont kumpelhaft.

Vierundzwanzig Augen richteten sich auf sie. Schnell war sie eingekreist. Die Hyänen lauerten auf ihre Beute. Langsam schlichen sie auf sie zu. Sie deuteten auf die Tattoos an ihrem Körper, der mit Stoff nicht bedeckt war. «Geile Pics.»

Fede hob beide Arme, ein Reflex war es. Sie wollte die Meute nicht an sich heranlassen. «Ihr seid jeden Tag hier?»

«Zumindest während unserer Ferien.»

«Und was macht ihr so?» Fede versuchte, ihr Vertrauen zu gewinnen.

«Wir verzieren Wände mit Graffiti. Wir bekamen von der Gemeinde einen Auftrag. Haben Sie die Unterführung in der Nähe des Länderparks gesehen? Wenn nicht, müssen Sie dort unbedingt hin. Die Graffiti stammen von uns.»

Zumindest gab es einen Grund, weshalb die Jungs so früh auf den Beinen waren. «Heisst einer von euch zufällig Odermatt?»

Schallendes Gelächter.

«Die Hälfte von uns heisst Odermatt», sagte ein schlaksiger Typ mit abstehenden Ohren.

«K. Odermatt?» Fede bedachte den Jungen mit der schwarzen Mütze mit einem forschen Blick.

«Kevin?» Wieder der Schlaksige. «Ich weiss zwar nicht, woran es liegt. Aber die Tussen scheinen dich zu mögen.» Er grinste Richtung Schwarzmütze.

«Benimm dich, du Bub.» Milagros drängte sich vor. «Noch nie etwas von Anstand gehört?»

Fede stellte sich schützend neben Milagros. «Sie haben es bestimmt nicht so gemeint. Okay, alle mal herhören. Gestern wurde auf der Poststelle ein Expresspaket an mich aufgegeben. Mein Name ist Federica Hardegger. Ich wohne im Drachenried. Absender war K. Odermatt. Also einer von euch. Wer ist es?»

«Kevin, habe ich doch gesagt», prahlte der Schlaksige. «Hey, sag's ihr.»

Fede verlor allmählich die Geduld. «Könnt ihr mir eine simple Frage beantworten?»

«Worum geht's?» Kevin trat vor, breitbeinig in seinen kurzen Schlabberhosen, die ihm über den Hintern zu rutschen drohten. Er trug ein ärmelloses Leibchen und Piercings im Gesicht.

«Du hast gestern also ein Paket aufgegeben?»

«Eh … ja. Warum?»

«*Warum?* Ich gehe davon aus, du wusstest nicht, was sich darin befand.»

«Heisse Höschen?»

Alle lachten.

Fede hätte ihm am liebsten eine gescheuert. «Wie kommst du darauf, ein Paket an mich zu versenden? Wir kennen uns nicht einmal.»

«Ehm …» Kevin drehte sich einmal um die eigene Achse, erwartete Zuspruch von seinen Kollegen. Der blieb aus.

Fede glaubte nicht, dass dieser Junge bei ihr ins Zimmer eingestiegen war, erinnerte sich aber im gleichen Moment, dass es unter Jugendlichen oft sogenannte Mutproben gab, um in einer Clique aufgenommen zu werden. War sie eventuell Opfer einer solchen Mutprobe geworden? Ein abgelegener Bauernhof war ein prädestinierter Ort, um bei einer solchen Aktion nicht aufzufallen. Andererseits traute sie den Jungs ein solches Unterfangen nicht zu. Ihre Welt waren die Graffiti.

«Was hat dich dazu veranlasst, das Paket zu schicken? Oder besser: In wessen Auftrag hast du es getan?»

Kevin schob seine Mütze tiefer ins Gesicht. Er vermied es, Fede direkt anzusehen. «Sie hat gut bezahlt. Sie gab mir einen Hunderter. Den Rest durfte ich behalten.»

«Eine Sie?» Fede drehte den Kopf zu Milagros um. Diese hob nur die Schultern. «Wie sah sie aus?»

«Sie fuhr einen weissen Testarossa. Baujahr 1994», sagte der mit den abstehenden Ohren. «Mit vierhundertvierzig PS und den typischen Klappscheinwerfern. Ein Oldtimermodell. Der letzte wurde 1996 produziert.»

«Wie sah die Frau aus?» Fede interessierte nur dies.

«Gross, sexy, schwarze lange Haare. Sie sprach mit Berner Dialekt … und das Nummernschild stammte aus dem Kanton Bern.»

***

Hergiswil, High Noon. Der Wind trug den Klang der Kirchenglocken über das Dorf an den Sonnenhang. In Max' Wohnung standen die Fenster offen, der Geruch nach Küche streifte seine Nase, was ihn daran erinnerte, dass er heute noch nichts gegessen hatte.

Er sass auf dem Balkon und verglich das Foto von Holm, welches Fede ihm via Whatsapp übermittelt hatte, mit einem älteren Bild von Merlinde. Es gab keinen Zweifel mehr: Holms Augen glichen denen von Merlinde. Nicht nur die Farbe – dieses Grau mit dem dunklen Rand um die Iris –, auch wie sie guckten. Es war derselbe intensive Blick, die Form der Brauen, die ganze obere Gesichtspartie. Warum war er selbst nie darauf gekommen?

Merlinde hatte erzählt, ihr Bruder sei ertrunken. Sein Grab liege neben dem ihrer Eltern. Ein leeres Grab, weil der Leichnam nie gefunden worden war?

War es möglich, dass er lebte?

Max holte die Unterlagen hervor, die er sich im Verlaufe seiner Recherchen zusammengestellt hatte. Froh darüber, sämtliche wichtigen Berichte aus dem Internet ausgedruckt und abgelegt zu haben, sah er die Dokumente durch.

Der Schwerpunkt lag bei Merlinde und der Ehe mit Gregory Vonlanthen. Ihrem früheren Leben hatte er kaum Beachtung geschenkt, obwohl er es sich vorgenommen hatte. Vonlanthen war auf jeden Fall transparenter als Lücke. Es war Merlinde stets schwergefallen, darüber zu sprechen.

Holger Lücke war der Name ihres Bruders. Merlinde hatte erzählt, er sei ein halbes Jahr nach ihrem Umzug von Langeoog nach Hamburg ertrunken. Man habe fieberhaft nach ihm gesucht. Zeugen hätten gesehen, wie eine Flutwelle ihn erfasst und ins Meer gerissen habe. Waren diese Fakten falsch? Merlinde hatte sich sehr zurückhaltend gegeben, als sich das Gespräch um ihren Bruder drehte. Es musste etwas vorgefallen sein, was sie komplett aus ihren Erinnerungen gestrichen hatte.

Max suchte nach einer Randnotiz, die Fede wichtig gewesen war. Der Ring, den Luc Holm trug, mit den Initialen «H.L.».

Max hatte dem zu wenig Beachtung geschenkt. Im Gegensatz zu Fede war er der, der grosszügig überlegte. Fede dagegen erkannte die Details.

«H.L.» – Holger Lücke?

Er musste mit Merlinde sprechen. Sie wüsste vielleicht etwas über den Ring. Seit gestern befand sie sich in Untersuchungshaft. Max bezweifelte jedoch, sie anrufen zu können.

Es blieb ihm nichts anderes übrig, als sich noch einmal mit Luc Holm zu treffen.

Max dachte an die Aufbruchstimmung in seiner Wohnung. War er bereits ausgezogen? Mit unbekanntem Ziel? Er musste ja bemerkt haben, dass er im Fokus seiner Ermittlungen stand.

Plötzlich ergaben die einzelnen Puzzleteile ein Bild. Merlinde hatte sich dazu geäussert, dass sie einen Zusammenhang mit ihrer Kindheit und Jugend vermute. Sie hatte ihre Vergangenheit, die sich auf Langeoog bezog, wie ein altes Kleid abgestreift. Schon früh habe sie gross geträumt. Die Vermählung mit Gregory Vonlanthen war der Freipass in ein Leben in Wohlstand gewesen.

Hatte ihr anderes Leben sie eingeholt? 1980 hatten sich die Wege von Merlinde und Holm schon einmal gekreuzt. Aber hätte Merlinde ihren Bruder, falls er es war, nicht wiedererkannt? *Wollte* sie nicht darüber sprechen?

Merlinde war sechzehn gewesen, als sie auf das Festland zog, ihr Bruder fast siebzehn, als er angeblich ertrank.

Im Flur knallte die Haustür an die Wand. Es gab ein schepperndes Geräusch. Max sprang instinktiv auf. Vor ihm stand Fede.

Wutentbrannt. Wieder einmal. Die Welt drehte sich gerade verkehrt herum.

Sie warf ihm den Karton entgegen, in dem Mister Unbekannt die Locken zugeschickt hatte. «Fährt Masha einen weissen Testarossa?»

Max wich zurück. «Möglich, ja.» Er wusste es, getraute sich jedoch nicht, ein Ja zu verlautbaren. Er hatte Fede kaum je zuvor so in Rage gesehen. Zu allem entschlossen und doch so zerbrechlich. Eine Kombination aus Attraktivität, klarer Ansage und einem Anflug von Beherrschungsverlust.

«Mit was für kriminellen Menschen gibst du dich eigentlich ab?»

Es nützte nichts, sie mit zärtlichen Worten zu besänftigen. Fede sah dunkelrot. Sie kochte, dass er befürchten musste, sie würde zuschlagen.

«Warum lügst du mich an?»

«Moment. Das ist eine infame Unterstellung.»

«So infam ist sie nicht. Noch vor wenigen Tagen hast du es auch gewagt, mich anzulügen. Schlimmer noch, mich zu betrügen … mit einer Verrückten. Hast du ihr geraten, nachts in mein Zimmer einzusteigen und mich zu schänden?»

«Schänden? Nicht übertreiben.»

«Du nimmst sie in Schutz? Sie ist es, die mir die Haare abgeschnitten und Chérie-Bibi getötet hat. Sie ist eine Mörderin … diese Masha … Masha sowieso.»

«Bevor du sie beschuldigst, solltest du Beweise haben.» Max sah sein schlimmstes Gefühl bestätigt. Falls Masha eine Stalkerin war, hatte er den Startschuss dazu gegeben. Sie war eine zutiefst verletzte Frau, die sich nun rächte. Er hätte es wissen müssen. Sie war neurotisch, genauso wie die McCorleys. Die hatten alle eine Schraube locker.

Noch war die Erinnerung an den Partyabend frisch. Oft ertappte Max sich dabei, wie es ihn erregte, wenn er an die ausgeflippte Meute dachte, welche zusammen gefeiert hatte. Wo Geld und Drogen im Überfluss existierten, verkam alles zur Dekadenz.

War Masha Opfer dieser künstlichen Umgebung geworden? Verwöhnt und verzogen? Für sie gab es kein Nein. Sie nahm sich, was sie haben wollte. Selbst ihre Beteuerungen, sie würde sich nichts aus Geld machen, entmündigten sie nicht von dieser Entartung.

Wie normal empfand er plötzlich Fede mit den Tattoos und ihren kleinen alltäglichen Macken. Ein Gefühl der Zärtlichkeit bemächtigte sich seiner.

«Gib mir ihre Adresse. Ich werde ihr zeigen, mit wem sie sich eingelassen hat.» Fede liess sich auf den Liegestuhl auf dem Balkon fallen. «So etwas hat mir gerade noch gefehlt.»

«Luc Holm könnte Holger Lücke sein.»

Fede schwieg. Sie hatte kein Gehör für seine Bemerkung.

Max strich ihr über den Arm. «Du hattest ja die gleiche Vermutung.»

Sie wimmelte seine Hand ab. «Die Adresse!»

«Sei nicht albern und spare deine Energien für das Wesentliche.»

«Chérie-Bibi ist tot. Ich will, dass ihr Tod gerächt wird.»

«Wie willst du es anstellen?»

«Indem ich mir diese Kriminelle vorknöpfe.»

«Ich glaube nicht, dass sie kriminell ist. Sie ist eher psychisch krank.»

«Ist es die Ausrede, um deine Eskapade zu rechtfertigen?»

Ihre Vermutung mit einem «Ja» zu untermauern, hätte ihn als das entlarvt, was er nicht sein wollte: ein triebgesteuertes Scheusal.

«Ich kann es nicht rückgängig machen, aber das Beste daraus –» Falscher Satz.

Prompt kam der Penalty. «Wenn du nicht fähig bist, ihr ins Gesicht zu spucken, tue *ich* es.»

Max seufzte schwer. Wenn Frauen austickten, musste man Ruhe bewahren. Er ging zum Kühlschrank und holte sich eine Dose Bier vom Regal. Es brachte nichts, wenn er Fede Paroli bot. Sie würde nicht eher damit aufhören, bis er sich geschlagen gab und mit ihr nach Gstaad fuhr.

***

Der Umzugswagen war abgefahren. Luc Holm stand in der Küche und betrachtete das Wohnzimmer, das ohne Möbel wie kahl geschlagen wirkte. Papierschnipsel, Reste von abgerissenen Kartonecken, Staubknäuel, die sich unter dem Sofa und den Sesseln angesammelt hatten, lagen herum. Die Fenster wiesen

Schlieren auf, jetzt, da die Abendsonne die letzten Strahlen aussandte.

Schon wieder neigte sich ein Lebensabschnitt dem Ende zu. Wie eine Episode in seiner umtriebigen Existenz. Das Pech hatte ihn verfolgt. Jede Anstrengung, aus seinem Leben etwas Vernünftiges zu machen, hatte letztendlich im Desaster geendet.

Das Millennium. Der Wechsel von einem ins nächste Jahrtausend. Für viele Menschen bedeutete es den Schritt in etwas Unbekanntes. Biblische Zitate waren plötzlich bedeutungsschwanger. Rund um den Globus herrschte Verunsicherung. Es war die Zeit, in der Verschwörungen überhandnahmen und Sektengurus ihre Anhänger fanden. Tausend und nicht mehr tausend. Satan bahnte sich einen Weg in die Wirtschaft und zeigte sein charmantestes Lächeln in der Fratze.

Das Ende von 1999 hatte Luc Holm überlebt, und er war bereit für neue Herausforderungen.

Er war richtig gut im Fälschen von Dokumenten. Tagsüber arbeitete er auf verschiedenen Bauernhöfen, nachts surfte er auf seinem Computer und verfolgte Merlinde und ihren Angetrauten. Das Glamourpaar lebte seine Träume, die Träume, welche er in den letzten Jahren in seinem Leben verwirklicht zu sehen gewünscht hätte. Und hätte er bloss als Chauffeur bei den Vonlanthens einsteigen können.

Doch sein Ziel war ein höheres. Sein Bestreben Rache.

Die «Erste Brotzeit» im neuen Jahrtausend fand im Palace Gstaad statt. Luc hatte über verschiedene Kanäle herausgefunden, wer sich dort oben im Luxus-Fünf-Sterne-Hotel einfinden würde. Er hatte sich nicht getäuscht. Es war die Crème de la Crème der Schweiz, zu der sich die Vonlanthens unbestritten zählten. Luc verschaffte sich Einlass ins Hotel, indem er sich als Neffe des Barons Andres Holm ausgab, der wegen einer schweren Krankheit nicht anwesend sein konnte.

Kein Mensch hatte ihn auf seine Glaubwürdigkeit überprüft. Die gefälschte Identitätskarte und das passende Outfit hatten ihm den Freipass gegeben.

Er stand an der Bar und behielt den Überblick. Er hätte sich an das künstliche Getue gewöhnen können. Blondierte Frauen, meistens jünger als ihre Begleiter, schwebten an ihm vorbei, in Roben, die Luc zum Schwitzen brachten. Es wurde viel gelacht und diskutiert, über den neusten Privatjet, mit dem man von Zürich nach Monte Carlo flog, ein verlängertes Wochenende im Casino und Übernachtung mit Champagnerfrühstück im Hôtel de Paris. Oder die Bahnreise von London nach Venedig mit dem Simplon-Orient-Express, in der Luxussuite, die pro Nacht und Person fast viertausend Franken kostete. Man konnte es sich leisten, bezahlte es aus der Portokasse.

Verspätet, aber umso kaiserlicher, betrat Merlinde die grosse Bühne. Sichtbar gealtert, jedoch noch immer eine attraktive Frau. Die achtundvierzig Jahre hatten etwas Reifes auf ihr Gesicht gezaubert. Neben ihr ging Gregory Vonlanthen, grauhaarig, mit ein paar Kilos mehr auf den Rippen. Mittlerweile war seine Firma auf vierhundert Mitarbeiter herangewachsen. Er belieferte mit seinen Erzeugnissen die ganze Welt. Zudem sass er in verschiedenen Gremien und verdiente sich eine goldene Nase. Merlinde Vonlanthen-Lücke war ganz oben angekommen. Sie hatte allen Grund zum Feiern.

Wie sie dort stand, in ihrem Christian-Dior-Kleid, welches mehr preisgab als verdeckte. Eine asymmetrische Linie über Schulter und Knie, eng geschnitten mit viel Tüll ausgefüllt. Die grossen Namen der Haute Couture hatten den Trend der Millennium-Girlies übernommen. Merlinde liess jede Frau an diesem frühen Abend erblassen. Sie inszenierte sich. Schnell hatten sich Frauen und Männer um sie geschart. Sie lachte laut. Ihre Stimme war im ganzen Raum zu hören, übertönte selbst den Cellisten, der dezent klassische Komponisten interpretierte.

Luc Holm genoss das Spektakel. Diese künstliche Welt des Irrsinns. Bald schon würde er selbst darin sich wälzen. Er hatte genaue Vorstellungen von seinem zukünftigen Prunk.

SIEBZEHN

Gstaad war überflutet von Touristen. Nicht bloss von Feriengästen, auch die Tagesausflügler hatten das sonnige Wetter zum Anlass genommen, ins Berner Oberland zu fahren.

Seit einer halben Stunde standen Max und Fede im Stau. Vor dem Dorf bewegte sich nichts mehr. Am Samstag hatte das internationale Tennisturnier – die Swiss Open Gstaad – begonnen. Der Ort drohte aus allen Nähten zu platzen.

«Ausgerechnet heute müssen wir dahin.»

«Es war nicht meine Idee.»

«Aber es ist deine Schuld.»

Max hatte es versäumt, Masha anzurufen. Ein Gespräch hätte Klarheit verschafft. Er hatte sich darüber den Kopf zerbrochen, wie sie, falls es so war, wie Fede behauptete, unbemerkt ins Drachenried gefahren war. Ein weisser Ferrari hätte jemandem auffallen müssen, oder man hätte den Sound des Motors gehört. Masha besass einen Testarossa. Sie hatte ihn in der Garage vor ihm versteckt gehalten, hatte nicht damit geprahlt. Wie viele Wagen mochten dort stehen, deren Preise sich zwischen dreihundert- und fünfhunderttausend Franken bewegten? Ein knapper Gedanke an Fernand Carron mit seinem Faible für alte Wagen. Möglicherweise waren es sichere Investitionen wie die Gemälde weltbekannter Künstler, die Max in Mashas Haus aufgefallen waren. Werke von Modigliani, Monet und Renoir. Auch eine Bescheidenheit – anders interpretiert. Max schüttelte den Kopf.

«Was hast du?»

«Nichts.»

Die Hitze im Wageninnern war unerträglich. Fede hatte gewünscht, das Dach oben zu lassen, sie wolle sich keinen Sonnenbrand holen, und durch die Klimaanlage konnte sie sich womöglich eine Erkältung zuziehen. So zickig hatte Max sie selten erlebt.

Sie fuhren wieder einen Strassenabschnitt weiter zwischen Wohnmobilen und Familienkutschen, Radfahrern und schweren Motorrädern. Links und rechts schmückten Geranien Chalets. Ein Bild des Friedens: Schafe auf einer Wiese mittendrin. Eine Fan-Gruppe war unterwegs und schwenkte das Transparent eines Tennisspielers, dessen Name Max nichts sagte.

«Sicher gibt es keine Parkplätze mehr.» Fede fächerte sich mit einem Werbeprospekt für die Swiss Open Luft ins Gesicht.

«Wir kehren um.»

«Kommt nicht in Frage.» Sie zwickte ihn mit dem Spielplan ins Gesicht. «Da musst du jetzt durch.»

«Ich werde mich lächerlich machen.»

«Und wenn schon.» Fede drehte sich frontal zu ihm hin. «Was zum Henker hast du dir dabei gedacht?»

Berufsrisiko, dachte er, ohne es auszusprechen. «Nichts.»

«Möchtest du, dass wir uns trennen?»

«Nein. Ich vermisse nur manchmal deine Zärtlichkeit.» Falscher Ansatz.

«Und Masha hat sie dir gegeben?» Eine emotionslose Frage, was er von Fede nicht anders erwartet hatte. Manchmal schien sie dem Zwischenmenschlichen überlegen oder hatte Angst vor Nähe. «Komm, sag schon.»

Drei Meter weiter. Max schoss nach vorn, bremste abrupt vor der Stossstange des Vorderwagens ab. Die Reaktion auf seinen Frust.

«War das die Antwort darauf?»

«Mensch, Fede!» Er fuhr herum. «Dreht sich der ganze Tag nur um dieses Thema? Ich beteuere dir, wie sehr ich dich liebe. Du musst mir glauben, oder sonst …»

«Sonst was?»

Max knallte mit der Hand aufs Lenkrad. «Nenne mich einen Idioten, dreh mir den Hals um, bespucke mich. Ich habe es verdient. Aber dann sollte einfach mal Schluss sein. Hast du noch nie einen Fehler gemacht?»

«Nein, nicht einen in der Art.»

Nach zwei gefühlten Stunden wurden sie am Ende des Dorfes von einer Frau in gelber Weste auf eine Wiese geleitet, wo Max den Wagen parken durfte. Er stieg aus, schweissnass und aufgebracht. Seine Idee, wieder nach Hause zu fahren, hatte bei Fede kein Gehör gefunden. Sie bestand darauf, Masha zu besuchen.

Im Dorf kamen sie nur langsam voran. Stände für die Verpflegung, Fanartikel und Souvenirs aus dem Berner Oberland waren auf dem Weg zum Tennisplatz aufgestellt. Menschen aller Couleur besetzten die Plätze vor den teuren Boutiquen. Wanderer und Radfahrer mischten sich mit aufgebrezelten Promis, die das Dorf mit ihnen teilen mussten.

Beim Hotel Olden zweigte Max links ab. Er zog Fede über die Zufahrtstrasse zu den drei Chalets. Vor der Kinder- und Jugendunterkunft sassen junge Menschen im Schatten eines Mammutbaumes an langen Tischen und spielten Eile mit Weile. Eine Aufsichtsperson winkte ihnen zu.

Die Parkplätze vor Mashas Haus waren unbesetzt. Max näherte sich der Klingel und zögerte. Er kam sich plötzlich wie ein Eindringling vor. Das hier war definitiv nicht seine Welt. Fede stand hinter ihm. Sie musste ein ebenso mulmiges Gefühl haben wie er. Seit sie das Hotel Olden passiert hatten, hatte sie auf stumm geschaltet.

«Hey!»

Max drehte sich zu der Stimme um und erkannte Andrew. Er hatte sich wie ein Panther auf lautlosen Pfoten an sie herangepirscht.

«Suchst du Masha? Sie ist nicht hier.» Andrew musterte Fede von Kopf bis Fuss. Wahrscheinlich scannte er in diesem Moment ihren Körper. «Stellst du mir deine Begleiterin vor?»

«Fede, meine Frau.» Max zog Fede an sich. «Andrew McCorley, ein Freund von Masha.»

Einen Augenblick lang herrschte betretenes Schweigen.

«Bist du sicher, dass Masha nicht zu Hause ist?»

«Sie befindet sich in der VIP-Lounge. Dan ist auch dort.»

«Ich dachte, sie hätten sich nichts mehr zu sagen.»

«Da täuschst du dich.» Andrews Blick schweifte endlich von

Fede ab. «Sie sind wie Katze und Maus. Gerade sind sie wieder wie ein eingeschworenes Paar.»

«Und weshalb?» Max ertappte sich dabei, wie seine Neugier grösser war als der Respekt gegenüber Fede.

«Es gab Streit zwischen Mailin und Masha. Gestern kam Masha spät von auswärts zurück. Sie klingelte bei uns Sturm, bis ich ihr öffnete. Sie rannte wie eine Furie an mir vorbei in Dans Schlafzimmer, wo sie ihn und Mailin überraschte. Dann kam es zum Handgemenge zwischen den Frauen.»

«Das hast du mitbekommen?»

«Oh ja, solche Schauspiele törnen mich an.» Andrew schnalzte mit der Zunge. «Ich hatte Dan immer vor ihr gewarnt. Sie ist eine Teufelin, unberechenbar und hinterhältig. Ihre Fassade vertuscht ihren wahren Charakter. Unter uns gesagt: Du tust gut daran, jeglichen Kontakt zu ihr abzuklemmen.»

«Sie hat meiner Katze das Genick gebrochen.» Fede stellte sich kampflustig vor Andrew auf.

«Es wäre nicht das erste Mal.» Andrew sah sie mitleidig an.

Max glaubte, er höre nicht richtig. «Sie hat schon mal ein Tier umgebracht?»

Andrew hob beide Hände mit der Innenseite gegen Max. «Ich habe nichts gesagt.»

Wenn jemand Tiere tötete, war der Schritt, einen Menschen umzubringen, nicht mehr gross. Milagros' Gedanken. «Wie stand sie zu Glen Kelly?»

«Bevor sie mit Dan zusammenkam, hatte sie eine Affäre mit ihm.»

«Bist du sicher?» Das änderte vielleicht alles.

«Ich war nicht dabei, als er sie fickte.» Andrew wandte sich ab. «Vergiss sie.»

«Was war das soeben?» Nicht nur Max, auch Fede wunderte sich. Sie sahen Andrew nach, wie er bei Dans Chalet die Tür öffnete und dahinter verschwand.

«Es gibt eine neue Verdächtige.» Max nahm Fede beim Arm.

«Ich kann deinen Gedanken nicht folgen.»

«Vielleicht hat *sie* Glen umgebracht.»

«Masha? Warum hätte sie es tun sollen?»

«Du weisst jetzt, wie sie tickt. Sie ist auf Vergeltung aus. Auf eine krankhafte Rache. Stell dir vor, Glen Kelly hatte ihr etwas bedeutet, bevor sie mit Dan zusammenkam. Sie fühlte sich von ihm betrogen. Als er den McCorley-Clan verliess, musste sie ihn vielleicht ebenso verfolgt haben wie mich. Wenn sie es schafft, ins Drachenried zu fahren, in dein Fenster einzusteigen und deine Haare abzuschneiden, war das für sie ein Pappenstiel, Kellys Weg zu verfolgen. Sie ist nicht dumm. Und sie geht sehr berechnend vor.»

«Ist das die Art, deiner Affäre mit ihr den Schrecken zu nehmen?»

Max schluckte die perfide Anspielung hinunter.

***

«Rede mit mir.» Fernand Carron sass im Aufenthaltsraum ihr gegenüber und knibbelte nervös an seinen Fingern herum. «Wenn ich dich hier rausholen soll, musst du endlich die Wahrheit sagen.»

Merlinde hatte es vorerst nicht für möglich gehalten, eine zweite Nacht in Untersuchungshaft auszuharren, ohne ihre Nerven zu verlieren. Den Aufenthalt in der Zelle, in der ein einziges Fenster gegen eine Mauer ausgerichtet war, sah sie als eine neue Herausforderung in ihrem Leben an. Einmal zu spüren, wie es denen erging, die ganz unten waren. Eine harte Pritsche, eine kratzende Wolldecke, nichts Persönliches. Merlinde hatte darauf verzichtet. Wenn das Bett zu umgehen war, schlief sie im Rollstuhl. Zweimal am Tag besuchte sie eine weibliche Gefängnisaufsicht, um sie zu waschen und zu pflegen. Musste sie aufs Klo, kam sie ausserhalb der vorgegebenen Zeiten.

«Erzähle es mir», bat Carron von Neuem. «Jegliche Indizien sprechen gegen dich. Die Sterne stehen schlecht. Die Anklage im April kommt dir da nicht zugute. Im Gegenteil, sie deutet auf eine Wiederholungstat.»

«Hast du den Patientenbericht von Dr. Claus angesehen?»

«Nein, warum?»

«Dann würdest du verstehen, dass ich nicht in der Lage bin, jemanden zu erschiessen. Dass ich Bortoluzzi getroffen habe, ist Zufall.»

«Und wie bist du aus der Wohnung gekommen?»

«Maximilian hat mich rausgebracht.»

«Max war da?» Carron fiel aus allen Wolken. «Er hat dir zur Flucht verholfen?»

«Er hat mich vor dem Entführer gerettet.»

«Hat *er* geschossen?»

«Nein. *Ich* habe geschossen. Bortoluzzi hätte ihn sonst getötet.»

«Verdammter Mist!» Carron stiess sein Bein gegen den Tisch. «Dann gibt es ja einen Zeugen.»

Merlinde sah ihrem Anwalt die Wut an. «Maximilian trägt keine Schuld. Er hat mich dort rausgeholt ohne viel Federlesens. Also verschone ihn und erspare mir weitere Tage in U-Haft, indem du endlich deinen Job machst.»

Carrons rot angelaufenes Gesicht bekam die normale Farbe nur zögerlich zurück. «Wo hattest du die Fotobücher eingeräumt?»

«Im Schrank in meinem Schlafzimmer. Sie waren das Einzige, was ich von der Seeresidenz wieder mit nach Hause genommen hatte.» Merlinde versuchte, sich die Situation ins Bewusstsein zu rufen. «Wir waren nur kurz dort und kehrten dann ins Wohnzimmer zurück, bevor wir die Villa verliessen. Draussen wartete das Taxi. Der Fahrer müsste den Täter gesehen haben.»

«Den Taxichauffeur hat die Polizei bereits vernommen. Er sah niemanden ausser dir und Frau von Wirth.»

«Vielleicht war der Mörder bereits drin, als wir dort eintrafen. Das Polizeisiegel war kaputt, die Tür nicht verschlossen.»

«Es gab keine Einbruchspuren. Hast du jemandem den Schlüssel ausgehändigt?»

«Raluca hat einen Schlüssel.» Merlinde fuhr sich mit der rechten Hand ans Gesicht. Sie spürte die linke Wange. Doch auf der Wange fühlte sie keine Finger. «Nein, nein, für Raluca verbürge ich mich. Sie ist die ehrlichste Person, die ich kenne. Ich kann mir keinen Reim darauf machen. Oder warte, ich habe Luisa einen Schlüssel ausgehändigt, als sie mich vor der Kreuzfahrt besuchte.»

«Du übergibst einer Wildfremden den Hausschlüssel?» Carron stand der Mund offen. «Das darf nicht wahr sein.»

Merlinde wollte nichts darauf erwidern. Sie wusste selbst, wie verantwortungslos es war. Im Nachhinein war man immer klüger.

«Bortoluzzis Frau», sinnierte Carron. «Aus irgendeinem Grund muss Bortoluzzi in die Villa gelangt sein. Gab es etwas zu holen? Bilder vielleicht?»

«Nein, diese befinden sich im Museum.»

«Wo ist eigentlich Gregorys Waffe?»

«Die habe ich nach seinem ersten Hirnschlag einem Waffenhändler verkauft. Und sag jetzt nicht, das sei fahrlässig. Als ich allein in der Villa war, wollte ich einfach keine Waffen um mich herum.»

Carron ging nicht darauf ein. «Das Problem ist, dass die Fingerabdrücke deiner rechten Hand nebst Bortoluzzis auf seiner Pistole sind.»

«Du wiederholst dich.»

«Hast du die Pistole mitgenommen, als du mit Max die Wohnung in Erlenbach verlassen hast?»

«Wir hatten andere Sorgen. Wir mussten so schnell als möglich die Wohnung in Erlenbach verlassen. Max vergass sogar den Rollstuhl. Er trug mich halbwegs zu seinem Wagen.»

Carron räusperte sich. «Der Rollstuhl ist bei der Kriminaltechnik. Ich denke, dass du ihn bald erhalten wirst.»

«Wie beruhigend, es zu erfahren.»

«Es gibt keinen Grund, sich zu beruhigen. Nachdem ein Spaziergänger in der Nähe deiner Villa einen Schuss gehört hatte, informierte er die Polizei, die sofort ausrückte. Man fand Bortoluzzi tot im Gästezimmer. Darauf besuchte sie Frau Bortoluzzi und fand dort deinen Rollstuhl.»

«Woher weisst du das alles?»

«Ich habe meine Quellen.» Carron schob sein Kinn nach vorn. «Es sieht nicht gut aus für dich. Du stehst am gleichen Punkt wie damals, als Glen Kelly ermordet wurde. Du hast wieder ein Motiv.»

Merlinde schwindelte. Sie dachte, mit allen Wassern gewaschen zu sein. Aber das war zu viel. «Tu was!»

Carron erhob sich, kam um den Tisch herum. Nähe war hier nicht erlaubt. Er winkte einem Aufseher kumpelhaft zu. «Ich werde die Dame zurückbringen.» Er beugte sich über sie und flüsterte ihr ins Ohr: «Zwei Millionen, Merlinde, und ich hole dich hier ohne Komplikationen heraus.»

«Und wenn nicht?»

«Garantiere ich dir für nichts.»

***

Max fuhr auf das Gelände im Drachenried. Es war später Nachmittag. Gstaad war eine Enttäuschung gewesen. Auf das Tennisareal waren sie nicht gekommen. Selbst zu einem Ticket nicht. Die Tribüne war ausverkauft.

Auf dem Weg zurück hatte sich Fede etwas beruhigt. Zumindest war Masha nicht mehr in ihrem Fokus gestanden. Und wenn ihr Name fiel, hatte Max keine Antwort gegeben, sondern versucht, über seinen Kopfhörer ein paar Anrufe zu tätigen. Sie waren erfolglos geblieben. Irgendwann hatte Fede gemerkt, dass sie mit ihrer Taktik nicht weiterkam. Nach dem Brünigpass hatte sie geschwiegen und sich mit ihrem Handy beschäftigt.

Er sah auf seine Armbanduhr.

«Stresst dich etwas?» Endlich eine Frage. Fede öffnete die Wagentür.

«Warum?»

«Du schaust andauernd auf die Uhr.»

«Ich muss noch einmal nach Erlenbach zu Sanason fahren.»

«Verflixt und zugenäht. Es ist Sonntag. Wir könnten uns einen gemütlichen Abend in der Harissen-Beach machen. Baden, etwas essen. Wir waren länger nicht mehr dort.» Fede stieg aus und stampfte wie ein trotziges Kind auf den Boden.

Max gab ihr einen Moment, um sich zu beruhigen, dachte an die Bucht zwischen Stansstad und Kehrsiten und wie er als Jugendlicher im Sommer dort seine freie Zeit vertrieben hatte. Den Steh-Lift, der einst auf die sonnigen Plätze oberhalb der Bucht geführt hatte, und die Standseilbahn auf das höher gelegene Fürigen gab es längst nicht mehr – das Mondäne war verschwunden –, dafür ein nettes Restaurant und ein paar Bootsanlegestellen.

«Was ist jetzt?» Fede löste das Haargummi aus ihren Locken und schüttelte sie mit nach hinten geworfenem Kopf durch.

«Ich muss noch einmal mit Luc Holm sprechen.»

«Heute? Aber er wird nicht in seiner Firma sein.»

«Doch.»

«Warum glaubst du?»

«Ich versuchte, ihn an seiner Privatadresse zu erreichen. Seine Nummer wurde auf das Geschäft umgeleitet. Er meldete sich. Das war vor fünf Minuten.»

«Hast du mit ihm gesprochen?»

«Nein, das hättest du sonst mitbekommen.»

«Du hast dich nicht zu erkennen gegeben? Ist das neu, dass du anonym anrufst?» Sie kratzte sich am Arm. «Oder hat da was abgefärbt.»

Max warf ihr einen Blick zu, den sie ignorierte. Ihre Bemerkung schluckte er hinunter. «Erinnerst du dich an seine Wohnung in Erlenbach? Am Freitag war es.»

Er hatte Fedes Aufmerksamkeit wieder. «Sah ziemlich nach Aufbruchstimmung aus. Jetzt glaubst du, er übernachtet in der Firma?»

«Er ist auf jeden Fall dort.»

«Okay, wenn wir gleich losfahren, sind wir nicht vor einer Stunde dort. Dann kann er wieder weg sein.»

«Das Risiko müssen wir in Kauf nehmen.»

«Wir hätten uns den Umweg ersparen können.»

Erlenbach lag verträumt im warmen Licht der untergehenden Sonne. Die hellen Fassaden der Fachwerkhäuser schimmerten sauber, und hinter den üppigen Ziersträuchern strahlten die vornehmen Villen ein friedliches Bild aus. Vielerorts stiegen feine Rauchschwaden gegen den Himmel. Es roch nach Grillade.

Die Zufahrt zu Sanason führte über eine schmale Strasse. Die Häuser links und rechts davon standen weiter auseinander als in Seenähe. Ausladende Gärten und naturbelassene Plätze waren hier die Norm. Hinter einem lang gezogenen flachen Gebäude dehnten sich mehrere Pferdekoppeln aus, in die am Hang ein privater Rebberg überging.

Der Glasbetonbau von Sanason überragte mit seiner schlanken Form ein kleines Wäldchen, welches das Firmengelände von dem Viertel der Landhäuser abgrenzte.

«Das ist ja ein Ding.» Fede konnte den Ausruf des Erstaunens nicht zurückhalten.

Max hatte ihr von dem Gebäude erzählt. Bislang hatte sie sich nichts darunter vorstellen können. Es kam ihr wie ein Silo vor. Ein dunkelgrüner Jeep war auf dem Parkplatz abgestellt.

«Ist das Holms Wagen?»

«Ich glaube, ja. Der stand letzthin schon da.» Max drosselte das Tempo, liess den Wagen auf den Kieselsteinen ausrollen. «Willst du mit reinkommen?»

«Was hält mich davon ab? Vielleicht wirst du froh sein über meine Anwesenheit.» Holm kam ihr unheimlich vor. Nicht erst seit dem Besuch in seiner Wohnung. Das Treffen auf dem Bürgenstock hatte eine ähnliche Abneigung hervorgerufen, die durch das Wissen um ihn alias Kaufmann stärker geworden war. Der Mann hatte vieles zu verbergen.

Sie gingen auf eine Glastür zu. Fede ergötzte sich an den rostigen Skulpturen, welche aus einem Meer aus Steinen ragten, die an Bahnschienenschotter erinnerten. Vergeblich suchte sie hier nach einem Flecken Grün.

Max stiess die Tür auf und betrat das Gebäude. Fede folgte ihm. Der eisige Atem einer Klimaanlage liess sie frösteln. Der

Empfangsbereich gähnte ihr leer entgegen. Wenn hier einmal etwas gestanden hatte, das dem Interieur etwas Wärme verliehen hatte, war es nun weg. Weder Pflanzen noch Bilder hätten zu einem Wohlgefühl beigetragen, war sich Fede sicher. Hier fehlte es an mehr als blossen Dekorationen. Hier drin fehlte der gute Geist.

Sie schritt die Fensterfront entlang, derweil Max sich um die Türen kümmerte. Er klopfte, und als sich niemand meldete, betrat er die Büros im Erdgeschoss. «Er ist ausgeflogen.»

«Oder war nie da.»

«Er ist hier, sonst hätte er die Tür abgeschlossen.»

Fede bekundete Mühe, sich ein junges Unternehmen in diesem Bau vorzustellen. Es musste ein Vermögen gekostet haben. Es lag ihr auf der Zunge, Max danach zu fragen. Sie stieg mit ihm ein Stockwerk höher. Von der Galerie, die aus einem Gitterboden und einem Metallgeländer bestand, gingen weitere Türen weg. Max wiederholte das Prozedere.

«Niemand da.»

«Steht das Gebäude schon lange hier?»

«Es lag mehrere Jahre brach, nachdem das Unternehmen, welches es errichtet hatte, Konkurs gegangen war. Holm muss es aus der Konkursmasse gekauft haben.»

«Trotzdem wird es nicht billig gewesen sein.»

Auf der dritten Etage lagen zwei weitere Büros, die Toiletten und eine Kantine, die der Grösse wegen mehreren Leuten Platz fürs Essen geboten hätte. Die räumliche Kapazität wurde nicht ausgenutzt. Zwei runde Tische mit je sechs Stühlen wirkten verloren darin. Eine Treppe höher führte in die Küche, die mit Maschinen und Apparaturen einer Hotelküche gleichkam.

«Da hat wer gekocht.» Fede hatte auf dem Herd eine schmutzige Pfanne mit dem Rückstand von Gehacktem und Sauce entdeckt. «Ist noch nicht eingetrocknet.» Sie öffnete den Geschirrspüler und bekam ihre Vermutung bestätigt.

Sie gingen zurück zur Kantine, schauten sich ein wenig um. Nichts wies darauf hin, dass jemand am Tisch gesessen und sich verpflegt hatte. Hier hatte länger niemand verweilt. Der Raum wirkte sauber und unbenutzt, die Stille zwischen den Betonwänden und den Glasscheiben spürte Fede fast körperlich. Max wollte gerade das Stockwerk verlassen, als eine der Türen zu den Toiletten aufging und Luc Holm erschien. Fede war fast bei ihm angelangt. Holm befand sich auf ihrer Augenhöhe. Max hielt inne.

Holm blinzelte gegen das Licht. Überraschung zeichnete sich auf seinem alten Gesicht ab. Er schien sich jedoch schnell zu fassen. «Was tun Sie hier?»

«Die Tür stand offen.» Max näherte sich Holm, bis er zwei Schritte von ihm entfernt stand, genug nahe, um ihm den Weg über die Treppe zu versperren.

Fede näherte sich von der anderen Seite.

«Verfolgen Sie mich?»

«So könnte man es auch nennen.» Sie nahm mit Max Blickkontakt auf. Ob er die Gefahr, die von Holm ausging, auch spürte? Der Mann war kräftig und gross. Er überragte Max um eine halbe Kopflänge.

«Setzen wir uns in die Kantine? Meine Alcantara-Polstermöbel wurden leider abgeholt.»

«Sie beenden das hier?» Max nickte in alle vier Ecken.

«Gezwungenermassen. Man hat mir einen Aufschub von einem Monat gewährt. Sollte der Deal, den ich an der Strippe habe, nicht platzen, kann ich Sanason retten.» Er ging voraus, setzte sich an einen runden Tisch und schlug das linke über das rechte Bein. Seine Hände faltete er lässig über dem Knie. «Jetzt erklären Sie mir, weshalb Sie hier sind. Ich glaube nicht, dass Sie mit mir ein Kaffeekränzchen abhalten möchten. Kaffee kann ich Ihnen nicht anbieten. Im Kühlschrank oben hat's Mineralwasser. Das ist im Moment alles.»

Fede sah Max an, dass er Mühe hatte, die passenden Worte zu finden. Sie half ihm aus dem Dilemma. Sie hatte endlich gefunden, was sie gesucht hatte, und war auf den Artikel im Archiv einer deutschen Zeitung gestossen. «1969. Die Sturmflut auf Langeoog. Erinnern Sie sich an die?» Sie sah, wie Holms Adamsapfel nervös auf und ab hüpfte. Er schluckte mehrmals leer. Unter seiner Lederhaut breitete sich eine kalkweisse Blässe aus.

Er schwieg. Sein stossweises Atmen verriet, dass er mit dieser Äusserung nicht gerechnet hatte.

Max setzte sich Holm gegenüber. «Holger Lücke, ich darf Sie doch so nennen?»

Holms Augenlider senkten sich. Entweder überlegte er sich gerade eine Erwiderung, oder er war von Max' Bemerkung überrascht.

«Ihre Schwester Merlinde Vonlanthen-Lücke», half Fede nach, «glaubt bis heute, Sie wären im Meer ertrunken.»

«Es hat keinen Zweck, es abzustreiten», sagte Max. «Ihr Siegelring hat Sie entlarvt.»

«Mein Siegelring?» Wie um sich zu vergewissern, was Max meinte, drehte er die rechte Handfläche nach oben. «Sie müssen Augen wie ein Sperber haben.»

«H.L.» Fede setzte sich endlich. «Warum, Herr Lücke, warum?»

Er seufzte. Sein Oberkörper fiel nach vorn. Es sah aus, als wiche der letzte Widerstand aus ihm. Etwas musste geschehen sein, was seine einstige Überheblichkeit ins Gegenteil gekehrt hatte. Es war, als resignierte er. Seine ganze Haltung verriet einen verlorenen Kampf. «Der Ring war ein Geschenk meines Vaters, als ich fünfzehn war. Ein Andenken an die Familienbande, der Ring als Sinnbild der Unanfechtbarkeit. Nichts ging hinaus, nichts kam herein. Er ist rund wie der Zusammenhalt der Eltern mit den Kindern. Mit den Jahren wurde mein Finger zu dick. Ich vermochte nicht, ihn zu entfernen, obwohl die Symbolik längst an Kraft verloren hatte.»

«Hat Ihre Schwester dasselbe Geschenk erhalten?» Fede sah Max und Holm abwechselnd an und hoffte, Max würde sie in den Fragen unterstützen.

Holm liess sich Zeit mit der Antwort. «Ja, auch meine Zwillingsschwester Merlinde bekam einen Ring mit ihren Initialen. Als sie uns verliess, hat sie ihn getragen. Ich erinnere mich an ihren Blick. Es war, als würde sie mit ihrem Wegzug den Kreis durchbrechen ... nach ihr zu suchen, hat mich am Leben erhalten.»

«Nach Merlinde?» Max tat schwer von Begriff.

«Der fünfzehnte Geburtstag war einschneidend für uns Kinder.» Holm strich sich mit beiden Händen müde über die Wangen. «Vater sagte, dass wir jetzt erwachsen seien. Ich denke, er wollte sich bloss seiner Verantwortung entziehen, auch wenn wir von unserer Volljährigkeit weit entfernt waren. Merlinde war das pure Gegenteil von mir –»

«Obwohl ihr Zwillinge seid?»

«Max!» Fede legte den Finger auf den Mund. Sie verstand nicht, weshalb er Holm unterbrach, jetzt, da er bereit war, aus seiner Jugend zu erzählen und warum er am Leben war.

Holm verlor einen Moment den gedanklichen Zusammenhang. Er schwieg. Er hatte gealtert, seit sie in der Kantine sassen. Er resignierte. Es war, als würde ein Kartenhaus in sich zusammenfallen.

«Merlinde war anders als Sie.» Fede warf den Anker aus.

Holm griff danach. «Sie war lebenslustig, wissbegierig, setzte sich hohe Ziele. Sie sprach früh davon, die Insel zu verlassen. Ich wollte ihr nie glauben, dachte, sie sei ebenso phantasievoll wie ich. Ich formte mir in den Gedanken meine eigene Welt. Merlinde setzte ihre Träume um. Mit sechzehn ging sie weg. Meine Eltern konnten nicht damit umgehen. Merlinde war für sie der Inbegriff der Lebensfreude gewesen. An Merlinde hatten sie sich motiviert. Ihretwegen arbeiteten sie in dieser gottverdammten Jugendherberge. Sie liessen es mich täglich spüren. Der Ring hatte die Bedeutung plötzlich verloren. Für mich gab es nur noch ein Ziel. Ich wollte meiner Schwester folgen, koste es, was es wolle.» Holm schloss erschöpft die Augen. «An einem stürmischen Abend inszenierte ich meinen eigenen Tod.»

Fedes Gefühle für diesen Seelenstriptease hielten sich in Grenzen. Ob das nicht wieder eine seiner schauspielerischen Einlagen war? Sie glaubte, den Mann durchschaut zu haben. Er befand sich in einer ausweglosen Situation, würde deswegen alles riskieren. Zwei junge Menschen gegen einen alten Mann, das würde nicht gut ausgehen. Bewaffnet war er mit Sicherheit nicht. Trotz seiner Grösse war er Max und Fede körperlich unterlegen.

Sie wechselte mit Max Blicke, bettelte stumm inständig, dass er etwas unternahm. Wenn er ihm bloss die Hand bot.

«Möchten Sie, dass ich Sie mit Ihrer Schwester zusammenbringe?»

Holm hob die Augenbrauen. «Das bringt doch nichts.» Das Glitzern auf seinen Iriden entging Fede dennoch nicht. Ob er gerade einen neuen Plan ausheckte?

Zwei Stunden bis zum Mord

Die Brise, der Geruch nach Klinikaufenthalt, das gediegene Diner im «Fin de Siècle», die fade Gemüsesuppe – die Eindrücke der letzten Wochen vermischten sich in ihren Gedanken. Sie vermochte nicht, die Bilder voneinander zu trennen. Wie zwei parallel verlaufende und doch überlappende Filme jagten sie durch ihr Gehirn.

Ende März war Merlinde in ihre Villa in Herrliberg zurückgekehrt, an den Ort, an dem sie einst glücklich gewesen war und ihren nicht endenden Geldrausch ausgelebt hatte. Raluca war die Einzige, die sie in ihr Haus liess. Die Zugehfrau kümmerte sich um ihre Pflege und sorgte dafür, dass es hier stets sauber war.

Merlinde beugte sich über den Tisch beim Fenster. Die Bäume hatten früh ausgeschlagen in diesem Jahr. Das Gras bahnte sich durch das liegen gebliebene Laub des vergangenen Herbstes seinen Weg. Narzissen kämpften sich durch die Erde. Die Natur explodierte.

Merlinde stöhnte im Angesicht des erwachenden Tages. Früher hatte sie den Lenz gefeiert, mit dem ersten Diner im Garten, den passenden Dekorationen und einer Gruppe von drei Musikstudenten aus dem Konservatorium Zürich, die sie auch später finanziell unterstützten. Diese Feste waren für Gregory und Merlinde die persönliche Auferstehung gewesen, nach einem langen und kalten Winter, den sie in der Karibik fast zwangsläufig verkürzt hatten, falls es für Gregory Arbeit in Übersee gab. San Luca, Guadeloupe, die ABC-Inseln, die Bermudas. Fragmente der Erinnerung aus einem anderen Leben.

Raluca brachte ihr die Zeitung und schlug sie auf der Inseratenseite auf. «Das könnte Sie interessieren, gnädige Frau.»

Die Villa war ausgeschrieben, jetzt sogar im Lokalblatt, nachdem sich kein passender Käufer gefunden hatte. Niemand war bereit, das Haus in seinem Urzustand zu übernehmen. Sieben-

undvierzig Jahre seit dem Spatenstich waren vergangen. Was einst als modern gegolten hatte, entsprach heute nicht mehr den gewünschten Vorstellungen und Normen. Die Villa war ein Liebhaberobjekt. Selbst der Architekt, der für den Schutz des Gebäudes gekämpft und gewonnen hatte, wollte hier nicht einziehen. Es wäre eine Lösung gewesen. Das Haus hätte mehr als einer sanften Renovation bedurft.

Merlinde wollte nichts davon wissen. Lange vor Beginn ihres Klinikaufenthalts in der «Seeresidenz Nina Rosso» hatte sie die Umgebung vergammeln lassen. In kurzer Zeit hatte sich die Natur zurückerobert, was ihr gehörte. Kein Mensch hatte sich darum gekümmert, niemand mehr die anstehenden Reparaturen vorgenommen. Vielerorts war Regenwasser eingedrungen und hatte untrügliche Spuren hinterlassen. Im Keller lag ein muffiger Geruch, überall Schimmelpilz.

Die einstige Glamourvilla war zu einem Geisterhaus verkommen, in dem nicht bloss das Leben, sondern auch die Seele fehlte. Sogar Teile der teuren Inneneinrichtung waren weg. Diverse Möbel befanden sich im Lager der Seeresidenz, wo sie einst Gregorys Zimmer und Merlindes Wohnung geschmückt hatten. Die Bilder namhafter Künstler hatte ein Museum übernommen, als Leihgabe des Ehepaares Vonlanthen.

Merlinde erholte sich nur langsam vom Übergriff auf dem Mittelmeer. Nach dem katastrophalen Ereignis im Februar hatte sie nicht mehr auf eine Besserung gehofft. Ihre Psyche war am Boden und ein Lichtblick weit entfernt gewesen. Es war, als müsste sie von null beginnen. Oft sah sie sich die Packungen der Schlaftabletten und sonstigen Tranquilizer an und stellte sich vor, wie es wäre, eine genügende Menge zu schlucken, damit sie nicht mehr aufwachte. Die Sehnsucht nach dem Tod war gross.

Doch mit dem Frühling kehrte die Lebensfreude zurück wie ein Feuer, welches die Dunkelheit verbrannte.

Und Raluca. Sie hatte die Stelle in der Seeresidenz gekündigt und diente Merlinde als Pflegerin und Entertainerin. Auf sie war Verlass.

«Vielleicht bleibe ich hier wohnen.» Merlinde legte die Zei-

tung auf die Seite und widmete sich dem Kaffee, den ihr Raluca hingestellt hatte.

«Es könnte ein Neuanfang sein.» Raluca, fröhlich wie immer. «Eine Aufgabe bringt Sie gewiss auf andere Gedanken. Sie könnten das Haus nach Ihrem Gusto renovieren und einrichten. Daraus die feudale Villa machen, wie sie vor Jahren gewesen ist. Sie könnten wieder Feste organisieren und Leute einladen …»

«Lassen Sie es gut sein.» Merlinde hob die rechte Hand. «Ich würde lieber weiterhin auf Reisen gehen. Vielleicht begleiten Sie mich das nächste Mal. Aber jetzt, meine Liebe, sollten Sie sich endlich einen freien Tag machen. Ich werde ein wenig lesen. Essen hat es im Kühlschrank, grossen Hunger habe ich nicht. Und am Abend werde ich es allein schaffen, mich ins Bett zu legen. Für den Notfall habe ich die Telefonnummer von Dr. Claus.»

«Sind Sie sicher, dass ich Sie allein lassen kann?» Raluca war es offensichtlich nicht recht.

«Sie sind beinahe täglich und rund um die Uhr bei mir. Gönnen Sie sich eine Verschnaufpause. Ich wäre sehr glücklich.»

«Ich weiss nicht … irgendwie habe ich ein ungutes Gefühl.»

«Papperlapapp, nun schauen Sie, dass Sie nach Hause kommen. Morgen ist wieder ein Tag.»

«Aber dass Sie mir keine Dummheiten machen.»

«Keine Bange, ich reisse keine Bäume aus.» Merlinde schaffte es sogar, ein wenig zu lächeln, als sie Raluca wegwedelte.

Diese ging rückwärts aus dem Wohnzimmer. «Bestimmt?»

«Bestimmt.»

Ein Geräusch im Entrée liess sie zusammenfahren. Sie musste eingeschlafen sein, brauchte ein paar Sekunden, um sich zurechtzufinden. Vor dem Fenster war die Welt eine andere. Die Sonne entflammte die Wolken über dem Zürichsee. Jemand drehte einen Schlüssel um. War Raluca zurückgekommen?

Merlinde wendete den Rollstuhl, so gut es ging, Richtung Innenraum. Der Überfall hatte sie in ihren Bewegungen um Wochen zurückgeworfen. Ihr Körper wollte ihr nicht gehorchen, sosehr sie ihre Gedanken auch anstrengte.

«Na, du Schlampe.»

Diese Stimme. Der Schreck fuhr wie eine Druckwelle in ihren Körper. Unter dem Durchgang zum Eingangsbereich baute sich Glen Kelly auf. Sein Gesicht, das Merlinde einst gefallen hatte, wollte nicht zu seiner groben Sprache passen. Er sah noch immer gut aus, ein wenig streng mit den eng liegenden Augen. Die Brauen über der Nase hatte er mittlerweile gezupft. Acht Tage lang hatte er sie begleitet, war ihr stets ein unterhaltsamer Gesellschafter gewesen, hatte ihr auf den vielen Landausflügen in der Nähe von Rom, in Taormina auf Sizilien, Sardinien, auf Mallorca, in Valencia und Marseille Geschichten erzählt, über die Entwicklungen der Länder und Inseln, die sie mit dem Schiff angefahren hatten. Und am Abend hatte er sie, zusammen mit Liliane, zu den Bord-Theatern geführt, an der Bar gesessen und ihr das Gefühl gegeben, dass sie trotz ihrer Beeinträchtigung eine attraktive Frau geblieben war.

Dann hatte ein Schalter in ihm auf Aggression gekippt. Merlinde hatte nie herausgefunden, was massgeblich dafür gewesen war. Aus Jekyll war Hyde geworden.

Sie brachte keinen Laut über die Lippen.

«Ich habe dich gewarnt, dass du mich nicht so schnell loswirst. Wo ist der Safe?» Er stand mit verschränkten Armen vor ihr, liess sie wieder spüren, wie klein und unbedeutend sie in seinen Augen geworden war.

«In einem speziellen Raum. Aber er ist leer. Bemühen Sie sich nicht.»

«Keine Polizei … gut, du hast dich daran gehalten. Aber ich brauche Kohle. Du hast zu viel davon. Was willst du damit machen? Bald wird dein letztes Stündchen schlagen. Mitnehmen kannst du es nicht. Ich habe auf diesen Moment gewartet. Als kleinen Dank werde ich weisse Rosen auf deinen Sarg werfen. Einen Bund von … wie alt bist du? Bald siebzig? Ich werde einen Bund von siebzig weissen Rosen kaufen.»

«Sie können alles mitnehmen, aber tun Sie mir einen Gefallen.»

«Habe ich richtig gehört? Einen Gefallen soll ich dir tun?»

Kelly schwang sich auf den olivgrünen Ohrensessel und liess seine Beine über die Lehne baumeln. Er schien seine Überlegenheit zu geniessen. «Der Henker will dir den Wunsch erfüllen, haha ...»

«Bringen Sie mich in mein Badezimmer.» Merlinde ahnte, dass das hier nicht gut ausgehen würde. Ein Gedanke an Raluca nistete sich in ihrem Kopf ein. Kaum war sie weg, drohte alles zu eskalieren. Im Geist ging sie ihren Toilettenschrank durch. Dieser war so angebracht, dass sie auch sitzend zu den Fläschchen und Döschen greifen konnte. Vor der Kreuzfahrt hatte sie es sich angeeignet, sich ein wenig zu schminken. Dies gab ihr ein sicheres Gefühl und liess sie nicht so fratzenhaft aussehen.

Kelly sprang vom Stuhl, der Mann, dem sie vertraut und der ihr den letzten Stolz genommen hatte. Er war wiedergekommen, hatte seine Drohung wahr gemacht. Er schob sie ins Badezimmer. Wenn Merlinde sich nach ihm umwandte, sah sie Genugtuung in seinen Augen, ein diabolisches Glitzern.

Er würde sie umbringen, wenn er hatte, was er wollte.

Im Badezimmer griff sie zum Schrank, holte die Medikamente daraus hervor. Die Benzodiazepine Diazepam, Midazolam und Lorazepam. Ein wahrer Cocktail an Schlaf- und Beruhigungstabletten – und Propofol. Man schlief ein. Ein Schlaf wie in einer Narkose. Tief und traumlos. Irgendwann erwachte man daraus, und das Gewesene blieb wie eine Lücke zurück. Man fühlte sich leicht und unbeschwert.

Der schönste Tod, der einfachste. Ein paar Tabletten mehr als üblich, und man war weg. Endgültig und für immer. Es gab niemanden, der um sie trauern würde. Sie war das letzte Glied der Kette.

Dr. Claus hatte ihr die Medikamente ausgehändigt. Merlinde wusste nicht, welche Absicht dahintersteckte. Er hatte Mitleid mit ihr, unbestritten.

Sie entnahm der Packung zwei Tabletten, steckte sie in den Mund und bat Kelly, ihr ein Glas Wasser zu reichen. Sie würde untergehen. Jetzt. Hier und heute. Es war der siebzehnte April. Ein schöner Tag zum Sterben.

ACHTZEHN

«Fernand, du musst bei der Staatsanwaltschaft eine Gegenüberstellung zwischen Merlinde Vonlanthen und ihrem Bruder Holger Lücke erwirken.»

Carron sass gelangweilt am Bürotisch, hatte die Füsse hochgelagert und knabberte an einem Berliner. Ausnahmsweise gab es keine Auswärtstermine, und intern hatte der Druck der letzten Tage etwas nachgelassen. Noch diese Woche, dann würden er und Beverly endlich Ferien machen können. Das Telefon war auf frei Hand gestellt. «Max, du enttäuschst mich. Du weisst, dass das nicht funktioniert.» Konfitüre tropfte auf die Twill-Hose, die Beverly aus der chemischen Reinigung geholt hatte, eine der wenigen Hosen, die ihm ordentlich sass und beim Bund nicht kniff. «*Putain* … Ich dachte, ihr Bruder ist tot.»

«Du weisst von ihrem Bruder?»

«Merlinde sprach nie gern über ihn.»

«Er lebt seit 1970 unter falschem Namen in der Schweiz.»

«Echt?» Falsch daran fand Carron, dass nicht er es war, der dies herausgefunden hatte. Es wäre sein Auftrag gewesen, sich mit Merlindes Vergangenheit auseinanderzusetzen. Die Frage drängte sich ihm auf, ob sie ihm Fakten verheimlichte. Angewidert legte er den Berliner auf den Papiersack und schleckte seine Finger ab. Manchmal ekelte er sich vor sich selbst. Wenn er sich mit dem agilen von Wirth verglich, kam ihm die Galle hoch. «Weiss Merlinde davon?»

«Wenn du ihr nichts gesagt hast, nicht. Andererseits muss sie ihn längst erkannt haben.»

«Wer ist es?»

«Luc Holm.»

«Der Besitzer von Sanason?» Carron riss die Füsse vom Pult. Der Schock fuhr ihm in alle Knochen. Er ging zu seinem Aktenschrank und suchte nach dem Ordner mit den Handelsregistereinträgen von 2020, den sein Kollege hier deponiert hatte.

«Bist du noch dran?»

«Ja, ja ... ich muss nur eben Gewissheit haben. Mein Substitut war dessen Notar.»

«Warum hast du es letzthin verschwiegen, als der Name Sanason fiel?»

«Hat sich nicht ergeben.» Carron wollte nicht darauf eingehen. Er hatte vieles vor Max verschwiegen. Es ging ihn einfach nichts an.

«Ich höre dich sehr schlecht.»

«Max, ich rufe dich zurück.»

Sekunden verstrichen.

Es klickte in der Leitung. Von Wirth hatte endlich aufgelegt.

Carron nahm einen blauen Ordner zur Hand. Die Buchstaben «F» bis «K» waren in alphabetischer Reihenfolge auf dem Rücken notiert. Carron schlug ihn auf, suchte unter «H» wie Holm und stiess auf die Dokumente. Am ersten März 2020 hatte er sich mit Luc Holm, einem Schweizer Geschäftsmann, in der Anwaltskanzlei getroffen, um die Sanason GmbH zu gründen. Unterzeichnet war der Vertrag mit Luc Holm. Auf einem weiteren Dokument erschien die Kopie seines Identitätsausweises. Rechtlich schien alles in Ordnung zu sein.

War Carron einem Betrüger aufgesessen?

Er erinnerte sich an den Mann, der das Rentenalter längst erreicht hatte. Er brauche eine neue Challenge, hatte er gesagt, er werde eine Marktlücke schliessen. Nach seiner Vergangenheit hatte Carron nicht gefragt. Es hatte keine Betreibungen gegeben, und den Gebäudekomplex für sein Büro hatte er aus einem Konkurs, für die Verhältnisse günstig, erwerben können. Der Nachweis der Bank lag den Unterlagen ebenfalls bei. Kein Anlass für eine Nachforschung.

Carron hatte mit Holm den Businessplan erstellt und die Liquiditätsplanung vorgenommen. Es hatte Holm nicht schnell genug gehen können. Nichts Aussergewöhnliches allerdings. Carron war im Laufe seiner Karriere oft auf Hitzköpfe gestossen.

Nach der Gründung und Unterzeichnung war für Carron die Akte vom Tisch gewesen. Nach Merlindes Verhaftung im April hatten sich ihre Wege noch einmal gekreuzt. Nichts hatte darauf hingedeutet, dass Merlinde und Holm in irgendeiner Weise eine Gemeinsamkeit hatten. Holm hatte ihr die Kreuzfahrt verkauft, mit dem Anschlag auf sie hatte er nicht im Geringsten etwas zu tun.

Holm hatte eine falsche Identität. Wenn das auskam, würde Carron vor den Ausschuss der Anwaltskammer treten müssen. Nicht auszumalen, wie er sich dann aus der Affäre würde herausreden können. Vielleicht würde man dann weitergraben, und es würden Ungereimtheiten aus der Vergangenheit sichtbar werden.

Carron liess den Ordner geöffnet auf dem Pult liegen. Er zog die unterste Schublade des Korpus auf und entnahm ihm eine Flasche Single Malt Whisky. Er schraubte den Deckel ab und setzte die Flasche an die Lippen. Er nahm einen kräftigen Schluck. Das Destillat rann ihm über die Kehle und brannte höllisch.

Beverly lachte ihn aus dem versilberten Rahmen an.

***

Carron hatte nicht zurückgerufen. Max hatte keine Erklärung dafür. Ihm musste das Wasser bis zum Hals stehen. Gerade jetzt hätte Max ihn gebraucht, weil er die Vonlanthens über lange Jahre gut gekannt und begleitet hatte. Hatte Carron vergessen, welches Risiko Max für ihn eingegangen war, als er ihm aus der Patsche half? War für Carron die Schuld mit ein paar teuren Weinflaschen getilgt? Max hätte mehr von ihm erwartet. Dass er endlich etwas für *ihn* tat.

Sein iPhone summte. Er griff nach dem Gerät. Tausend Gedanken wirbelten durch seinen Kopf. Max war sich nicht sicher, ob er Merlindes Auftrag noch hatte. Mit Bortoluzzis Tod hatte sich die Angelegenheit erledigt. Jetzt ging es nur um Merlinde, nur fehlte ihm die Möglichkeit, Einfluss zu nehmen. Max meldete sich.

«Hallihallo.» Masha!

Er stotterte ihren Namen.

«Du warst in Gstaad, hat Andrew gesagt.»

«Das Buschtelefon funktioniert hervorragend.» Max erlebte gerade einen heftigen Gefühlssturm. Er musste sich zur Vernunft rufen. Sie hatte sich wunderbar angefühlt. So weich und warm.

«Er hat mir Rauchzeichen gegeben.» Masha lachte laut heraus.

«Warum hast du dich nicht bei mir gemeldet, als du letzte Woche im Drachenried warst?» Sie hatte unter seinen Stössen gestöhnt.

Es entstand eine lange Pause.

«Masha?» Sie hatte sich wie wild auf seinem Körper gebärdet, hatte geschrien und ihn gebissen. Ein fulminantes Finale.

«Ich weiss nicht, was du meinst.» Das Lachen musste ihr im Hals stecken geblieben sein.

«Du wurdest wiedererkannt, als du in Stans ein Paket einem Jugendlichen übergeben hast. Die Jungs werden als Zeugen gegen dich aussagen.» Dass er log, war ihm egal. Seine schroffe Art half ihm darüber hinweg, Mitleid zu zeigen.

«Machst du Witze?» Ihre Stimme wurde brüchig.

«Du verkennst meinen Beruf.» Max schmückte sich gerade mit fremden Federn, aber das war ihm egal. Er merkte, wie er Stellung für Fede bezog und ihre Arbeit als seine bezeichnete. Fede war zusammen mit Milagros in Stans gewesen, während er sie beide belächelt hatte. «Ich bin Detektiv und geschult, solche wie dich zur Strecke zu bringen.»

«Wie redest du mit mir?»

Er hörte ihr hektisches Atmen. «Weisst du», hatte sie gesagt, während er seinen Höhepunkt verebben liess, «als ich von Glens Tod erfuhr, hatte ich ein unbeschreiblich befriedigendes Gefühl, so wie jetzt.»

«Du kannst wählen: Entweder du stellst dich der Polizei, oder ich werde veranlassen, dass meine Freundin eine Anzeige gegen dich macht. Ein Tier zu töten ist kein kleines Delikt, und in ein Haus einzudringen und jemandes Haare abzuschneiden geht unter Körperverletzung.»

«Ach ja? Haare sind tote Materie.»

«Da wäre ich mir nicht sicher.»

Wieder entstand eine Unterbrechung.

«Du hast mich glauben lassen, dass du allein lebst. Das ist Vorgaukeln falscher Tatsachen.» Auf den Mund gefallen war sie nicht.

«Das kannst du mir freilich vorwerfen.» Max wollte nicht zugeben, wie sehr er sich von seinem Trieb hatte steuern lassen. Er hätte alles gegeben, um die kurze Affäre mit Masha ungeschehen zu machen. Er hatte Fede verletzt und mit seinem Verhalten eine Kettenreaktion dramatischer Umstände in Gang gebracht.

«Okay.» Masha schien lange nachgedacht zu haben. «Wie viel?»

«Wie viel, was?»

«Ich werde mich sicher *nicht* der Polizei stellen. Wir können das Problem gütlich lösen.»

Sie knickte ein, was Max nicht erwartet hatte.

«Weder Fede noch ich sind bestechlich. Vielleicht solltest du dich mal bei einem Psychiater checken lassen.» Es war ihm, ohne zu überlegen, herausgerutscht.

Sie ging nicht darauf ein. «*Come on* … hast du einen Wunsch? Eine schöne Ferienreise in die Karibik zum Beispiel?» Sie lachte dunkel.

Max fand keine Erklärung, weshalb er sich mit dieser Frau je hatte einlassen können. Ihre Schönheit hatte ihn geblendet. Er war schnurstracks in die Falle getappt. «Glaubst du wirklich, mit Geld könne man alles abgelten?»

«Womit denn sonst? Geld, mein Lieber, ist Antrieb für das Gute wie das Böse auf dieser Welt. Geld lässt Emotionen anspringen. Du kannst mich anrufen, wenn du es dir überlegt hast.»

Sie hatte aufgehängt, bevor Max dazu kam, ihrem kranken Vorschlag entgegenzusteuern.

***

«Wenn das hier vorüber ist, schulden wir einander nichts mehr.» Carron führte Max in den Aufenthaltsraum im Gefängnis Horgen. «Es war verdammt schwierig, diese Besprechung zwischen Merlinde und ihrem Bruder in die Wege zu leiten. Merlinde kommt zugute, dass sie behindert ist und es bislang an Beweismitteln fehlt. So, wie die Rechtslage steht, wird sie morgen entlassen. Aber so lange wolltest du nicht warten. Du kannst es dem Haftrichter verdanken, dass wir so schnell einen Termin finden konnten.»

«Einer deiner Freunde, ich weiss.» Max betrat einen Saal mit Linoleumboden, hoch angesetzten Fenstern mit Gitterstäben und Tischen aus Kunststoff. An einem von ihnen sass Merlinde und sah ihm skeptisch entgegen. Er kannte diesen Blick.

«Wie geht es dir?» Max strich über ihre Schultern. Sie fühlten sich kantig an.

«Ich bin müde.» Sie hob die rechte Hand und klammerte sich an Max fest. «Man hat mir gesagt, dass ich bald freikomme. Ich weiss nicht, ob ich mich freuen soll.»

Max wusste nicht, wie er beginnen sollte. Er setzte sich Merlinde gegenüber. «Hat dir Carron erzählt, worum es geht?»

«Es gäbe ein Treffen. Mit wem, weiss ich nicht. Wer will mich denn sehen? Ich habe ja nur noch euch. Dich, Federica und Milagros.» Sie warf Carron einen abschätzigen Blick zu. «Und Fernand, aber ihm, unter uns gesagt», sie flüsterte, «traue ich nicht zu hundert Prozent.»

«Es wird sicher alles gut.» Max glaubte selbst nicht, was er sagte. Er war nervös. Die Begegnung zwischen den Zwillingen könnte nicht den Erfolg bringen, den er sich versprach. Holm hatte ihm einiges aus seiner Vergangenheit anvertraut, wie er sich durchs Leben gekämpft und Leute hintergangen hatte. Wie er Dokumente gefälscht hatte, wenn es um sein Überleben ging. Ob er jemanden finanziell ausgenommen hatte, darüber hatte er geschwiegen. Holm war ein Lebenskünstler, aber auch auf Rache aus. Max würde ihn im Auge behalten müssen. «Bist du bereit?»

Merlinde hob den Kopf. Auf ihrem asymmetrischen Gesicht

zeichnete sich Neugier ab. Ihre Augen waren plötzlich wach, als sie zu der Tür sah.

Max folgte ihrem Blick. Fede betrat den Raum zusammen mit Luc Holm alias Holger Lücke. Sie kehrte zurück, ohne etwas zu sagen. Er ging leicht gebeugt mit schleppendem Schritt. Die letzten Stunden mussten ihn gebeutelt haben.

«Wer ist das?» Merlinde gab einen zischenden Laut von sich.

«Luc Holm von Sanason. Er hat dir die zwei Reisen auf dem Mittelmeer verkauft. Von ihm stammte das Personal, das dich begleitet hat.»

«Will er mir wieder Blumen bringen als Entschuldigung für das, was man mir angetan hat?»

Holm blieb vor dem Rollstuhl stehen. «Hallo, Merly.»

Merlindes kurzes Zusammenzucken fiel wahrscheinlich nur Max auf. Ihr eh schon helles Gesicht hatte die Farbe eines weissen Lakens angenommen. Sie schnappte nach Luft und riss die Augen auf. «Holger?»

Holm liess sich neben Merlinde nieder. Das Alter hatte ihre Ähnlichkeit nicht vollkommen zum Verschwinden gebracht. Nebeneinander glichen sie einem Paar, dessen Verschwisterung nicht zu verleugnen war. Die Zeit hatte Rillen in ihre Gesichter gemeisselt wie Jahrringe in einen Baum. Die Grundzüge waren geblieben, die hellgrauen Iriden mit dem dunklen Rand.

«Du lebst?» Merlinde brauchte offensichtlich eine Weile, bis sie sich einrenkte. «Man hat dich nie gefunden, nur deine Schuhe, die im Gebüsch zurückgeblieben waren. Komisch, Mutter hatte immer das Gefühl, dass du zurückkommst. Vater war sich sicher, dass die Flut dich mitgerissen hat.»

«Und dir war es so was von egal.» Holms Stimme erhob sich unwesentlich. «Du hast unserer Familie den Rücken gekehrt. Du hast uns verraten.»

«Es war mein Recht, mir ein besseres Leben zu gestalten. Du hast mich stets belächelt.»

«Du warst nicht einmal volljährig.»

«Vater hat uns am fünfzehnten Geburtstag die Eigenverantwortung übergeben, erinnerst du dich?»

Holm kniff die Lippen aufeinander.

Max vermutete, dass hier noch viel zu besprechen war. Fünfzig Jahre, die eine Aufarbeitung erforderten.

«Grandhotel Dolder, 1980.» Holm rang um Haltung. «Dort habe ich dich zum ersten Mal angesprochen. Du hast mich nicht erkannt oder wolltest es nicht. Du hast mich als eine Art Clown gesehen, der für Unterhaltung sorgt. Merlinde Vonlanthen, das arme Mädchen aus Langeoog, sonnte sich im Zürcher Glanz und Gloria. Wohlstand war das Mass all ihrer Dinge. Sie hatte vergessen, woher sie kam, ihre Heimat verleugnet. Der Ring ist geborsten.»

«Dann ist es nicht Zufall, dass ausgerechnet *du* mich auf die beiden Kreuzfahrten gelockt hast?» Merlinde blieb erstaunlich ruhig.

Diese Option hatte Max selbst in Erwägung gezogen. War die Firma Sanason aus einer kriminellen Idee entstanden? Waren Glen Kelly, Liliane Lehner und das Ehepaar Bortoluzzi Handlanger in einem perfiden Geschäft gewesen? Woher stammte das Geld, das Holm für seinen Plan benötigt hatte?

Holm streckte seine knöcherne Hand nach seiner Schwester aus. «Ich habe dafür gekämpft, um in deiner Nähe zu sein und mir meinen Anteil zu nehmen, einen Teil deines Vermögens, das mir meiner Meinung nach zusteht. Fünfzig Jahre, Merly, fast mein ganzes Leben hast du mich im Schatten stehen lassen. Schlimmer noch: Du hast mich nicht einmal erkannt … und ja, ich habe die Firma Sanason deinetwegen gegründet und die richtigen Leute engagiert.»

«Aber wenn ich gewusst hätte, dass du am Leben bist …» Sie schluckte schwer. «Du hättest dich mir zu erkennen geben sollen. Das geht mir nicht in den Kopf. Mensch, Holger …»

«Du hast mich sang- und klanglos verlassen. Kein Lebenszeichen, nichts. Keine Frage, wie es mir gehen könnte. Ich war dir so was von egal.»

«Sieh mich an.» Ihre Stimme kippte ins Weinerliche. Wollte sie damit ihren Bruder trösten? «Es ist mein Ende. Ich mag nicht mehr. Im Gegensatz zu mir bist du wohlauf.» Ihr Kinn fiel auf die Brust. «Wenn ich das gewusst hätte …» Kraftlos hob sie ihre rechte Hand. «Bringt mich zurück in die Zelle.»

«Was haben Sie sich dabei gedacht?» Max nahm Holm zur Seite. «Hätten Sie früher die Wahrheit gesagt, wäre vieles zu vermeiden gewesen.»

«Sie verkennen den Stolz der Lückes.»

«Oh nein, ich habe Merlinde kennengelernt. Sie ist stolz und aufrecht. Vor allem in den letzten Jahren hat sie gezeigt, wie mutig sie ist. Sie hätten an ihrem Leben teilhaben können, wenn Sie sich ihr gezeigt hätten. Ich bin mir sicher, sie hätte Sie mit offenen Armen empfangen. Aber vielleicht waren *Sie* zu stolz.» Max hielt inne. «Was war der Grund, es nicht zu tun?»

«Ich hatte es versucht. Sie hatte mich immer abgewiesen.»

«Haben Sie sich zu erkennen gegeben?»

«Wir sind Zwillinge. Sie hätte es spüren sollen.» Holm machte eine Pause, schnappte nach Luft. «Es ist besser, ich mache mich auf den Weg.» Er schritt Max voraus in Richtung seines Jeeps, den er am Strassenrand abgestellt hatte. Augenscheinlich war er nicht bereit, sich noch tiefer in die Seele blicken zu lassen.

Max holte Holm ein. «Vielleicht sollten Sie mit Ihrer Schwester noch einmal in aller Ruhe sprechen.»

Holm öffnete die Tür auf der Fahrerseite. Er stieg auf den erhöhten Sitz. «Wenn ich lange genug warte, kann ich sicher erben.» Er lächelte gequält. «Ihretwegen bin ich auf die schiefe Bahn geraten. Was nützt mir viel Geld, jetzt, wo ich alt und krank bin?» Er streckte den linken Arm aus, um die Autotür zu schliessen. «Ich fahre nach Hause.»

Max stemmte sich gegen die Tür. «Wo ist Ihr Zuhause? Die Wohnung in Erlenbach gibt es nicht mehr, Ihre Firma ist bankrott. Was ist das für ein Deal, von dem Sie gesprochen haben?» Max versuchte, ihn zurückzuhalten. Etwas stimmte hier nicht. Holm verschwieg ihm die Wahrheit.

«Der Deal ist geplatzt.» Holm griff zum Handschuhfach, öffnete es und hatte plötzlich eine Waffe in der Hand.

Max wich instinktiv zurück. «Machen Sie keine Dummheiten.»

«Dummheiten?» Holm entfuhr ein heiseres Lachen. «Mein Leben war gepflastert mit leichtsinnigen Taten. Manchmal auch mit schlimmen Dingen. Ich stand stets im Schatten meiner Schwester, die bereits in der Schule erfolgreicher war als ich. Anstatt mir zu helfen und mich zu motivieren, wie das unter Zwillingen, unter Geschwistern im Allgemeinen, üblich ist, hat sie mich links liegen lassen. Sie hat mich nicht erkannt. Stellen Sie sich vor, Sie hat mich im Dolder in Zürich *nicht* erkannt. Sie ist gefühllos und arrogant. Der Reichtum hat sie völlig entartet. Nein, das ist nicht mehr die Schwester, die ich einmal hatte. Und wissen Sie was? Es ist mir egal. Jetzt weiss ich es. Mein Kampf war vergeblich. Aber er hat mich über die Jahre am Leben erhalten.»

Max sah, wie sich Tränen aus seinen Augen lösten. «Ihre Schwester ist nicht so, wie Sie sie beschreiben.» Der alte Mann tat ihm auf einmal leid.

Holm ging nicht darauf ein. «Ich habe alle im Glauben gelassen, ich wäre ertrunken. Ich habe mich auf die Suche nach meiner Schwester gemacht, habe deswegen getötet … Sie hiess Janis. Ihr Tod hat mir gezeigt, dass alles im Leben überwindbar ist, auch der Tod.» Holm entsicherte die Pistole, eine Heckler & Koch.

Max durchfuhr ein Zittern. «Holm … Lücke, seien Sie vernünftig. Es findet sich ein Weg.»

«Wer einmal gemordet hat», fuhr Holm fort, «dem fällt es beim zweiten Mal leichter.»

Max hob die Hände. «Machen Sie keinen Unsinn. Es gibt immer eine Lösung.»

«Ich habe über fünfzig Jahre nach dieser Lösung gesucht.»

Max versuchte ihn zu beruhigen. «Jetzt haben Sie Ihre Schwester gefunden.»

«Es ist zu spät. Ich habe ein weiteres Mal gemordet. Und ich werde es wieder tun.»

«Ein weiteres Mal?» Max wollte Zeit gewinnen. Er bemühte

sich, Holm zur Vernunft zu bringen. «Kann es sein, dass *Sie* in Merlindes Villa waren?»

«Erraten.» Die Pistole vibrierte in Holms zitternder Hand. «Ich habe Bortoluzzi erschossen.»

«Mit welchem Motiv?»

«Ich ging davon aus, dass Merlinde wieder unter Verdacht stehen würde. Ich … ich wollte es ihr heimzahlen. Und jetzt, da Sie mein Geständnis kennen …»

***

Fede fuhr erschrocken zusammen. «Da hat wer geschossen.» Sie hielt auf der Treppe inne, welche den Ausgang mit dem Vorplatz des Gefängnisareals verband. Efeuranken kletterten die nackte Mauer empor, grüne Blätter, dicht ineinandergewoben wie ein Nomadenteppich.

Carron, der neben ihr gegangen war, blieb unvermittelt unter einer Strassenleuchte stehen. «Das klang wie ein Schuss, du hast recht.»

«Er kam von dort drüben.» Eine Reihe von geparkten Autos versperrte ihr die Sicht. Nichts rührte sich. Die Karosserien glänzten in der Sonne, die im Zenit stand.

Carron zog sic hinter die Tanne neben der Lampe. Er griff in seinen Sakko, den er trotz der Hitze trug, und beförderte sein Smartphone hervor.

«Rufst du die Polizei an?» Fede duckte sich, lugte durch die Tannenäste, die vor ihren Augen tanzten. Sie konnte auch jetzt nichts sehen. «Vielleicht ein Gefängnisausbruch?»

Carron redete mit der Polizei, gab den Standort durch und versprach, im Versteck zu bleiben. «Sie sind in ein paar Minuten da.»

«Wie ist es mit Holm gelaufen?» Fede hatte das Gespräch mit dem Geschwisterpaar nicht mitbekommen und draussen vor der Tür gewartet.

«Das kann dir Max erzählen. Zudem sollten wir uns auf das konzentrieren, was dort vorn abläuft.»

«Okay, sehen wir nach.»
Er hielt sie zurück.
Die Tür des Hauptgebäudes ging auf. Drei uniformierte Gefängniswärter mit kugelsicheren Westen kamen über die Treppe gerannt.
«Hey, da sind wir.» Fede trat aus dem Schatten.
«Bleiben Sie, wo Sie sind. Wir bekamen gerade Meldung von einem Schusswechsel.»
«Es fiel nur *ein* Schuss», korrigierte Fede, und an Carron gewandt, «oder hast du mehrere Schüsse gehört?»
Carron hob nur die Hand. Er blieb eng hinter der Tanne stehen. Dass er Angst hatte, sah Fede ihm an. Sie beobachtete die Männer, die mit gezogenen Waffen und in gebückter Haltung auf die geparkten Autos zugingen.
Es mochten Minuten vergangen sein, als leise Polizeisirenen erklangen. Sie kamen näher, wurden lauter, dröhnten im Ohr, giftig und schmerzhaft jetzt. Beim Parkplatz bremsten drei Streifenwagen ab. Die Szenerie war unheimlich und bedrückend.
Etwas später gab es Entwarnung.
«Kommst du?» Fede berührte den Arm von Carron, der noch immer wie paralysiert bei der Tanne verharrte. Fede selbst regte sich über ihre Nachlässigkeit auf, ihr Handy im Mini liegen gelassen zu haben. Wo war Max? Er war mit Holm zuerst gegangen, hatte sich mit ihm über den weiteren Verlauf des Vorgehens unterhalten wollen. So, wie sie es verstand, hatte sich Max ihm als juristische Hilfe angeboten, was Fede nicht nachvollziehen konnte. Vielleicht wollte er ihn aufgrund des gestohlenen Schmucks beraten. Lücke alias Holm alias Kaufmann – ein fast siebzigjähriger Mann – hatte das Schauspiel beendet, war aus dem Rampenlicht getreten und hatte das Kleid des Mimen abgelegt. Darunter erschien ein verbitterter Mensch, der vielleicht bereute, was er einst getan hatte. Fede hatte nur kurz mit Max gesprochen vorhin, bevor er mit Holm verschwand.
Fede entdeckte den grünen Jeep erst, als zwei Polizisten Flatterbänder spannten. Auf der Seite des Fahrers lag ein Körper

auf dem Boden, den jemand mit einem Tuch zugedeckt hatte. Bei einem Ambulanzwagen waren die Flügel der Hecktür geöffnet. Zwei in gelbe Anzüge gekleidete Frauen beugten sich ins Wageninnere. Die Szenerie fühlte sich nicht gut an. Fede schauderte es. Es war, als liefe ein Film vor ihr ab.

Ein Polizeibeamter kam auf sie zu. «Sie können da jetzt nicht durch.»

«Ich kenne den Fahrer des Jeeps.» Die Stimme wollte ihr nicht gehorchen. «Es ist Holger Lücke … mein Freund Max von Wirth hat ihn zum Wagen begleitet.»

«Warten Sie einen Moment.»

Fede blieb stehen. Carron war bei ihr angelangt. «Was ist los hier?»

«Es gibt einen Toten», sagte jemand. Eine Frau, die offenbar nicht zur Polizei gehörte. «Es ist furchtbar. Mein Mann hat es gesehen. Er wird nun als Zeuge befragt.»

«Und Sie?», wollte Fede wissen. «Was haben Sie gesehen?»

«Nichts. Ich kam erst später, hatte die Handtasche im Auto vergessen. Mein Mann ging voraus … Er kam dann zurück, wollte mich von dem Anblick verschonen …»

«Was für ein Anblick?» Fede spürte, wie die Kraft aus ihrem Körper wich. Panik ergriff sie. Sie packte Carrons Arm. «Gib mir dein Handy!»

«Federica Hardegger?» Der Polizeibeamte näherte sich ihr, winkte ihr zu. «Kommen Sie zum Ambulanzwagen.»

Mit zittrigen Beinen ging Fede vorwärts, traumwandlerisch an dem grünen Jeep vorbei, der jetzt von mehreren Polizisten umzingelt war. Jemand nahm sie beim Arm.

Fede wusste nicht, wie sie zum Ambulanzwagen gelangte. Da war diese Vorahnung, die sie gefangen und zurückhielt. Sie fühlte sich schlapp, als hätte jemand sämtliche Energien von ihrem Körper angezapft und abgesaugt. Sie sah auf die linke Seite, auf den Jeep. Der Blick auf die offene Wagentür war nun frei. Die Polizisten standen daneben.

Am Wagen war Blut. Sehr viel Blut. Fede konnte es deutlich sehen. Die Windschutzscheibe war zersprungen. Die Risse zogen sich wie ein schauerliches Spinnengewebe über die Front, auf der etwas Undefinierbares klebte. Fede wandte den Blick ab. Sie torkelte weiter. Jemand hielt sie fest, sonst wäre sie gestürzt.

Sie sah einen Körper auf dem Schragen liegen. Den Unterarm neben dem Rumpf. Der Notfallarzt zog die Punktionsstelle glatt und führte eine Hohlnadel in die Haut ein. Seine Assistentin befestigte einen Beutel mit einer durchsichtigen Flüssigkeit an einem Haken am Wagendach.

Der Arzt sah auf, nachdem er die Kanüle gesetzt hatte. «Frau Hardegger? Federica Hardegger?»

Fede betrat den Wagen. «Ja, die bin ich.» Die Stimme wollte ihr nicht gehorchen. «Was ist … passiert?» Sie tastete sich am Schragen entlang. Der Körper war zur Hälfte zugedeckt. Über der Brust breiteten sich Blutflecken aus. Das Zittern kam unwillkürlich. Waren zwei Schüsse gefallen?

Der Arzt sah sie sorgenvoll an. «Geht es einigermassen?» Er beruhigte sie. «Ihr Freund hatte einen Kreislaufkollaps. Wir versorgen ihn mit einer Glukoselösung. Er hatte noch Ihren Namen genannt, bevor er ohnmächtig wurde. Er wird bald wieder zum Bewusstsein kommen.»

Fedes Beine drohten wegzurutschen. «Was ist mit dem Blut?» Sie zeigte auf Max' Hemd.

Der Arzt befestigte die Kanüle mit einem Verband. Die Frage liess er unbeantwortet.

«Was … was ist mit Holger Lücke?» Fede wies auf den grünen Jeep.

«Er hatte weniger Glück. Aber sprechen Sie mit der Polizei. Allenfalls wird sie Ihnen Auskunft geben.»

Fede griff nach Max' Hand. Sie war kühl und feucht. «Mensch, hast du mir einen Schrecken eingejagt.» Sie vermochte nicht mehr, ihre Tränen zurückzuhalten. Ein heftiges Schluchzen erfasste sie, schüttelte sie durch. Sie hatte sich nicht mehr unter Kontrolle. Erleichterung erfasste sie, Dankbarkeit und eine grosse Melancholie.

Max schlug die Augen auf.

Der Arzt erhob sich. «Ich werde Sie einen Moment mit ihm allein lassen.» Er verliess den Krankenwagen.

Fede setzte sich an dessen Platz. «Max, was ist hier los?»

Es fiel ihm schwer, zu sprechen. Fede sah es an seinen Lippen, die sich bewegten, ohne dass er etwas herausbrachte. Sie tätschelte seine Hand, strich ihm über das Gesicht.

«Holger Lücke ist tot … er hat sich vor meinen Augen in den Kopf geschossen.»

NEUNZEHN

Er erwachte. Der Morgen begrüsste ihn mit Vogelgezwitscher. Durch den zugezogenen Vorhang fiel ein Streifen Licht, der sich auf der Bettdecke fortsetzte. Wie Max hierhergekommen war, liess sich bloss in Fragmenten rekonstruieren, wie alles, was geschehen war. Fede hatte ihn ins Drachenried gefahren, mit seinem Wagen. Ihren hatte sie stehen lassen. Würde ihn irgendwann mal abholen, wenn das hier vorbei war, hatte sie gesagt. Es bewies, in welch schlechtem Zustand Max sich gestern befunden hatte. Er streckte seinen Arm aus. Der Platz an seiner Seite war leer.

Die Bilder von gestern kehrten mit aller Brutalität zurück. Und mit ihnen der Moment, als der Schuss fiel. Holm hatte seinen Körper noch abgedreht, im Begriff, den Jeep zu verlassen, als hätte er dem einzigen Zuschauer im letzten Akt in die Augen sehen wollen. Die Pistolenmündung im geöffneten Mund, der Knall, die Explosion. Immer wieder diese Explosion. Sie hatte Holm den Kopf zerfetzt.

Sein Körper hatte Sekunden lang innegehalten, bevor er aus dem Wagen kippte und Max unter sich begrub.

Es klopfte. Milagros stand plötzlich im Zimmer. Max erkannte ihre Kontur.

«Maximilian.» Sie sprach leise, wollte sich vergewissern, ob er wach war.

Sein Kopf fühlte sich wie Watte an. «Guten Morgen.» Seine Stimme krächzte. Er musste sich ein paarmal räuspern.

Milagros trat ans Bett. Sie hielt eine Tasse in der Hand. «Melissentee, frisch aufgegossen. Hat eine beruhigende Wirkung … Das muss ja furchtbar gewesen sein.»

Bemühte sich Max darum, die Erinnerung im Zaum zu halten, schaffte Milagros es mit einem einzigen Satz, sie wieder ins Bewusstsein zu reissen.

Max griff nach der Tasse. Er war zu müde, um sich seiner Mutter zu widersetzen.

«Federica erzählte, du hast den Suizid mitbekommen. Direkt in den Kopf … schrecklich.» Milagros zog einen Stuhl ans Bett. Sie setzte sich mit grosser Erwartungshaltung. «Geht's einigermassen?»

Fede betrat das Zimmer. «Du solltest ihn in Ruhe lassen. Er muss sich erholen.»

Milagros erhob sich, leicht pikiert.

«Die Polizei ist da», sagte Fede. «Sie lässt fragen, ob du für eine Zeugenaussage bereit bist.»

«Ich dachte, er muss sich erholen?» In Milagros' Augen lag Unverständnis.

Max setzte sich auf, ohne von dem Tee getrunken zu haben. Melisse schmeckte ihm nicht. Er erinnerte sich an gestern Abend, als man ihn befragen wollte. Die Medikamente, die man ihm intravenös verabreicht hatte, hatten ihn beduselt. Er war nicht in der Lage gewesen, auf jedwede Fragen Antworten zu geben. Jetzt war es ihm unangenehm, dass Fede und Milagros ihn in diesem Delirium sahen. «Lass mir Zeit, um mich frisch zu machen.»

Es schwindelte ihm, als er unter der Dusche stand und lange kaltes Wasser über sich rieseln liess. Es fühlte sich wie eisige Nadelstiche an, vermochte nicht, seinen inneren Schmerz zu beseitigen. Weder den Schmutz noch das Blut, das an seiner Haut klebte. Holms Blut. Immer wieder diese Bilder. Max stellte den Wasserhahn ab und rieb sich mit dem Frottiertuch trocken. Er sah sein Spiegelbild. Es kam ihm seltsam fremd vor. Er schäumte sein Gesicht mit Rasierschaum ein und fuhr mit der Klinge über Wangen und Hals.

Ein Schuss, und alles ist weg.

Holm war Linkshänder gewesen. Für Max eine Falle. Vielleicht hätte er ihm die Pistole aus der Hand reissen können, bevor er abdrückte. Wenn …

Er zog sich an, Hose und ein frisches Hemd. Er besprayte sich lange mit einem Eau de Toilette, als könnte er damit den Geruch des Todes vertreiben. Er streifte sich die Socken über, schlüpfte in seine Schuhe, ein italienisches Modell. Max hatte sie in Gstaad gekauft. Vielleicht sollte er sie verschenken. Weg mit den Erinnerungen an Masha.

In der Küche warteten zwei Polizisten.

Max bereitete sich einen starken Kaffee zu. «Möchten Sie auch einen?»

«Wir brauchen Ihre Aussage zum Vorfall gestern.»

«Können wir das hier erledigen?»

«Sie müssen uns zur Staatsanwaltschaft nach Zürich begleiten.»

Max liess sich Zeit mit dem Kaffee. Unter Milagros' gestrengem Blick ass er sogar ein Stück Brot.

Zehn Minuten später sass er im beschrifteten Polizeiwagen mit Zürcher Nummernschild.

Sie verliessen das Drachenried. Die Landschaft zog wie ein unscharfes Gemälde an ihnen vorbei. Max fröstelte trotz der Hitze, die sich im Wagen niederschlug. Er würde heute eine Aussage machen und über Holms Geständnis sprechen müssen. Vielleicht auch zugeben, dass er Holms Tod hätte verhindern können.

Hatte er falsch reagiert?

***

Carron holte sie ab. Merlinde hatte keine andere Wahl, als sich auf seine Hilfe einzulassen. Sie hatte gehört, was passiert war. Sie hatte ihren Bruder zum zweiten Mal verloren. Dieser Verlust schmerzte sie mehr als damals, als ihre Eltern ihr die Hiobsbotschaft hatten überbringen lassen. Möglicherweise war aber die Erinnerung an früher einfach nicht mehr präsent. Trotz des Schmerzes blieb eine tiefe Trauer aus. Da waren keine Tränen. Holger war ihr fremd geworden. Sie hatte den Zugang zu seinem Herzen nicht gefunden. Es hätte so vieles gegeben, was sie miteinander hätten reden können. Über all das, was er seit seinem fingierten Tod auf Langeoog erlebt hatte. Wollte sie es überhaupt erfahren? Morgen vielleicht.

Carron schob sie im Rollstuhl durch das geöffnete Tor. Die

Sonne prallte vom stahlblauen Himmel. Es würde wieder ein heisser Tag werden.

«Wohin soll ich dich fahren?»

«Ich habe noch ein paar Sachen bei Federica und Maximilian im Drachenried.» Milagros war gewiss auch dort. «Kann sein, dass wir meine Freilassung feiern.» Merlinde wandte sich zu Carron in ihrem Rücken um. Sie wusste, wie zynisch sie klang. «Wer hat Matteo erschossen, wenn ich es nicht war?»

«Das darf ich dir nicht sagen.»

«Du mit deiner Verschwiegenheit, diesem … diesem Anwaltsgeheimnis … deiner Arroganz. Du bist mein Anwalt. Ich habe ein Recht, es zu erfahren … Wenn du bloss immer diese Einstellung gehabt hättest.» Sie waren bei Carrons Auto angelangt. «Raus damit. Du willst Geld verdienen. Also weihe mich ein.»

«Bortoluzzi wurde mit der gleichen Waffe erschossen wie dein Bruder.» Carron öffnete die Beifahrertür an seinem Combi.

«Ich dachte, Holger habe sich selbst getötet.»

«Eben.»

«Holger war Matteos Mörder? Er war in meinem Haus?» Merlinde liess sich auf den Sitz hieven und anschnallen.

Carron klappte den Rollstuhl zusammen und räumte ihn sowie die Tasche mit den Kleidern und den Toilettenartikeln in den Kofferraum. Er stieg auf der Fahrerseite ein. «Auf jeden Fall bist du für den Tod an Bortoluzzi nicht verantwortlich.»

«Aber?» Merlinde ahnte, dass da noch etwas kam. Der dunkle Fleck vom siebzehnten April war nicht weg. Carron musste noch immer glauben, dass sie Glen Kelly umgebracht hatte. Vielleicht hatte sich der Verdacht noch erhärtet, nachdem ausgekommen war, zu was Holger fähig gewesen war. Dass das Töten in der Familie lag, genetisch vererbt. Alkohol, Labilität, Mordgelüste. Milagros hatte sie vorhin angerufen und ihr erzählt, was sie Max hatte entlocken können. Holger habe ihm von dem Mädchen erzählt, das er im Sommer 1970 erstickt hatte.

«Der Tod an Kelly ist nach wie vor nicht aufgeklärt.» Carron startete den Motor und fuhr die Parkplätze entlang. Dort, wo am Tag zuvor Holm umgekommen war, zeugten Reste von Flatterbändern vom Polizeieinsatz.

«Du weisst, dass ich damals eine Gedächtnislücke hatte.»

«Du hast dich gerächt.»

«Musst du jetzt wieder damit beginnen?»

Sie verliessen die Burghaldenstrasse, folgten der Zugerstrasse bis zum Kreisel. Carron bog in die Waidlistrasse ab.

«Das ist nicht der Weg zur Autobahn.» Merlinde griff mit dem rechten Arm auf Carrons Seite, boxte auf ihn ein. «Wo fährst du hin?»

Carron schwieg und hielt Richtung See.

«Du willst doch nicht etwa nach Herrliberg.»

«Die Fähre legt gleich ab.» Sie passierten einen weiteren Kreisel. Beim Autoquai fuhr Carron ungebremst auf die Fähre, befolgte die Anweisungen des Schiffbegleiters und stoppte.

«Ich will ins Drachenried.» Merlinde fauchte ihn an. «Was hast du vor?»

«Erstens müssen wir reden und zweitens endlich dein Testament aufsetzen. In deinem Zustand ist es fahrlässig, dich nicht schon früher damit beschäftigt zu haben.»

«Aber das können wir doch auch bei einer Tasse Kaffee unterwegs.» Ihre Stimme zitterte. «Du wirst doch keinen Blödsinn machen.» Ihr eigentümliches Gefühl blieb.

«Was denn?» Carron bezahlte das Ticket. «Du bist ja neugierig.»

«War ich das nicht schon immer? Geht es um die Villa? Hast du jemanden gefunden, der sie kaufen will? Meinen Segen hast du, was immer du rausschlägst. Ich würde die letzten Tage meines Lebens viel lieber auf einem Bauernhof verbringen. Zurück zu den Wurzeln … und was meinen Letzten Willen betrifft. Es gibt doch diese Legate …»

Carron liess auf allen Seiten die Fenster hinunter. Er schnappte nach Luft.

«Was ist mit der Villa?»

«Ich habe niemanden gefunden. Du wirst auf ihr sitzen bleiben. Sie steht ja unter Denkmalschutz, oder vielleicht kämpfst du gegen den Architekten und dessen Erben. Die Mittel dazu hast du.»

«Warum reitest du eigentlich immer auf meinem Geld herum?»

Carron wandte den Blick ab. Die Fähre hatte abgelegt, fuhr Richtung Meilen. Der Fahrtwind nahm zu, kühlte Merlindes heisse Stirn.

«Nun, die zwei Millionen sind mir gewiss. Du bist raus.»

«Zwei Millionen.» Für Merlinde ein Klacks. «Was machst du mit dem ganzen Geld? Ich meine, du verdienst ja mehr als genug.»

Carron gab einen zischenden Laut von sich. «Beverly ist masslos, will immer nur das Beste. Ich muss dir nicht erzählen, wie das ist. Du hast schliesslich auch immer aus dem Vollen geschöpft. Beverly ist wie du, eine unersättliche Frau.»

***

Fede sass auf dem Strohballen neben der Wärmekiste.

Chrigi führte ihr die Schierlampe vor. Er entnahm der Kiste ein Hühnerei und stellte es aufrecht mit der Spitze nach oben auf die Vorrichtung der Lampe. Er betätigte den Schalter. Das Ei erstrahlte in einem gelblich orangen Schimmer. «Schau genau hin. Dieser Schatten da», Chrigi tippte auf die untere Hälfte des Eis, «das ist der Embryo.»

Fede konzentrierte sich. «Ich sehe nichts.»

«Egal, das Küken wächst. Coco hat den Zweck erfüllt. Wenn nicht er, dann sein Ersatz. Der war zwar nicht so gut drauf. Zwei Eier musste ich leider entfernen. Sie waren unbefruchtet. Aber der Rest, immerhin sind es ein Dutzend, wird putzige Hühnchen hervorbringen.»

Fede erhob sich, liess Chrigi die Freude. Ihre eigene wollte sich nicht einstellen. Max hatte sich noch nicht gemeldet. Seit über vier Stunden war er weg. Sie hätte ihn vielleicht begleiten sollen, ihm zur Seite stehen. Er hatte Schlimmes erlebt.

Aber hatte sie das nicht auch? Sie musste ihn ein wenig leiden lassen. Gut möglich, dass er endlich zur Vernunft kam und merkte, was er an ihr hatte.

Draussen fuhr ein Wagen zu. Fede trat auf den Platz vor dem Stall. Max entstieg einem Streifenwagen. Die Polizei hatte ihn wieder hierhergebracht.

«Wie war es?» Fede hängte sich bei ihm ein.

«Ich bringe die Bilder nicht mehr aus meinem Kopf.» Max ging zielstrebig auf das Haus zu. «Ich muss mich setzen. Ich habe vorhin nochmals eine Beruhigungstablette geschluckt. Ich hätte nicht gedacht, dass eine solche Tragödie einen dermassen mitnimmt. Die Fragen waren sehr penetrant. Ich hatte oft das Gefühl, dass sie mir unterschwellig eine Mitschuld geben.»

Fede stiess ihn in die Küche. «Setz dich. Das ist normal, wenn du von Gewissensbissen geplagt wirst. Ein natürlicher Reflex. Aber du kannst nichts dafür. Es war Holms Entscheid, seinem Leben ein Ende zu setzen.»

«Ein egoistischer Entscheid. Er hätte damit zuwarten können.»

«Soll ich den Rest des Gratins aufwärmen?»

«Ich habe keinen Hunger.» Max lehnte sich zurück und sah sie mit einem Blick an, der ihr Unbehagen einflösste. «Ich mache mir Sorgen um Merlinde. Ich habe versucht, sie anzurufen. Sie nahm ab, aber meldete sich nicht. Sie wollte doch zu uns kommen.»

«Milagros weiss bestimmt, wann.» Fede verliess die Küche, ging in den Korridor und stellte sich ans untere Treppengeländer. «Milagros?»

«Wo brennt's?» Milagros erschien auf der obersten Treppenstufe.

«Max ist zurück. Er lässt fragen, was du mit Merlinde abgemacht hast.»

«Sie wollte am frühen Nachmittag hier sein.» Milagros kam über die Treppe nach unten. Sie hatte sich Bermudas und eine karierte Bluse angezogen. Mehr Bäuerin als schicke Lady. Fede wurde warm ums Herz. «Seltsam. Sie hat gesagt, dass Carron sie ins Drachenried fahre. Das war vor zwei Stunden.»

Fede spürte, dass hier etwas nicht stimmte. Die Berichte, auf die sie in den letzten Stunden gestossen war, machten ihr Sorgen. Wiederholt hatte sie sich mit dem Mord an Glen Kelly befasst. Es gab offene Fragen, die weder die Staatsanwaltschaft noch Carron, Merlindes Strafverteidiger, klären konnten. Ein Reporter der Boulevardzeitung war diesen Fragen offenbar auch nachgegangen. Diesem Käseblatt hatte Fede noch nie getraut. Doch manchmal stocherten und wühlten die Reporter dort im richtigen Sumpf.

Sie kehrte mit Milagros in die Küche zurück. Max hatte den Kopf auf die Arme gestützt und starrte vor sich hin.

«Was?» Fede legte ihm die Hand auf die Stirn.

«Ich traue Fernand nicht.»

«Wohin könnte er denn mit Merlinde gegangen sein?»

«Es gibt nur eine Möglichkeit.»

«Die wäre?»

«Nach Herrliberg.»

«Dein Bauchgefühl?»

Max druckste herum. «Ich weiss nicht.»

«Dann lass uns hinfahren.» Fede holte den Autoschlüssel. «Ich nehme den Mustang. Der Mini steht noch immer in Horgen. Wir werden ihn abholen, sobald es dir besser geht.» Sie wartete Max' Meinung dazu nicht ab.

Max erhob sich. Er wandte sich an Milagros. «Du hältst hier die Stellung.»

Sie zog die Augenbrauen nach oben. «Gut, aber haltet mich um Himmels willen auf dem Laufenden.»

Fede fuhr los. «Ich habe etwas gefunden, was den Mord an Kelly in ein ganz anderes Licht rückt.»

«Im Internet?»

«Ja.»

«Darauf ist nicht Verlass.»

«Auf das archivierte Boulevardblatt schon. Die Journalisten dort graben manchmal ganz schön tief.»

«Inwiefern?»

«Die Verbindung zwischen den Vonlanthens … also indirekt … und den McCorlays besteht schon länger.»

«Sicher seit dem Tag, als Gregory Vonlanthen den ersten Hirnschlag erlitt. Dan McCorley und sein Masseur Glen Kelly waren eingeladen. Und sie waren dort. Das weiss ich von Milagros und sie wiederum von Merlinde.»

«Das ist richtig. Das hat sie mir auch erzählt.»

Max' iPhone summte im rechten Seitenfach. Er griff danach, sah auf das Display. «Anonym.»

«Melde dich. Vielleicht ist es Merlinde.»

Er zögerte.

«Mach schon, worauf wartest du?» Fede schloss einem Lastwagen auf.

«Willst du ihn nicht überholen?»

«Wollte ich gerade. Melde dich.» Sie betätigte den Blinker, schaltete einen Gang runter, gab Gas und schoss an dem Lkw vorbei.

Max wischte über das Display und legte das iPhone ans Ohr. «Ja?» Er lauschte.

Fede sah ihn kurz an. Sein Gesicht drückte Wut aus.

«Das ist doch jetzt vom Tisch.»

Wieder verging eine Weile, in der Max keinen Mucks von sich gab.

Fede konnte nicht hören, was auf der anderen Seite gesprochen wurde.

«Nein, tust du nicht. Ich werde sonst rechtlich gegen dich vorgehen.» Max warf Fede einen schnellen Blick zu. «Es gibt Zeugen und genug Beweise gegen dich.» Er schniefte laut. Sekunden verstrichen. «Dann mach, was du für richtig hältst. Ich versichere dir jedoch, du wirst dir dein eigenes Grab schaufeln.» Er drückte den Anrufer weg.

«Ärger?»

«Kann man wohl sagen.»

«Carron?» Fede hatte inzwischen erfahren, dass Carron einst Geld zweier Mandanten veruntreut und Max ihm geholfen hatte, aus dieser Sache wieder rauszukommen. Max hatte ihm einen Kredit gegeben. Existierte etwas, womit Carron ihn unter Druck setzen konnte? Möglicherweise hatte sich Max mit seiner Hilfsaktion im Graubereich bewegt, was ihm jetzt zum Verhängnis wurde.

«Schlimmer.»

Fede preschte mit hundertsechzig über die Autobahn. Sie mochte ihren Mini. Aber Max' Karre gab schön was her. «Masha?» Sie hatte den Namen nicht mehr erwähnen wollen.

«Sie dreht durch.»

«*Ich* habe mich nicht mit ihr eingelassen.» Sie drosselte das Tempo.

«Du hast letzthin eine Anspielung gemacht, dass sie Kelly umgebracht haben könnte.»

«Stimmt. Es war lautes Denken.»

«Du bist nicht mehr davon überzeugt?»

«Es wäre doch eine gute Lösung: Masha wird wegen Mordes angeklagt, kommt ins Gefängnis, und du hättest sie ein für alle Mal los.» Fede ging zu weit, das wusste sie. Und so fies war sie unter normalen Umständen nicht. Doch Mashas Schatten geisterte noch immer in ihrem Kopf herum. Fede musste sich eingestehen, wie eifersüchtig sie ihretwegen gewesen war.

«Glaubst du wirklich, ich denke so?»

«Manchmal erledigen sich Probleme von allein.»

Max kniff die Lippen aufeinander. Fede hätte gern in seine Gedanken gesehen. Ob er noch etwas für Masha empfand, liess sich nicht aus seinen Augen lesen.

«Komm, sag schon, was hast du heute herausgefunden?»

«Es geht um den Selbstmord eines siebzehnjährigen Mädchens. Glen Kelly war damals beschuldigt worden, damit etwas zu tun zu haben.»

«Beschuldigt von wem?»

«Nicht offiziell. Es kursierte im Boulevardblatt. Du weisst, wie das ist, mit Rufmord und so.»

«Das kann sich auch eine Zeitung wie diese nicht leisten.»

«Ich ging dem nach. Cosima hiess das Mädchen und warf sich vor gut fünf Jahren vor den Zug. Sie war die Tochter eines

Immigrantenpaares. Sie soll vom McCorley-Clan als Fotomodel geködert worden sein. Ich gehe davon aus, von Andrew McCorley, der wegen Zuhälterei zwei Jahre sass. Sie war auf dem Strich gelandet. Nachweisen konnte man nichts. Aber ein Journalist ist dem nachgegangen.»

«Inoffiziell?»

«Es sieht danach aus.»

***

Das schmiedeeiserne Tor stand offen. Dahinter auf dem Parkplatz Carrons Wagen im Schatten einer Linde. Fede fuhr auf das Grundstück und hielt neben dem Baum an.

Max hatte den Türgriff in der Hand, bevor der Motor erstarb.

«Willst du die Pistole nicht mitnehmen?» Fede zeigte auf das Handschuhfach.

Max hielt inne. Keine schlechte Idee. «Du traust Carron nicht.»

«Ich möchte auf der sicheren Seite sein. In ihm schwelt Leidenschaft.»

Max öffnete das Fach. Seine Hand berührte kühles Eisen. Er zuckte zurück. Es war, als würde er in den Rachen eines Ungeheuers greifen.

«Was ist? Hast du es dir anders überlegt?» Fede schüttelte ihre Mähne. «Entschuldige, ich weiss, wie dir zumute ist. Aber ich kann es dir leider nicht abnehmen.»

«Du wirst eines Tages nicht darum herumkommen, den Waffenschein zu beantragen.» Max schloss das Fach. «Ich kann das jetzt nicht. Wir müssen ohne Waffe dort rein.» Wohl war ihm nicht. Fede hatte auf dem Weg hierher von Zusammenhängen geschwafelt, die ihm abstrus vorkamen. Immer wieder war er in einen Dämmerschlaf gekippt. Nur so war seine Situation zu ertragen. Er musste jetzt Prioritäten setzen. Merlinde war aller Wahrscheinlichkeit nach in Gefahr. Einen weiteren Übergriff auf sie durfte er nicht zulassen.

Carron hatte etwas vor, sonst hätte er sie ins Drachenried

gefahren, wie es abgemacht war. Max näherte sich dem Eingang. Das Schild über der Tür hatte sich einseitig aus der Verankerung gelöst. «Kahului» war plötzlich Sinnbild eines verlorenen Paradieses geworden. Die Tür selbst hatte man behelfsmässig wieder instand gestellt. Ein zerrissenes Polizeisiegel enthüllte den erneuten Einbruch vor einer Woche. Milagros hatte beteuert, es sei bereits kaputt gewesen, als sie in der Villa eintrafen. Max wunderte sich, dass kein neues Siegel angebracht worden war. Fede holte ihn ein, wollte klingeln. Max hielt sie davon ab. Er drückte die Klinke. Die Tür gab nach. Max betrat das Entrée. Das Innere hatte in den letzten Tagen noch mehr an Farbe verloren. Trotz des schönen Wetters draussen war es hier düster und ungemütlich.

Fede ging neben ihm durch die Räume wie eine Schlafwandlerin. «Ich höre Stimmen», sagte sie, als sie beim Durchgang zum Wohnzimmer ankamen. Sie gingen auf entgegengesetzter Seite weiter.

Sie betraten eine Art Refugio, welches Max beim letzten Besuch nicht aufgefallen war. Ein geschlossener Kubus mit schweren Betonwänden, eine Art Schutzraum, dessen Tür offen stand. Der «Panic Room», von aussen gesehen als Innenhof getarnt. Die Spiegelung der blinden Fenster davor trug zu dieser Sinnestäuschung bei. Max schob sich hinein.

Carron hatte seinen Rücken ihm zugewandt. Merlinde sass im Rollstuhl direkt vor ihm, vermochte jedoch nicht, Max zu sehen.

Max gab Fede ein Zeichen, damit sie hinter ihm stehen blieb.

Das Gespräch zwischen Merlinde und Carron hörte sich weder laut noch bösartig an. Weshalb sie in diesen Raum gegangen waren, war jedoch seltsam. Max machte sich bemerkbar, indem er sich räusperte.

Carron wandte sich unvermittelt um. «Verfolgst du mich?»

«Hättest du dein Versprechen gehalten, wären wir nicht hier.» Max sah zu Merlinde. «Ist alles okay mit dir?»

«Ja, ich bin in Ordnung. Wir hatten nur ein paar Meinungsdifferenzen.»

«Könnten wir nach draussen gehen? Ich bekomme sonst klaustrophobische Anfälle.»

«Ach, Maximilian, das habe ich Gregory auch oft gesagt. Aber er wollte unbedingt diesen Luftschutzbunker. Hier bewahre ich auch meinen Schmuck auf.» Sie sah zu Carron, mit einem verlegenen Blick, der Max nicht entging. «Wir wollen gerade das Inventar aufnehmen. Ein grosser Teil der gestohlenen Schmuckstücke konnte in Holgers Wagen sichergestellt werden. Aber das kann warten. Gehen wir in die Küche. Dort gibt's zum Glück Kaffee.»

Sie stand unter Carrons Druck. Max sah es ihr an.

«Nachher könntest du mir, Federica, beim Kofferpacken helfen. Ich habe mich entschieden, die Villa für immer zu verlassen. Ich habe abgeschlossen mit dieser Vergangenheit. In den letzten Tagen ist mir das bewusst geworden. Schrecklich, das mit meinem Bruder. Aber er hat mir die Augen geöffnet. Letztendlich gibt es etwas anderes als Reichtum, das zählt. Ich werde zu euch ins Drachenried ziehen. Wenigstens einmal in meinem Leben in die reine Natur.»

Max wollte intervenieren. Aber es ging ihn nichts an. Er wusste nicht, ob Fede hinter seinem Rücken Merlindes Umzug in die Wege geleitet hatte.

Er hörte sie laut Luft ausstossen. «Merlinde, das geht nicht. So leid es mir tut, aber wo sollen wir die Hilfskraft hernehmen? Eine Pflegerin? Milagros wohnt am Brienzersee. Sie wird dir nicht zur Verfügung stehen.»

«Das macht doch nichts. In ein paar Tagen kommt Raluca zurück. Sie kann mich pflegen und auf dem Hof zur Hand gehen.»

«Ich glaube», mischte sich Max einem Bedürfnis folgend ein, «dass das letzte Wort noch nicht gesprochen ist.»

«Ich glaube auch nicht.» Fede legte ihre Hände an die Griffe des Rollstuhls und schob Merlinde zurück ins Wohnzimmer. «Für ein paar Tage kann ich dich bei uns aufnehmen, bis sich eine Lösung gefunden hat. Apropos …» Sie sah zuerst Max, dann Merlinde an.

«Apropos was?»
«Wie weit vertraust du Raluca?»
«Sie ist eine Perle. Was soll diese Frage?»
«Ich habe herausgefunden, dass sie am Tag von Kellys Tod nicht in Bukarest war. Sie hat auch keine Tochter, die dort Biotechnologie und Chemie studiert. Sie besuchte am Abend eine Kneipe in Erlenbach. Der Wirt kann es bezeugen. Er kennt sie und musste sie nach Hause begleiten, weil sie sturzbetrunken war.»
«Ich verstehe nicht, was du mir sagen willst.»
«Ihre Tochter ist tot. Cosima hat sich selbst umgebracht.»
Merlinde schluckte ein paarmal leer.
«Hast du dein Smartphone in der Nähe?»
Merlinde fuhr mit der rechten Hand auf das Sitzpolster. «Ich begreife nicht, warum … das wusste ich, ehrlich gesagt, nicht.»
«Ruf sie an.»
«Wen? Raluca? Was hat sie mit Kelly zu tun?»
«Es geht darum, dich vom letzten Verdacht zu befreien. Du hast Glen Kelly nicht umgebracht. Raluca Berner-Ionescu hatte ein starkes Motiv. Sie war am siebzehnten April bei dir. Sie ist nicht verreist. Sie kehrte mutmasslich zurück und traf hier auf Kelly.»
«Aber das hätte ich doch gewusst. Ihr meint das ernst? Ich soll sie anrufen? Ihre Tochter ist tot? Mir erzählte sie oft von ihr, wie stolz sie auf sie sei …»
Carron schob sich zwischen Fede und Merlinde. «Was habt ihr vor?»
«Mach einmal in deinem Leben das Richtige.»
Max nahm Fede zur Seite. «Sollen wir gleich die Polizei rufen?»
«Ich übernehme das.» Carron war offensichtlich froh, war das Augenmerk nicht mehr auf ihn gerichtet. «Eines sollt ihr noch wissen. Die Polizei arbeitete mit Hochdruck an dem Fall. Luc Holm war der Drahtzieher, Glen Kelly und Matteo Bortoluzzi waren seine Handlanger. Holm wollte offensichtlich an Merlindes Schmuck und Geld. Nun sind alle drei tot

und können sich nicht mehr dazu äussern.» Er nahm Fede den Rollstuhl ab und schob ihn zur Fensterfront im Wohnzimmer. «Nach Liliane Lehner und Luisa Bortoluzzi wird gefahndet.»

«Das liegt nicht mehr in unserer Verantwortung.» Max umarmte Fede. Sie liess es geschehen. «Deine Recherchen haben sich gelohnt. Nun freue ich mich, ein paar Tage mit dir zu relaxen.»

«Nicht, bevor wir Merlinde unseren Auftrag in Rechnung gestellt haben.»

«Und nicht, bevor sie bezahlt hat.»

«Das Doppelte unseres Tarifes plus Spesen.»

Max zog sie wiederholt an sich und nahm ihr Gesicht zärtlich in seine Hände. Er wusste nicht, ob Fede ihm restlos verziehen hatte. Aber ihr Lächeln war ein guter Anfang. «Wetten, sie wird das Dreifache bezahlen?»

Raluca kam mit dem Velo. Sie stieg ab und lehnte es an die Mauer. Zögernd näherte sie sich dem Haus. Max beobachtete sie vom Fenster aus. Sie liess ein Klopfen vernehmen, stiess die Tür auf und betrat das Entrée.

Max nahm sie in Empfang. «Danke, dass Sie so schnell hierhergekommen sind.»

«Ist etwas mit Merlinde? Sie klang so anders.» Raluca schritt langsam ins Wohnzimmer, sah sich um wie ein gehetztes Wild, als wäre sie auf alles gefasst. «Wer sind Sie überhaupt?»

«Ich bin Max von Wirth und Privatdetektiv.» Er zeigte auf Fede. «Frau Hardegger kennen Sie bereits.»

«Dr. Carron ist auch da?» Raluca blieb kurz stehen.

Max stiess sie sachte voran. «Ich denke, es ist an der Zeit, dass Sie Ihre Arbeitgeberin aufklären.»

Raluca stützte sich an dem olivfarbenen Sessel ab. Die kleine Frau schrumpfte noch mehr.

Merlinde sah ihr entgegen. «Raluca, meine Liebe, ist das wahr?»

«Ich verstehe nicht, weshalb ich hier bin. Ist etwas mit Ihnen?»

Merlinde schwieg. Das Gespräch zwischen ihnen fand ohne Worte statt.

Später liess sich Raluca auf das Polster fallen. «Es tut mir leid. Ich hatte die Kraft nicht, meine Tat zuzugeben. Wenn man zu lange wartet, nehmen die Lügen überhand. Sie hatten Geld, um sich teure Anwälte zu leisten. Ich bin mittellos.»

«Ich hätte Ihnen doch geholfen.»

«Sie haben mir schon geholfen.» Raluca senkte ihre Augenlider. «Sie haben mich wissen lassen, dass ich kein schlechter Mensch bin.»

Der Mord

Sie sah ihn mit dem Motorrad auf das Grundstück rollen. Er hatte den Motor abgestellt. Der Kies knisterte unter den Rädern. Es war eine Ewigkeit her, seit sie ihn zum letzten Mal gesehen hatte. Wie viele Herzen mochte er gebrochen, wie viele Mädchen in den Tod getrieben haben? Raluca wischte sich eine Träne ab. Sein Gesicht hatte sie nicht vergessen. Er war der Schattenmann gewesen, der Unsichtbare, der sich nicht hatte erwischen lassen. Glen Kelly, einst Andrew und Dan McCorleys engster Freund. Zwei Jahre hatte McCorley wegen Zuhälterei gesessen. Und hatte geschwiegen wie ein Grab, hatte Kelly nicht verraten, ihn, der den Mädchen das Blaue vom Himmel versprochen hatte.

Cosima war in seine Falle getappt. Siebzehn Jahre jung und voller Ambitionen. Sie hatte studieren wollen, für eine bessere Zukunft, für ein Leben ohne Entbehrungen. Dann der Tag, als sie nach Hause gekommen war mit dem Vertrag, den sie ohne die Zustimmung der Mutter unterschrieben hatte. Es sei eine grosse Sache. Endlich könne sie Geld verdienen und brauche nicht länger auf ihrem Portemonnaie zu liegen. Model werde sie. Sie werde reisen und schöne Kleider tragen. Ein toller Typ, Glen Kelly sei sein Name, habe sie entdeckt. Raluca hatte nicht weiter gefragt. So glücklich hatte sie Cosima nie zuvor erlebt. Und mit dem Geld, das sie später nach ihren ersten Fotoshootings nach Hause gebracht hatte, beglichen Mutter und Tochter ein paar Schulden.

Kelly stieg von seiner Maschine. Er trug keinen Helm. Seine Haare waren zerzaust. Er sah sich um. Ihr fielen die eng stehenden Augen auf. Cosima hatten sie gefallen. Sie hatte sich in Kelly verliebt. Dieser Kelly, der sich nun der Tür näherte. Er steckte einen Schlüssel ins Schloss. Merlinde musste ihn ihm gegeben haben. Er verschwand im Haus, die Tür fiel zu.

Raluca wartete, wollte sicher sein, dass er nicht wieder herauskam. Nach einer gefühlten Ewigkeit schritt sie zu den Fens-

tern, sah hinein. Dort stand er, der Mörder ihrer Tochter. Der Mann, der auf Tod und Zerstörung aus war. Er würde es wieder tun. Töten und sich alles nehmen. Niemand würde ihn bremsen.

Raluca musste handeln. Sie schlich zu den Oleanderstöcken. Von dort bot sich ihr ein weiterer Blick ins Haus. Wie oft hatte sie die Fenster gereinigt, damit die Sicht nach draussen klar war. Stundenlang die Mücken- und Fliegenschisse an den Rahmen abgerubbelt. Sie öffnete die Tür und trat ein.

Sie konzentrierte sich auf die Stimmen, die aus dem Wohnzimmer drangen.

«Ich habe dich gewarnt, dass du mich nicht so schnell loswirst. Wo ist der Safe?»

«In einem speziellen Raum. Aber er ist leer. Bemühen Sie sich nicht.» Merlinde sprach ihren Schänder noch immer per Sie an.

«Keine Polizei … gut, du hast dich daran gehalten. Aber ich brauche Kohle. Du hast zu viel davon. Was willst du damit machen? Bald wird dein letztes Stündchen schlagen. Mitnehmen kannst du es nicht. Ich habe auf diesen Moment gewartet. Als kleinen Dank werde ich weisse Rosen auf deinen Sarg werfen. Einen Bund von … wie alt bist du? Bald siebzig? Ich werde einen Bund von siebzig weissen Rosen kaufen.»

«Sie können alles mitnehmen, aber tun Sie mir einen Gefallen.»

«Habe ich richtig gehört? Einen Gefallen soll ich dir tun?» Pause. «Der Henker will dir den Wunsch erfüllen, haha …»

«Bringen Sie mich in mein Badezimmer.»

Raluca zog ihre Schuhe aus, stellte sie ordentlich neben die Garderobe, wie sie es immer tat. Ihre Schuhe hatten dort ihren festen Platz. Die Stille im Haus war fast körperlich zu spüren. Sie musste schneller sein als Kelly. Durch den Spalt der Badezimmertür sah sie, wie sich Merlinde zum Schrank vorbeugte, wie sie eine Packung mit den Beruhigungstabletten herausholte und ihr mehrere entnahm. Was hatte sie vor? Spürte sie die Ausweglosigkeit? Ihr Ende? Sie bat Kelly, er möge ihr ein Glas Wasser reichen. Kelly füllte eines der Zahngläser. Merlinde nahm es entgegen, setzte es an die Lippen und trank.

Ralucas Gedanken überschlugen sich. Sie wusste nicht, ob sie die Ambulanz rufen sollte. Sie wartete, bis Merlinde eingeschlafen war, konnte bloss hoffen, dass sie keine Überdosis eingenommen hatte. Was war vorausgegangen?

Für Kelly war der Weg frei, sich an den Sachen im Haus zu bereichern. Bilder, Schmuck, Uhren. Er konnte davon ausgehen, allein zu sein, sich Zeit zu nehmen. Nicht alles hatte Merlinde im Safe eingeschlossen. Selbst grosse Geldscheine trug sie unbekümmert in den Taschen mit. Für Kelly ein Schlaraffenland.

Raluca wartete, bis er im Refugio verschwand. Sie ging zum Putzschrank im Korridor, holte ihre Gummihandschuhe und betrat das Badezimmer. Merlinde schlief, ihr Atem war regelmässig. Raluca fühlte den Puls. Normal. In zwei, drei Stunden würde sie aufwachen und bei bester Gesundheit sein. Vorsorglich kontrollierte Raluca die Medikamentenpackung. Zwei Tabletten fehlten. Sie hatte sie vor dem Weggehen durchgesehen. Sie riss sämtliche Packungen aus dem Schrank, drückte die Tabletten aus den Folien und schüttete sie in das Zahnglas. Sie zerdrückte sie mit dem Stiel einer Zahnbürste und goss Wasser hinein. Ein entferntes Rumoren und das Geräusch sich öffnender Schränke beruhigte sie.

Raluca ging in die Küche. Sie hatte am Morgen eine leere Limonadenflasche hingestellt. Sie kippte den tödlichen Mix hinein.

Kelly war beschäftigt. Er befand sich im Refugio, ergötzte sich an den Geldscheinen, die er aus den verschiedenen Taschen genommen hatte.

Raluca betrat den Raum wie in Trance. Dort kauerte er am Boden und machte sich an einer Gucci-Tasche zu schaffen, der Mörder ihres einzigen Kindes. Wie hatte Raluca auf diesen Tag gewartet. Sie räusperte sich. «Das ist eine Überraschung.»

Kelly fuhr herum. «Wer sind Sie?» Er sprang auf.

«Ach, nichts Besonderes.» Raluca versuchte, ihr Zittern zu verbergen. «Nur die Putzfrau. Und Sie?»

«Ähm … Frau Vonlanthen hat mich mit dem Begutachten der Lampen hier betraut.» Er verdeckte mit seinem Körper die Sicht auf die vielen Taschen.

«Dann sind wir so etwas wie Leidensgenossen.»

«Wem sagen Sie das.»

«Mögen Sie etwas trinken? Ich habe frische Zitronenlimonade zubereitet.»

Kelly nahm ihr die Flasche aus der Hand. Der Schock, auf frischer Tat ertappt worden zu sein, liess ihn fahrlässig werden. «Heiss heute.» Er setzte die Flasche an, trank in gierigen Zügen. Schluckte. Schluckte ein weiteres Mal. Hielt inne, spuckte aus. «Pfui Teufel, das schmeckt ja wie Medizin.»

«Nun ja, die Menge reicht.» Raluca lächelte, obwohl ihr nicht danach war.

Kelly schwankte. «Was hast du mir verabreicht?»

«Sagt Ihnen der Name Cosima Ionescu etwas?»

«Cosi-ma?»

«Sie hat Sie einst verehrt. Sie haben ihr so viel versprochen. Eine Karriere als Fotomodel. Den Erfolg auf den Laufstegen internationaler Modedesigner.»

Kelly verdrehte die Augen. Jetzt musste sich sein Blick gleich trüben.

«Sie ist bei alten reichen Männern gelandet. Man hat sie vergewaltigt und dem nächsten weitergereicht.» Cosima war eines Nachts nach Hause gekommen. Sie hatte geweint und sich vor Schmerz gewunden. Raluca hatte sie ausgezogen und ihren geschändeten Körper gepflegt. «Eine Mutter merkt so etwas.»

Kelly fing an zu zittern. Er litt unter dem plötzlichen Verlust der selektiven Bewegungskontrolle. Raluca wusste, wie die Vergiftung wirkte. Zuerst kamen die Krämpfe, dann der Schlaf.

Zuletzt der Tod.

Anmerkung und Dank

Der Krimi basiert auf einer wahren Begebenheit, auf einer Geschichte, die mir vor einem Jahr zugetragen wurde. Dieser Roman entstand im tiefsten Respekt gegenüber einem Opfer, das zweimal auf einer Kreuzfahrt vom eigenen Personal überfallen und ausgeraubt wurde.

Trotzdem sind die Motivation für die Taten und die Vita der Protagonisten meiner Phantasie geschuldet. Ein kleiner Funke Wahrheit hat die Idee zu diesem Buch gezündet.

Ich danke Ihnen, liebe Leserinnen und Leser, von Herzen für Ihre Treue. Sie motivieren mich täglich zum Weiterschreiben. Danke für die vielen Zuschriften und Kommentare, die Anregungen und Kritiken.

Ein Dankeschön gilt einem lieb gewonnenen Freund, der als Vermittler zwischen dem Opfer und mir fungiert und mit viel Feingefühl aus dem Leben der Betroffenen erzählt hat.

Ein grosser Dank geht an meine Lektorin Irène Kost, an den Verleger Hejo Emons und sein Team. Die gute Zusammenarbeit bedeutet mir sehr viel.

Ein besonderer Dank geht an meinen Mann Peter, der ein guter Zuhörer und Kritiker ist und zudem grosses Verständnis für das Abtauchen in meine eigene Welt hat.

Und zuletzt an meine Kinder Silvan, Melanie, Graziella, Reto und Andrea, die mich mit ihrer Freude an «ihrer Krimiautorin» unterstützen.

Die Erfolgsserie der Bestsellerautorin Silvia Götschi:
Alle Titel sind auch als eBook erhältlich.

Allegra-Cadisch-Reihe:

Jakobshorn
ISBN 978-3-95451-260-7

Mattawald
ISBN 978-3-95451-482-3

Bärentritt
ISBN 978-3-95451-777-0

Valérie-Lehmann-Reihe:

Herrengasse
ISBN 978-3-95451-713-8

Klausjäger
ISBN 978-3-95451-988-0

Muotathal
ISBN 978-3-7408-0053-6

Einsiedeln
ISBN 978-3-7408-0318-6

Itlimoos
ISBN 978-3-7408-0509-8

Lauerzersee
ISBN 978-3-7408-0784-9

Etzelpass
ISBN 978-3-7408-1262-1

Max-von-Wirth-Reihe:

Bürgenstock
ISBN 978-3-7408-0413-8

Engelberg
ISBN 978-3-7408-0625-5

Interlaken
ISBN 978-3-7408-0929-4

Davosblues
ISBN 978-3-7408-1119-8

Weitere Kriminalromane:

Der Teufel von Uri
ISBN 978-3-7408-0179-3

111-Orte-Reihe:

111 Orte im Kanton Schwyz, die man gesehen haben muss
ISBN 978-3-7408-0116-8

111 Orte in Nidwalden, die man gesehen haben muss
ISBN 978-3-7408-0566-1